JOHN BROWNLOW

L'ASSASSIN EIGHTEEN

TRADUIT DE L'ANGLAIS
PAR LAURENT BOSCQ

nrf

GALLIMARD

Cet ouvrage a été publié avec le concours
de Marie-Caroline Aubert

Titre original :
ASSASSIN EIGHTEEN

First published in Great Britain in 2023 by Hodder & Stoughton
An Hachette UK company
1

Pour Heather

C'est dur de traverser la vie sans tuer personne.

RICHARD FORD, *Canada*

PREMIÈRE PARTIE

1

J'attends que quelqu'un vienne me tuer.

Cette nuit, toutes les conditions sont réunies. Plus tôt dans la soirée, une petite brise soufflait, mais maintenant tout est calme, à peine un léger balancement à la cime des arbres, pas de quoi dévier une balle de sa trajectoire. La lune, presque pleine, est assez haute pour permettre à un sniper de gagner sa position de tir, mais pas assez pour que je le repère. Il y a un mois, vu de la colline en face, j'aurais été invisible, mais les feuilles ont commencé à roussir et à tomber, et à présent, la voûte de la forêt offre un angle de tir dégagé sur plus d'un kilomètre.

Cette maison n'est pas la mienne. C'était celle de Sixteen, mon prédécesseur, le seizième dans une lignée de tueurs professionnels qui remonte aux Romanov. Certains furent des espions, d'autres des renégats, des saboteurs, des idéalistes ou des policiers, et dans un cas, un orphelin ramassé dans les rues de Saint-Pétersbourg. Mais tous connurent la même fin : les bras couverts jusqu'au coude du sang de leur prochain, puis, tôt ou tard, du leur.

Pour tourner, la mécanique du monde a besoin qu'on

graisse ses rouages. Le lubrifiant, c'est nous. Les mouches qui se gavent et éliminent la merde de l'humanité, les asticots qui nettoient ses blessures purulentes. Les soupapes de sécurité qui empêchent la chaudière d'exploser, la chaîne des commandements pour éviter un nouveau Tchernobyl. Nous sommes ce petit Hollandais de légende qui empêche l'eau de passer par-dessus la digue de l'histoire.

Ou une connerie du genre.

Le numéro, c'est un trophée que tes pairs te décernent par acclamation. C'est comme être choisi reine du bal ou créatif de l'année dans une agence de pub, sauf que l'assassinat est notre domaine. Dans le bon vieux temps, on travaillait seul, on se signalait par une chiquenaude sur le bord d'un chapeau ou d'un doigt posé sur le nez, et en récompense, on touchait des diamants cousus dans des ourlets de vestes, des valises de billets, des obligations au porteur, ou un compte numéroté dans une banque à Zurich. Et aujourd'hui ? On se fait payer en cryptomonnaies, par des opérations fictives de jetons non fongibles ou de fausses transactions de biens immobiliers, par le biais de sociétés offshore et de blanchisseurs d'argent professionnels.

On accepte aussi le liquide.

Les assassins tels que nous sont au sommet d'un iceberg de mort et de trahison, une variation perverse du star-système hollywoodien, avec ses nababs, ses intermittents et ses stars. Être la tête d'affiche rapporte gros, mais si bon qu'on soit, il y aura toujours un enfoiré avec des étoiles plein les yeux qui essaiera d'escalader le mât de cocagne pour se hisser à notre hauteur, afin de nous faire prendre une retraite définitive.

Les quinze premiers numéros, de One à Fifteen, avaient tous déjà trépassé à ma naissance – aucun de mort naturelle, mais ils s'y attendaient. Sixteen aussi nous a quittés. Ce n'est pas moi qui l'ai tué, et ce n'est pas faute d'avoir essayé. À sa disparition, j'ai pris sa place, ses habitudes et son identité.

Il s'appelait Sixteen.

On m'appelle Seventeen.

Dehors, quelque part, je sais que quelqu'un brûle d'envie de devenir l'Assassin Eighteen.

Et le chemin qu'il doit emprunter passe tout droit par moi.

J'espère qu'il viendra vite.

2

Officiellement, j'ai pris ma retraite, à un âge beaucoup moins canonique qu'on pourrait le penser. Il n'y a plus personne pour négocier mes contrats, je n'ai plus d'infrastructure ou de protection, plus accès aux genres de boulots qui m'occupaient, et aucune envie de reprendre du service.

Celui que j'étais avant était tellement brillant qu'il éblouissait. Pendant presque dix ans, il a parcouru le monde, son fidèle et rassurant Welrod VP9 fiché dans son étui d'épaule. Sur les six continents, et même au-delà du cercle polaire, sa détonation silencieuse de flingue de cinéma s'est fait entendre – ou plutôt ne s'est pas fait entendre. Mais cette première version de Seventeen a tué trop de gens pour des raisons qu'il ne comprenait pas. Il disait que la première fois que tu butes quelqu'un, tu butes du même coup celui que tu étais avant. Et tu n'es plus cette personne.

Il n'avait qu'à moitié raison.

Parce que oui, c'est vrai, tu te tues, mais pas d'un seul coup. Tu t'annihiles à force d'usure jusqu'à ce qu'il ne reste rien d'autre que la « Chose qui tue ». Tu es un chasseur traquant sa proie sur un lac gelé, tu suis les empreintes dans la brume qui se lève et la couche de glace est de plus en plus fine. Et soudain, dans ton dos, tu entends un craquement et quand tu te retournes, tu découvres une fissure qui s'ouvre vers toi. Tu te mets à courir, mais chaque pas t'éloigne un peu plus du rivage et, à la fin, la glace cède sous ton poids, et tu sombres dans le noir.

C'est là que j'en suis maintenant.

Dans le noir.

Je n'ai pas d'empreinte numérique.

Je n'ai pas Internet.

Pas de smartphone.

Pas de cartes de crédit.

Pas Netflix.

Je ne mate pas de porno, si ce n'est dans la pile de *Playboy* écornés que j'ai dégottés dans la cave de Sixteen.

J'ai écouté tous ses disques.

J'ai regardé tous ses DVD.

J'ai essayé de me mettre à boire.

J'ai essayé d'arrêter de boire.

Je me suis mis à fumer juste pour pouvoir laisser tomber la cigarette.

J'ai fait pousser des roses.

J'ai fait pousser des courgettes.

J'*exècre* les courgettes.

Je ne suis rien.

Je suis moins que rien.

Une poignée de poussière. Un zéro.

Un nombre négatif.

Je suis la racine carrée d'un que dalle négatif.

La maison de style ranch des années 50 a été prévue pour la défense : isolée, perchée au sommet d'une colline surplombant un patelin perdu au milieu de nulle part. En face, de l'autre côté de la route qui descend en zigzag vers la station-service, la forêt s'étend très haut et domine la vallée. La clôture électrifiée de trois mètres de haut ceinturant la propriété, les capteurs de vibrations enterrés et les portes en acier blindées vouent tout assaut frontal à un échec suicidaire. Sur une trentaine de mètres autour de chaque virage qui descend vers la vallée, la végétation a été coupée à blanc, rendant une tentative d'embuscade tout aussi téméraire. Ce qui ne laisse qu'une unique possibilité : un tir à environ neuf cents mètres de la colline d'en face.

Pas facile, mais loin d'être impossible, surtout avec les éclairages qui illuminent la pièce lambrissée derrière moi, soigneusement agencés pour que ma silhouette se découpe à contre-jour.

Mon cercle d'amis n'est pas un cercle. C'est un point, il se résume à une personne : Barb, qui dirige le motel délabré au bord de l'unique route, à quelques encablures du patelin. Autrefois, il y avait deux points, mais la fille aux yeux verts est partie il y a six mois, et risque de ne pas revenir de sitôt. Je ne me sens pas capable d'en dire beaucoup plus, sauf qu'elle est mieux loin de moi. Est-ce que c'est réciproque ? Cette question a occupé de nombreuses nuits passées en tête à tête avec une bouteille. Mais de toute façon, elle est partie, et il y a peu de chance que nos chemins se croisent à nouveau.

J'ai encore la télé par câble, et je consulte le *New York Times* et le *Washington Post* une ou deux fois par semaine. Ce que je lis me confirme que le monde de l'espionnage a changé, qu'il a été mis en ligne. Cryptographie, rançongiciels, attaques en chaîne de *malware zero-day*, collectes de données en vrac, analyses de mots-clefs, reconnaissance de forme assistée par intelligence artificielle, armes autonomes, télédétection, exploitation de failles par canal auxiliaire.

Je comprends les mots, je sais à quoi servent tous ces trucs, mais je n'arrive pas à m'y intéresser.

Mon monde à moi est fait de chair, de sang, et d'encore plus de sang. De poignées de main, de picole excessive et de balles dans le dos. De chambres d'hôtel bourrées de micros. D'armes silencieuses, de muscles secs et de voitures de sport. D'explosions et de chair blessée, de poignets menottés et de passages à tabac dans une ruelle. De faux passeports et de couverture, de chantage et de sexe alcoolisé, illicite et sans amour. De nuits dans des cellules au commissariat, d'interrogatoires, d'évasions. De boîtes aux lettres mortes et de mallettes de cash. De milliardaires et de complots, de cabales secrètes, de yachts et d'îles privées. De dictateurs dans la ligne de mire, de tirs impossibles et de sauts dans le vide.

Peut-être que mon monde à moi n'existe plus.

Peut-être qu'il n'y a plus de place pour les gens qui me ressemblent.

Et peut-être que c'est une bonne chose.

Avant de mourir, Sixteen m'a raconté pourquoi il s'était barricadé dans son ermitage à deux niveaux. Il avait peur : pas qu'un arrogant jeune prétendant se pointe pour lui arracher sa couronne, mais de tous les fantômes de ses victimes qui se relayaient la nuit à son chevet pour le tourmenter. Pour le cas où leur clameur serait devenue trop forte, il conservait un pistolet dans le tiroir de la cuisine, avec une seule balle chambrée.

Moi aussi, j'ai mon lot de fantômes, trop nombreux pour que je puisse les compter, et parfois, dans le silence des premières heures du matin, je les entends qui murmurent. Et de temps en temps, j'ouvre le tiroir et regarde fixement le revolver, ou le prends dans ma main pour en sentir le poids. Plus d'une fois, j'ai collé le canon sur ma tempe afin d'imaginer à quoi ça pourrait ressembler de ne plus exister, et à quel point ce serait différent de la nouvelle vie que je mène.

Mais ensuite, j'ai remis le cran de sûreté et rangé l'arme dans le tiroir.

Ce n'est pas mourir qui me gêne. C'est de mourir comme ça.

La vie active ne me manque pas.

Elle me manque *à mort*.

Mais j'en ai fini de tuer sans raison et les méandres de la route me ramènent toujours ici, entre les quatre murs de la maison d'un homme mort, où mes seuls compagnons sont des esprits vengeurs et le revolver chargé dans un tiroir.

Ce qu'il me faut, c'est une raison. Une cause.

Et donc, depuis cent soixante-quatorze nuits, j'attends debout devant la grande baie vitrée panoramique, éclairé en ombre chinoise, le front posé contre la vitre dont je goûte la fraîcheur sur ma peau, bloquant ma respiration par cycles d'une minute, comme si, par la simple force de ma volonté, je pouvais convoquer la balle qui, sortie de l'obscurité, me ramènerait à la vie.

Je suis sur le point de retourner me coucher pour la cent soixante-quinzième fois, quand j'aperçois l'éclair du tir.

3

Neuf cents mètres séparent le sommet de la colline en face de la fenêtre. Une balle à haute vélocité jaillit du canon à plus de trois mille kilomètres à l'heure, ce qui nous donne une durée de vol d'environ une seconde. Le temps de réaction moyen à un stimulus visuel étant quatre fois plus court, j'ai largement le temps d'esquiver la balle.

Mais je ne bouge pas.

Parce que j'ai passé un pacte avec l'univers, le destin, la mort, qu'importe le nom qu'on lui donne.

Si la balle atteint sa cible, c'est très bien. Celui qui aura pressé la détente deviendra l'Assassin Eighteen et portera son numéro comme un badge sur un uniforme de serveur. Et le mien, d'uniforme, sera raccroché, mis au rebut, tel le maillot d'un ancien grand joueur pendu au plafond d'un stade désert.

Mais si l'univers me laisse vivre, cela me libérera de l'obscurité.

Cela voudra dire que j'ai encore une place dans le monde.

Et en conséquence, je n'adopterai plus la technique de la sécurité par la discrétion, mais au contraire la sécurité par l'excentricité. Je conduirai et détruirai probablement des voitures très voyantes aux moteurs gonflés. Je voyagerai dans des contrées reculées, j'accumulerai les cascades de parkour sous le feu croisé d'armes automatiques, et j'échapperai aux plus mortelles agences de renseignement de la planète.

Et à l'occasion, je sauverai le monde.

Il n'y a qu'un putain de problème.

Le tir est juste parfait.

Et la balle me frappe pile entre les deux yeux.

4

Je suis mort.

Fin de partie.

5

Ma vision se brouille un moment. Puis je parviens à faire le point. Quel que soit le cercle de l'enfer où j'ai atterri, il dispose à l'évidence d'un plafond en enduit projeté et d'un ventilateur qui tourne exactement au même rythme que celui de la maison de Sixteen.

Ou alors, je ne suis pas mort du tout.

La balle n'a pas traversé la vitre. Juste creusé un cratère de l'autre côté, comme une toile d'araignée. À en croire la facture que j'ai trouvée au sous-sol, la vitre est revêtue d'une couche de polycarbonate à l'épreuve des balles de niveau 7, conçue pour stopper cinq projectiles de 5,56 mm OTAN.

Un sniper professionnel, un ambitieux qui se serait rêvé en Assassin Eighteen, aurait pris tout ça en compte. Il aurait utilisé une balle de calibre 50 capable de percer des plaques de blindage en acier ou du verre pare-balles de quinze centimètres d'épaisseur. Et il t'aurait visé au corps – une mort assurée, puisque l'onde de choc générée par un projectile de cette taille aurait transformé tes viscères en pâtée pour chien.

Mais ce qui m'a frappé était plus petit, et dirigé vers la tête.

La vitre a stoppé la balle, et a transféré toute son énergie cinétique sur moi, comme un coup de marteau en plein visage.

Je porte la main à ma bouche. Quand je la retire, elle est pleine de sang, et il y a une dent dans ma paume.

Je titube, encore groggy par le choc, et j'éteins les lumières.

Celui qui a pressé la détente vient de me rendre la vie.

Quand je le choperai, je lui dirai merci, et puis, je le buterai.

Mais pas dans cet ordre.

6

Je jaillis du sous-sol au volant d'une Jeep Gladiator tout-terrain. J'ai fixé sur ma tête des lunettes de vision nocturne infrarouge et sanglé un Sig Sauer dans mon dos. Le tireur a dû voir l'éclat sur la vitre. Puis il m'a observé en train de tituber. Mais il n'a pas tenté un deuxième tir, donc, soit il a choisi de battre en retraite, soit, ce qui est plus probable, il a anticipé ma contre-attaque et avait besoin de temps pour se préparer à un face-à-face.

Du sommet de la colline, le seul itinéraire de fuite évident est une piste forestière défoncée qui débouche sur la grand-route au bout d'une douzaine de minutes. S'il prend ce chemin, il arrivera sans doute à s'échapper, et je serai obligé de le traquer comme un chien. Mais s'il a l'intention de devenir l'Assassin Eighteen, il devra tenir sa position et accepter le combat à mort.

Il, lui, le tireur. Pourquoi je pense que c'est un homme ?

Ce n'est pas comme s'il n'y avait pas de femmes dans le métier, mais la première d'entre elles, Bernier, est morte il y a six mois d'un coup de tronçonneuse, coupée en deux par la fille aux yeux verts, qui refuse qu'on la limite à ce fait d'armes. La deuxième, Kovacs, une des filles d'Osterman, ne m'a pas laissé d'autre choix que de lui tirer dessus, à Berlin, dans une chambre d'hôtel, alors que son parfum musqué me collait encore à la peau. Quant à la troisième, la plus dangereuse à tout point de vue, cela fait presque dix ans qu'elle garde le silence.

J'approche de l'endroit où les broussailles s'enfoncent dans un vallon invisible depuis le sommet de la colline. L'autre pourra suivre ma progression au bruit du moteur, mais je resterai hors de vue et couperai son éventuelle fuite vers la grand-route. Moins d'une minute plus tard, j'atteins le fond du vallon et abandonne la Jeep.

J'abaisse les lunettes infrarouges sur mes yeux et avance en silence à travers les arbres. Depuis un an que je me prépare pour ce moment, je connais la forêt comme ma poche. Toujours caché par la crête, je remonte en serpentant vers le sommet de la colline, par un sentier caché que j'ai débroussaillé pour faire le moins de bruit possible en marchant.

À plusieurs reprises, je marque l'arrêt et j'écoute. Il ne devrait y avoir que le silence, les bruits de la forêt et, avec un peu de chance, un craquement de branche ou de brindille écrasée par une botte tactique.

Mais ce n'est pas ce que j'entends.

Ce que j'entends, c'est une respiration rapide. Presque haletante. Et autre chose. Des bruissements de feuilles sous des semelles. Seraient-ils plusieurs ? Mais alors, pourquoi se déplacent-ils comme des amateurs ? Et puis ces bruits de pas ne sont pas ceux d'hommes en bottes de combat. Ils sont plus légers. Beaucoup plus légers.

Je franchis la crête, silencieux, attentif. Les lunettes ne me dévoilent rien. Je les remonte sur mon front pour une meilleure visibilité panoramique. Devant moi, je capte un reflet sous le clair de lune.

C'est un fusil de précision. Un Sako TRG 42. Une arme finlandaise de grande qualité. Un excellent choix dans d'autres circonstances. Mais le Sako est chambré pour du calibre 300 avec une portée effective de mille mètres au plus. La maison étant située presque au-delà de ses limites et mes vitres très certainement en verre pare-balles, les chances de me tuer étaient pratiquement nulles.

Une seule raison justifierait qu'un quidam assez doué pour retrouver ma trace et assez courageux pour me tirer dessus se serve d'une telle arme : que le tir n'ait été qu'une diversion destinée à me faire sortir.

Eh bien, je suis là. Alors pourquoi n'est-il pas passé à l'action ?

À présent, j'ai l'impression d'entendre plusieurs respirations autour de moi.

Ça commence à me faire flipper.

Je rabaisse les lunettes infrarouges sur mes yeux. Rien.

Et soudain, je le vois.

Un éclair de lumière.

Un rayonnement de chaleur corporelle.

Mais ce n'est pas celle d'un humain.

7

C’est un loup.

Et un autre.

Et encore un.

Une meute entière en chasse qui tourne en rond, attirée peut-être par la détonation du fusil de sniper.

Bon sang, quelle fin !

Ci-gît Seventeen, dévoré par les loups.

Et là, je m’en rends compte.

Ce n’est pas moi qu’ils traquent.

C’est quelqu’un – ou quelque chose – d’autre.

La forme verdâtre des loups luit autour de moi. Leurs yeux brillent. Ils sont concentrés sur un vieil érable noueux, s’en approchent sous la conduite d’un grand mâle alpha, tellement tendus vers leur proie qu’ils ne font pas attention à moi quand je contourne le tronc pour voir ce qu’ils s’apprêtent à tuer.

Je ne sais pas ce à quoi je m’attendais.

Mon assaillant ?

Un chasseur qui l’aurait dérangé et qui se serait fait abattre ?

Un daim blessé ?

Le Bigfoot, cette créature légendaire ?

Peu importe, je n'aurais jamais pu l'imaginer.

Je remonte les lunettes pour être sûr que ça ne résulte pas d'un dysfonctionnement du matériel.

Parce que, blotti contre le tronc, il y a un enfant.

Une petite fille, de neuf ans environ, en tenue de camouflage forestier, le visage peint en noir.

Elle est absolument terrifiée.

La meute choisit ce moment pour attaquer.

8

Je pourrais abattre la moitié de la meute avec le Sig Sauer, mais les autres loups dévoreraient quand même la petite fille. Je vide mon chargeur vers les arbres et le ciel étoilé. Les balles perforent le feuillage ; branches et feuilles tombent en cascade. Le bruit assourdissant déchire la nuit, et les loups paniqués battent en retraite dans les broussailles et l'obscurité. Je chausse de nouveau les lunettes infrarouges et les suis du regard. J'espère qu'ils se sont enfuis ; au lieu de ça, ils se regroupent en arc de cercle à une centaine de mètres, toujours aussi affamés et assoiffés de sang. Mais je ne vois le mâle alpha nulle part.

J'enclenche un nouveau chargeur. Je ne prends aucun plaisir à tuer des animaux qui suivent leur instinct. Mais la vie de cette enfant vaut plus que la leur, même si elle vient juste d'essayer de me flinguer.

Je me retourne vers l'érable, pour lui dire de ne pas avoir peur, que je vais la protéger.

Elle a disparu.

Dans l'angle des lunettes, j'aperçois sa silhouette qui détale. Je fais volte-face. Elle court vite, droit vers un groupe de trois loups qui l'attendent, tapis dans le noir. Le mâle alpha est parmi eux.

Je hurle : « Arrête ! »

Elle ne s'arrête pas.

Les trois animaux s'élancent vers elle. Derrière moi, le reste de la meute charge en hurlant. Elle est prise en tenaille et ne s'en est toujours pas rendu compte.

J'ai eu beau m'entraîner, je n'ai jamais fait moins de dix secondes et cinq dixièmes au cent mètres. Même un temps pareil demande une détermination de niveau olympique et un organisme doté des gènes adéquats pour y parvenir. Là en plus, je trimballe un fusil automatique, un pistolet et des chargeurs de rechange, j'ai des rangers aux pieds, un équipement de visée nocturne sur la tête et une armure corporelle tactique, mais je jure que je suis sous les dix secondes quand je fonce vers elle.

Pourtant, je suis *encore* trop lent.

Au dernier moment, elle finit par repérer les trois murailles de poils et de crocs claquants se dressant devant elle. Elle se fige et pousse un cri. Un hurlement de petite fille de neuf ans terrorisée. Le mâle alpha bondit pour l'attaquer, la gueule grande ouverte. J'attrape la petite de ma main libre et assène un coup de Sig Sauer sur la tête du loup.

L'énorme bête boule lourdement au sol et se remet sur ses pattes. La fille se débat sous mon bras quand je me retourne pour faire face au loup, qui n'est plus seulement affamé mais également furieux d'avoir été humilié. Derrière moi, la meute se rapproche lentement. Je tire une nouvelle rafale dans les arbres. Ils se sont habitués au bruit. Le mâle alpha se ramasse sur lui-même, montrant les crocs sous ses babines retroussées, et s'élance à nouveau.

La gamine qui continue de se débattre rend impossible un tir d'une main avec le Sig Sauer. Je le lâche pour attraper mon pistolet. Le temps que je dégaine, le loup bondit sur nous. Il est encore en l'air quand je lui tire une balle entre les deux yeux, juste avant que son corps inerte – quatre-vingts kilos de puanteur sauvage – ne me tombe dessus, m'entraînant dans sa chute.

Alors que je repousse le loup avec dégoût, la gamine échappe à ma poigne. Je me retourne et agrippe sa cheville mais son pied glisse hors de sa chaussure et de sa chaussette. Je lâche le pistolet et saisis son pied nu de mon autre main. Elle me mord les doigts de toutes ses forces et me lacère la main de ses petits ongles acérés. Je m'accroche, tâtonne à la recherche du pistolet et me retourne une fois encore pour faire face aux loups. Ils ont repris leur avancée, mais ils ne me prêtent plus attention. C'est l'alpha qui les intéresse à présent. Leur roi mort, dont ils flairent le corps encore chaud.

Je tire un seul coup en l'air, et ils s'éparpillent, effrayés et sans chef.

Je cale la petite sous mon bras comme un ballon de rugby et rebrousse chemin vers la Jeep.

9

Je n'ai aucune expérience des enfants. C'est à peine si j'ai été enfant moi-même, traîné de motel miteux en motel miteux par Junebug, ma mère prostituée et junkie, qui me traitait autant comme un ami ou un complice que comme un enfant. Pour elle, je remplissais les fonctions de guetteur, de confident et de banquier – je veillais sur l'argent qu'elle gagnait, comptais les billets et les rangeais dans une boîte en plastique cabossée à l'effigie de *1, rue Sésame*, m'assurant qu'on aurait assez d'argent pour régler la chambre de motel et de quoi nous nourrir pour la semaine. Mais je jouais aussi le rôle d'intermédiaire, chargé d'apporter du cash à des hommes dans des voitures et des appartements pourris.

Je n'ai pas souvenir d'une seule période que Junebug ait traversée sans être accro d'une manière ou d'une autre. Certaines semaines, elle parvenait à combattre ses addictions avec un courage héroïque, et d'autres, elle s'y abandonnait entièrement. Sa vie était une lutte continuelle pour s'extirper des sables mouvants de sa propre histoire – une enfance souillée par un père taré et bigot, avec le consentement silencieux de sa mère. Une existence qu'elle avait fuie à quinze ans. Mais comme dans des sables mouvants, plus elle essayait de lutter, plus elle s'enfonçait.

À l'âge de huit ou neuf ans, j'avais développé un sixième sens aigu pour repérer les voitures de police banalisées et les flics des mœurs en planque. Je savais comment embrouiller les services de protection de l'enfance, les juges aux affaires familiales et tous ceux qui me posaient des questions auxquelles je n'avais pas envie de répondre. J'observais les hauts et les bas de sa douleur. Je ne pense pas que Junebug ait jamais été diagnostiquée, mais je crois qu'elle était affectée de ce que le manuel des pathologies mentales décrit comme un trouble bipolaire de type II. Elle traversait des moments d'optimisme béat où elle échafaudait des plans pour notre futur, économisait de l'argent, achetait de nouveaux vêtements et se ressaisissait presque complètement. Nous mangions sainement et elle lisait les livres de développement personnel qu'elle piquait dans les rayons près des caisses au supermarché. Elle freinait sur la came, du coup, elle travaillait plus que d'habitude et développait sa clientèle. Donc, ils payaient mieux, et la boîte cachée sous le lit avec Toccata sur le couvercle se remplissait de billets de dix et de vingt au lieu des cinq et un dollar habituels.

Ça, c'étaient les bons moments.

Mais je n'ignorais pas que d'autres finiraient par suivre. J'appris à les sentir venir quand elle sombrait dans le silence, et passait des journées entières, assise sur le lit, à pleurer sans raison au lieu de travailler. Je me rends compte aujourd'hui que, là encore, elle luttait, tout en sachant au fond que la bataille était déjà perdue, que ce n'était qu'une question de temps avant qu'elle perde encore pied. Et elle savait aussi que j'allais batailler pour l'en empêcher et elle attendait que je sois endormi pour aller piller la boîte *1, rue Sésame*. Comme je reconnaissais les signes prémonitoires, j'aurais pu prendre les devants et la cacher ailleurs, ou prélever la majeure partie de la cagnotte, mais il n'y avait pas tant de planques possibles dans une chambre de motel pourri, et une junkie les connaissait toutes.

À son retour – peu importe d'où et qui elle avait vu – elle était déjà raide défoncée et titubait dans la chambre du motel quand je me réveillais. À ce stade, tout ce que je pouvais faire, c'était la garder éveillée, et si c'était impossible, tenter de l'empêcher de s'étouffer dans son vomi. Et le lendemain le cycle – qui pouvait varier de quelques semaines à plusieurs mois – recommençait.

Lorsque j'avais neuf ans, un homme assassina Junebug sous mes yeux, et par la suite, je ne fus plus un enfant que sur le plan physique.

10

La fillette se débat comme un chat sauvage sur tout le chemin du retour. Pas simple de piloter la Jeep tout en la tenant assez fort pour l'empêcher de s'échapper sans lui faire mal ou lui briser quelques os.

J'y parviens néanmoins jusqu'au portail d'entrée. Il est en train de se refermer derrière nous quand elle arrive à se libérer. Je lui bloque la sortie, mais elle s'enfuit à l'intérieur de la maison et le temps que je verrouille le portail, elle a disparu. Suit un humiliant quart d'heure de cache-cache passé à regarder sous les lits, dans les placards, derrière les portes et même sous les coussins du canapé. Quand je descends au sous-sol avec son accès indépendant vers l'extérieur, une salle de gym et des armoires blindées bourrées d'armes et d'explosifs, j'entends des petits pas derrière moi. Je me retourne juste à temps pour voir se refermer la porte de la salle de bains et j'entends tourner le verrou.

Il n'y a pas de fenêtre dans la salle de bains, ce qui m'assure qu'elle ne pourra pas en sortir, et je m'installe sur la première marche de l'escalier de la cave, ayant enfin un moment pour réfléchir.

C'est la petite qui a pressé la détente, j'en ai la certitude : j'ai senti l'odeur de cordite sur sa peau quand je la portais de la Jeep vers la maison. Mais une petite fille de neuf ans n'a pas pu porter depuis la route sur son épaule une dizaine de kilos de matériel – un fusil, une lunette de visée et des munitions – ni se placer en position de tir, ni faire un carton parfait sur la fenêtre. Elle n'a pas pu découvrir ma planque toute seule, en revanche celui qui s'en est chargé n'a même pas pris la peine de lui expliquer qu'aussitôt après avoir tiré, elle devait foutre le camp, et en vitesse. Et enfin, quelque chose me dit qu'elle n'ambitionne pas de devenir l'Assassin Eighteen.

Alors, qui est-elle ? Une tueuse par procuration ? Un moyen de me tirer dessus sans prendre de risque ?

Qui l'a envoyée ? Et pourquoi choisir une enfant ? Parce qu'elle ne comprenait pas les risques ?

Dans ce cas, qui veut ma peau, si ce n'est pas pour s'emparer de ma couronne ?

Surtout, à quoi bon tout ce bordel ?

Et une question encore plus déroutante : qu'est-ce que je vais faire d'une fillette de neuf ans ?

Il me faut des réponses. Et je connais beaucoup de techniques d'interrogatoire. Tout ce que tu as pu lire sur Abou Ghraib – les positions de stress, le supplice de la baignoire, les électrocutions, les attaques de chiens ou les privations de sommeil – c'est de la petite bière. Les vrais clous du spectacle étaient forgés à l'abri des regards dans des donjons médiévaux, des centres d'interrogatoires nazis, des cachots dans des geôles syriennes ou dans les sous-sols du Kremlin.

Mais je n'ai pas l'intention d'utiliser une seule de ces méthodes sur une enfant.

Je colle mon oreille contre la porte de la salle de bains. J'entends renifler à l'intérieur. Des pleurs, peut-être. Je frappe doucement, ça s'arrête.

« Tout va bien, dis-je. Je ne vais pas te faire de mal, je te le promets. Mais il faut que tu m'ouvres. »

Je ne perçois que son souffle rapide, superficiel et affolé.

La porte n'est pas bien solide, je pourrais la défoncer sans problème. Mais pour obtenir des infos, j'ai besoin que la gamine me fasse confiance. Par conséquent, c'est elle qui doit ouvrir.

« Bon, je vais rester assis ici, dis-je à la porte close. Jusqu'à ce que tu sois prête à m'ouvrir. »

Je colle mon dos au battant. Une heure passe. J'écoute sa respiration superficielle qui ralentit, se stabilise et se calme.

Au bout d'une heure et demie environ, je perçois un léger ronflement.

Et je me dis que même les assassins en culottes courtes ont besoin de sommeil.

Un trou minuscule dans le bouton de porte permet d'ouvrir de l'extérieur en cas d'urgence. Je vais chercher un tournevis à la bonne taille et, le plus discrètement possible, fais tourner le verrou. J'épie toute modification dans sa respiration, mais rien ne change. Je pousse doucement le battant. Dans l'obscurité, je distingue sa silhouette à l'autre bout de la salle de bains, recroquevillée entre la baignoire et l'évier. Elle tient quelque chose dans sa main, mais je ne vois pas ce que c'est. Alors, sans la quitter des yeux, je tâtonne pour trouver l'interrupteur et allume la lumière.

Grossière erreur.

11

La fillette bondit sur ses pieds, et je vois enfin ce qu'elle tient.

Un coupe-chou de barbier.

Elle recule contre le mur et brandit le rasoir devant elle. Son visage passé au charbon de bois est striée de larmes à moitié séchées. Elle me lance un regard furieux, intense et féroce, mélange de défiance et de peur.

Je jette un coup d'œil vers l'armoire de la salle de bains, ouverte. Le rasoir à l'ancienne faisait partie de la panoplie du personnage de vieux croulant que s'était fabriqué Sixteen. J'aurais dû le balancer il y a plusieurs mois avec ses autres rebuts, mais je n'envisageais pas de m'établir à long terme dans cette maison et en tant qu'invité de passage, même s'il était mort, j'avais trouvé incorrect de jeter ses affaires à la poubelle. Lui et moi, on avait eu des différends, c'est le moins qu'on puisse dire, mais il était peut-être la dernière personne au monde qui pouvait comprendre ce que ça signifiait d'être dans ma peau.

Un peu bêtement, j'avais l'impression que cet endroit était un sanctuaire qui lui était dédié.

Eh bien, voilà où ça mène d'être sentimental.

Désarmer une fillette de neuf ans n'est pas un défi majeur, mais je suis en train d'essayer de gagner sa confiance, donc je préfère lever les mains et lui montrer qu'elles sont vides.

« Je ne vais pas te faire du mal », je répète. J'approche, le plus doucement possible, les paumes tournées vers elle.

Elle reste parfaitement immobile, les yeux rivés sur les miens.

Je suis à moins de deux mètres.

« Tout va bien, tout va bien. Donne-moi juste ce rasoir. »

J'approche encore. Je vois dans son regard effarouché qu'elle se sait coincée. Ses doigts tremblent, peut-être à cause de son bras qui s'ankylose, ou de la peur. Mais ça n'a pas d'importance parce qu'au moment où je tends la main pour m'emparer du rasoir, elle applique la lame contre sa propre gorge.

Dans ses yeux, un avertissement catégorique. *Crois-moi, je n'hésiterai pas.*

Je me retrouve de nouveau les paumes en l'air. Je recule.

Le coupe-chou ne dévie pas d'un millimètre.

« S'il te plaît. Baisse ce rasoir. »

La lame reste immobile.

« Tu peux me dire ton nom ? »

Une idée me traverse.

« Tu comprends l'anglais ? Hoche la tête si tu comprends. »

Elle ne hoche pas la tête.

Et merde !

J'essaie l'allemand, l'italien, l'espagnol, le français et l'arabe. Elle me fixe d'un air absent, mais je suis prêt à jurer que j'ai vu une lueur de compréhension dans ses yeux pendant ma quatrième tentative en français. Me fiant à mon intuition, je lui répète dans cette langue : « Tout va bien. Je ne vais pas te faire de mal. »

Son regard me confirme qu'elle comprend. Elle n'abaisse pas le rasoir, mais je remarque qu'elle le presse un peu moins fort contre sa peau.

Je me désigne du doigt. « Seventeen. Je m'appelle Seventeen. Et toi ? »

Ses lèvres remuent ; elle murmure quelque chose d'une voix si faible que je ne saisis pas ce qu'elle dit.

J'ébauche un mouvement vers elle. La lame comprime une nouvelle fois sa gorge. Je me fige.

« Ton nom. Comment tu t'appelles ?

— Mireille, répond-elle d'une petite voix effrayée.

— Mireille, dis-je en écho. C'est un joli nom. Tu parles français ? »

Elle hoche la tête.

« Je te fais peur ? »

Nouveau hochement de tête.

« Tu n'as pas besoin d'avoir peur. Je te le promets. »

Elle abaisse le rasoir de quelques centimètres, encore indécise.

On reste comme ça un moment. Je cherche quoi faire pour la rassurer et ça me frappe comme une évidence. Elle a dû passer des heures dans la forêt à attendre le bon moment pour me tirer dessus. Autour d'elle, pourtant, il n'y avait aucune trace de nourriture. Pas d'emballage de bonbons, pas de gourde, rien.

Je lui demande : « Tu as faim ? »

Nouveau hochement de tête.

12

Malgré toutes ses conneries de macho, Sixteen avait des goûts bizarrement enfantins. Ses placards et son frigo sont bourrés de *junkfood*. Des paquets de céréales Capt'n Crunch et Lucky Charms, des pâtes Alpha-ghetti et des nouilles de courgettes en forme de lettres ou d'animaux, des sachets de gâteaux Twinkies et Suzy Q's à la crème ou au chocolat, des sandwichs Hot Pockets au fromage à toaster et des Pop-Tarts « crousti-dorées ».

Je rassemble paquets et sachets sur le plan de travail, attrape un plateau télé dans le salon et compose l'assortiment le moins sain qu'on puisse imaginer. Au moment où je verse du lait dans un bol plein de céréales fluo, je vois du coin de l'œil son petit visage apparaître dans l'entrebâillement de la porte de la salle de bains. Mais quand je tourne la tête vers elle, elle se planque.

Je prends le plateau et je la rejoins à l'intérieur en poussant la porte du pied. Elle a repris sa position, recroquevillée entre la baignoire et l'évier, et serre toujours le rasoir. Mais le cœur n'y est plus et quand je pose le plateau pour qu'elle voie ce qu'il y a dessus, ses yeux s'écarquillent en une moue d'enfant gourmand.

Je recule contre la porte, et j'attends.

Elle me regarde, méfiante, mais finit par s'approcher du plateau qu'elle flaire comme un chat, oubliant le rasoir. De sa main libre, elle pioche un Hot Pockets au fromage, le renifle et le repose. Même cérémonial avec deux autres articles ; elle m'interroge du regard.

« C'est pour toi, lui dis-je en français. Tu peux manger tout ce que tu veux. »

La petite n'a pas faim : elle est affamée. Elle fait table rase du plateau avec une efficacité méthodique. Pour commencer, plusieurs bols de céréales, puis les pâtes et les sandwichs à toaster, et enfin les gâteaux sucrés. Elle est à la fois curieuse et déterminée, expérimentant chaque aliment comme si c'était une substance extra-terrestre, ou potentiellement toxique, avant de croquer dedans à pleines dents une fois convaincue que c'est comestible.

Il y a de la sauvagerie dans sa façon de se protéger – y compris dans sa manière de m'affronter ou de menacer de s'ouvrir la gorge avec le rasoir. Pourtant elle ne montre pas les stigmates d'une enfant battue ou rejetée. Elle ne protège pas sa nourriture comme j'avais appris à le faire à l'orphelinat. Elle n'a pas de cicatrices visibles. Ses ongles et ses cheveux sont bien coupés. Et qu'elle ne soit pas habituée à la *junkfood* américaine suggère un mode de vie différent, et probablement meilleur.

Je repère un nœud en plastique rose dans sa chevelure.

Peu importe qui elle est, et comment elle a abouti ici, une chose est claire : il y a quelqu'un qui l'aime, ou qui l'aimait jusqu'à très récemment. Cette prise de conscience s'accompagne d'une sensation de déjà-vu qui me submerge.

Elle pourrait être moi au même âge.

Après la mort de Junebug, il n'y avait plus personne pour me protéger de toutes les horreurs qui, une vingtaine d'années et une cohorte de cadavres plus tard, me conduiraient à me terrer dans la maison d'un vieil homme mort, avec un revolver chargé pour me tenir compagnie.

Je ne ressens aucune colère. Rien qu'un désir étrange et inconnu de la protéger.

Elle a toujours sa veste de camouflage, mais quand elle porte le bol à ses lèvres pour boire le lait sucré jusqu'à la dernière goutte, je remarque une protubérance sous le tissu, comme s'il dissimulait quelque chose. Ce n'est pas une arme – je l'aurais sentie lorsque je l'ai portée à l'intérieur – alors, je lui demande en français :

« Mireille, qu'est-ce qu'il y a sous ta veste ? »

Elle lève vers moi des yeux méfiants.

Je la rassure : « Je ne vais pas te le prendre. Je veux seulement voir ce que c'est. »

En guise de réponse, elle rote bruyamment. Elle serre avec défiance les pans de sa veste et incline la tête.

Apparemment, nous sommes entrés en phase de négociation.

« Tu veux autre chose ? »

Elle hoche la tête.

« J'ai soif », répond-elle en français.

Je retourne à la cuisine. Si je veux découvrir ce qu'elle cache, un verre d'eau ou de lait demi-écrémé risque de ne pas suffire. J'ai besoin d'un argument massue.

Je fouille dans le frigo et trouve ce qu'il me faut. Une

bouteille de Coca-Cola mexicain. Un truc de connaisseur, élaboré à partir de sucre de canne au lieu de sirop de maïs. Encore une petite gourmandise de ce boomer de Sixteen.

Je prépare la boisson avec le savoir-faire d'un mixologue. D'abord de la glace, puis le Coca. Ensuite, je coupe une rondelle de citron sur le plan de travail et la presse dans le liquide. Et enfin, je plante une paille – non, soyons fou, deux pailles – dans le verre.

Je retourne dans la salle de bains. Les yeux de Mireille se fixent sur le verre.

Peut-être que la *junkfood* était une nouveauté pour elle, mais elle connaît le Coca.

Elle tend la main, je l'éloigne et fais un signe vers la bosse sous sa veste.

Montre-moi ce que c'est.

Elle secoue la tête.

Je hausse les épaules, approche les pailles de ma bouche, comme si je m'apprêtais à boire.

« Non ! » dit-elle, indignée.

Avec beaucoup de précaution, elle descend la fermeture Éclair de quelques centimètres.

Elle plonge la main à l'intérieur et en sort quelque chose.

C'est un singe-chaussette borgne. À la place du deuxième œil, juste un fil qui pend.

« Je peux ? » J'esquisse un geste mais elle secoue la tête, cramponnée à sa peluche.

Je la rassure. « Tout va bien. C'est à toi. Je ne vais pas te le prendre. »

Il – il a plutôt l'air d'un singe-chaussette mâle – retourne dans sa cachette, sous la veste.

« Attends, lui dis-je. Comment il s'appelle ? »

Elle dit un nom et ça me glace le sang.

C'est mon nom.

Pas un de mes noms d'emprunt actuels. Pas Seventeen, ni Jones, le pseudo que j'utilise parfois, mais mon vrai nom, celui que ma mère m'a donné à ma naissance et que je n'ai plus utilisé depuis le jour où, dans la sacristie d'une église évangélique, j'ai fait sauter la cervelle du gardien moite de sueur du centre éducatif fermé qui avait abusé de moi pendant des années.

Un nom que personne ne devrait connaître.

Mon défunt nom.

La situation vient de passer de mal barrée à super flippante.

13

Une demi-heure plus tard, le sommeil la submerge.

Sous la lumière crue du plafonnier de la salle de bains, les traînées claires de larmes sur ses joues passées au charbon lui font une drôle de tête.

Je mouille un gant de toilette au robinet du lavabo et essuie doucement la peinture noire sur son visage. J'ai peur de la réveiller, mais elle est plongée dans ce profond sommeil de plomb de l'enfance qui disparaît quand on devient adulte. À mesure que le gant nettoie sa peau, je constate que j'avais vu juste. Elle est mulâtre, moitié blanche, moitié africaine, peut-être, ou africaine-américaine, ou complètement autre chose.

Là encore, une sensation de déjà-vu m'envahit et j'ai besoin de m'asseoir. Ce n'est pas seulement qu'elle pourrait être moi au même âge, il y a autre chose. Quelque chose de familier, comme un mot sur le bout de la langue, un visage qu'on n'arrive pas à remettre, ou un parfum qui ramène d'un coup dans un lieu et une époque qu'on ne parvient pas à identifier.

Je lui sèche la figure avec une serviette, puis je la prends dans mes bras et la ramène dans le salon encore plongé dans l'obscurité. Je l'installe sur le canapé et la recouvre d'une couverture navajo. Puis je me laisse tomber dans un fauteuil pour la regarder dormir.

Il est trois heures du matin, le clair de lune étincelle sur la baie vitrée étoilée à l'endroit de l'impact.

Rien n'a de sens dans tout ça.

Si quelqu'un voulait me flinguer pour devenir l'Assassin Eighteen, il l'aurait fait lui-même. L'assassinat par procuration n'aboutit à rien. Il doit y avoir une autre motivation. Mais ça fait un an que je suis sorti du jeu. Quels que soient les secrets que j'ai pu détenir un jour, les détails de toutes mes opérations ont été révélés lors de l'embrasement qui a conduit aux morts de Sixteen et de Handler, la pourriture qui me servait de manager. Donc, je ne représente plus une menace pour personne. Et pourtant, on était prêt à sacrifier une enfant – une petite fille que quelqu'un chérissait, à l'évidence – pour me faire la peau.

Mireille remue dans son sommeil, se retourne plusieurs fois. La couverture monte et descend au rythme de sa respiration.

Une chose est sûre : la mienne, de couverture, est complètement grillée. Celui ou celle qui a accompagné Mireille dans la forêt avec un fusil à lunette, qui a dirigé le canon vers la baie vitrée et qui a tiré la glissière pour l'armer, sait qui je suis et où je vis.

Et si lui, ou elle, a pu le découvrir, d'autres en sont capables.

Il faut que je bouge le plus vite possible, mais je ne peux

pas la laisser là, et un homme seul voyageant avec une petite fille qui n'est pas son enfant risque d'attirer l'attention.

L'autre solution consiste à l'abandonner, la déposer sur les marches d'un hôpital ou d'une caserne de pompiers, puis à passer un appel anonyme pour laisser les services de protection de l'enfance prendre le relais. Mais elle est la seule piste dont je dispose pour découvrir contre qui je me bats, voire même pourquoi. En plus, ayant moi-même fait l'expérience des placements en famille d'accueil, puis de l'orphelinat, et enfin d'un centre éducatif fermé, je n'infligerais jamais une telle punition à un enfant, même s'il a essayé de me tirer dessus.

Et si c'était ça l'idée ?

Si celui – ou celle – qui m'a mis Mireille dans les pattes me connaissait suffisamment pour savoir que je ne lui ferais aucun mal ?

Et si il ou elle savait que jamais je n'infligerais à un enfant – n'importe quel enfant – des épreuves similaires à celles que j'ai vécues moi-même ? Et que je serais tout bonnement incapable de l'abandonner ?

Qu'est-ce que ça voudrait dire ?

Je repense au fusil de précision pas adapté à ce genre de tir, à la limite de sa portée, sur une vitre blindée que ses balles n'avaient aucune chance de pénétrer. Et je repense au singe-chaussette qui porte le même nom que moi, celui que personne ne devrait connaître.

Tout cela laisse entendre que mon ennemi me connaît presque aussi bien que je me connais moi-même, et peut-être même encore mieux. Et qu'en aucun cas, le tir n'était destiné à me tuer, mais à m'attirer en terrain découvert où plus qu'une cible facile je deviens doublement vulnérable à cause de cette enfant inconnue et mutique qu'on m'a laissée sur les bras.

Eh bien, bravo. Ça a marché.

Que le combat commence.

14

Aux premières lueurs de l'aube, je charge un arsenal discret mais carrément létal dans la Jeep Gladiator et je vais chercher la gosse. *Mireille.* Je dois me souvenir que son nom est Mireille.

Elle est toujours endormie sur le canapé et ne se réveille pas quand je la prends dans mes bras, enfouie sous la couverture. Dehors, l'air glacé de la nuit la fait frissonner et elle jette ses bras autour de mon cou. Je ne m'attendais pas à ce que sa tête soit si lourde sur mon épaule.

Voilà à quoi ça doit ressembler d'être père, me dis-je. Cette pensée m'est aussi étrangère que si elle arrivait de l'autre bout de la galaxie.

La portière arrière de la Jeep est ouverte, et je suis obligé de dénouer ses bras de mon cou pour la déposer sur la banquette, entre deux paquetages. Je cale sous sa nuque un filet de camouflage roulé en boudin, boucle la ceinture de sécurité autour de son corps frêle et le recouvre d'une veste.

Je referme doucement la portière pour ne pas la réveiller.

À moins d'un kilomètre du patelin, un panneau MOTEL balance sur des charnières rouillées. Je pénètre sur le parking creusé d'ornières et gare la Jeep à l'arrière, hors de vue.

La première fois que je suis venu dans cette ville, ce motel avait attiré mon attention. Il ressemblait aux dix mille motels croulants jouxtant un parking désert et équipés de la TÉLÉ COULEUR DANS TOUTES LES CHAMBRES, qu'on trouve le long des routes qui quadrillent l'Amérique rurale. Mais ce n'était pas ça qui avait piqué ma curiosité. C'était la silhouette féminine solitaire que j'avais vue de dos, en passant sur la route, sous les lumières de la réception. À cet instant, je ne pouvais pas imaginer à quel point nos chemins allaient s'entrecroiser, ni comment tout ça finirait. Mais aujourd'hui, elle est partie, et il y a peu de chance que nos routes se recroisent jamais.

Mireille est toujours endormie. Je déboucle la ceinture, la porte de nouveau dans mes bras vers la sortie de secours, à l'arrière du motel. Je tape au carreau dépoli aussi fort que possible sans la réveiller. Au bout de deux minutes, une lumière s'allume, une silhouette apparaît, le verrou tourne et la porte s'ouvre sur une femme d'une bonne cinquantaine d'années emmitouflée dans un peignoir. Barb. Ses cheveux peroxydés à la Dolly Parton sont enveloppés dans une résille et une cigarette pend au coin de ses lèvres.

Elle m'observe. Son regard glisse sur la gamine avachie comme un sac dans mes bras.

« C'est quoi ce bordel ? demande Barb.

— C'est une petite fille, je réponds.

— Je vois bien. Mais pourquoi elle est avec toi ? Et qu'est-ce que tu lui as fait ?

— Elle a essayé de me tuer, je l'ai sauvée d'une meute de loups et je l'ai gavée de *junkfood*. Elle s'appelle Mireille. C'est à peu près tout ce que je sais.

— C'est tout ? » Barb tire une bouffée sur sa cigarette.

Il en faut beaucoup plus pour déstabiliser Barb. C'est d'ailleurs la raison de ma présence ici.

« Tu vas finir par me laisser entrer ?

— Est-ce que ça engage ma responsabilité pénale ? Il y a eu des morts ?

— Pas encore », je dis, même si j'ai dans l'idée que ça ne va pas durer.

15

« Essayé de te tuer comment ? » demande Barb, assise sur une chaise usée jusqu'à la corde, dans le bureau à l'arrière du motel. Elle fume toujours. La petite sommeille sur un vieux canapé, recroquevillée sous un édredon bleu.

« Avec un fusil à lunette que quelqu'un avait préparé pour elle dans la forêt en face de la maison. Et qui l'a laissée faire le sale boulot et en subir les conséquences.

— Bordel. » Elle se tait le temps de tirer une autre taffe. « Mais tu devais bien te douter qu'ils finiraient par te retrouver. »

Barb a beau ressembler à une chanteuse country de seconde zone, elle n'est pas née de la dernière pluie. Pas seulement parce qu'elle s'était acoquinée avec Sixteen, mais parce qu'elle avait vécu la vraie vie avant de débarquer dans ce trou du cul du monde, au fin fond du Dakota du Sud. Les tatouages amateurs sur son avant-bras, qui parviennent difficilement à masquer les marques de piqûres, racontent cette histoire ancienne. Je l'ai prise en otage une fois, et j'ai payé cette erreur cash : une bombe entière de spray anti-ours en pleine face. Mais nous avons su surmonter nos différends.

Barb n'est pas ce que j'appellerais une amie, parce que le regard qu'elle porte sur moi et mes motivations est empreint d'un profond scepticisme, mais elle est ce qui se rapproche le plus d'une alliée à une journée de route.

« Elle a dit quelque chose ?

— Presque rien. Elle s'appelle Mireille. Elle parle français. C'est tout ce que j'ai pu en tirer. Je crois qu'on lui a dit de la boucler.

— Pauvre petit oiseau, dit Barb. On entend parler des enfants-soldats, on ne s'attend pas à en trouver un dans son jardin. Tu as une idée de qui elle est, ou de celui qui l'a télécommandée pour te trouer la peau ?

— C'est là que tu entres en jeu.

— Continue.

— On s'est occupé d'elle. Aucun signe de mauvais traitement. Des ongles bien coupés. Un nœud dans les cheveux. On l'a même laissée emporter son doudou. »

Barb lorgne sur le singe-chaussette, qui pointe la tête sous l'édredon.

« Ça suggère que celui qui l'a manipulée était proche d'elle, ou au moins, prenait soin d'elle. Et que c'était quelqu'un qui pouvait circuler avec une petite fille de neuf ans sans attirer l'attention.

— Une femme, dit Barb.

— Je le pense aussi. Qui peut-être se faisait passer pour sa mère. »

Barb fronce les sourcils. « Et l'aurait aimée suffisamment pour l'emmener chez le coiffeur et s'assurer qu'elle avait son doudou, mais en même temps aurait été prête à la sacrifier pour te tuer ? Ça n'a pas de sens. »

Elle a raison. Donc, je rate encore un truc.

« Homme ou femme, je dois mettre la main dessus, dis-je.

— Comment ?

— Si Mireille voyageait avec une femme, il a dû leur falloir du temps pour répéter le tir. Ce qui implique des nuits passées quelque part. Camper les aurait trop exposées, sans compter que j'aurais pu aller inspecter la forêt. Qu'est-ce qu'il reste comme autre possibilité dans le coin ?

— Garer un camping-car sur le parking d'un supermarché, répond Barb. Ou vivre dans un motel pourri comme celui-ci. Le genre d'endroit où on accepte du liquide sans poser de questions. Et si possible, où il n'y ait pas de caméra de surveillance.

— Exact, dis-je. Je penche plus pour le camping-car. Mais elle ne pourra pas monter avec jusqu'en haut de la colline. Il faudra donc un second véhicule. Donc, un autre conducteur. Donc, une base opérationnelle, des relais, une opération de grande ampleur. Trop visible, trop d'éléments qui rentrent en jeu. Je ne le sens pas.

— Alors, il reste le motel.

— Vu que tu tiens celui-ci, j'imagine que tu dois connaître tous les autres à cent kilomètres à la ronde. »

Barb hoche la tête.

« Et je présume qu'il doit y avoir une espèce de téléphone arabe, parce que si un client pique des trucs, fait du deal ou prostitue une fille dans la chambre, il faut faire circuler l'info. »

Nouveau hochement de tête.

« Donc on pourrait passer des coups de fil en racontant qu'une femme et une petite fille ont dormi ici, et que la petite fille a oublié son singe-chaussette. On dit qu'on n'a pas leurs coordonnées, mais qu'elles comptaient séjourner dans un autre motel, et on demande s'ils n'ont pas des clientes qui leur ressemblent ?

— Pourquoi serait-elle encore dans le coin ?

— Parce qu'elle veut connaître la fin, dis-je. La petite n'avait pas de smartphone, ni aucun moyen de faire son rapport. Mon idée, c'est qu'elle est restée pour savoir comment les choses ont tourné. Ce qui nous laisse peut-être vingt-quatre heures pour la retrouver.

— Pigé », dit Barb. Elle allume une nouvelle cigarette au mégot de la précédente. « Encore un truc. Pourquoi tu crois que je vais t'aider ? »

16

« Je ne te demande pas ton aide, je réponds. Je te parle de la petite. Tu sais ce que Mireille veut dire en français ?

— Et comment je saurais une chose pareille ?

— Ça veut dire "miracle". Quelqu'un lui a donné ce nom. Peut-être la même personne que celle qui lui a attaché un nœud dans les cheveux, s'est assurée qu'elle était bien coiffée et que ses ongles étaient coupés. Une personne pour qui Mireille était un miracle. Et l'est peut-être encore. »

Barb se contente de grogner comme si tout ça ne la concernait pas, mais l'idée suit son chemin.

« Et c'est comme ça qu'on pourra la lui ramener », dis-je, et à ma surprise, je me rends compte que je suis sincère.

Barb passe les appels sur le téléphone fixe. Tous les motels indépendants connaissent sa voix éraillée, et si le réceptionniste se montre peu collaboratif, elle connaît par cœur le nom de tous les propriétaires.

Mireille s'est enfin réveillée. Je vais chercher ses muffins et un verre de lait dans le frigo bruyant qui trône dans la prétendue cuisine du motel, puis je l'installe devant une chaîne de télé où des adultes en combinaisons en mousse chantent des chansons. À sa manière de lever les yeux au ciel, je me dis que c'est sûrement trop niais pour une enfant de neuf ans et lui tends la télécommande. Elle zappe comme une pro jusqu'à ce qu'elle tombe sur un épisode de *Bob l'éponge* et s'installe confortablement.

Une heure et demie plus tard, nous obtenons un résultat. Barb me fait un signe de sa main pourvue d'une cigarette et je colle mon oreille à l'écouteur relié au téléphone par un cordon en spirale.

« Une petite fille dans les neuf ans. Mulâtre, oui, avec une femme. Non, je ne l'ai pas vue, c'est le veilleur de nuit qui les a accueillies. J'ai seulement aperçu la gosse près de la machine à glaçons. On a retrouvé son singe. Mais non, un doudou. Vous savez bien, un singe-chaussette. Et je me suis dit qu'il pourrait lui manquer. »

Une voix crachote au bout du fil. Barb cache le micro de sa main.

« Elle dit qu'elles sont arrivées il y a trois jours. Et qu'elles sont toujours là. »

Nouveau crachotement.

« Elle veut me passer leur chambre.

— Dis-lui que tu as un client et que tu rappelleras. »

Barb s'en sort comme une pro. Elle écrit quelque chose sur un bloc. « C'est noté, merci. »

Quand elle a raccroché, elle me montre la feuille, avec un numéro écrit dessus.

17

Je tends à Barb un fusil à pompe Mossberg. « Tu sais te servir de ça ? »

Elle l'empoigne, débloque la sécurité et cale la crosse dans le creux de son épaule.

Celui qui viendra s'en prendre à Barb risque de trouver à qui parler.

Quant à Mireille, même si elle a essayé de me tuer, elle est devenue une cible potentielle. Elle seule connaît la personne qui l'a entraînée dans cette galère, quand bien même elle ne sait absolument pas pourquoi. Pourtant elle tient bon et, maintenant qu'elle a le ventre plein, refuse de répondre aux questions. À l'évidence, elle a peur, mais pas de moi. Dès qu'une voiture passe sur la route, son regard s'envole vers la fenêtre, et elle serre fort son singe-chaussette contre elle.

« Descends avec Mireille au sous-sol, dis-je. Tu t'enfermes, tu éteins toutes les lumières mais tu laisses allumé au rez-de-chaussée. S'ils descendent, ils seront à contre-jour et mettront du temps à accoutumer leurs yeux à l'obscurité. Et tu n'ouvres à personne avant que je te téléphone.

— Et si tu ne reviens pas ?

— Tu sais qui je suis, non ?

— Non, répond Barb. Je sais qui tu étais. J'en ai connu un autre qui avait été quelqu'un, avant. Aujourd'hui, il est mort. Alors pourquoi tu ne m'expliques pas ton plan au lieu de dire des conneries ?

— Quarante-huit heures, je réponds. Si tu n'as pas eu de mes nouvelles, tu appelles le numéro que je vais te donner. Tu trouveras de l'aide. »

Barb écrit le numéro que je lui dicte. « C'est qui ?

— À part toi, la seule personne au monde en qui j'ai confiance.

— Eh bien, pourquoi tu ne l'as pas déjà appelée ?

— Parce que j'ai encore plus confiance en toi. »

Barb pousse à nouveau son petit grognement. Je décide de prendre ça pour un bon signe.

En sortant du parking du motel, j'éprouve une drôle de sensation.

J'ai déjà vécu ça, dans des circonstances qui m'ont appris à ne pas l'ignorer. On ne peut pas exactement parler d'intuition, plutôt d'une vibration dans l'air, du mouvement des feuilles dans un arbre qui t'annonce que le vent a tourné, d'une étrange qualité de la lumière qui t'informe qu'il va y avoir de l'orage, peut-être pas tout de suite, ni même demain. Bientôt. Et qu'en fait, ce ne sera pas un orage, mais plutôt une tempête capable de déraciner des forêts, de changer le cours des rivières et d'emporter des villes entières sous des coulées de boue, modifiant tellement le paysage en profondeur que toutes les cartes routières que tu possèdes seront devenues inutiles. Un monde où tu devras rapprendre à naviguer depuis le début.

Je jette un coup d'œil dans le rétro vers l'enseigne du motel qui s'éloigne. J'essaie de m'ôter cette sensation de la tête, elle ne me quitte pas. J'hésite à faire demi-tour, mais si quelqu'un est résolu à me tuer, cela ne servirait qu'à attirer ses balles vers deux personnes plus ou moins innocentes.

Le feuillage frémit. Il cherche à me dire quelque chose.

Il n'y a qu'un moyen de découvrir ce que c'est.

18

Vermillion est une petite commune rurale absurdement dominée par le DakotaDome, le pharaonique stade des Coyotes, qui écrase tout le reste de la ville. Et notamment, le minable Motel des Voyageurs, qui se trouve dans son ombre.

Je passe devant au ralenti. C'est un motel à un étage, avec une galerie extérieure qui longe les chambres. La 213 – le numéro que m'a donné Barb – devrait être la troisième sur la gauche. Sans surprise, les rideaux sont tirés. Cinq véhicules sont garés sur le parking : deux pick-up, un Dodge et un Ford, une fourgonnette, une Corolla beige des années 90 et un SUV Kia Sorento d'un modèle récent. L'un des deux pick-up est rouillé, l'autre arbore le logo d'une entreprise de BTP de Sioux City. La Corolla et la fourgonnette sont des deux-roues motrices. Par contre, le SUV n'a pas plus de six mois, ses pneus bon marché trahissent un véhicule de location et quand je passe une deuxième fois devant, je repère des projections de boue dans les passages de roue, et un logo 4 × 4 à l'arrière.

Et comme pour ma Jeep, son coffre surchargé pèse un peu plus que nécessaire sur les suspensions arrière.

Celui qui veut ma peau est encore dans le coin, et il est prêt pour la guerre.

Je me gare en face du motel, sur un parking annexe du DakotaDome. J'attends et j'observe. Onze heures du matin, l'heure de libérer les chambres. Mais personne ne sort. Une femme de ménage pousse un chariot sur la galerie et les nettoie l'une après l'autre. Arrivée à la 213, elle passe son chemin sans s'arrêter. D'ici, je ne peux pas la voir à cause de la rambarde, mais une pancarte NE PAS DÉRANGER doit être accrochée à la poignée de la porte.

S'il reste quelqu'un à l'intérieur, il y a de fortes chances pour qu'il ne connaisse pas le résultat du tir. Il aurait pu laisser une radio ou un portable à la petite, mais je n'ai trouvé ni l'un ni l'autre. J'en déduis que soit le résultat était sans importance – ce qui n'a aucun sens –, soit la nécessité de rester à distance était telle qu'il ne pouvait même pas risquer d'utiliser un portable prépayé ou un talkie-walkie bas de gamme.

Je quitte le parking, longe le motel et me gare hors de vue devant une supérette. Je laisse tourner le moteur au cas où ça partirait en cacahouète. J'ai enfilé le plus léger de mes gilets pare-balles. Sous ma veste, j'ai un pistolet automatique à canon court et deux chargeurs en réserve, et, dans mon dos, clipsées à la ceinture, une paire de grenades Nammo.

Les fusillades dans les motels sont souvent vicelardes, brutales et brèves, mais je préfère ne pas prendre de risque.

La femme de ménage s'occupe à présent du rez-de-chaussée. J'attends qu'elle disparaisse dans une chambre pour m'engouffrer dans l'escalier qui mène au premier étage. J'avance à pas feutrés sur la galerie jusqu'à la chambre 212. Je m'arrête, à l'affût. J'écoute. Un bruit de télé. Un talk-show quotidien vomi à haut volume. Je risque un coup d'œil par la fenêtre de la 212, la télé est éteinte. Le son provient donc de la 213.

La personne qui m'a envoyé Mireille devrait être sur ses gardes. Si le coup a foiré, elle doit bien se douter que je vais la traquer, mais au lieu de ça, elle fait hurler sa télé quitte à étouffer les bruits de pas du type venu lui faire la peau.

Si c'est une erreur, ça me va. Mais tout ce que j'ai vu jusqu'à présent me suggère que ce n'en est pas une.

Je sors le pistolet automatique, contrôle ma respiration, compte jusqu'à trois, puis je prends appui contre la rambarde et défonce d'un coup d'épaule la mince porte de la chambre. Elle s'ouvre à la volée – aucun son de verrou arraché. Je fais un roulé-boulé au milieu de la pièce.

Je me remets sur pied, pivote sur moi-même et tâche de localiser ma cible.

Mais il n'y a personne dans cette chambre.

Et soudain, je vois « ça ».

Je dis « ça », parce que, dans tous les cas, ce n'est plus une personne.

19

C’est un corps, un sac de chair, un truc mort.

J’allume la lumière.

Une femme est attachée au lit par les poignets. Elle est tout habillée, mais on l’a torturée. Sa bouche a été obturée avec du ruban adhésif pour étouffer ses hurlements. Elle est noire, mais son visage a été tellement réduit en bouillie qu’on n’arrive plus à discerner ses traits.

Je referme la porte. Le châssis était déjà défoncé quand je suis entré, et la gâche arrachée du chambranle. Quelqu’un – qui ? – est arrivé avant moi et a torturé, puis assassiné, la femme sur le lit, en se servant des cris débiles de la télé pour masquer, au moins en partie, ses hurlements de douleur. Je cale le dossier d’une chaise sous la poignée de porte pour la bloquer. Pas le moment qu’une femme de ménage ou un gérant de motel me tombe dessus.

Deux brosses à dents sur la tablette de la salle de bains. Et deux sacs de voyage à côté du lit, un grand et un petit. J’ouvre le petit. Des vêtements de fillette bien pliés, à la taille de Mireille.

Aucun appareil. Ni iPhone, ni iPad, ni ordinateur. L’assassin a dû les emporter. Mais il a laissé quelque chose. Une carte topographique. On y voit ma maison, et au bout d'un trait, un X signale la position du tireur dans la forêt juste en face, entourée par des courbes de niveau.

Je me retourne vers le lit et la forme allongée dessus, en m'efforçant de ne pas imaginer ce qu'elle a enduré avant de mourir. Et d'un coup, mon front se trempe de sueur. Encore la même impression de déjà-vu que lorsque je regardais Mireille. Mais celle-ci est plus forte, et s'accompagne d'une pensée que je n'arrive pas à chasser.

C'est complètement délirant, ça n'a aucun sens, pourtant, je dois savoir si j'ai raison.

Je trouve une serviette dans la salle de bains et la passe sous l'eau. Puis je retourne vers le cadavre, et avec toute la délicatesse dont je suis capable, même si ça ne lui fait plus ni chaud ni froid, entreprends de décoller le ruban adhésif plaqué sur ses lèvres. Un autre morceau de chiffon est coincé à l'intérieur de sa bouche. Je le sors doucement. Ses joues se relâchent vers l'intérieur, ce qui affine d'un coup son visage, mais n'apaise en rien le sentiment de panique que je sens monter en moi.

J'essuie le sang séché sur ses lèvres, son nez, ses yeux, son front, jusqu'à ce que son vrai visage – même enflé, battu et avec le nez fracturé – apparaisse.

Je recule, chancelant, je n'arrive plus à respirer. Elle a les mêmes pommettes saillantes que Mireille, mais la ressemblance ne s'arrête pas là. La femme sur le lit n'était pas une manipulatrice amorale qui forçait une enfant-soldat à commettre un meurtre par procuration. Si elle lui a coupé les ongles et attaché un nœud dans les cheveux, si elle a plié ses vêtements et s'est assurée qu'elle n'oublie pas sa peluche préférée, ce n'était pas parce que ça faisait partie de son boulot ou qu'elle avait besoin de gagner sa confiance, mais parce que Mireille était sa fille.

À la nuit tombante, elle l'a emmenée dans la forêt et laissée toute seule avec un fusil à lunette chargé dont elle lui avait enseigné le maniement. Elle a pointé le canon dans ma direction et lui a répété de bien attendre de voir apparaître ma tête entre les lignes croisées du réticule, puis de vider ses poumons et de faire le vide, et ensuite de presser la détente. Et à la fin, elle lui a dit adieu, laissant sa propre enfant combattre un homme qu'elle n'osait pas affronter seule, ou que, pour des raisons impénétrables, elle ne voulait ni rencontrer ni tuer.

Mais ce n'est pas ça qui m'a coupé le souffle.

Si j'ai tant de mal à respirer, c'est parce que je sais qui elle est. Et non seulement je connais son nom, mais aussi les moindres courbes et anfractuosités de son corps. Je connais l'odeur de son haleine et le parfum musqué de sa peau. Je sais aussi les lignes de ses mains collées aux miennes, et ce que je ressens au moment où son souffle s'accélère jusqu'au paroxysme, quand tout son corps s'arc-boute avant de se détendre doucement sous le mien.

J'ai du mal à respirer parce que j'ai été amoureux de cette femme, et que pendant très longtemps, j'aurais sacrifié tout ce que je possédais, et tout ce que j'étais, pour la revoir.

DEUXIÈME PARTIE

20

Perchée à plus de deux mille mètres d'altitude à cheval sur les plaques tectoniques nubienne et somalienne, la ville d'Addis-Abeba aime à se penser en capitale politique de l'Afrique. L'aéroport international de Bole ne possède qu'une seule piste, mais il est difficile de ne pas ressentir une espèce de solennité lorsqu'on y atterrit. Bien qu'on soit à proximité de l'équateur, quand on débarque sur le tarmac, l'air est agréablement frais, exempt de l'étouffante chaleur de haut-fourneau qui assaille à plus basse altitude.

Addis-Abeba est une belle ville. Une ville formidable. Et pour une fois, je n'étais pas venu pour tuer quelqu'un, mais au contraire, pour empêcher un assassinat.

Il s'appelait Suleiman Abdi et c'était un homme politique brillant, politicien à la fois démagogue et prudent, qui n'était pas éthiopien, mais somalien. Leader charismatique, il avait fui son pays où il était menacé de mort et tissé depuis des années des liens avec les pays voisins – l'Érythrée, le Kenya, l'Éthiopie et le Soudan. Le mois suivant, il devait prendre la parole à la Conférence des chefs d'État de l'Union africaine dont le siège est situé à Addis-Abeba et il se murmurait qu'il allait y annoncer la création d'une sorte de gouvernement somalien en exil. On parlait même de la formation d'une Union des États de l'Afrique de l'Est, qui pourrait constituer la première pierre si longtemps espérée des États-Unis d'Afrique.

Il était peu probable que tout ça voie jamais le jour, mais ça n'avait pas d'importance parce que si Abdi parvenait à fédérer les autres États derrière lui, il pourrait rentrer en Somalie avec une image d'acteur fort, sans supporter l'opprobre d'être un pantin du Grand Satan américain.

Cela rendait pas mal de gens nerveux – pas seulement les politiciens somaliens, les dirigeants islamistes et les seigneurs de guerre dont le pouvoir risquait d'être menacé, mais d'autres parties intéressées au niveau régional, telles les superpuissances qui avaient profité pendant des décennies d'une politique africaine visant à diviser pour mieux régner, et les trafiquants d'armes et autres intermédiaires qui s'étaient engraissés sur chaque bombe, balle ou roquette antichar tirée lors du sanglant et fratricide conflit somalien.

Pas étonnant donc qu'on soit prêt à payer quelqu'un un million et demi de dollars pour le tuer. Ni qu'on me verse une somme équivalente pour lui éviter d'être tué.

Ce quelqu'un, c'était Ali Olusi.

Ali était moins gradé que moi dans la hiérarchie de la mort, mais pas beaucoup plus bas. Et par certains côtés – notamment en Afrique, et surtout en Afrique de l'Est – on le craignait plus que moi.

À tous égards, Ali était mon opposé. Ma marque de fabrique était un cocktail extravagant de fringues de créateurs, de voitures de sport et de prises de risque insensées.

La sienne, c'était l'invisibilité totale. Personne ne savait à quoi il ressemblait, ni comment il se débrouillait pour passer sous les radars de pays en pays. Il apparaissait soudain, sans un bruit, comme par magie, s'acquittant de sa mission en ne tirant qu'une seule balle, et s'évaporait à nouveau. Ses cibles se faisaient abattre dans des hôtels, dans les ascenseurs, dans les bars, dans la rue et même chez elles. Elles n'étaient à l'abri nulle part. Le peu qu'on savait de lui, c'était qu'il était mince et toujours tiré à quatre épingles quand il sortait brièvement de l'ombre pour mieux y retourner.

Il n'acceptait pas souvent de contrats mais il les honorait toujours. Son travail était impeccable, précis, élégant. Splendide.

Certains affirmaient qu'Ali était un fantôme, ou qu'il avait recours à la sorcellerie, et ils en profitaient pour vendre des talismans et des potions à des riches inquiets de se retrouver dans sa ligne de mire. Moi, je savais qu'il n'était pas un fantôme. Il était juste très, très bon. Ses tirs étaient parfaits non seulement parce qu'il avait une technique irréprochable mais aussi parce qu'il les préparait méticuleusement. De sorte qu'au moment de son unique coup de feu, il connaissait la position de toutes les caméras de vidéosurveillance dans un rayon de mille cinq cents mètres, et dix ou vingt itinéraires d'évacuation différents. Il savait les plannings de chaque conducteur de bus et employé d'hôtel, les horaires des éboueurs et des rondes de police, et l'endroit précis où se trouverait sa cible et à quel moment. En plus, il travaillait en solitaire, ce qui l'assurait que personne ne pourrait le trahir. Il ne se reposait sur aucune organisation et n'avait pas de superviseur. Il ne comptait sur personne pour réserver ses billets d'avion ou lui envoyer une équipe de nettoyage. Il acceptait les contrats qu'on lui proposait par le biais des réseaux proxys à sept couches, montrant qu'en plus du reste il était fort en informatique. Et il faisait tout ça tout seul.

En un mot comme en cent, Ali était un vrai pro.

Et au moment d'atterrir à Addis-Abeba, j'étais déjà un peu amoureux de lui.

21

Bientôt, la ville grouillerait de journalistes, de diplomates, d'espions et d'ONG. Or, si je voulais avoir une chance de repérer Ali Olusi, j'avais besoin de temps. J'arrivai donc avec quinze jours d'avance. Je n'étais pas vraiment du style à me fondre dans la masse, préférant affirmer ma propre marque de fabrique – *la sécurité par l'excentricité.* Une fois mon passeport tamponné et mes bagages récupérés, mon premier geste consista à louer une Lamborghini vert citron et à la faire vrombir jusqu'à l'entrée du Hilton. Je distribuai de généreux pourboires au voiturier, au groom, au réceptionniste et à tous ceux qui posaient les yeux sur mon auguste personne aspergée d'eau de Cologne hors de prix mais un peu vulgaire. Puis, je me dirigeai droit vers le bar et passai les six jours suivants à me bourrer la gueule dans des proportions épiques en me vantant de mes relations avec un oligarque russe dont je dirigeais à présent le fonds d'investissement, sous-entendant lourdement que mes intérêts se situaient dans un mélange de blanchiment d'argent et de trafics variés d'armes, de diamants, de drogues et de chair humaine.

Pour parfaire le tableau, je m'offris les services d'une époustouflante variété d'escort-girls de luxe à gros seins, de différentes origines ethniques et nationalités, et perdis des sommes colossales dans le plus grand tripot clandestin d'Addis-Abeba. Je pris le volant ivre mort et démolis la Lambo, puis j'arrosai les policiers de bakchichs qui dépassaient leur salaire mensuel.

Au bout d'une semaine, plus personne n'avait le moindre doute sur moi. J'étais *ce* gros connard de Blanc qui se croyait tout permis et que le personnel de l'hôtel prenait pour un idiot, un vantard et un pigeon qu'on pourrait facilement délester de ses liasses d'argent liquide avec de l'alcool et / ou une compagnie féminine sympathique. Tout le monde me connaissait, je connaissais tout le monde, et plus personne ne s'intéressait à moi.

Le mode opératoire d'Ali, j'en étais sûr, consistait aussi à faire partie des meubles, mais d'une manière radicalement différente. S'il ne laissait jamais de trace en passant la frontière, c'était parce qu'il arrivait longtemps avant son contrat et ne quittait le pays que lorsque tout le monde l'avait oublié. Dans ce cas, il pouvait déjà être à Addis-Abeba depuis des semaines, voire des mois, employé quelque part ou client à demeure dans un hôtel, ou visiteur lambda muni d'un visa de tourisme. Un type que j'avais déjà rencontré, j'en aurais mis ma main au feu. Et s'il était aussi bon que je le pensais, il avait déjà dû vérifier mon identité et se renseigner sur les affaires de l'oligarque, en utilisant les sept couches d'un proxy anonymiseur pour s'assurer que son historique de recherches ne pourrait jamais conduire jusqu'à lui.

Ma couverture était béton, quasi parfaite, étayée par une foultitude d'entrées Wikipédia, des sites Web d'entreprises, des numéros de sociétés et même des articles de presse. Le souci, c'était que la perfection risquait de ne pas être suffisante. Parce que la préparation minutieuse d'Ali et son hypersensibilité aux menaces potentielles signifiaient qu'il y avait de fortes chances qu'il me repère, tout comme moi je le détecterais.

Je ne savais pas du tout s'il souhaitait cette confrontation, mais si une personne sur terre avait le potentiel pour devenir l'Assassin Eighteen, c'était Ali.

Pendant la semaine suivante, nous allions jouer à cache-cache en terrain découvert.

Et le perdant prendrait une balle.

22

Pour les Éthiopiens, le café est une affaire sérieuse. La clé de voûte de cette obsession, c'est la *jebena buna*, la cérémonie du café, qui se déroulait chaque matin dans l'atrium du Hilton. Je m'étais douché et changé mais traînais encore derrière moi les vapeurs de tout l'alcool ingurgité la veille quand je descendis l'escalier, guidé par la senteur de l'encens qu'on brûlait lors du rituel.

La maîtresse de cérémonie lavait et faisait torréfier le café dans une petite poêle. C'était une jeune serveuse, petite et mince. Pourtant, une force vigoureuse émanait d'elle pendant qu'elle réduisait les grains en une poudre très fine avec un pilon de pierre dans un mortier en bois. Ensuite, elle prépara le café dans la *jebena*, un grand pot en terre cuite, et remplit les minuscules tasses que les hôtes tenaient dans leurs mains en coupe. Le café était à la fois doux, granuleux et amer, et chaque matin, je lui disais que je n'en avais jamais goûté de meilleur, ce qui était vrai, et elle souriait, ce qui était gentil de sa part parce que chaque client souffrant de gueule de bois lui disait la même chose.

De temps en temps, elle officiait également pour le service

du midi, mais je ne me suis jamais retrouvé à une table dont elle avait la charge. Le quatrième soir, elle apparut derrière le comptoir du bar, alors que je pérorais en allemand devant un groupe d'industriels de la Ruhr venus en Éthiopie pour finaliser l'achat d'une mine de potasse. L'alcool aidant, ils finirent par me révéler que leur vrai boulot consistait à élaborer un plan d'évasion fiscale, auquel je fis mine de m'intéresser. On échangea nos cartes professionnelles et ils me quittèrent vers deux heures du matin, chacun avec une dame de compagnie rémunérée.

J'étais le dernier client au bar, et ce fut elle qui m'apporta le reçu à signer. J'écrivis mon numéro de chambre dans une case, puis parus hésiter au moment d'inscrire le montant du pourboire sur la ligne vierge prévue à cet effet.

Je relevai les yeux. Elle portait un badge à son nom.

« Gracious, dis-je. C'est votre nom ? »

Elle hocha la tête.

« Ce n'est pas un pseudo ? »

Elle fronça les sourcils. « Pourquoi ça ne serait pas mon nom ?

— Eh bien, certaines filles... Celles qui traînent dans l'hôtel. Elles ont des noms d'emprunt. Professionnels. Ceux qu'elles veulent qu'on utilise quand on s'adresse à elles. Et elles se fâchent si on leur demande leur vrai nom. »

Elle avait la peau foncée et l'éclairage était tamisé. Pourtant, je vis qu'elle rougissait.

« Je ne suis pas ce genre de fille, dit-elle.

— Alors quel genre de fille êtes-vous ? »

Je l'avais mise mal à l'aise. Elle lançait des coups d'œil autour d'elle. Mais le barman était invisible, parce que c'était l'heure de sa pause, quand il sortait fumer un joint avant un dernier coup de nettoyage.

« Je suis désolée, dit-elle. Je ne vois pas ce que vous voulez dire. Si vous voulez bien… »

Elle désigna le reçu.

« Si je voulais vous donner un pourboire directement, Gracious. Comment devrais-je m'y prendre ? »

Je souris. Ce n'était pas un joli sourire. Et je n'en étais pas fier, mais il était nécessaire parce qu'il était raccord avec la personne que je feignais d'être.

Un sourire qui disait : *Je veux te payer pour te baiser.*

Elle changea d'expression. Jusque-là, c'était celle d'une jeune serveuse peut-être un peu naïve, le genre de fille à qui un garçon de salle demanderait un rencard, sachant qu'il pourrait la raccompagner chez elle ensuite, sans que ses parents y voient rien à redire. Mais alors que je continuais à sourire, je vis une froideur glaciale s'inscrire sur son visage, qui laissait transparaître une dureté bien enfouie qu'elle aurait préféré ne jamais exhumer. Je reconnus cette expression : j'affichais la même quand on me parlait du centre de détention juvénile, ou si on me posait des questions sur ma mère.

« Je vous l'ai dit, reprit-elle, d'une voix altérée. Je ne suis pas ce genre de fille.

— Non, répondis-je. Il faut croire que non. » Je signai la note, laissant vierge la case pour le pourboire et l'espace pour le total. « Vous n'aurez qu'à mettre ce que vous voulez. »

Elle traça ostensiblement un gros zéro.

Le lendemain, c'était une autre fille qui officiait à la *jebena buna.* J'affichai mon plus beau sourire de touriste et lui demandai où était Gracious.

« Oh, nous avons échangé nos postes, répondit-elle. Seulement pour aujourd'hui.

— Et quel est votre poste habituel ?

— Femme de chambre.

— Laissez-moi deviner, dis-je. Au troisième étage ? »

Elle fronça les sourcils. « Comment vous le savez ? »

23

Le chariot des femmes de chambre était devant ma porte. Un bruit d'aspirateur provenait de l'intérieur mais le son était stable, comme si l'appareil était immobile. En plus, je perçus un petit déclic qui ressemblait à celui d'un fermoir de valise.

Je tirai le pistolet qui n'avait pas quitté le creux de mes reins depuis mon arrivée à Addis-Abeba et me plaquai contre le chambranle. Trente secondes plus tard, l'aspirateur s'arrêta. Puis j'entendis le verrou de la porte qu'on tournait de l'intérieur et lorsque la femme de chambre sortit, je lui enfonçai le canon dans le dos, plaquai la main sur ses lèvres, la repoussai à l'intérieur et claquai la porte derrière moi.

C'était Gracious.

Je la fouillai de la main qui tenait le pistolet, mais son uniforme était assez serré pour que je sache déjà qu'elle n'était pas armée.

« Je vais enlever ma main, la prévins-je en collant le canon contre sa tempe. Si tu fais le moindre bruit, je te tuerai. »

Je libérai sa bouche.

« Si vous me tuez, il saura que vous êtes ici, répondit-elle.

— Qui ça ?

— Je ne connais pas son nom. »

Je la lâchai et lui fis signe de s'asseoir sur le lit. Elle obéit, tremblante de peur.

« Maintenant, tu vas tout me raconter.

— Je ne peux pas. Il me tuerait.

— Alors, c'est moi qui vais te tuer. Et tu as raison, il saura que je suis ici. Du coup, il annulera toute son opération, ce qui est mon but. Dans un cas comme dans l'autre, ça me va. Allez, parle. »

Elle fondit en larmes. Puis me raconta tout.

24

Tout avait commencé quatre semaines plus tôt. Alors qu'elle se rendait au travail, un homme qu'elle n'avait jamais vu s'était assis à côté d'elle dans le bus. Il connaissait son nom et son adresse et lui expliqua qu'il la tuerait ainsi que toute sa famille si elle ne faisait pas exactement ce qu'il disait. Il l'emmena sur une grande place ouverte et lui expliqua qu'elle devrait être ses yeux et ses oreilles à l'intérieur de l'hôtel. Il voulait des détails sur tous les clients, surtout les étrangers, en particulier ceux qui n'avaient pas l'air d'être ce qu'ils prétendaient.

« Comment t'es-tu doutée que je jouais un personnage ?

— Le premier jour, dit-elle, le lendemain de votre arrivée, vous êtes venu boire le café avec les autres. Vous faisiez tout pour qu'on vous remarque et que tout le monde sache qui vous étiez. Mais quand vous avez croisé mon regard, juste pendant une seconde, vous n'étiez plus la même personne. Et vous vous êtes repris. Il a dit que je devais me fier à mon intuition, que si je suspectais quelqu'un, je devais le garder à l'œil. Et que si je découvrais quelque chose, il me donnerait encore plus d'argent.

— Alors, c'est pour l'argent que tu as fait ça ?

— Non. Je l'ai fait parce qu'il a menacé de tuer ma famille. L'argent n'est pas pour moi. C'est pour mon petit frère. Il est malade. Il a une leucémie, un cancer du sang d'un type très rare.

— Comment s'appelle-t-il ? Ton frère ?

— Marvellous.

— Fais-moi voir sa photo. »

Elle sortit son téléphone et me montra la photo d'un adolescent sous perfusion qui levait les pouces.

« Maintenant, une où vous êtes tous les deux. »

Elle scrolla jusqu'à trouver une photo d'elle, plus jeune, avec le même garçon, main dans la main à l'entrée d'un zoo.

« Et maintenant, ton Facebook. »

Elle ouvrit sa page. Des photos de sa famille, son père, sa mère, ses grands-parents. Des photos d'école.

« Très bien, tu peux le fermer. Depuis combien de temps tu travailles ici ?

— Deux ans.

— Le zoo sur la photo, c'est à Kano, au Nigeria. Pas en Éthiopie.

— Je suis née au Nigeria, mais on a déménagé ici il y a quelques années.

— Pourquoi ?

— Boko Haram se rapprochait de notre village. Ils avaient kidnappé des écolières à une trentaine de kilomètres et assassiné toute leur famille. Mes parents avaient des proches en Éthiopie, alors on a fui. Deux semaines après notre départ, ils sont arrivés dans notre village, ont tué la population adulte, et emmené les jeunes filles pour s'en servir d'épouses ou de prostituées, et les garçons pour en faire des enfants-soldats. Venir ici nous a coûté tout ce qu'on avait, et Marvellous était déjà malade. Alors, quand l'homme m'a donné cet argent... »

Elle se tut et s'essuya le nez du revers de la main.

Je lui tendis un Kleenex.

« Il sait que j'existe ? »

Elle hocha la tête.

« Et que sait-il, précisément ?

— Juste que j'ai eu une intuition.

— Comment tu le contactes ?

— Il débarque à l'improviste, comme il a fait dans le bus. La dernière fois, j'étais au marché. Je pense qu'il m'observe d'abord pour être sûr que je ne suis pas suivie.

— À quoi ressemble-t-il ? »

Elle me renvoie un regard vide.

« Il est blanc, noir, grand, petit, maigre, gros ? Il a des cicatrices ? Ses cheveux sont de quelle couleur ? Comment est-il habillé ?

— Il fait ma taille, peut-être un peu plus. Mince, comme vous, mais ça se voit qu'il est costaud. Chaque fois, il portait des vêtements différents et des lunettes de soleil qui m'empêchaient de voir ses yeux. Et un chapeau... je ne sais pas si ses cheveux étaient longs ou courts.

— Il a un accent ?

— Il parlait anglais, mais c'est difficile pour moi de reconnaître les accents. D'après les traits de son visage, je dirais qu'il pourrait être kenyan, ou peut-être somalien.

— Allons, il doit bien avoir un truc particulier.

— Ses dents, répond-elle. Il avait de mauvaises dents.

Cassées comme s'il avait reçu un coup sur la bouche. Un coup de crosse, quelque chose comme ça. »

Puis, elle releva les yeux. « Comment vous avez deviné que je vous espionnais ?

— Ce n'était pas bien compliqué, répondis-je. Au déjeuner, tu évitais d'être à ma table pour pouvoir m'observer à distance. Ensuite, tu as changé de poste pour travailler au bar et continuer à me surveiller le soir. Ça ne pouvait vouloir dire que deux choses. Soit tu pensais qu'il y avait de l'argent à gagner avec moi, soit tu travaillais pour Ali.

— C'est son nom ? »

Je hochai la tête. « C'est pour ça que je t'ai fait des avances. J'avais besoin de savoir si c'était l'un ou l'autre. Et tu m'as répondu.

— Vous voulez dire que vous n'auriez rien su si j'avais couché avec vous ? » J'acquiesçai de nouveau.

Elle réfléchit quelques secondes et demanda : « Qu'allez-vous faire de moi ?

— Ça dépend, dis-je. Ça dépend si tu es une bonne menteuse ou non. »

Elle secoua la tête. « Pas très bonne. Mes parents étaient très stricts. Ma mère nous frappait à coups de chaussure si on disait un mensonge.

— Eh bien, tu vas lui dire la vérité en gardant sous silence ce qui s'est passé dans cette chambre. Raconte que je t'ai fait des propositions hier soir, et que tu m'as remballé. Puis que tu as fouillé ma chambre sans rien trouver. Mais que tu me soupçonnes toujours. Il te dira de continuer à creuser, de te rapprocher de moi. Il te dira aussi sûrement de coucher avec moi. Et tu feras exactement ce qu'il te dit.

— Y compris coucher avec vous ? »

Cette perspective ne me paraissait pas tout à fait désagréable.

« Ça dépend entièrement de toi.

— Je vous l'ai déjà dit : je ne suis pas ce genre de fille. »

25

Cette nuit-là, je la suivis quand elle rentra chez elle. Elle prit le bus à travers les rues bondées jusqu'à un immeuble de cinq étages avec des barreaux aux fenêtres et du linge qui séchait aux balcons. Dans la rue, des enfants jouaient parmi des chiens errants. Les stores de son appartement étaient baissés, je ne pouvais donc pas voir à l'intérieur, sauf son ombre qui se déplaçait. Je fis le guet pendant deux heures. Personne n'entra ni ne sortit de chez elle.

Le lendemain, elle avait repris son poste habituel et préparait le café dans l'atrium. Elle croisa mon regard en me servant, mais ne laissa rien paraître de ce qui s'était passé la veille. Après la cérémonie, pendant qu'elle nettoyait les tasses et les petits bols de pop-corn servis avec le café, je lui demandai s'il l'avait contactée.

Sans lever les yeux, elle tendit la main pour prendre ma tasse.

« Ce matin. De bonne heure. Quand je suis sortie, il était dans le hall de mon immeuble, près de la porte d'entrée.

— Qu'est-ce qu'il a dit ?

— Il dit de flirter avec vous. De vous charmer. De vous

attirer hors de l'hôtel et de prendre une photo si possible. Il a dit aussi que je devais vous faire croire que c'est du sérieux, que c'est vous qui m'intéressez, pas votre argent. Et que si c'est nécessaire, je devais coucher avec vous.

— Alors, à partir de maintenant, c'est exactement ce que nous allons faire, dis-je. Pour commencer, je vais te demander si tu as envie de passer la journée avec moi.

— Aujourd'hui ? Je ne peux pas. Je travaille.

— Demain, dans ce cas. Trouve une fille pour te remplacer. Tiens… »

Je sortis plusieurs billets de ma veste. « Dis-lui que je te paie et que tu partageras l'argent avec elle. »

Elle jeta un coup d'œil alentour, saisit les billets, les plia et les enfouit dans sa poche.

« Maintenant, souris. Et tu n'as même pas besoin d'être sincère. »

Elle afficha un sourire de façade.

Ce soir-là, elle n'était pas au bar. J'amusai mon entourage habituel de parasites, de prostituées et d'intrigants, mais le cœur n'y était pas. Plus tard, dans mon lit, je me rendis compte que mon rendez-vous du lendemain me rendait nerveux, et pas à cause d'Ali Olusi. Bien sûr, il allait nous observer – c'était le but, utiliser sa curiosité pour l'obliger à se découvrir – mais ce n'était pas pour ça que je me tracassais.

C'était parce que j'avais un rencard. Et que même si j'avais baisé beaucoup de gens et en avais expédié au moins autant de vie à trépas, un rendez-vous avec une fille était un truc complètement nouveau pour moi.

26

Elle m'attendait devant l'ascenseur, debout dans la lumière du soleil matinal filtrée par les portes vitrées du hall. Elle portait une robe blanche en lin qui lui couvrait les épaules, un chapeau de paille comme ceux des écolières et des souliers noirs vernis.

Je m'approchai d'elle et l'embrassai sur la joue. Instinctivement, elle détourna la tête.

« Écoute-moi bien, lui murmurai-je à l'oreille. Ali finira par te tuer. Il ne peut pas se permettre de laisser vivre quelqu'un qui sait à quoi il ressemble. Il ne laisse jamais de témoin, et tu es déjà un témoin. Ta seule chance de survie, c'est de m'aider. J'essaie de te sauver la vie, d'accord ? Parce que sinon…

— D'accord », dit-elle. Et elle m'embrassa sur la joue.

Ses lèvres étaient douces et chaudes. Ça ressemblait presque à un vrai baiser.

« Où allons-nous ? demandai-je.

— Ça ne se voit pas ? » répondit-elle en reculant d'un pas pour me montrer sa robe.

Le cœur d'Addis-Abeba est le *Kidist Selassie*, la cathédrale orthodoxe éthiopienne où les héros de la guerre sont enterrés en compagnie de la suffragette anglaise Sylvia Pankhurst qui, pour des raisons complexes, vécut ses dernières années en Éthiopie, invitée par l'empereur Hailé Sélassié, avant d'être honorée par des funérailles nationales.

Une fois dépassés les anges qui gardent l'entrée, comme nous quittions la lumière du soleil pour la pénombre fraîche du grand bâtiment blanc, Gracious glissa sa main dans la mienne. Je savais bien qu'elle jouait le rôle que je lui avais assigné, mais ça n'avait pas d'importance. C'était la première fois que je donnais la main à quelqu'un depuis que ma mère avait tenu la mienne, lorsque j'étais enfant.

À l'intérieur, la cathédrale était silencieuse, dépouillée et d'une beauté envoûtante. On prit place sur un des bancs fermés en bois sombre, et, tandis qu'on inclinait la tête en signe de recueillement, je lui demandai :

« Tu l'as repéré ? »

Elle secoua la tête.

« Il faut que tu me fasses un signe si tu le vois.

— Quel genre de signe ?

— Quelque chose qui paraisse intime et naturel.

— Comme ça ? »

Tendant la main, elle enleva un fil invisible sur le revers de ma veste. Son visage se retrouva si près du mien que je pouvais sentir son souffle sur mon cou. Elle ne portait pas d'autre parfum que celui du savon et de sa peau lavée de près.

« Comme ça, c'est parfait. »

Après la cathédrale, on joua les touristes. Au fil de l'après-midi, elle commença à se détendre, entrant dans le jeu et semblant même y prendre plaisir. À plusieurs reprises, elle m'adressa un large sourire d'où toute timidité avait disparu, et une fois même, elle éclata d'un rire un peu trop bruyant et se couvrit immédiatement la bouche avec la main.

Vers cinq heures, on fit une pause dans un bar donnant sur la rue. Elle m'y parla de son enfance au Nigeria, de la maladie de son frère, et du prix exorbitant de son traitement. Mais ses histoires se terminaient invariablement par l'irruption de Boko Haram dans le village voisin, et par leur fuite précipitée.

« La route est longue entre le Nigeria et l'Éthiopie, fis-je remarquer. Pourquoi être partis si loin ?

— Parce que mon oncle vivait ici, répondit-elle. Le frère de ma mère. Il était venu ici pour travailler pour l'Union africaine. Il est mort depuis.

— Et tes parents ?

— Quoi, mes parents ?

— Ils sont encore vivants ? »

L'espace d'un instant, j'aurais juré que ses yeux se brouillaient de larmes, mais ils se fixèrent sur un point derrière moi, et elle tendit la main pour enlever un fil invisible sur le revers de ma veste.

27

« Il est là ? »

Elle hocha la tête.

« Décris-le.

— De l'autre côté de la rue. Il doit faire un mètre quatre-vingts et porte un costume. Il fait semblant d'allumer une cigarette, mais son briquet ne fonctionne pas.

— Mets tes lunettes de soleil.

— Hein ?

— Si je me retourne, il saura que je l'ai repéré, et ce sera ton arrêt de mort parce qu'il saura que tu as vendu la mèche. Mets tes lunettes. »

Elle plongea la main vers son sac mais, nerveuse, dut s'y reprendre à plusieurs fois pour l'ouvrir. Elle sortit ses lunettes, mais une des branches se coinça dans la sangle, et elle les fit tomber.

« Désolée. Je suis désolée, dit-elle. Je ne sais pas faire ce genre de choses. »

Elle tâtonna par terre, ramassa ses lunettes et les chaussa. Je regardai mon reflet dans les verres, et la rue derrière.

« Je ne le vois pas.

— Il est parti. Il a dû voir… non, là-bas ! »

Elle tendit le doigt vers la droite, dans mon dos. Je me retournai au moment où un camion me masquait le trottoir d'en face.

« Merde !

— Vous n'allez pas le poursuivre ? »

Je la dévisageai.

« C'était le plan depuis le début ?

— Quoi ?

— M'amener à le poursuivre ? À m'exposer ? Tu me le montres, je le prends en chasse et il peut me descendre quand et où ça lui chante, à distance de l'hôtel. Pas de remue-ménage, pas de scandale, pas de vague. Et après, il achève son contrat comme prévu depuis le début. C'était ça le plan ? »

Je pris sa main dans la mienne comme un amoureux, mais la serrai assez fort pour lui faire mal.

« Non ! dit-elle. Non. Je… je vous l'ai dit. Je ne sais pas faire ce genre de choses. Je fais de mon mieux. J'essaie juste de rester en vie et de ne pas faire tuer ma famille. Je vous en prie ! »

Je retirai ses lunettes pour mieux voir ses yeux.

Cette fois, une grosse larme coula sur sa joue.

Je la lâchai.

« Je suis désolé, dis-je.

— Ce n'est pas grave. »

Elle attrapa une serviette en papier et essuya la larme.

28

On retourna à l'hôtel pour dîner. Elle n'avait pas l'air de m'en vouloir, et m'offrit même un ou deux de ses éblouissants sourires. Mais ils s'estompèrent aussi vite qu'ils étaient venus, dès que la réalité de ce qu'on était en train de faire reprit le dessus. L'unique raison pour laquelle elle prétendait m'apprécier, c'était que la seule autre possibilité débouchait sur une condamnation à mort. En outre, elle était beaucoup trop bien pour un crétin dans mon genre, et elle le savait.

Ou c'était une actrice consommée, la meilleure que j'aie jamais rencontrée, et ça revenait au même.

On quitta le restaurant vers dix heures et demie. Dans l'atrium, quand elle se tourna pour me dire au revoir, je la pris par la taille. Son visage se figea parce qu'elle savait ce que j'allais dire.

« Il faut que tu passes la nuit avec moi.

— Je ne peux pas.

— D'accord, dis-je. Continue à dire non. S'il nous observe, il va comprendre à quel point tu ne veux pas rester. Mais souviens-toi de ce qu'il te fera s'il croit que tu as laissé passer ta chance.

— Allez vous faire foutre», dit-elle. C'était la première fois que je l'entendais jurer.

«Non, répondis-je. Un baiser suffira.»

Elle me fusilla du regard, puis se pencha en avant et fit exactement ce que je lui demandais.

Ce fut un long baiser au goût de miel et de poivre, qu'elle conclut en plantant ses dents dans ma lèvre inférieure aussi fort qu'elle pouvait. Puis elle recula et je sentis dominer le goût du sang dans ma bouche.

Je lui souris parce que c'était, sans le moindre doute, le meilleur baiser de toute ma vie.

J'avalai le sang, crachai et lui tendis la main.

Elle la prit, et on entra côte à côte dans l'ascenseur.

Je me douchai en laissant la porte ouverte pour pouvoir la garder à l'œil, mais elle ne bougea pas du lit où elle s'était assise, mal à l'aise et tout habillée avec son chapeau et ses chaussures, son sac posé sur les genoux, s'efforçant de détourner le regard pendant que je me déshabillais. J'avais eu plusieurs fois l'occasion de la palper pendant la journée, lorsque je l'avais embrassée sur la joue ou quand j'avais posé la main dans le creux de son dos pour la laisser passer comme l'aurait fait un gentleman lorsqu'elle entrait dans une pièce ou s'engageait dans un escalier. Au moins une fois par heure, j'avais soupesé son sac pour en vérifier le poids. J'avais déjà vérifié au début de la journée, mais rien ne m'assurait qu'elle n'ait pas récupéré une arme dans la chasse d'eau des toilettes, dans la rue, ou sous sa chaise quand je regardais ailleurs.

Mais elle n'était pas armée. Tout ce que je pouvais dire d'elle, c'est qu'elle était une jeune femme effrayée, dont le baiser avait le goût de miel, de poivre et de sang, et qui, s'étant retrouvée embarquée dans une histoire qui ne la concernait pas, essayait désespérément de sauver à la fois sa vie et celle de sa famille.

Et tout ce que je pouvais dire sur notre brève collaboration, c'est que j'étais en train de tomber amoureux d'elle.

Mais à ce moment-là, sous la douche, je me rendis compte que quelque chose ne collait pas. Elle m'avait montré des photos de ses parents au Nigeria – sa page Facebook en était remplie. Mais après leur fuite sous la menace de Boko Haram, il n'y avait plus une seule photo d'eux. Quand je lui avais demandé s'ils étaient encore vivants, elle avait éludé la question en retirant un fil invisible du revers de ma veste. Et la veille, quand je l'avais poussée à mentir, elle m'avait dit que ses parents *étaient* stricts, comme s'ils étaient morts. Son oncle venu travailler en Éthiopie pour l'Union africaine était également décédé. Le seul membre de sa famille encore vivant dont il lui arrivait de parler, c'était son frère, Marvellous.

Si ses parents étaient morts, pourquoi me le cacher ?

Et ça fit tilt : s'ils étaient morts, elle mentait en disant qu'Ali avait menacé de tuer toute sa famille. Et si elle avait menti là-dessus, elle pouvait avoir inventé tout le reste.

Sans couper l'eau de la douche pour étouffer le bruit de la fermeture Éclair, j'ouvris ma trousse de toilette le plus silencieusement possible et sortis le calibre 38 à canon court.

Puis trempé et nu comme un ver, je fis irruption dans la chambre.

Trop tard.

29

Gracious était debout devant la porte. Elle braquait le Welrod sur moi, une prise parfaitement équilibrée. Elle avait enlevé ses chaussures et son chapeau, et ses pieds étaient écartés dans une position athlétique. Je baissai les yeux vers le canon de pistolet le plus stable que j'avais jamais vu, et j'en avais vu pas mal.

« Tu crois que je ne sais pas reconnaître le bruit d'une fermeture Éclair ? Lâche ton arme, tourne-toi et allonge-toi, face contre terre.

— Non. »

Elle éclata de rire. « Tu crois que j'hésiterai à te tuer ?

— Bien sûr que non. Mais pas tout de suite. Un meurtre dans un hôtel fera sauter ta couverture. Tout le monde nous a vus au restaurant. La vidéo de surveillance de l'ascenseur montrera que tu es sortie à cet étage. Peut-être que personne n'entendra la détonation du Welrod, mais tu ne pourras pas te débarrasser de mon cadavre. Si c'était moi à ta place, ça ne poserait aucun problème. Un coup de fil et je peux avoir une équipe de nettoyage en une demi-heure. Mais tu travailles en solo. Aucun soutien logistique, aucune infrastructure. Et donc, personne pour faire le ménage. En plus, qu'est-ce qui te dit que je n'ai pas retiré les balles du pistolet ?

— Tu penses que je ne connais pas le poids ?

— Vas-y alors, tire. »

Elle ne tira pas.

« Le truc, continuai-je, c'est que moi, je n'ai pas ce genre de contraintes. »

Je fis monter une balle dans la chambre et pointai à mon tour le calibre 38 dans sa direction.

« Si je te tue, je suis dehors en cinq minutes. Et tout ce qu'on saura, c'est qu'un branleur d'Américain vulgaire qui traînait au bar avec des putes et des escrocs a flingué une jeune femme dans sa chambre. Les flics en tireront des conclusions prématurées, d'abord parce qu'ils n'en auront rien à foutre et ensuite parce qu'à tous les coups, l'hôtel leur graissera la patte pour éviter une mauvaise publicité. Et s'ils essaient de me retrouver, ils découvriront que je n'existe pas. À ce moment-là, je serai déjà de retour au pays et j'aurai encaissé mon chèque. En fait, je n'aurai même pas besoin de nettoyeurs. »

Le canon du Welrod ne dévia pas d'un poil.

« Vas-y alors, tire », dit-elle.

Je ne tirai pas.

30

Gracious et Ali étaient une seule et même personne. Sa méthode était merveilleuse de simplicité. Elle s'infiltrait dans le pays avec son propre passeport, se présentant comme une employée de maison, une serveuse, une femme de chambre ou une agente de nettoyage, et profitait de sa couverture pour relever l'emplacement des caméras de surveillance et mémoriser chaque horaire de bus, ainsi que tous les déplacements et habitudes de sa cible. Le jour du coup, elle bandait sa poitrine, endossait des vêtements d'homme, un costume en général, et mettait des talonnettes pour paraître plus grande. Et une fois son contrat rempli, elle reprenait son apparence et ses vêtements habituels en quelques secondes, fourrant son costume dans un sac ou un chariot de linge sale. Puis elle retournait à ses occupations comme si de rien n'était, allant même parfois jusqu'à faire une déposition de témoin émaillée de quelques erreurs utiles. Ensuite, elle restait dans les parages assez longtemps pour qu'on oublie son existence et enfin, s'évanouissait jusqu'au prochain contrat.

On se braquait réciproquement comme dans un film d'action bas de gamme. Elle se mit à sourire.

« Tu ne peux pas tirer, hein ?

— Bien sûr que je peux, répondis-je. Mais peut-être que je n'en ai pas envie. Pas encore. Ta seule chance d'abattre Suleiman Abdi, c'est de me tuer d'abord, auquel cas tu fais capoter toute ton opération. Dans les deux cas, tu es perdante. Donc te flinguer ne me rapporte rien.

— Tu n'oublies qu'une seule chose, dit-elle. Si je te tue, je deviens Eighteen.

— Non, tu déclenches une guerre. Parce que si tu ne butes pas Abdi, tu signales au monde que tu n'es pas fiable. Par conséquent faible. Et tu deviendras une cible pour tous ceux qui rêvent de devenir Eighteen. La plupart d'entre eux disposent de soutien logistique et d'une infrastructure, ce qui n'est pas ton cas. C'est vrai, tu es très douée dans ton boulot. Meilleure que moi, qui sait ? Mais ce boulot ne consiste pas seulement à tuer des gens. Tu devras être capable de survivre avec une cible dans le dos pendant que les meilleurs tueurs du monde s'aligneront pour te faire la peau. Tu tiendrais quelques jours. Voire quelques semaines. Mais tu serais quand même un cadavre ambulant. »

Elle haussa les épaules. « Peut-être que je m'en fous.

— C'est ça qui est étrange, dis-je. Je crois que tu ne t'en fous pas du tout. Je pense que tu as une raison de faire tout ça, et que ce n'est pas pour prendre ma place. Tu as réussi à me berner parce que presque tout ce que tu m'as raconté était vrai. Tu n'es pas ce genre de fille. Si ça se trouve, c'est pour ça que je n'ai pas envie de te tuer. Mais il existe peut-être un moyen pour qu'on s'en sorte tous les deux.

— Si tu veux que je te dise que je ne tuerai pas Abdi, c'est impossible.

— Très bien, je réponds. Alors, je te propose un truc. Il sera là dans une semaine. La veille de son arrivée, on s'entretue.

— Et en attendant ? »

Je haussai les épaules à mon tour.

« On passe du temps ensemble. »

31

C'était peut-être parce qu'on ne cherchait plus à cacher qui on était, ni ce que l'on avait l'intention de se faire. Et que, suivant l'adage « qui se ressemble s'assemble », on était deux tueurs à gages qui comprenaient et admiraient le travail de l'autre. Ou encore, qu'ayant l'habitude d'opérer en solo, on ne pouvait se permettre ni l'un ni l'autre de se retrouver piégé dans une relation affective. Et peut-être que toute l'histoire était exacerbée par la certitude que ça finirait dans six jours – puis cinq, puis quatre – et probablement mal. Mais quelle que soit la raison, ces six journées ne furent ni agréables, ni drôles, ni détendues.

Elles furent magiques.

Nous sortions ensemble. Nous allions à la plage. Nous faisions des balades dans une nouvelle Lamborghini de location. Nous visitions des réserves naturelles. Nous achetions au marché des trucs débiles pour touristes et mangions dans de minuscules gargotes. Nous regardions des films avant d'aller dîner, et nous buvions en nous racontant nos guerres.

Tous les matins, avant de quitter la chambre d'hôtel, nous nous fouillions mutuellement. Et rebelote à la fin de chaque journée, de retour dans la chambre. Puis nous reprenions un dernier verre avant d'aller au lit.

La première nuit, elle garda sa robe et dormit allongée sur les couvertures.

La deuxième nuit, en entrant dans la chambre, on se palpa mutuellement un peu plus longtemps que la stricte sécurité ne l'exigeait. Elle dormit encore tout habillée, mais sous les couvertures.

La troisième nuit, en traversant une rue, elle prit une nouvelle fois ma main dans la sienne. Mais cette fois, elle ne jouait pas un rôle, et ce fut probablement l'expérience la plus érotique que j'aie jamais vécue.

Vas-y, ne te gêne pas, lève les yeux au ciel. Je t'emmerde. Tu as fait la même chose quand tu étais ado. Tu te souviens encore de la première fille ou du premier garçon dont tu as tenu la main. Cette délicieuse trépidation, ce stress, ce sentiment de joie et de triomphe quand tu as senti ses doigts entrelacer les tiens. Et ce plaisir de marcher côte à côte, tête haute, la peau de son bras frottant contre la tienne. Moi, je n'avais jamais ressenti tout ça. Mes années d'adolescence, je les ai passées défoncé et bourré, à braquer des épiceries et à me faire démolir dans des bastons de rue avant de revenir me venger à coups de batte de base-ball. On m'a balancé à l'arrière de voitures de police et j'ai explosé des caisses volées contre des murs. Je me suis retrouvé au tribunal, assis à côté d'officiers de probation, de travailleurs sociaux, de détectives, de psys, d'avocats commis d'office et d'adultes référents désignés par un juge. Il n'y avait ni petits copains ni petites amies. Il s'agissait juste de baiser ou de se faire baiser.

Je n'avais jamais goûté aux mêmes choses que toi.

Pas jusqu'ici.

Et il s'avéra que Gracious était aussi novice que moi.

La troisième nuit, elle se déshabilla et se coucha contre mon corps nu.

Elle resta un moment allongée sur le dos. Malgré l'obscurité, je sentais qu'elle était complètement réveillée.

« Tu vas finir par me raconter ? » demandai-je.

Elle se tourna sur le côté.

« Tu es sûr que tu as envie de savoir ?

— Ton histoire ne peut pas être pire que la mienne », répondis-je.

Eh bien, j'avais tort.

32

Comme Gracious me l'avait dit, elle avait bien passé son enfance dans un village du nord du Nigeria. Et elle était très proche de Marvellous, son frère cadet. Il avait onze ans, et elle quatorze, quand il commença à avoir des poussées de fièvre et à s'affaiblir. Au bout de neuf mois, un diagnostic tomba enfin : leucémie à tricholeucocytes, une maladie si rare chez les enfants que personne autour d'elle n'en avait jamais entendu parler.

La bonne nouvelle, c'était qu'il existait un traitement. La mauvaise, c'était que chaque comprimé coûtait trois mille dollars. Et la pire, alors que la famille se débattait pour réunir cette somme exorbitante, ce fut que Boko Haram attaqua le village.

Les djihadistes tuèrent tous les villageois de plus de quinze ans. Ils enlevèrent les filles de plus de dix ans et réquisitionnèrent les garçons assez robustes pour devenir des enfants-soldats. Puis, ils massacrèrent sur place les plus jeunes et les plus forts, n'épargnant que les fillettes de moins de dix ans.

Grande pour son âge, mais maigre et plate comme une

planche, Gracious enfila des vêtements appartenant à son père et habilla Marvellous, dont la maladie avait freiné la croissance, d'une robe-tablier miteuse devenue trop petite pour elle. Elle empocha tout l'argent que sa famille avait pu réunir et expliqua à son petit frère qu'il devait faire semblant d'être une petite fille de dix ans, et agir comme si elle était son frère. Ensuite, quand les brutes défoncèrent la porte, elle lui murmura quelque chose à l'oreille en lui disant de ne jamais l'oublier.

Les soldats tuèrent leurs parents sous leurs yeux, puis ils les conduisirent au centre du village où tous les enfants étaient rassemblés. On entassa les filles à l'arrière d'un pick-up. Les garçons de son âge étaient déjà morts – ils avaient combattu aux côtés de leurs pères. Les plus jeunes, emmenés à l'écart, furent exécutés. À la fin, il ne resta plus que Gracious et Marvellous.

Serrés l'un contre l'autre, ils se donnaient la main, quand le chef des assaillants, un homme aux yeux noirs d'une trentaine d'années portant des scarifications tribales, arriva pour les examiner. Il observa les vêtements de Gracious, la chemise trop grande et le pantalon roulé aux chevilles.

« Pourquoi tu ne t'es pas battu ?

— Ma famille n'avait pas de fusil. »

Il sourit de toutes ses dents. Il s'appelait Jigo et avait une denture déplorable, le même détail que Gracious avait utilisé pour me décrire son alter ego.

Il désigna les cadavres d'adolescents qui s'entassaient un peu plus loin.

« Tu as eu de la chance.

— Non, dit Gracious. C'est toi qui as eu de la chance. Si j'avais eu un fusil, je vous aurais tous tués jusqu'au dernier. »

Jigo tourna la tête vers les autres soldats.

« Celui-ci. Il a du cran. Entraînez-le. »

Gracious devint un enfant-soldat. On l'obligea à se convertir à l'islam, on lui donna un nouveau nom – Ali. Comme sa poitrine se développait, elle apprit à se bander les seins en secret. Elle savait que si les hommes découvraient son genre, ils la violeraient, la tortureraient et la tueraient. Mais son refus de se dévêtir pour nager dans les rivières avec les autres et son insistance à se baigner seule ne pouvaient qu'éveiller les soupçons. Sa seule chance de survivre, c'était de devenir la plus féroce d'entre tous. Aussi, le jour où un des soldats se moqua d'elle parce qu'elle n'osait pas se déshabiller devant tout le monde, elle saisit un poignard et lui trancha la gorge, avant de le castrer. Après quoi personne ne lui fit plus jamais de remarque.

Elle gravit rapidement les échelons et devint le plus fidèle lieutenant de Jigo, en prenant garde de ne jamais le défier, car si elle faisait semblant, lui était un sacré psychopathe. D'après certaines rumeurs, il dévorait les corps de ses adversaires, ce que Gracious avait jugé peu crédible jusqu'au jour où elle le vit ouvrir d'un coup de lame le cadavre d'un commandant ennemi, sortir son cœur et en manger un morceau. Le sang dégoulinant sur son menton, il le proposa en partage à la ronde. Aucun de ses hommes ne bougea. Quand ce fut le tour de Gracious, elle attrapa le cœur à pleines mains et en arracha avec les dents un bout encore plus gros que celui de Jigo.

Puis, elle passa le restant de la nuit à vomir dans les latrines.

Au bout de deux ans avec Boko Haram, elle découvrit la vérité sur Jigo. Alors qu'ils repliaient leurs tapis après le *tahajjud*, la prière de nuit, il la fit appeler dans son baraquement.

Beaucoup de ses hommes avaient plusieurs femmes, surtout des filles kidnappées. Mais Jigo, tout comme Gracious, était resté célibataire.

Quand elle le rejoignit dans ses quartiers, il resta un moment à la regarder, puis demanda :

« Pourquoi n'as-tu pas encore pris femme ?

— Je me garde pur pour Allah », répondit Gracious, répétant les paroles qu'elle l'avait entendu prononcer.

« Le Coran enseigne que le mariage a été donné à l'homme pour que ses désirs ne conduisent pas à la fornication.

— Je n'ai aucun désir de ce genre, dit Gracious.

— Conneries », dit Jigo.

Il se retourna vers son bureau et en sortit un flacon d'alcool de contrebande fabriqué au Nigeria qu'on appelait « L'homme fou dans la bouteille ». Il but une gorgée au goulot et la lui tendit.

« Allez, dit-il. Qu'est-ce qui t'effraie ? Je pensais que tu n'avais peur de rien.

— Je crains seulement Allah. »

Jigo éclata de rire, dévoilant ses dents pourries.

« Tu ne crois pas plus en Allah que moi. Je connais ton secret. Je sais pourquoi tu es si dur au combat et pourquoi tu ne veux pas te déshabiller devant les autres hommes. Je sais que tu as châtré celui qui s'était moqué de toi. Et je sais pourquoi tu n'as aucun désir de ce genre. C'est parce que tes désirs t'entraînent dans la direction opposée. Tu me suis comme un chiot parce que tu bandes pour moi comme moi je bande pour toi. »

Et comme pour s'en assurer, il plongea sa main entre les cuisses de Gracious.

Mais il ne sentit rien, parce qu'il n'y avait rien à sentir.

Avant qu'il ait pu dire un mot, elle sortit son poignard et lui trancha la gorge.

Jigo tomba à genoux, essayant d'endiguer le flot de sang. De sa main libre, il voulut saisir le fusil automatique appuyé contre son lit de camp, mais Gracious l'éloigna d'un coup de pied. Il fit une dernière tentative pour attraper sa jambe : elle se contenta de reculer d'un pas. Il s'effondra en avant et ne bougea plus.

Tout cela n'avait pas duré plus de trente secondes, et personne n'avait rien entendu.

33

Elle attacha l'étui de Jigo à sa taille, glissa une cartouchière sur son épaule, ramassa le pistolet-mitrailleur et sortit dans la nuit. L'homme en sentinelle près de la porte fut le premier à mourir. En entendant le coup de feu, le restant de la soldatesque sortit en hâte des baraquements. Elle les tua tous, l'un après l'autre.

Une heure plus tard, elle sortait du camp à la tête d'une colonne de femmes et d'enfants. Au bout de deux jours de marche, ils atteignirent un village occupé par les troupes gouvernementales. Se faisant toujours passer pour Ali, Gracious leur raconta ce qu'elle avait fait. Les soldats n'en crurent pas un mot et l'emmenèrent dans le bureau du commandant. Il l'accueillit, entouré par plusieurs Blancs portant des tenues de combat dépareillées, des barbes hirsutes, des lunettes de soleil et des bandanas.

Ils se montrèrent aussi sceptiques que les soldats de garde. Mais avant de partir, Gracious avait utilisé le doigt de Jigo pour déverrouiller son téléphone, et l'avait pris en photo ainsi que les autres djihadistes morts. Les hommes firent circuler le portable de main en main, stupéfaits.

Le commandant voulut la recruter dans la minute. Gracious répondit qu'elle allait réfléchir, mais la vérité, c'était qu'elle en avait assez de tuer. Alors qu'elle se dirigeait vers la sortie, un des Blancs lui donna un bout de papier avec un numéro de téléphone et lui dit que si elle changeait d'avis et voulait gagner de l'argent – beaucoup d'argent, pas comme la solde de l'armée officielle – elle pouvait l'appeler.

Gracious trouva un cybercafé installé dans une bicoque à toit de tôle. Personne dans sa famille n'avait possédé d'ordinateur ou de smartphone, mais à l'école, il y avait un vieux PC, et un ami lui avait montré comment se créer une adresse électronique.

Avant que les soldats ne l'emmènent, c'était cette adresse mail qu'elle avait murmurée à l'oreille de son frère.

Elle n'avait aucun moyen de savoir si Marvellous était mort ou vivant, et au cas où il aurait survécu, s'il avait réussi à la mémoriser. Cependant, elle ouvrit son compte Gmail et entra son mot de passe.

Elle n'aurait pas dû s'inquiéter.

Depuis quatre ans, Marvellous lui avait envoyé un mail par semaine. Deux cents messages, qui lui apprirent qu'il avait été recueilli par des soldats de l'armée régulière. S'étant rendu compte qu'il était un garçon, ils lui avaient trouvé une place dans un orphelinat catholique de la ville d'Abuja. Les sœurs l'avaient autorisé à utiliser leur unique ordinateur pour envoyer un mail chaque semaine, sans se douter qu'elle les lirait un jour.

Après une période de rémission, sa leucémie était de retour. Il était malade et son état empirait. Les soldats qui l'avaient conduit à l'orphelinat avaient pris l'argent que Gracious lui avait donné. Sans médicaments, il allait mourir.

Gracious lui répondit qu'elle était vivante et qu'elle enverrait l'argent nécessaire à son traitement.

Elle acheta un téléphone prépayé, appela le numéro que l'homme blanc lui avait donné et lui proposa un marché.

Connaissant toute la chaîne de commandement de Boko Haram dans le nord du Nigeria, elle offrit d'exécuter tous les chefs qu'on lui désignerait moyennant de l'argent. Elle ne demandait pas à être payée avant d'avoir accompli le contrat, mais la somme devrait être versée à un orphelinat d'Abuja.

Le téléphone de l'homme blanc bascula en mode sourdine. Au bout d'une minute, il reprit la communication et lui demanda combien elle voulait pour exécuter le supérieur hiérarchique de Jigo, qui commandait toute la région.

Gracious lui annonça une somme suffisante pour payer trois mois du traitement de Marvellous.

Il accepta.

Dix minutes plus tard, elle avait revêtu une blouse blanche de collégienne, une jupe et des souliers vernis. Dans son sac à dos, elle mit son uniforme, le téléphone et le pistolet de Jigo. Puis, elle monta dans le bus qui la conduirait dans une chambre d'hôtel d'Addis-Abeba, et vers moi.

34

À la fin de son récit, toujours allongé près d'elle, je lui demandai :

« Et Marvellous ? Est-ce que le traitement a été efficace ? »

Dans la pénombre, je vis qu'elle hochait la tête.

« Il est où maintenant ?

— Je ne sais pas.

— Tu as perdu le contact ?

— Non. Je lui ai dit que, compte tenu de mes occupations, il était préférable qu'on ne sache pas où l'autre se trouvait.

— Il sait que tu es Ali ? »

Nouveau hochement de tête. « Il m'aide dans les phases préliminaires des contrats. Tous ces systèmes de sécurité, les VPN et les proxys, je n'y comprends rien. Lui il s'y connaît en informatique. Le PC de l'orphelinat était un vieux modèle, et ils n'avaient pas les moyens de se payer des logiciels, alors, il a appris tout seul à les programmer. Il dit qu'il veut continuer dans ce domaine. Je lui envoie de l'argent pour ses études et le reste va à l'orphelinat et à d'autres associations qui aident les victimes d'enlèvement.

— Tu n'as pas envie de le revoir ?

— Je ne veux pas le mettre en danger. Je lui ai promis qu'un jour, à la fin de ses études, quand on aura mis assez d'argent de côté, je laisserai tout tomber et on pourra revivre ensemble comme une vraie famille.

— Tu étais sérieuse ? »

Son silence éloquent valait mieux qu'une réponse. Une idée me vint.

« Qu'est-ce que tu préfères ? Être une femme ou un homme ?

— Quel rapport avec le reste ?

— J'ai envie de savoir.

— Quand je suis un homme, j'aime bien être un homme, dit-elle. Et quand je suis une femme, j'aime bien être une femme. Et quand j'en ai assez, je change.

— C'est pour ça que tu n'as jamais raccroché ?

— Je ne comprends pas.

— Dans ton boulot, personne ne sait qui tu es. Tu peux décider de basculer de l'un à l'autre et tout le monde s'en fout. Parce que personne ne sait. Mais si tu laissais tomber pour mener une vie normale avec Marvellous, les gens attendraient de toi que tu sois un homme ou une femme. Ils essaieraient de te faire entrer dans une case. »

Elle réfléchit un moment.

« Non, dit-elle. Ça n'a rien à voir. Si je fais ce boulot, c'est parce que ça me plaît. »

35

Nous passâmes la dernière journée au lit à manger, boire, faire l'amour ou simplement savourer le plaisir d'être côte à côte. Je dis faire l'amour parce que ce fut doux, tendre et sensuel, mais bien que nous nous soyons fait jouir mutuellement plusieurs fois, dès que ça s'approchait de vrais rapports sexuels, je sentais qu'elle se bloquait. Était-ce par peur ou malgré elle, ou pour autre chose encore, je n'en sais rien, et de toute façon, cela n'avait aucune importance. Parce que je comprenais que, l'un comme l'autre, quoique d'une manière totalement différente, nous avions concentré tous nos rêves d'amour d'adolescents en une semaine, dans les conditions les plus étranges possibles.

Elle était toujours vierge. Et je l'étais aussi à bien des égards, sauf sur le plan physique.

À la nuit tombée, alors que nous étions allongés en silence dans la chambre plongée dans l'obscurité, je commençai à me demander comment j'allais la tuer.

36

Bon, on ne va pas faire semblant.

Je sais ce qu'on pense.

Je sais qu'on pense que ça fait de moi un monstre froid et inhumain.

Je peux sentir votre mépris et votre dégoût. Et je les mérite probablement.

Mais avant de me condamner, tâchez au moins de comprendre un truc. Oui, j'étais amoureux d'elle comme je ne l'avais jamais été de quelqu'un d'autre. Et oui, les sentiments et les émotions que j'avais éprouvés durant ces derniers jours étaient aussi nouveaux et étrangers pour moi qu'ils devaient l'être pour elle.

Mais cela ne changeait rien.

Elle était Gracious, mais elle était aussi Ali, et Ali était là pour remplir un contrat. Gracious avait beau être une jeune femme innocente avec une robe blanche, un chapeau de paille et un rire parfois trop fort, Ali était un prédateur à sang froid. Je le connaissais assez pour savoir que si je ne le tuais pas, lui me tuerait. Pour lui, ne pas accomplir la mission qu'on lui avait confiée équivaudrait à une condamnation à mort. Et si je le laissais faire son carton, ce serait moi qui me retrouverais avec une cible indélébile tracée dans le dos.

J'avais les tripes nouées par ce que j'allais devoir faire, mais ça marchait comme ça dans notre profession, et nous n'avions le luxe d'un choix ni l'un ni l'autre.

Je tentai d'utiliser mon plus vieux truc, la dissociation, en séparant mon cerveau de mon corps, de faire comme si ce n'était pas Gracious qui était allongée à côté de moi, mais quelqu'un d'autre que je ne connaissais pas et dont les baisers n'avaient pas la saveur du poivre, du miel et du sang. J'essayai de me persuader qu'il ne s'agissait que d'un boulot de plus, rien qu'un autre corps vide de sens à abattre.

Pour qui que ce soit d'autre, le plus simple aurait été l'étranglement. Mais à cette seule pensée, je fus pris d'un haut-le-cœur. Le calibre 38 serait plus charitable et plus rapide, par contre, les dégâts que ça produirait sur son corps élancé seraient bien pires.

Il n'y avait qu'une possibilité. La plus mauvaise, à l'exception de toutes les autres. Le Welrod, ce pistolet silencieux dont se servent les vétérinaires pour euthanasier les animaux, le seul des nombreux flingues que j'ai utilisés qui est aussi discret que dans les films.

Je sentis un flot de bile affleurer à mes lèvres et m'efforçai de le faire refluer vers le fond, telle la tête de cet homme que j'avais un jour noyé dans une rivière. Bien sûr, il y aurait du sang et un cadavre à faire disparaître, mais je pourrais faire appel à une équipe de nettoyage et demain matin, à l'arrivée des femmes de ménage, la chambre serait impeccable. Je serais dans un avion bien avant qu'on s'inquiète de la disparition de Gracious, si jamais on la remarquait. Marvellous serait le seul à se sentir concerné. Et tout ce qu'il saurait, c'est qu'elle ne répondait plus à ses mails.

C'était à la fois d'une logique inexorable et d'une cruelle ironie.

Naturellement, il avait fallu que le seul être dont je puisse tomber amoureux soit une tueuse comme moi.

Et naturellement, ça ne pouvait se terminer que par le meurtre de l'un des deux par l'autre.

Mais il y avait encore une chose à prendre en compte.

Si j'avais réfléchi à tout ça, Gracious avait elle aussi passé en revue ces éventualités.

37

À présent, il faisait nuit dehors et le bourdonnement de la circulation commençait à s'estomper. Tournée sur le côté, Gracious semblait s'être endormie, mais elle bougea soudain et roula sur le dos. Malgré ses paupières closes, je pouvais deviner, à sa respiration, qu'elle ne dormait pas. Au bout de dix minutes, elle ouvrit les yeux, et je savais ce que cela voulait dire.

« Tu as faim ? proposai-je.

— Non.

— Tu veux boire un truc ?

— Non. »

Je finis par mettre sur le tapis la question qui nous taraudait tous les deux.

« Qu'est-ce qu'on va faire ?

— Je ne sais pas.

— Je ne veux pas te tuer, dis-je. Mais je le ferai si j'y suis obligé.

— Je sais.

— Je ne comprends pas pourquoi tu ne peux pas juste disparaître.

— Bien sûr que si, tu comprends. » Gracious se tourna vers moi. « Pour la même raison qui t'empêche toi de disparaître. »

Et elle disait vrai.

Car la vérité, c'est qu'une fois qu'on a commencé à tuer, on ne peut plus faire marche arrière. Après un premier meurtre, on est devenu un tueur, que ça plaise ou non. Quand j'ai buté mon violeur, j'ai flingué en même temps le petit garçon qui buvait des granités sous les néons grésillants d'un 7-Eleven en compagnie de sa mère junkie après une de ses passes, en l'écoutant lire à voix haute les bandes dessinées d'un magazine au rebut, et qui croyait contre toute évidence qu'ils vivraient éternellement ensemble et finiraient par être vraiment, et parfaitement, heureux.

Et le jour où elle avait poignardé et castré l'homme qui s'était moqué d'elle parce qu'elle ne voulait pas se déshabiller devant les autres, Gracious avait fait la même chose. L'ancienne Gracious, la petite villageoise insouciante qui allait deux fois à l'église le dimanche en tenant son petit frère par la main, était aujourd'hui écrasée sous une pile de cadavres presque aussi haute que la mienne.

Il n'y avait de retour en arrière possible ni pour l'un ni pour l'autre.

À ce moment, elle fit une chose qui me surprit.

Prenant mon sexe dans sa main, elle s'allongea sur moi.

« Tu es sûre ? » Je ne savais pas pourquoi, mais quelque chose me disait que c'était de sa part un acte de bravoure.

« Tu sais, j'étais amoureux de toi avant même de te rencontrer, dis-je.

— Je sais. » Et elle me guida en elle.

« Si tu avais été un homme, ça n'aurait rien changé.

— Je suis un homme », dit-elle. Elle saisit mes poignets et me bloqua les bras derrière la nuque. Puis elle se mit à bouger. « Je suis les deux. À la fois femme et homme. Voilà ce que je suis. »

Et elle me baisa.

On jouit presque en même temps. Je la sentis venir d'abord, m'enserrant comme un gant de velours.

Je fermai les yeux, m'abandonnant à la sensation.

Je me rappelle avoir pensé : *c'est peut-être ça, être une femme.*

Quand je rouvris les yeux, j'étais encore en elle, et elle, toujours sur moi. Mais le Welrod était braqué sur mon visage, sorti de la cachette derrière la tête de lit où je l'avais planqué la veille, pendant qu'elle somnolait après qu'on avait tous les deux abusé de l'alcool.

« Tu pensais que je ne le trouverais pas ?

— Je savais que tu le trouverais. »

Elle inclina légèrement la tête, perplexe.

« Tu as le choix, dis-je. Moi, je n'y arrive pas.

— Tu attends que ce soit moi qui choisisse ? »

J'acquiesçai.

« Et si ça ne se passe pas comme tu espères ?

— Pas de problème, dis-je. On ne peut pas dire que ce sera une grosse perte pour l'humanité. »

Elle sourit tristement.

« Ce n'est pas ce que je voulais dire. »

Et elle colla le canon contre sa propre tempe.

« Attends », dis-je. Je tâtonnai sous le lit, vers l'endroit où j'avais caché le .38.

Elle devait savoir qu'il était là, parce qu'elle ne parut pas surprise.

À mon tour, je pointai le canon sur ma tempe.

« On part ensemble, dis-je. Ou on ne part pas du tout. »

38

On resta comme ça un long moment, sans bouger. Dehors, dans la rue, les grondements de la circulation, au-dessus de nos têtes le sifflement d'un jet dans sa phase d'approche, autour, des bruits de casseroles dans les cuisines et les bips d'un camion en marche arrière.

Elle finit par poser le pistolet sur les draps et se décolla de moi. Elle piocha un Kleenex dans la boîte sur la table de nuit, s'essuya, s'habilla en silence dans l'obscurité, mit ses chaussures et sortit dans la nuit sans se retourner.

Je regardai la porte se refermer sur elle.

C'était la dernière fois que je la voyais vivante.

TROISIÈME PARTIE

39

Je regarde fixement le corps de Gracious, et c'est comme si j'avais à nouveau neuf ans. Je viens de sortir du placard où je m'étais caché pour lire un *Spider-Man* à la lumière d'une lampe de poche pendant qu'un étranger utilisait ma mère comme objet de plaisir, et je découvre son cadavre encore chaud gisant sur le lit.

Au début, je n'avais pas compris ce qui se passait. Je crus que Junebug était endormie, ou peut-être qu'elle faisait une overdose. J'essayai de la secouer pour la réveiller, en criant son nom, de plus en plus fort. Je l'avais déjà vue une fois dans cet état, mais j'étais parvenu à la réveiller, à la mettre debout, à lui faire boire du café et à nettoyer le vomi autour de sa bouche avant de la forcer à faire les cent pas sur le parking de l'hôtel jusqu'à l'aube. J'avais su comment réagir parce que je l'avais vue prodiguer les mêmes soins à une autre fille un mois plus tôt.

Mais la chose que je ne devais jamais faire, quelles que soient les circonstances, c'était appeler les flics. L'usage de stupéfiants aurait signifié une violation de sa liberté conditionnelle et un retour à la case prison, et cela m'aurait privé de la seule personne qui comptait dans ma vie, et qui, malgré toutes ses déficiences manifestes, faisait tout son possible pour me nourrir, m'habiller et m'aimer.

C'est pourquoi, lorsque j'entendis les sirènes des voitures de flics qui se garaient dans le parking, et la cavalcade de rangers dans l'escalier, je tentai de bloquer la porte avec mon corps d'enfant de neuf ans, et quand je vis que ça ne fonctionnait pas, je les combattis, en en mordant un si fort qu'il se mit à saigner. Un autre flic me traîna hors de la chambre et me menotta à la balustrade de la galerie. À partir de là, je passai par toutes les étapes, alternant spasmes et hurlements jusqu'à ce que quelqu'un appelle la brigade criminelle et demande à une stagiaire baraquée d'emmener ce petit enfoiré à l'écart pour vérifier s'il avait été témoin de quelque chose.

Ça fait presque vingt ans aujourd'hui, mais j'ai toujours neuf ans. Sauf que ce n'est plus le cadavre de ma mère que je regarde. C'est celui de Gracious, et je suis complètement incapable de comprendre tout ce que cela implique.

Puis, je remarque quelque chose que je n'avais pas repéré. Deux passeports français à couverture bordeaux posés l'un sur l'autre sur la table de nuit, près du téléphone. Je m'empare du premier. La photo est celle de Gracious, mais il est au nom de Grace Okoro, l'identité sous laquelle elle a dû vivre depuis qu'elle a disparu des radars.

Elle est aussi belle que dans mon souvenir.

Je suis en train de feuilleter le second passeport quand j'entends du bruit dehors. Des sirènes, en nombre, qui se rapprochent à toute vitesse. Je sais que je devrais partir, mais la télé reprend le dessus avec ses tonnerres d'applaudissements, sa teinte verdâtre qui donne une couleur étrange à la chambre, et cette forte odeur dans l'air qui fait penser à de l'ozone.

J'ouvre la page de la photo, et c'est elle, la petite fille. Les mots défilent sous mes yeux.

Nom : Okoro
Prénom : Mireille
Nationalité : Française
Lieu de naissance : Paris

Les sirènes hurlent de plus en plus fort et j'entends des crissements de pneus dans le parking en dessous. Mon cerveau me crie de fuir, mais je suis incapable de bouger, parce que mes yeux sont hypnotisés par la case correspondant à la date de naissance sur le passeport de Mireille.

Presque neuf mois jour pour jour après ma dernière rencontre avec Gracious vivante, cette nuit où nous avions fait l'amour et où elle m'avait laissé la vie sauve avant de disparaître pour toujours.

Ce qui ne fait que confirmer sans aucun doute ce qu'une partie de moi savait déjà.

L'enfant qui a essayé de me tuer est ma fille.

40

Des cris et le martèlement de rangers sur la galerie devant la chambre me ramènent à la réalité.

« POLICE ! hurle une voix masculine. SORTEZ LES MAINS EN L'AIR ! »

Je regarde autour de moi : pas de fenêtre dans la salle de bains, pas de porte communicante avec la chambre d'à côté, pas d'autre issue possible que la porte défoncée par laquelle je suis entré.

Je suis piégé avec le cadavre d'une femme assassinée, que j'aimais et que je n'ai pas tuée.

Les silhouettes derrière la fenêtre donnant sur la galerie – des flics peu entraînés de la police de Vermillion ou des shérifs adjoints de Clay County – sont des cibles faciles. Je pourrais tous les flinguer avec un seul chargeur. Mais un carnage ne m'aidera pas à retrouver l'assassin de Gracious, ni à comprendre pourquoi elle a envoyé sa fille me tuer.

Je déclipse les grenades Nammo de ma ceinture et les colle l'une à l'autre pour cumuler les charges explosives. Puis je les lance dans la salle de bains, plonge derrière le lit et me bouche les oreilles.

« Ne tirez pas ! je leur réponds. Ne tirez pas ! Je vais sortir… »

BOUM.

La fenêtre est soufflée par l'explosion et la minuscule chambre de motel se remplit de fumée et de débris. La tête bourdonnante, je me précipite dans la salle de bains où les grenades ont ouvert un trou béant d'une trentaine de centimètres dans le mur extérieur. Je jette un coup d'œil à travers et repère le petit centre commercial à l'arrière de l'hôtel.

J'élargis la brèche à coups de pied frénétiques. J'entends les flics se regrouper derrière la porte. On dirait qu'ils s'apprêtent à utiliser un bélier, ce qui donne à penser que, lorsqu'ils pénétreront dans la chambre, ils tireront d'abord et poseront des questions ensuite. Un ultime coup de talon ménage une ouverture d'une soixantaine de centimètres dans le mur. Je me glisse au travers et me laisse tomber à l'instant où j'entends la chaise bloquant la porte se désagréger sous un coup de bélier.

Je chute lourdement, me tordant la cheville gauche, et fonce en boitant vers la Jeep que j'ai laissée, moteur tournant, devant la supérette. Un flic tire quelques coups dans mon dos, mais ses balles s'écrasent à bonne distance, arrachant des morceaux de bitume. Quand j'arrive à la voiture, j'entends déjà les rugissements de moteurs et les crissements de pneus sur le parking du motel, mais la Gladiator est un vrai char d'assaut capable de les surpasser tant en puissance de moteur qu'en puissance de feu.

Je passe la première et écrase la pédale d'accélérateur.

Mais rien ne se produit. Pour une raison que j'ignore, le moteur ne tourne plus. Et quand je veux mettre le contact pour le redémarrer, la clé a disparu. Des gyrophares apparaissent dans le rétroviseur. J'ouvre la portière, prêt à m'enfuir à pied, quand un vieux bonhomme en chemise à carreaux, le pantalon remonté jusqu'aux aisselles par des bretelles, sort tranquillement de la supérette et agite le porte-clefs devant mes yeux.

« Tu les avais laissées sur le contact, fiston. Avec le moteur en marche. Je voulais pas qu'elle soit partie quand tu reviendrais. »

J'essaie de sourire, et m'empare des clés avec un « hé, merci ! » faussement enjoué.

Est-il possible qu'il n'ait pas entendu les sirènes ?

Il porte la main à son oreille. « Allons bon. Qu'est-ce qui se passe, encore ? »

41

J'embraye et démarre en faisant fumer les pneus juste devant les voitures de flics, laissant le grand-père stupéfait assister au défilé.

J'ai une fille.

Ces mots n'ont aucun sens.

Je suis Seventeen. Un enfoiré de la pire espèce. Je n'en ai rien à foutre de personne. Je tue des gens. J'ai vu ma mère se faire assassiner. Un homme m'a violé en boucle dans la cellule d'un centre de détention pour mineurs. J'ai dû me battre pour me faire respecter à l'orphelinat, j'ai frappé d'autres enfants à coups de barre de fer. Je me suis pété les poings contre des murs de briques. J'ai acheté un flingue et traqué mon violeur. Je l'ai buté de sang-froid. Puis j'ai traqué le meurtrier de ma mère et je l'ai tué aussi. J'ai appris à ne rien ressentir. J'ai appris l'art des tueurs. J'ai trouvé un mentor. J'ai tué l'un des meilleurs. J'ai étudié la carrière de ceux qui m'avaient précédé. Je suis devenu le meilleur. Je suis devenu Seventeen.

Seventeen, voilà qui je suis.

Et Seventeen n'a pas de fille.

L'autoroute est au nord de la ville mais je n'ai pas besoin d'ajouter les patrouilleurs de l'État à la liste de mes problèmes. Je fonce donc vers le sud et ma seule chance de ne pas finir avec des menottes aux poignets en tentant d'expliquer que je n'ai pas tué la femme du motel.

Vermillion est minuscule. J'atteins l'entrée de la ville en moins d'une minute. Derrière, le patrouilleur le plus proche tente de me faire partir en vrille ou en tonneaux. Mais quelque chose me dit qu'il n'a jamais pratiqué ces manœuvres ailleurs que sur un jeu vidéo, et quand il se rapproche pour la troisième fois, je freine violemment et le percute latéralement, l'éjectant sur le bas-côté envahi de broussailles.

La Jeep décolle du bitume quand je traverse le pont qui enjambe la rivière Vermillion, et chasse de l'arrière en retombant. Devant, la route semble disparaître ou finir en cul-de-sac dans un méandre. J'envisage de continuer à pied, ou de tenter ma chance en tout-terrain, mais autour de Vermillion, ce n'est que de la plaine sur des milliers de kilomètres carrés. Ils ont déjà dû rameuter un hélico et je serais une proie facile en cas de recherche aérienne.

Et soudain, plus loin, j'aperçois ce que je cherche : plusieurs bâtiments bas, peints en blanc, disséminés derrière un grillage. Le petit aéroport municipal Harold Davidson Field.

Je dérape et m'engage sur la route d'accès, puis passe en vrombissant devant le bâtiment de l'administration. Les deux premiers patrouilleurs à mes trousses ratent l'entrée et doivent faire demi-tour.

Hormis le fait que les avions et les hangars sont fermés à clef, il n'y a aucune surveillance dans ce genre d'endroit et la piste est située droit devant. Je n'ai besoin que d'un coup de chance. Il se matérialise sous la forme d'un Cessna 172 jaune qu'un costaud moustachu d'une cinquantaine d'années avec une panse de buveur de bière ravitaille en carburant à une pompe Texaco en libre-service. Sous son chapeau Tilley blanc, il écarquille les yeux sur le convoi qui arrive.

Les flics de Vermillion étant encore trop proches, je passe devant lui et entraîne le train hurlant de patrouilleurs vers l'aire de trafic. De là, je m'engage sur la piste et enchaîne les rapports pour mettre un peu de distance entre moi et mes premiers poursuivants. Plus loin, plusieurs barrières orange signalant un danger ont été installées – PISTE FERMÉE – NE PAS FRANCHIR. Pourtant, derrière, la piste semble dégagée et de toute façon je n'ai pas de plan B.

Dès que j'ai passé les barrières, je lance la Jeep dans un demi-tour au frein à main et accélère en sens inverse, me faufilant comme dans le chas d'une aiguille entre la voiture d'un shérif adjoint et un patrouilleur de la police routière. Je jette un coup d'œil dans le rétroviseur et vois qu'ils tentent la même manœuvre, mais qu'ils partent en tête-à-queue dans des directions opposées et se percutent violemment. Ce qui ne laisse plus qu'un véhicule de flics derrière moi. Il vire au large et se retrouve dans mon dos en direction du Cessna et de la pompe à essence.

À peine a-t-il redressé sa voiture que je pile, enclenche la marche arrière en calant ma nuque contre l'appuie-tête et encastre de plein fouet le coffre de la Jeep dans son capot. Son airbag explose et tout l'avant du patrouilleur est détruit. Quant à la Gladiator, son châssis de camion est plus solide, et j'ai désactivé les airbags justement en prévision de ce genre de cascade. Je repars vers l'avant, m'arrête devant le Cessna, et saute au sol en brandissant le Sig Sauer.

Le costaud à moustache lâche le pistolet de la pompe et cherche son arme – apparemment, il a besoin d'un flingue pour piloter un avion. Quand il parvient enfin à dégainer, je tire un coup en l'air et baisse le canon du Sig Sauer dans sa direction. Il lâche son arme et recule, les mains levées.

Je saute dans le Cessna et mets le contact. L'hélice commence à tourner tout de suite, le moteur n'a pas eu le temps de refroidir. Le flic a fini par se décoller de son airbag et court vers moi sur la piste. Je fais pivoter le Cessna sur place et le propulse droit sur lui. Il sort son arme mais n'a pas le temps de tirer et plonge au sol pour éviter d'être taillé en pièces par l'hélice.

Plus loin, les deux voitures qui s'étaient percutées se sont remises en mouvement et me foncent dessus pour m'obliger à sortir de la piste. S'ils veulent jouer au plus casse-cou, ils sont tombés sur la bonne personne.

J'ouvre les gaz à fond et sors les volets pour le décollage. Par temps calme, le Cessna a besoin d'environ deux cents mètres de course avant de quitter le sol, mais la manche à air indique vingt-cinq kilomètres de vent de face, ce qui réduira cette distance à cent cinquante mètres. Le compteur de vitesse monte dans les tours. Une quinzaine de mètres avant l'impact, le type au volant du patrouilleur est le premier à se dégonfler. Il a probablement une femme et des enfants qui comptent plus pour lui que des obsèques officielles. Mais l'adjoint du shérif n'est pas là pour rigoler et ne dévie pas de sa trajectoire, lancé vers moi à pleine vitesse, tel un missile. À présent, décoller est ma seule option et je fais la seule chose qui me vient à l'esprit : je tire sur le manche. Le Cessna fait un bond en l'air, évitant le patrouilleur de quelques centimètres, mais n'ayant pas atteint la vitesse minimale, il décroche et retombe lourdement quelques mètres plus loin sur le tarmac.

L'adjoint n'a pas dit son dernier mot. Il vire à cent quatre-vingts degrés et reprend la poursuite.

Devant, les barrières orange signalant un danger se rapprochent à toute allure. Derrière, la piste semble toujours entièrement dégagée jusqu'au grillage d'enceinte. Quels que soient leurs travaux en cours, réfection du revêtement ou marquage au sol, ils doivent être terminés. Au pire, la peinture est encore en train de sécher.

L'écart entre les barrières est à peine plus large que l'orbe de l'hélice, mais je ne peux pas me permettre de ralentir et pointe l'avion droit dessus en fermant les yeux. L'hélice passe au milieu sans dommage, en revanche le train principal fracasse les barrières, envoyant des débris orange tournoyer de part et d'autre quand je passe à travers.

Je jette un coup d'œil derrière moi par la fenêtre latérale. Pied au plancher, ce taré d'adjoint gagne encore du terrain. Il sera à ma hauteur dans quelques secondes.

J'insulte le Cessna. « Vas-y, enfoiré ! » Mais je suis toujours en dessous de la vitesse de décollage. Vérifiant pour la première fois la jauge de carburant, je découvre que le type au chapeau Tilley n'a eu le temps de faire qu'un demi-plein. Ce qui veut dire que je suis plus léger d'une cinquantaine de kilos. Je tente le coup et tire encore sur le manche. Le grondement des roues cesse quand le train quitte le sol, et au dernier moment le Cessna commence à s'élever dans les airs.

L'adjoint passe juste en dessous et fait un écart sur la droite. Tenant le volant d'une main, il braque son pistolet vers moi par la fenêtre ouverte. Il cherche un angle de tir. Je redresse l'avion pour rester à l'aplomb au-dessus de sa voiture pendant que je continue à gagner de la hauteur. Il me poursuit en zigzaguant jusqu'au bout de la piste. Je reproduis ses virages à l'identique. Il finit par sortir de la piste, et je passe au-dessus du grillage d'enceinte, à peine à une trentaine de mètres d'altitude.

Il pile dans un nuage de poussière, bondit hors du patrouilleur et vide son arme, mais ses balles manquent leur cible.

Et c'est là que je découvre pourquoi la piste était fermée.

42

Est-ce dû au bruit du moteur du Cessna qui peine à prendre de l'altitude ou aux coups de feu tirés par le shérif adjoint ? Toujours est-il qu'une immense volée d'oies du Canada décolle du champ qui s'étend après le grillage, et s'éparpille devant moi comme un essaim d'abeilles à plumes, luisantes et alourdies par un été de migration à se gaver de tout ce que peuvent ingurgiter ces volatiles.

Aucun moyen de les éviter. Quelques secondes plus tard, je traverse la nuée d'oiseaux qui filent de part et d'autre, à gauche, à droite, au-dessus et en dessous de moi, c'est un champ de mines volant d'outardes cacardeuses. Agrippé au manche du Cessna, j'essaie de les éviter tel un pilote de vaisseau spatial au milieu d'un champ d'astéroïdes, et par une chance extraordinaire, je les esquive toutes.

Sauf une.

C'est la plus grande, la plus énorme et la plus affreuse. Elle bataille pour élever son lourd croupion et rejoindre les autres. Battant furieusement des ailes, elle monte droit devant moi. Je vire sur la gauche, la grosse oie fait de même.

Nouvelle tentative, à droite cette fois, elle suit le mouvement.

Nous sommes sur une trajectoire de collision et je ne peux absolument rien y faire.

Elle m'aperçoit au dernier moment. Pendant une fraction de seconde, je jure que je vois une expression d'intense stupéfaction dans ses yeux d'oiseau débile, puis, elle se désintègre dans les pales. Une mixture de sang, d'os, de plumes et de chair éclabousse le pare-brise du Cessna et m'aveugle. Ensuite l'hélice vole en éclats, projetant ses débris dans le ciel. Je suis à une cinquantaine de mètres d'altitude, à la limite de la vitesse minimale. J'essaie de stabiliser l'appareil et de conserver l'énergie cinétique, et j'actionne les essuie-glaces, ce qui a pour effet d'étaler de la graisse et du sang sur la vitre du cockpit.

J'essaie de voir à travers ces sécrétions gluantes, à la recherche d'un terrain pour atterrir, mais ne distingue qu'une rangée d'arbres devant moi. Je dois choisir entre traverser la canopée ou tenter un atterrissage court. Si j'essaie de planer jusqu'aux arbres, je risque un nouveau décrochage et un plongeon en piqué sans espoir de redresser l'avion. Et si j'atterris trop loin, je risque de foncer dans les arbres, ce qui n'est pas franchement mieux. Alors, je mets le Cessna en crabe, écrase la pédale gauche du palonnier et pousse le manche à droite, afin de ralentir assez pour pouvoir atterrir. L'avion descend à une vitesse satisfaisante, et au dernier moment, je tire sur le manche pour cabrer le nez. Les pneus du train sont au ras des hautes herbes. Mais j'ai encore trop de vitesse et le Cessna refuse de se poser.

Les arbres se rapprochent à plus de cent kilomètres à

l'heure. Si j'arrivais à poser ces putains de roues, je pourrais utiliser le frein du train d'atterrissage. Cette fois, je pousse le manche vers l'avant.

Ce qui se révèle être une erreur, c'est le moins qu'on puisse dire.

Car les oies s'étaient posées dans cette zone pour une bonne raison. Au pied des herbes, le champ est gorgé d'eau. Dès que le train d'atterrissage entre en contact avec le sol, il s'enfonce dans la terre détrempée. Le Cessna pique du nez et part en culbute. Et avant que je puisse même penser à boucler la ceinture de sécurité à quatre points, mon visage frappe durement le tableau de bord, et pour la deuxième fois en vingt-quatre heures, tout devient noir.

43

« Où est-elle ? »

L'homme me hurle dessus, à deux doigts de perdre ses nerfs, s'il en a jamais eu.

Un poing s'abat sur la table où ma tête repose.

« Ouvre tes putains d'yeux et dis-moi où elle est ! »

J'essaie de soulever les paupières, mais ce n'est pas chose facile, parce que mon visage est tuméfié, conséquence du choc avec le tableau de bord du Cessna. Mon nez doit être cassé et j'ai encore perdu une paire de dents. Je parviens à entrouvrir un œil et crache un glaviot sanguinolent sur le sol en lino de ce qui ressemble à une salle d'interrogatoire. La douleur m'aiguillonne les côtes. J'ai aussi dû m'en péter une ou deux dans le crash, mais au moins, je suis toujours vivant.

Je finis par ouvrir l'autre œil et regarde autour de moi. Des shérifs adjoints glissent le long des murs insonorisés de la pièce, affichant les gueules menaçantes d'hommes et de femmes qui crèvent d'envie de me faire la peau, en ont les moyens et n'attendent qu'une occasion pour passer à l'acte.

Tous ont beau être armés, j'aurais encore une chance de

m'en sortir si mes poignets n'étaient pas menottés dans mon dos au dossier de la chaise. Je baisse les yeux. Pour faire bonne mesure, ils ont pris ma ceinture et mes chaussures. J'imagine que la porte est fermée à clef, et sans doute gardée de l'extérieur.

La voix reprend ses hurlements. « Je t'ai demandé où elle est ! »

Je lève les yeux et cligne plusieurs fois pour discerner l'homme qui me fait face. Il me semble familier. *La carrure, les poils, la panse de buveur de bière.* Et soudain, je le remets : le gros type aux moustaches broussailleuses qui faisait le plein de l'avion que je viens de crasher. La seule chose qui manque, c'est son chapeau Tilley.

Maintenant, il porte un uniforme et arbore une étoile brillante sur la poitrine. Je plisse les yeux pour faire le point dessus.

Elle porte l'inscription « Shérif ».

Apparemment, j'ai braqué et fracassé l'avion personnel du shérif de Clay County.

Conseil de pro : ne jamais faire un truc pareil.

« Je vais te donner une dernière chance, reprend-il. Tu nous dis où elle est, sinon ça va chauffer pour ton matricule, mon gars. Et ça va sérieusement brûler, je peux te l'assurer. »

Son visage vire au rouge, et son ventre gras semble lutter pour se libérer du carcan de son pantalon.

J'arrive à cracher : « Où est qui ? »

Sa réponse me parvient sous la forme d'un poing qui s'écrase sur ma pommette gauche avec un bruit sourd. Il a peut-être perdu la forme, mais c'est une belle bête et il a mis tout ce qu'il avait dedans.

Au rythme où vont les choses, celui-là m'a fait mal, mais le suivant sera pire. Et même si ce gros shérif est poussif, et ses adjoints mal entraînés et de piètres tireurs, le maintien de l'ordre dans les petites villes d'Amérique fonctionne dans un halo d'impunité, ce qui veut dire que, si je ne leur donne pas des réponses qui les satisfont, leur violence pourrait n'avoir aucune limite.

Il attend que j'aie un peu récupéré pour poser quelque chose devant moi.

Le passeport de Mireille.

« Nous savons que tu as tué la femme, dit-il, en se massant les jointures. On te tient déjà pour ça. Tu es bon pour la piqûre. Par contre, si tu nous dis où est la fille, peut-être que le gouverneur pourrait trouver dans son cœur une raison de t'accorder sa grâce. C'est ton unique chance. »

Sur la photo, Mireille me regarde, et soudain, sur son visage, je ne retrouve plus ni Gracious, ni moi, mais nous deux : un souvenir de ce que notre dernière semaine désespérée et magique à Addis-Abeba avait rendu réel. Gracious n'est plus. Une bête sauvage l'a assassinée pour des motifs que je n'arrive pas à imaginer. Par contre, Mireille est vivante.

Oui, espèce d'enfoiré, me dis-je, *tu as une fille. Et son existence change tout.*

Le shérif jette un regard circulaire à ses adjoints. « Comme tu t'en doutes, les gars et les filles ici présents ont aussi des enfants. Moi-même, je suis père. Du coup, on a tendance à prendre ce genre de saloperie très à cœur. Ça aurait pu être un de nos petits, une de nos femmes. Nous sommes des gens raisonnables. Mais on ne va pas la jouer petit bras avec un pédophile qui kidnappe une fillette de neuf ans. Tu sais où elle est. Et crois-moi, tu vas nous le dire. D'une manière ou d'une autre, tu vas nous le dire, je te le garantis. »

J'ai mal à la tête, et je suis encore ébranlé par ce que j'ai vu et appris. Pour autant, il faut que je me concentre et que je réfléchisse à mes options, telles qu'elles se présentent.

Option A : je ne dis rien. Mais la Jeep est immatriculée au dernier nom qu'utilisait Sixteen, et à l'adresse de la maison sur la colline. Ce qui signifie que la police de l'État doit déjà être en route pour la fouiller de fond en comble. Une fois la porte blindée forcée, ils découvriront une flopée d'armes non enregistrées. Et quand ils auront récupéré une lance thermique pour ouvrir le coffre, ils pourront y ajouter plusieurs papiers d'identité, des passeports, du cash en devises diverses, des téléphones intraçables et d'autres accessoires utiles dans ma profession. Ils feront appel aux Fédéraux et à la brigade antiterroriste, la CIA aura vent de tout ça en quelques heures et je finirai mes jours dans une prison secrète, ou, plus probablement, me retrouverai mêlé à un merdier sanglant dont il ne sera fait mention nulle part. En moins d'une heure, l'enquête de proximité les conduira au motel et ils retrouveront Mireille. Elle sera confiée aux bras musclés des autorités compétentes, pendant que Barb essaiera d'expliquer que le fusil ne servait qu'à protéger la petite, et pas à la garder prisonnière. Puis un inconnu annoncera à Mireille le décès de sa mère, et plus tard, quand elle aura grandi, elle découvrira en cherchant sur Google que Gracious est morte après avoir été torturée à mort par un homme qui portait le même nom que moi, parce que ce sera une vérité qui arrangera tout le monde.

Je ne peux pas laisser les choses se dérouler ainsi.

Option B : je leur raconte qui je suis, ce qui s'est passé et l'endroit où ils pourront trouver Mireille. Ce qui aboutira exactement au même résultat. Dans tous les cas, je finirai soit prisonnier, soit sacrifié, et Mireille sera ballottée de famille d'accueil en famille d'accueil, sauf qu'en plus, elle trimballera une étrange et terrifiante histoire – *la petite fille sniper, l'enfant des tueurs à gages* – et la culpabilité ancrée au fond de son cœur de n'avoir pas réussi à tuer l'assassin de sa mère.

Si les institutions ne la détruisent pas, cette culpabilité s'en chargera, aussi sûrement que ma propre incapacité à empêcher le meurtre de ma mère m'avait détruit.

Pas question non plus que ça se passe comme ça.

Ce dont j'ai un besoin urgent, c'est d'un plan C. Et ce plan, il me faut un peu de temps pour y réfléchir.

Le shérif à moustache s'est levé de sa chaise et m'agonit d'injures. Il mijote quelque chose. Deux de ses adjoints échangent un regard et s'éloignent du mur par anticipation. J'attends que sa figure rougeaude et flasque soit assez proche pour que je sente l'odeur de tabac dans son haleine, je renifle un grand coup afin de concentrer le plus possible de glaires et de sang dans ma gorge et je lui crache au visage.

Mission accomplie.

Sa fureur s'abat sur moi et lui avec. Il me martèle le nez, la bouche, les tempes et les côtes à coups de poing. Mais ce passage à tabac est exactement ce qu'il me fallait, parce que j'en ai vu d'autres, et même bien pires, au centre de détention pour mineurs. Et je sais comment y survivre, en me plongeant dans un état second jusqu'à ce que mon cerveau se déconnecte de ce que mon corps endure, tel un ballon de baudruche échappant à la main d'un petit garçon pour s'envoler dans un ciel d'été.

Je ferme les yeux.

Je suis un ballon qui s'envole.

Je flotte, je suis libre. Enfin, je peux réfléchir.

44

Je repense à Gracious, à son histoire. À son combat pour échapper à ce qui allait être son destin, et pour sauver son petit frère. Je repense aux longs après-midi que j'ai passés allongé près d'elle à Addis-Abeba, dans un îlot de silence cerné par les bruits et la touffeur de la ville. À la saveur douce-amère de ces moments dont nous savions tous les deux qu'ils ne dureraient pas, et que la brièveté rendait à la fois plus doux et plus amers. Et aussi à la manière dont nous aurions tous deux préféré mettre fin à notre propre vie plutôt que d'attenter à celle de l'autre.

Enfin, je pense à celle à qui tous ces moments ont donné naissance. Une petite fille innocente à qui Gracious a donné le prénom Mireille parce qu'elle était effectivement un putain de miracle. La chose la plus miraculeuse et la plus inattendue qui avait pu émerger de ce lieu, entre ces êtres et dans ces circonstances.

Hormis les quelques heures où j'étais avec elle, je ne connais presque pas cette enfant. Pourtant, elle fait partie de moi, et je fais partie d'elle. Et même si Gracious est morte, une partie d'elle continue à vivre en Mireille. Et non seulement une partie d'elle, mais aussi une partie de Junebug.

Les deux personnes que j'ai le plus aimées au monde, également mortes et incarnées en elle.

Gracious avait-elle tenté de se fondre dans le monde ordinaire pour sauver notre fille ? Avait-elle cherché à oublier tout ce qu'elle était, tout ce qui s'était passé, pour redevenir l'humble villageoise en robe blanche, chapeau de paille et souliers vernis noirs ? Avait-elle recommencé à faire le ménage ou la plonge, à changer les draps et à préparer le café comme dans l'hôtel à Addis-Abeba ? Avait-elle renoncé pour de bon à Ali Olusi, à toutes ces compétences qu'elle avait acquises et à son aptitude à changer de sexe à l'envi ?

Le fusil de sniper, les cartes topographiques et la tenue de camouflage que j'avais trouvés près de Mireille dans la forêt, ainsi que le coffre de sa voiture de location ployant sous le poids d'un véritable arsenal, tout suggère autre chose. Et je ne peux oublier ce qu'elle m'avait dit : *si je fais ce boulot, c'est parce que ça me plaît.* Sans doute avait-elle dû naviguer sans faire de vagues dans les couches inférieures de la hiérarchie du meurtre commandité, n'acceptant que des contrats qui lui rapportaient suffisamment d'argent pour vivre, mais pas assez pour attirer l'attention, des jobs peu stimulants ciblant des mafieux ou des politiciens corrompus de seconde zone, qui ne la mettaient pas en danger, ni la petite fille qui l'accompagnait partout désormais.

Peut-être que pendant que Mireille l'attendait en regardant *Bob l'éponge* dans la chambre d'hôtel ou l'appartement qu'elle avait loué, Gracious s'absentait, faisant son tour de passe-passe pour se fondre dans le paysage, quel que soit l'endroit où elle avait décidé de frapper. Et peut-être qu'un jour, elle était rentrée avec un sac à dos un peu plus lourd que d'habitude, les doigts encore empreints d'une odeur âcre de cordite que sa fille ne pouvait pas connaître, et qu'après une bonne douche, elles étaient sorties dîner dans un lieu que Mireille aimait bien, où Gracious lui avait demandé comment s'était passée sa journée, à moins que ce ne soit Mireille qui lui ait raconté des histoires de petite fille qu'elle avait écoutées de son mieux, en s'efforçant d'oublier que plus tôt dans cette même journée, elle avait encore mis fin à la vie d'un être humain. Et quelques semaines plus tard, pour des raisons que Mireille ne comprenait pas, ou dont elle se fichait, elles déménageaient vers une autre ville, un autre pays, un autre contrat.

Mireille ne savait sans doute rien des occupations de sa mère avant que Gracious ne l'installe au beau milieu de la forêt avec le fusil à lunette après lui avoir passé le visage au noir de fumée et mis un nœud dans les cheveux, et lui explique qu'elle allait devoir la laisser là et ne plus la revoir pendant un petit bout de temps.

Je ne peux qu'essayer d'imaginer ce que l'une et l'autre ressentirent pendant que Gracious rebroussait chemin vers la voiture de location sous les yeux de Mireille. Quand je l'avais sauvée des loups, il n'y avait aucune traînée claire sur son visage noirci. À ce moment-là, elle n'avait pas encore pleuré. Je suppose que Gracious lui avait dit de ne pas le faire, et qu'au fil des ans elle avait appris l'importance d'obéir à sa mère. C'est pour cela qu'elle ne s'était pas laissée aller aux larmes avant de s'enfermer dans ma salle de bains.

Je doute que Gracious ait réussi à faire de même. Elle avait dû se forcer à ne pas se retourner et avait dû parcourir la moitié du chemin vers la grand-route avant de lâcher enfin la bonde à ses sanglots. Dieu seul sait par quelles tortures mentales elle passa cette nuit-là, avant que les tortures physiques ne prennent le relais.

Mais pourquoi ?

Pourquoi avait-elle fait tout ça ?

Pourquoi avait-elle essayé de me tuer ?

Et si elle voulait me tuer, pourquoi sacrifier Mireille ?

Pourquoi abandonner le seul miracle de sa vie ?

Ça n'a aucun sens.

Et soudain, ça fait tilt.

Si ça n'a aucun sens, c'est qu'elle n'a rien fait de tout ça.

Elle n'essayait pas de me tuer.

Elle m'appelait à revenir à la vie.

Elle me confiait notre fille pour que je la protège.

Gracious avait choisi à dessein le léger fusil finlandais parce qu'elle savait qu'il n'y avait aucun risque que la balle traverse la vitre. Elle savait que je me précipiterais dans la forêt et tomberais sur Mireille, mais aussi que je ne tuerais jamais une enfant, et pas seulement parce que je voudrais savoir qui l'avait envoyée. Et elle me faisait confiance pour découvrir tôt ou tard qui était Mireille.

Elle avait dû s'apercevoir qu'on l'avait prise en chasse. Elle devait protéger sa fille, et par conséquent, l'emmener en lieu sûr. C'était du Ali tout craché : un coup de billard à trois bandes dont elle avait étudié tous les angles et tous les rebonds susceptibles de se produire. Une fois le coup de fusil tiré, je serais forcé de constater que ma couverture était grillée. Ce qui voulait dire que je ne pourrais plus rester là. Mais comme je n'abandonnerais pas la petite fille, je n'aurais d'autre choix que de l'emmener avec moi. Et – c'était le plus important – Gracious ne saurait pas où.

Et serait dans l'impossibilité de révéler à qui que ce soit l'endroit où se trouvait Mireille.

Même si on la torturait à mort dans une chambre de motel à Vermillion.

Mais pourquoi toutes ces combinaisons ? Puisqu'elle savait où je vivais, pourquoi ne pas simplement venir frapper à ma porte ? Si elle ne voulait pas me parler, elle aurait pu m'écrire, ou laisser une note dans la poche de Mireille, ou épinglée sur sa veste. Ou simplement lui dire qu'elle pouvait me faire confiance et me raconter qui elle était.

Je n'ai pas de réponse, mais ça montre une chose : l'assassin de Gracious cherchait aussi Mireille. Et il ne l'avait pas trouvée. En revanche, il avait découvert la carte où figurait l'emplacement de ma maison, qu'elle n'avait pas eu le temps de détruire avant qu'il ne lui tombe dessus.

Gracious s'était sacrifiée pour sauver Mireille, et me l'avait envoyée pour que je la protège. Et je me retrouve coincé et tabassé dans une salle d'interrogatoire par une bande de flics bouseux, pendant que Mireille est cachée dans la cave du motel où je l'ai laissée sous la protection d'une presque sexagénaire, tandis qu'un tueur sans pitié est lâché sur ses traces.

Quand il ne trouvera pas Mireille dans ma maison, il ira se renseigner aux alentours, et le motel du patelin sera le deuxième endroit où il se rendra. Alors, Dieu seul sait ce qui se passera.

Je dois la rejoindre avant qu'il ne la trouve.

Et pour commencer, je dois sortir de cette pièce.

45

Une botte me frappe en plein visage. J'entends se fracturer l'os de ma pommette.

Je suis recroquevillé en position fœtale, les mains toujours menottées dans le dos. Ils ne me considèrent plus comme une menace, ce qui me confère un début d'avantage. Je prends appui sur mon épaule, lance ma jambe en balayage, faisant chuter deux des adjoints. Puis, je me relève, le dos contre le mur. Les flics m'encerclent. Le shérif dégaine son arme. Je secoue la tête.

« Si vous me tuez, vous ne la retrouverez jamais. »

Il fait un signe à une de ses adjointes, qui sort son Taser.

Je m'élance vers elle, elle m'assène une décharge. L'éclair de l'arc électrique me traverse le corps et je tombe raide, comme un arbre abattu. Elle presse encore deux fois la détente et une fois que j'ai fini de convulser, je gis au sol, inerte comme si j'étais évanoui. Sauf que ce n'est pas le cas.

Celui qui m'a passé les menottes connaissait son affaire. Elles sont bien ajustées sur mes poignets, mes paumes sont orientées vers l'extérieur et la serrure vers le haut : aucune chance de la crocheter. Vous avez peut-être entendu parler de la technique consistant à se déboîter le pouce pour se libérer de menottes, ou d'autres conneries du genre. Eh bien, essayez un jour. Moi, j'ai tenté, ça ne marche pas.

« Sortez-moi cet enfoiré de là », dit le shérif, en m'envoyant un énième coup de pied dans les côtes en souvenir de son avion crashé.

Comme je disais, les menottes sont serrées. Mais l'obscur fonctionnaire qui les a commandées a voulu faire des économies à deux balles. Elles sont dotées d'un mécanisme à simple verrouillage – et pas double – de sorte qu'il serait possible d'y insérer une cale. Encore faudrait-il que j'en aie une. Or il se trouve que j'ai toujours une lamelle en acier trempé cousue dans la manchette de toutes mes chemises. Étendu sur le sol au pied des flics qui jacassent, je la fais glisser du bout des doigts, trouve la minuscule fente où les menottes s'enclavent, et insinue la lamelle à l'intérieur.

« Qu'est-ce qu'on fait pour la petite ? demande un des adjoints.

— On déclenche une alerte Amber. On a pu déjà trouver une adresse avec le numéro de la voiture ? »

Pour pouvoir passer la cale sous le loquet de verrouillage, vous devez resserrer les menottes. Et quand elles sont déjà très serrées comme c'est le cas ici, vous n'avez droit qu'à une tentative, peut-être deux, avant de vous retrouver garrotté pour de bon, avec en plus pas mal de nerfs durablement abîmés. Je tords les mains dans mon dos pour compresser les menottes, poussant un grognement afin de couvrir le cliquetis du cran. Un adjoint me balance un coup de pied dans le bas-ventre, la cale ripe et les menottes se resserrent.

Merde.

« Un trou à rats appelé Milton, répond une autre voix. La police d'État est en route. »

J'essaie encore, mais c'est plus difficile avec les menottes resserrées qui commencent à me couper la circulation.

« Qu'est-ce qu'on fait avec ce connard ? demande un troisième flic.

— Foutez-le en cellule, dit le shérif. Passez sa voiture au peigne fin, trouvez-lui une combinaison orange et portez ses vêtements au labo, cherchez des résidus de poudre sur lui et prélevez son ADN. Quand il se réveillera, on passera au deuxième round. Dites aux collègues sur place de saisir tous ses appareils électroniques et de chercher des contenus porno. Dix contre un que c'est un pédophile, ou un proxénète. Peut-être les deux. »

J'entends tourner le verrou de la porte. Ils se préparent à me sortir de là. Je ne sens plus mes mains. J'arrive à réintroduire la cale dans la fente, mais les menottes sont tellement serrées que je ne sais plus s'il y a encore assez de jeu pour soulever le loquet de verrouillage. Je pèse de tout mon poids sur les bracelets, les enfonçant profondément dans ma chair.

Les paupières mi-closes, j'entrevois deux adjoints se baisser pour me tirer par les aisselles. Quand leurs grosses mains me saisissent, les bracelets se referment d'un douloureux millimètre supplémentaire. Le loquet se soulève, libérant un de mes poignets.

Je laisse les flics me soulever et balance mes poings joints dans la tempe du premier, utilisant les menottes comme un poing américain. Il va s'écraser contre le mur et glisse au sol, inconscient. Je plante mon coude dans l'estomac du second, et, au moment où il se plie en deux, j'attrape le Taser à sa ceinture et lui balance mon genou en plein visage. Il s'écroule en geignant. Le shérif dégaine son pistolet, je le calme d'une décharge de Taser avant qu'il ait le temps de s'en servir. Il s'effondre sur le lino, agité de convulsions, l'écume aux lèvres.

L'adjointe tâtonne vers son arme, mais le temps qu'elle la trouve, je la braque avec le pistolet du shérif.

« Appelez l'ambulance pour celui-ci », dis-je, en désignant le visage du shérif qui vire du rouge au bleu sous sa moustache d'acteur porno. Vraiment pas besoin d'ajouter une étiquette de tueur de flic à celle de kidnappeur d'enfant.

« Faites-moi confiance, la petite va bien », je lui dis. J'aimerais bien en être persuadé moi-même. « Je ne lui ferai aucun mal. Mais si je ne sors pas d'ici, je ne peux rien garantir. »

Je suppose qu'elle me croit, parce qu'elle hoche la tête.

J'attrape le passeport de Mireille et quitte la pièce. De l'autre côté, je colle le canon du pistolet entre les yeux du jeune adjoint chargé de garder la porte. Je lui prends son arme, le pousse dans la salle d'interrogatoire et tourne le verrou derrière lui. Quand, avec sa collègue, ils se mettent à hurler et à tambouriner sur la porte, je cours déjà vers la sortie.

Sur le comptoir d'accueil, les clés de la Gladiator attendent d'être mises sous scellés. L'officier de permanence, une quadra occupée à remplir le formulaire, lève les mains en signe de reddition. De la radio posée près d'elle jaillissent les appels à l'aide des flics enfermés dans la salle d'interrogatoire. Je m'en empare également et sors dans la lumière du jour.

La Jeep est garée juste en face, avec quatre patrouilleurs et le pick-up du shérif. Je crève d'une balle un pneu de chaque véhicule, saute dans la Gladiator et quitte le parking en marche arrière dans un crissement de pneus.

Les uniformes couleur sable des deux adjoints qu'on a fini par libérer apparaissent à la porte vitrée. Ils me tirent dessus à deux reprises. Une balle se perd au loin, l'autre fait un trou dans le pare-brise. Je riposte par la vitre baissée, ils plongent derrière leurs véhicules de service pour se mettre à l'abri. Je fais demi-tour sur les chapeaux de roues et accélère sur la route. Un des adjoints court, pas très longtemps, derrière la Gladiator, un autre saute dans un patrouilleur pour me donner la chasse. Au bout de cent cinquante mètres, il roule déjà sur la jante. Je m'éloigne, décidé cette fois à prendre l'autoroute. Sur le siège passager, la radio diffuse une alerte destinée aux patrouilleurs de la police routière, mais le régulateur répond que toutes les équipes disponibles font route vers Milton, où on rapporte des échanges de coups de feu et plusieurs policiers abattus.

J'écrase l'accélérateur.

46

Je rallie Milton en trente-cinq minutes. La radio sur le siège passager continue à grésiller, mais bizarrement, les canaux de la police de la route restent silencieux. Quelque chose ne tourne pas rond. Je comprends ce que c'est en traversant la ville : dans l'axe de la rue principale, une épaisse fumée noire s'élève de la maison de Sixteen. Je fonce vers la colline où scintillent encore des gyrophares de véhicules de police. Quand j'arrive, je sors un autre pistolet de la boîte à gants. Les patrouilleurs sont garés en épi sur la route, portières ouvertes. La voiture qui a enfoncé le portail électrique est toujours enchevêtrée dans un lacis de fil de fer et d'acier. À côté, un flic de la police routière est allongé face contre terre, la main encore posée sur l'étui à sa ceinture.

Je soulève sa tête. Il a un trou de 9 mm bien net au milieu du front.

La maison entière est en feu. On dirait qu'ils ont fait sauter à l'explosif la porte en acier renforcé, ce qui n'est pas une tactique policière classique. À l'intérieur, les flammes se propagent à partir du salon, léchant le plafond de la cuisine où deux autres flics gisent sur le lino, morts tous les deux, portant les mêmes stigmates au front que leur collègue dehors.

Ça nous fait trois cadavres, alors qu'il y avait quatre patrouilleurs à l'extérieur. Il doit y en avoir un autre quelque part.

Derrière la cuisine, la salle à manger est envahie d'une épaisse fumée noire. Je passe un torchon sous l'eau, l'applique sur mon visage, m'empare de la lampe-torche d'un des policiers morts et m'enfonce dans la fumée. La chaleur me brûle la figure et les mains. Je scrute la pièce à l'aide de la lampe-torche. Au niveau du sol, il y a une poche d'air frais d'une trentaine de centimètres, mais aucun signe du flic manquant. Je continue d'avancer. Toujours rien. Enfin, je découvre la policière couchée sous la fumée dans l'escalier du sous-sol. Les flammes montent vers elle. Je m'approche pour la sortir de là quand une explosion en dessous de nous me projette en arrière. Mon gilet pare-balles s'enflamme spontanément. La maison entière peut s'embraser d'un moment à l'autre. Je plisse les yeux pour supporter la chaleur suffocante, attrape la policière par une botte et la tire vers moi. Elle est blessée à la cuisse, mais son gilet l'a sauvée des balles qui ont dessiné une jolie grappe d'impacts à l'emplacement du cœur.

Je la hisse sur mon épaule, me précipite dehors par la porte fracassée, puis cours encore sur une quinzaine de mètres pour nous protéger d'une éventuelle explosion. Je l'allonge sur le sol. Son pouls est chaotique – les impacts sur sa poitrine ont dû provoquer une fibrillation ventriculaire.

Je retire son gilet pare-balles et pratique sur elle un massage cardiaque. Le temps joue contre moi. Je ne peux pas m'éterniser, mais il faut que son cœur se stabilise. Après deux minutes de compression, elle se met à tousser, et je sens battre son pouls. Il faudra que ça suffise. Dans la maison, d'autres explosions retentissent. Pour plus de sûreté, je la déplace encore d'une dizaine de mètres. Soudain, au loin, des hurlements de sirènes. Très bien. Ils prendront le relais.

Je retourne en courant vers la Jeep dont le moteur tourne toujours et descends la colline en zigzags jusqu'à la grand-route, en essayant de ne pas imaginer ce que je risque de trouver.

47

Il commence à pleuvoir. De grosses gouttes s'écrasent dans les nids-de-poule quand je me gare sur le parking et me précipite vers le motel. Les lumières sont toujours allumées, conformément à mes instructions. Mais la porte est à moitié ouverte et la vitre brisée. Je la pousse doucement avec l'épaule en m'efforçant de ne pas marcher sur les éclats de verre, le doigt sur la détente du pistolet.

J'écoute, à l'affût du moindre bruit, mais tout est silencieux, hormis le crépitement de la pluie sur le toit.

J'entre, toujours aux aguets.

Rien.

« Barb ? »

Pas de réponse.

« Barb, c'est moi. Tout va bien. Je suis revenu. Tu peux sortir. »

Je n'entends toujours rien, mais j'aperçois une traînée de sang sur le sol.

Les gouttes ressemblent à de petits têtards dont les queues pointent vers la porte, ce qui m'apprend que la personne blessée, quelle qu'elle fût, se dirigeait vers la sortie.

« Barb ! »

Je crie à présent. Sur la route, des camions de pompiers passent, toutes sirènes hurlantes.

Je suis les traces de sang. Elles disparaissent dans l'escalier de la cave plongée dans le noir.

Je descends marche après marche, lentement, le dos plaqué au mur, laissant mes yeux s'habituer à la pénombre.

« Barb ? »

Quand j'arrive en bas des marches, l'obscurité est totale.

« Barb. Parle-moi, nom de Dieu. »

Et toujours le silence.

Je tâtonne à la recherche de l'interrupteur.

« Je vais allumer, d'accord ? »

J'appuie sur le bouton.

La lumière m'aveugle pendant quelques secondes. Enfin, je l'aperçois.

Elle est affalée contre le mur en bas de l'escalier, recroquevillée telle une poupée abandonnée par un enfant gâté. Elle tient toujours le Mossberg dans la main, mais un bouquet d'impacts de balles fleurit sur le devant de son chemisier ensanglanté – deux trous rapprochés, un tir groupé classique, et un autre un peu décalé – et derrière elle, une mare de sang.

« Barb », dis-je, même si je sais qu'elle est morte. Une fureur soudaine enfle en moi et me submerge. Gracious avait vécu par le glaive depuis son enfance. Même les flics abattus dans la maison connaissaient les risques. Mais Barb était une innocente qui protégeait une innocente. Elle ne jouait pas le moindre rôle dans cette histoire avant que je lui colle un fusil dans les mains.

Putain, j'aurais aussi bien pu presser la détente moi-même.

48

Soudain, elle émet un son.

Elle est toujours en vie!

Je m'accroupis près d'elle, soulève sa tête.

« Barb, Barb. Je suis là. Parle. »

Elle ouvre des yeux vitreux qui mettent plusieurs secondes à se focaliser sur moi. À ma stupéfaction, elle pose une main par terre et essaie de se redresser.

« N'essaie pas de bouger, je lui dis. On t'a tiré dessus.

— Sans déconner », rétorque-t-elle.

Barb est une dure à cuire, je le savais déjà, mais trois balles dans le buffet auraient quand même dû la terrasser. Je m'interroge encore sur ce mystère quand elle repousse le Mossberg et plonge la main sous son chemisier maculé de sang.

« Arrête de me fixer comme un débile, dit-elle. Aide-moi plutôt à retirer ce truc. »

Toujours interloqué, je fais ce qu'elle demande.

Il s'agit d'un annuaire téléphonique aux pages cornées d'environ cinq centimètres d'épaisseur, vieux d'une quinzaine d'années. Les trois balles l'ont transpercé sans problème, mais Barb avait glissé derrière un vieux plateau métallique que je l'aide à extraire. Trois bosses dans le métal montrent qu'il a stoppé les balles.

« Sérieux ? Tu t'es fabriqué un gilet pare-balles ?

— Et toi, tu m'as laissée seule avec un putain de fusil. Je me suis dit que si quelqu'un venait chercher la petite, ça risquait fort d'être un professionnel. Il fallait bien équilibrer les chances.

— Où est-elle ? Où est Mireille ?

— Il l'a emmenée, dit Barb. J'ai essayé de l'en empêcher, mais cet enfoiré a pu s'emparer d'elle.

— C'était qui ?

— Comment veux-tu que je le sache ? Il ne s'est pas présenté. On a fait ce que tu avais dit. On est descendues à la cave et on a tout éteint. Deux heures plus tard, j'ai entendu une voiture entrer dans le parking. J'avais montré une cachette à Mireille dans une des remises, en lui demandant de ne pas faire de bruit et de ne sortir sous aucun prétexte.

— Elle a compris ?

— En tout cas, elle a fait ce que je disais. J'ai entendu qu'on toquait à la porte d'entrée. Ensuite, la vitre brisée et le verrou qu'on tournait de l'intérieur. Quand il s'est engagé dans l'escalier, il se détachait à contre-jour dans la lumière comme tu l'avais prévu. Je n'ai pas vu son visage, mais je ne pouvais pas manquer sa carrure impressionnante.

— Il était grand ?

— Au moins deux mètres, peut-être plus. Il avait un pistolet. J'ai essayé de retenir ma respiration en priant pour que Mireille ne fasse pas de bruit… J'aurais pu le buter direct, mais j'espérais qu'il ferait demi-tour. Sauf qu'il a continué à descendre. Je l'ai entendu chercher l'interrupteur à tâtons. Quand il a fini par le trouver, je lui ai tiré dessus.

— Tu l'as touché ? »

Elle hoche la tête. « J'en suis presque certaine. Ça l'a projeté en arrière, mais il n'est pas tombé.

— Il devait aussi avoir un gilet pare-balles. Et ensuite ?

— J'ai tenté de recharger, mais dans l'intervalle, il m'a touchée deux fois. Je suis tombée à la renverse, je n'arrivais plus à respirer. Je savais que si je faisais un mouvement, il me tuerait. Je suis restée immobile, espérant lui faire croire qu'il avait eu la peau de la vieille salope. Mais il s'est approché de moi et j'ai cru ma dernière heure arrivée. C'est à ce moment que Mireille a jailli de sa cachette et est passée devant lui en courant.

— Je croyais que tu lui avais dit de rester planquée ?

— Elle essayait de me sauver, de faire diversion. Il a tenté de l'attraper au vol, mais elle était trop rapide. Elle a grimpé les marches et il lui a couru après. J'ai réussi à me remettre debout et je les ai suivis, mais le temps que j'arrive en haut, il l'avait empoignée par le bras. Elle se débattait. J'ai enfin réussi à recharger, mais j'avais peur de toucher la petite. J'ai hurlé pour attirer son attention. Il a pivoté sur lui-même et m'a encore tiré dessus. J'ai basculé en arrière dans l'escalier. Tout ce que j'ai entendu après, c'était la petite qui criait, une portière qui claquait et une voiture qui démarrait. Ensuite, je suis tombée dans les pommes. J'ai dû me prendre un bon coup sur le crâne dans ma chute. »

Elle touche l'endroit où ses cheveux décolorés sont collés par le sang. « J'imagine que c'est de là que vient tout ce rouge.

— Tu n'as pas d'autres blessures ?

— Ma poitrine me fait mal, dit-elle lorsque je l'aide à se relever. Peut-être que je me suis aussi pété une côte.

— Et Mireille ? Il l'a blessée ?

— Elle avait l'air plus furieuse que blessée. Si tu veux mon avis, cette fille est de la race des survivants. »

Des survivants.

C'était ainsi que Junebug nous appelait. « Toi et moi, nous sommes des survivants, disait-elle. Peu importe à quel point les choses tournent mal, nous nous en sortons toujours. »

Elle avait entièrement raison, jusqu'au moment où elle a eu tort.

49

« Tu vas me dire qui c'est ? demande Barb tandis que je la soutiens pour monter les marches.

— C'est ma fille. »

Barb se fige et me dévisage.

« Ta fille ? Et sa mère ?

— Elle est morte. Tuée par le même enfoiré qui t'a tiré dessus et a enlevé Mireille.

— Pourquoi ?

— Aucune idée. »

On arrive en haut de l'escalier, mais Barb a besoin de souffler un moment et je me rends compte que malgré ses airs bravaches, elle est en état de choc. Elle attrape mon bras. « Qu'est-ce qu'on va faire ? »

D'autres sirènes sur la route, en direction de la colline.

« Réfléchis. Tu as parlé de sa carrure. Tu te souviens d'autre chose ? Quand il a allumé, tu n'as pas vu son visage ?

— Juste une fraction de seconde.

— Et ? »

Elle réfléchit un moment. « Il avait une tête bizarre.

— Bizarre comment ?

— Sa figure… Il avait de gros traits… comme le Bigfoot.

— Le Bigfoot ? Tu veux dire… le cousin du Yéti ?

— Quoi ? Ne sois pas ridicule. Je parle de Bigfoot, le kickboxeur, le champion d'Ultimate Fighting. Son nom, c'est Silva. »

Que Barb soit fan de MMA est la chose la moins surprenante de la journée.

« On l'appelle Bigfoot parce que c'est un géant, continue-t-elle. Un problème d'hypophyse. Bref, il lui ressemblait. »

Elle remarque ma réaction. « Tu sais qui c'est ? »

Je hoche la tête. Parce qu'effectivement, je crois savoir qui c'est. Et soudain, tout devient bien pire et encore plus compliqué.

« Écoute-moi attentivement. Ce type a buté trois policiers, et raté de peu une quatrième. Ils vont non seulement croire que c'est moi qui ai tiré, mais aussi que j'ai kidnappé Mireille et tué sa mère. S'ils pensent que tu es impliquée, que tu sais quoi que ce soit sur cette histoire, sur mon identité ou celle de Sixteen, tu vas avoir de gros ennuis. Et si le type que tu as vu est bien celui que je le soupçonne d'être, et qu'il découvre que tu es vivante, il va revenir s'occuper de toi. Tu as toujours une voiture ? »

Elle acquiesce. « Un vieux Dodge Caravan, mais il roule.

— Parfait. Et des gens ? Il y a des gens chez qui tu peux aller ?

— Quel genre de gens ?

— Des gens qui savent la fermer. Je me disais que…

— Le genre avec des tatouages pourris et des traces de piqûres, c'est ça ? » Elle rit. « Bien sûr que j'ai encore des amis dans les bas-fonds. La plupart sont morts aujourd'hui, ou derrière les barreaux. Mais certains ont passé le cap. Je ne les ai pas vus depuis longtemps, et on ne s'est pas toujours quittés dans les meilleurs termes. Mais si j'ai des problèmes, ils s'occuperont de moi.

— Tu as besoin d'argent ? »

Elle secoue la tête. « Je prendrai ce qu'il faut dans la caisse du motel. Là où vivent mes amis, on ne se promène pas avec trop de cash, si tu vois ce que je veux dire. Il vaut mieux ne tenter personne.

— Bien. Je vais te donner un téléphone prépayé. Tu l'allumeras une seule fois par semaine. Je suis le seul à connaître le numéro. Donc, si tu vois qu'il y a eu un appel, ce sera moi. Tu rappelles et je te dirai si c'est sans danger.

— Et si je ne reçois jamais d'appel ?

— Alors, tu ne reviens jamais. »

Pendant un moment, elle semble sur le point d'objecter quelque chose, mais se contente de hausser les épaules.

« Et puis merde, j'ai toujours détesté ce trou à rats. Plus rien ne me retient ici. Peut-être que c'est la façon que Dieu a trouvée pour me dire qu'il est temps de changer de crèmerie. »

Cinq minutes plus tard, Barb est au volant de sa fourgonnette. Le moteur tourne et les essuie-glaces balaient la pluie battante. Ses cheveux sont toujours tachés de sang et elle semble encore ébranlée, mais son immuable cigarette est de retour entre ses lèvres et son regard déterminé en dit long sur sa capacité de résistance.

« Eh bien, qu'est-ce que tu vas faire ?

— Je vais la retrouver.

— Et ensuite ?

— Je verrai. »

Barb tire une dernière taffe.

« La gamine, dit-elle. Elle ne méritait pas ça. Je m'en fous de ce qu'elle a fait, que ce soit elle ou pas qui ait pressé la détente, mais elle ne méritait pas ça. Sa mère est morte, tu es donc tout ce qui lui reste. C'est pas terrible, mais au moins tu existes. »

Elle balance le mégot dans une flaque. La cigarette s'éteint en grésillant.

« Ce que je veux te dire, ajoute Barb en faisant grincer la boîte de vitesses, c'est que tu as intérêt à la retrouver. Parce que sinon, c'est moi qui te trouverai. Et je ne viendrai pas seule, pigé ?

— Pigé. »

Elle démarre. Les pneus lisses font gicler l'eau des ornières du parking, et rebondissent sur des amortisseurs qui n'amortissent plus rien depuis longtemps. La fourgonnette s'engage sur la route.

Je regarde ses feux arrière disparaître et me retourne vers la colline. Au-dessus de la ville, les rampes stroboscopiques des camions de pompiers et des ambulances clignotent toujours, en revanche l'incendie semble en voie d'extinction. Soit les soldats du feu ont pris le dessus, soit, simplement, il n'y a plus rien à brûler. C'est à ce moment que j'aperçois les lumières bleu et rouge qui commencent à redescendre la route en lacet.

Des voitures de flics. Ils ont sûrement trouvé leurs collègues morts et doivent être assoiffés de sang. Ils feront d'abord halte à la station-service, mais ils seront en bas dans peu de temps. Ils fouilleront chaque maison, dresseront des barrages sur les routes. Dans leurs têtes, je suis déjà coupable de l'assassinat de Gracious et de l'enlèvement de Mireille. Bientôt, ils ajouteront sur la liste un triple meurtre de flics.

Un truc énorme se trame, que je ne comprends pas et qui met en branle des forces que je n'imagine pas non plus. Mon instinct me dit qu'elles sont assez puissantes pour qu'en cas de nouvelle garde à vue, je sois exécuté par la main des flics, ou de quelqu'un d'autre. Mais si je survis, chaque heure perdue réduit un peu plus les chances de retrouver Mireille.

Ne pas gaspiller une minute.

Je m'élance vers la Jeep et m'arrête net à la vue d'un objet à moitié immergé dans une flaque. Je le ramasse.

C'est le singe-chaussette borgne de Mireille. Il est gorgé d'eau.

Je lui rendrai son doudou, même si c'est la dernière chose que je fais de ma vie.

QUATRIÈME PARTIE

50

Je commence à me dire que le vieux salaud est peut-être mort.

Je martèle à nouveau une porte crasseuse et anonyme coincée entre une compagnie d'import-export véreuse et une boutique de vêtements pour femmes désaffectée, dont les mannequins poussiéreux gisent dans la vitrine. Je ne suis pas venu dans le coin depuis dix ans, pourtant le rythme des coups que je devais frapper est toujours ancré dans mon cerveau. Plus haut, une caméra de surveillance déglinguée est braquée dans ma direction, mais pas moyen de savoir si elle fonctionne encore.

Une faible lumière jaune s'allume à l'intérieur. Une minute plus tard, le rabat en carton obstruant le minuscule guichet se soulève, et une paire d'yeux apparaissent derrière la vitre obscurcie par des décennies de crasse. Finalement, le verrou tourne et un petit Chinois d'environ quatre-vingts balais apparaît.

Il me dévisage pendant une seconde, comme s'il voulait s'assurer que c'est bien moi, et dit : « Va te faire foutre. » Il essaie de refermer la porte. Sauf que je glisse le pied à l'intérieur.

« Allez, Charlie. Ne sois pas comme ça.

— Onze ans.

— Je sais.

— ONZE ANNÉES. Et tu n'as jamais appelé. Pas une seule fois.

— J'ai été un peu occupé.

— Qu'est-ce que tu veux ?

— Comme d'habitude. »

Même Charlie ne parvient pas à dissimuler son intérêt. « Montre. »

Je lui retourne un grand sourire qui révèle l'état de mes dents. Il fut un temps où j'avais une denture parfaite – un vrai rêve de pubard d'une blancheur nacrée – grâce à un dentiste de Beverly Hills qui les recollait et les faisait briller chaque fois que c'était nécessaire. Mais elles n'avaient pas été entretenues depuis plus d'un an et les événements récents n'avaient rien arrangé.

Charlie me fait pencher la tête en arrière pour inspecter mes incisives et mes molaires supérieures, puis en avant pour scruter les dents du fond. D'un hochement de tête, il m'autorise à refermer la bouche. Je vois bien qu'il est toujours fâché, mais encore plus contrarié par l'état de mes dents.

Il tend vers moi son index taché de nicotine. « Les bonnes affaires, fini pour toi. Les prix ont monté. »

51

L'escalier conduit à une pièce en sous-sol. Les murs sont sales mais le matériel est de premier ordre. L'appareil de radiographie et le luxueux fauteuil motorisé flambant neufs suggèrent que les affaires de Charlie sont toujours florissantes. Deux murs sont occupés par les mêmes canapés en cuir noir qu'on trouve dans les studios d'enregistrement haut de gamme et des écrans plats diffusent des gros plans filmés en direct de la bouche des patients.

Charlie me fait signe de m'installer dans le fauteuil, enfile une blouse en plastique et se met au travail.

Que ce soit clair, Charlie n'est pas *un* dentiste. C'est *LE* dentiste. Formé dans la meilleure école dentaire de Chine, il a débarqué dans le Chicago des années 70 et ouvert un cabinet illégal en opérant avec la trousse d'instruments qu'il avait apportée dans son bagage à main. Il a galéré pour joindre les deux bouts jusqu'au jour où deux types baraqués et tatoués lui ont amené un de leurs collègues également tatoué et baraqué. Toutes ses dents de devant étaient éclatées, sa mâchoire brisée et il semblait s'être fait tabasser à coups de poing américain ou de batte de base-ball. Charlie savait qu'il valait mieux s'abstenir de poser des questions, néanmoins, en réparant la bouche de l'homme, il apprit qu'ils étaient tous membres de la triade 14K apparue à Canton au sein de la résistance anticommuniste.

Charlie faisait du bon travail, il savait la boucler et son cabinet clandestin en sous-sol était à l'abri des regards indiscrets, de sorte qu'il y eut bientôt un défilé permanent de criminels à gueule cassée devant sa porte. Et plus seulement des membres des triades, mais aussi tout ce que Chicago comptait de pègres locales et importées – Italiens, Siciliens, Calabrais, Jamaïcains, Russes, Portoricains, Haïtiens, Bloods et Crips, Serbes et les autres. Les seuls qu'il ne voulait pas soigner étaient les skinheads, ces néandertaliens néonazis qui, de toute façon, auraient préféré mourir que d'être touchés par des mains chinoises.

Le travail de Charlie dépassa rapidement la réparation des dents cassées. Comme il y allait franco avec la Novocaïne et savait se montrer délicat quand il faisait les piqûres, les clients affluèrent aussi pour des soins esthétiques. Pour des blanchiments, des redressements de dents, des implants, et plus que tout, la pose de bijoux dentaires couvrant des incisives, parce que (a) il se trouvait que Charlie avait la fibre artistique, et (b) que ses inserts amovibles ne pourrissaient pas les dents comme ceux que les cow-boys se faisaient poser à prix cassés dans des centres commerciaux de banlieues malfamées.

Et il n'y avait pas que les dents.

Charlie n'était pas assez stupide pour consigner le nom de ses clients dans un carnet d'adresses, mais celui qu'il avait mémorisé était un *Who's Who* de dealers de drogue, de trafiquants d'armes, de contrebandiers, de maîtres-chanteurs, de voleurs de voitures, d'usuriers, de proxénètes, de faussaires et de toutes les autres catégories de criminels. Sa petite cave minable devint une sorte de carrefour, une route de la soie dépourvue de fenêtre. Quels que soient tes besoins, Charlie connaissait quelqu'un qui pouvait les satisfaire. Il ne faisait jamais payer ce genre de services, mais tout le monde lui filait sa part pour qu'il continue à se montrer conciliant, et aussi parce que tout le monde l'aimait bien. Pas moyen de faire autrement.

Charlie devint riche, bien qu'il ne l'affichât jamais, et il utilisa sa richesse pour mettre en place une sorte de banque occulte. Si on avait une dette, on pouvait déposer l'argent dans la banque de Charlie et la somme était versée à qui de droit. Il ne tenait aucun livre de comptes, se fiant uniquement à sa mémoire photographique pour se rappeler le nom des déposants et des destinataires. Tout était fondé uniquement sur la confiance. Sa réserve opaque de liquidités faisait tellement partie intégrante de l'économie criminelle que personne n'osait le toucher : celui qui s'en serait pris à Charlie se serait attiré la colère de toute la pègre de Chicago, et certains en firent la douloureuse expérience.

Les flics aussi le laissaient tranquille, eu égard aux gros sacs en papier kraft qui apparaissaient mystérieusement chaque semaine dans les casiers de vestiaire du commissariat. Les Fédéraux essayèrent bien de le faire tomber une fois ou deux, mais tout ce qu'ils purent lui coller sur le dos, ce fut une accusation pour pratique illégale de la médecine dentaire, ce qui ne constituait pas un crime et ne relevait même pas de la compétence fédérale.

En outre, puisque tous ses clients – sauf moi – étaient des

criminels, Charlie passait totalement sous les radars de la communauté du renseignement. Pour les directions de l'antiterrorisme et du contre-espionnage de la CIA, de la NSA et du FBI, il n'existait simplement pas.

Et tout cela explique ma présence ici. Parce qu'une fois mes dents réparées, il va me falloir pas mal de matos, et vu que je suis actuellement recherché pour quatre meurtres, vol qualifié de Cessna et enlèvement d'enfant, la seule personne qui pourra me procurer ce dont j'ai besoin sans rajouter des problèmes aux problèmes, c'est Charlie.

52

Charlie me présente un miroir, tel un coiffeur fier de sa coupe.

« Splendide. » Je tourne la tête de gauche à droite pour admirer mes nouvelles dents. Et c'est vrai qu'elles sont splendides. Mais tout le reste de mon corps est plutôt pitoyable. « Écoute, Charlie… », dis-je. Mais je préfère m'arrêter là.

« Je comprends, dit-il, brandissant de nouveau son doigt devant moi. Tu te sers de Charlie parce qu'il est utile quand tu gravis les échelons. Mais quand tu arrives au sommet, Mr Seventeen, tu oublies Charlie Wu. Tu tires un trait sur l'ami qui t'a soigné les dents quand tu n'étais qu'une petite merde avec une grosse tête, qui ne connaissait rien ni personne.

— Ce n'est pas pour ça que je suis resté silencieux, Charlie. » Il est vraiment furax et je dois le calmer illico. « D'accord, tu peux t'arranger avec les flics de Chicago et mettre un vent aux Fédéraux de temps en temps. Mais est-ce que tu penses pouvoir t'arranger avec la CIA ou la NSA ? Et si ce sont les Russes qui frappent à ta porte ? Ou les Coréens du Nord ? Ou les Chinois ? »

Je garde les meilleurs pour la fin, parce que si Charlie n'a pas peur de grand-chose, ses accointances avec la triade K14 – K pour Kuomintang, le parti des nationalistes chinois opposé aux communistes, et 14 pour ses quatorze fondateurs qui combattirent l'armée de Mao – risquaient de le placer sans délai dans le viseur des services secrets chinois s'il venait à apparaître sur leurs radars.

« Tu n'as pas besoin de ce genre de pressions, Charlie, dis-je. C'est même pour ça que je suis resté à l'écart. »

Charlie secoue la tête. « Des conneries, tout ça. À l'époque, tu viens me voir parce que tu étais en pleine ascension. Et aujourd'hui, tu viens me voir parce que tu es sur la pente descendante.

— Pas descendante, Charlie. Horizontale. J'opère en solo aujourd'hui. J'ai besoin de matériel provenant de fournisseurs sans aucun lien connu avec ce monde.

— Et si on remonte jusqu'à moi ?

— Cela n'arrivera pas. Je te le garantis. »

Il secoue la tête. « Tu mens. Tu peux garantir que dalle. »

Je n'aurais pas dû essayer de pipeauter Charlie Wu. Je me relève, m'essuie la bouche, jette mon bavoir sanguinolent dans la poubelle et me retourne vers lui.

« Dis-moi, Charlie. Tu as des enfants ? »

À sa manière de secouer la tête, je vois qu'il y a un truc à fouiller.

« Tu avais des enfants ? dis-je, sur une intuition.

— J'avais une fille, et une épouse. En Chine. Mortes pendant la Grande Famine. Tu en as entendu parler ? »

Je secoue la tête à mon tour, non que je ne connaisse pas la Grande Famine chinoise, mais parce que je veux que ce soit lui qui en parle.

Son visage s'assombrit.

« C'était pendant le *dà yuè jin*, le Grand Bond en avant. Une idée de Mao. Organiser les fermes en communes populaires. Si elles ne produisaient pas assez, les responsables étaient punis. Du coup les responsables mentaient, ils inventaient des chiffres, ils déclaraient plus de céréales qu'il y en avait vraiment. Mais quand les réserves étaient épuisées, plus personne n'avait à manger. Et de toute façon, les récoltes étaient réquisitionnées pour nourrir les villes. Pas les campagnes. Dans le Sichuan, les silos étaient pleins, mais les gens – les miens, ma famille, ma femme, ma fille – mouraient de faim parce que les responsables n'avaient pas le droit d'ouvrir les portes.

— Tu étais où, toi ? À l'université ? »

Charlie acquiesce. « Dans les villes, on avait le ventre plein. Quand j'ai appris qu'ils mouraient de faim, c'était trop tard.

— Si tu l'avais su, qu'est-ce que tu aurais fait pour sauver ta fille ? »

Charlie me dévisage, les yeux brillants.

« N'importe quoi. Tout.

— Maintenant, j'ai une fille, moi aussi », je lâche. Les mots sonnent encore étrangement dans ma bouche.

Il me regarde avec une stupéfaction justifiée. « Toi ? Tu as une fille ?

— Je n'étais pas au courant il y a encore deux jours. Quelqu'un a tué sa mère et a enlevé la petite. Il faut que je la retrouve. Voilà où j'en suis, Charlie. Tu es la seule personne dans cette ville à qui je fais confiance. Alors, je suis désolé de t'avoir ignoré pendant dix ans, mais c'était pour te protéger. Je t'en prie. »

Charlie m'observe au-dessus de ses montures en demi-lune, essayant de déterminer si je suis en train de le manipuler ou pas.

« Très bien, petit con. Tu as besoin de quoi ? »

Ses yeux s'écarquillent de plus en plus quand je lui énumère ma liste, à tel point que je crains qu'ils ne sautent de leurs orbites.

« Et comment tu payes tout ça ?

— Ça, c'est l'autre truc, dis-je. Il va me falloir du cash. Beaucoup de cash. »

53

Charlie a beau être vieux, la banque de Charlie a su s'adapter à l'air du temps. Un simple transfert de Bitcoins impossible à tracer entre deux portefeuilles anonymes hébergés sur des bourses offshore, et le tour est joué. Il disparaît une vingtaine de minutes et quand il revient avec de véritables brassées de billets usagés, je comprends qu'en plus de tout le reste, il fait du blanchiment d'argent au niveau planétaire.

Dans un kidnapping – si c'est bien de ça qu'il s'agit – les premières vingt-quatre heures sont cruciales, et j'en ai déjà laissé passer la plus grande partie. Mais je suis recherché, désarmé, et vu l'amas de nuages noirs qui s'amoncellent autour de moi, je vais avoir besoin de toutes les ressources disponibles si je veux récupérer Mireille en un seul morceau.

Je n'arrive même pas à envisager d'autre issue.

Charlie n'est pas du genre à se laisser brusquer. Pourtant j'imagine que la gravité de la situation allume une étincelle en lui parce que, pendant les trente-six heures suivantes, son sous-sol accueille un incessant défilé d'invités, chacun muni d'un code rythmique différent pour frapper à la porte. À la fin, je suis en possession de trois nouveaux jeux de papiers d'identité complétés par des comptes en banque largement provisionnés, des passeports biométriques (américain, canadien et allemand), des cartes de crédit, des armes, des munitions, des chaussures en cuir cousues main, un costume sur mesure en laine *centoquarantamila* à motif prince-de-galles de chez Ermenegildo Zegna, une nouvelle coupe de cheveux tape-à-l'œil incluant un changement de couleur, cinq téléphones intraçables assortis chacun de deux cartes SIM prépayées et cent mille dollars en liquide.

Cette nuit-là, anesthésié par les verres de *baijiu* fournis gracieusement par Charlie, je m'endors sur le canapé noir en pensant à Mireille.

D'accord, la petite est bien ma fille. Mais qu'est-ce que ça veut dire vraiment ? Quand on a un enfant, on est censé l'aimer plus que tout. C'est ainsi que Junebug m'aimait, comme si ça allait de soi, comme si c'était automatique. Mais je ne connais même pas Mireille, au-delà des quelques heures que j'ai passées avec elle. En dehors du patrimoine génétique, je n'ai joué aucun rôle dans sa vie. Ce n'est pas moi qui lui ai attaché un nœud rose dans les cheveux. Pas une fois, je n'ai changé sa couche et je ne lui ai jamais lu une histoire. Bref, je n'ai rien fait de ce qui différencie un vrai parent d'une correspondance sur un test ADN de haute fiabilité. Et si j'étais un vrai parent, je ne voudrais foutrement pas que mon enfant traîne dans mes pattes.

Pourtant Gracious a mis sa fille entre mes mains. Elle m'a fait confiance pour la protéger, et j'ai failli. Certes, je ressens quelque chose pour Mireille, mais est-ce qu'on peut appeler ça de l'amour ? Suis-je d'ailleurs capable d'aimer quelqu'un ? En ai-je même le droit ? Et est-ce que tout ça a la moindre importance ? Si Mireille est bien ma fille, est-ce que celui qui l'a enlevée savait qui elle était ? Est-ce la raison de sa disparition ? Sinon, pourquoi est-elle si importante ? Quel intérêt présente-t-elle ? Et pour qui, moi y compris ?

Les questions tournent dans ma tête, telles des pièces de monnaie dans un tambour de machine à laver, jusqu'à ce que je m'endorme.

Je me réveille de bonne heure, l'estomac noué. Il reste un de mes souhaits que Charlie n'a pas encore exaucé, mais le sablier s'est écoulé.

« Charlie, il faut que je sorte d'ici. Ils ont une longueur d'avance sur moi. Si je ne bouge pas, je ne la retrouverai jamais.

— Ce que tu as demandé, dit-il, c'est compliqué à trouver.

— Alors optons pour autre chose. Un truc plus simple, peut-être moins cher.

— Non, non, non, s'énerve-t-il. Encore quelques heures, c'est tout. Je t'ai déjà laissé tomber ? »

Forcé de reconnaître que non, je me laisse choir sur le canapé, et j'attends.

Une heure et demie plus tard, un grondement grave fait vibrer le sol et cliqueter les haricots en inox empilés sur une étagère. On frappe un code distinctif à la porte, et je talonne Charlie dans l'escalier étroit qui monte vers l'entrée. Il bascule le petit carton devant le judas, histoire de s'assurer de l'identité de son visiteur. Enfin, il ouvre et s'écarte pour me laisser admirer la pure splendeur garée devant la porte grise cabossée.

54

C'est un cabriolet Trident Iceni d'un noir profond et d'une élégance incroyable, doté d'un V8 de 6,6 litres capable d'atteindre les trois cents kilomètres à l'heure. Ce n'est pas, et de loin, la supercar la plus chère du monde – un SUV Mercedes coûte plus que ça – mais c'est la caisse la plus cool à des kilomètres à la ronde, et une des plus rares. Fabriquée en Angleterre et rappelant – un vrai appel au sexe – les courbes épurées, élancées et fluides de la Jaguar type E, elle est alimentée contre toute attente par un robuste moteur diesel conçu pour les gros pick-up, mais modifié en profondeur. Et comme c'est un diesel, cette merveille ne consomme que quatre litres aux cent, ce qui permet de parcourir plus de mille cinq cents kilomètres avec un seul plein – essentiel quand tu essaies de ne pas t'afficher plus que nécessaire sur les caméras de surveillance des stations-service.

Elle ressemble moins à une voiture qu'à un missile balistique. Et moi, j'en suis l'ogive.

L'ancien moi l'aurait détestée. Il aurait choisi un bolide italien d'une couleur primaire, probablement avec des bandes sur le capot. Mais l'ancien moi, je l'emmerde. Il ne savait rien des responsabilités inhérentes à la paternité.

Je me tourne vers Charlie. « Putain. Tu en as trouvé une. »

Charlie sourit, ce qu'il ne fait jamais, exhibant ses dents croches et jaunes – il refuse de laisser qui que ce soit les soigner – et me tend un trousseau de clés.

En plus, la Trident est dotée d'un coffre, dans lequel j'entasse quelques sacs de voyage qui n'ont l'air de rien mais sont très lourds. Charlie me regarde faire, en sécurité dans l'embrasure de sa porte blindée. Quand le coffre se referme avec un déclic hors de prix que seules des supercars à six chiffres peuvent se permettre, je me retourne pour le remercier. Mais tout ce qu'il répond, c'est :

« Va chercher ta gamine, connard. »

Et il claque la porte grise derrière lui.

55

Huit cents kilomètres séparent Chicago de New York.

Pendant que, vautré sur le canapé de Charlie, j'attendais la livraison du reste de mon arsenal, j'ai planifié le rendez-vous en utilisant un des mobiles intraçables. Le numéro était le même que celui que j'avais laissé à Barb avant de l'abandonner seule avec Mireille. Je ne m'attendais pas à ce qu'il sonne, et il ne sonna pas. Mais dix minutes plus tard, mon téléphone personnel se mit à vibrer, affichant un numéro différent. Cinq minutes plus tard, j'avais une adresse à Manhattan ainsi qu'un horaire pour l'entrevue, informé que si je venais accompagné, volontairement ou malgré moi, nous ferions tous l'objet d'une élimination immédiate et définitive.

J'aurais dû me sentir insulté. Je suis peut-être sorti du jeu, mais j'y ai quand même joué pendant pas mal d'années. Pas besoin qu'on me rappelle qu'il faut éviter de se faire suivre, ou comment rompre une filature si j'en repère une. Ce qui m'inquiète, c'est qu'on ait pu penser qu'il était nécessaire de me rafraîchir la mémoire. De même qu'une rafale de vent renvoyant les chevaux au galop vers le paddock annonce que, malgré le ciel obscur, la vraie tempête n'a pas encore frappé.

Je m'engage sur l'autoroute et, passant l'une après l'autre les six vitesses incroyablement nerveuses de la Trident, je double en trombe tout ce qui bouge. À l'heure qu'il est, à force de fouiller les ruines fumantes de la maison de Sixteen, l'ATF* et le FBI ont dû découvrir les débris carbonisés de nos arsenaux cumulés, et je suis sans doute déjà un fugitif fédéral. Mais les flics traquent un type qui essaie de se cacher. La dernière chose à laquelle ils s'attendent, c'est un crétin à la chevelure flamboyante qui roule à fond dans une supercar. Ils ne verront même pas mes yeux derrière mes lunettes de soleil à neuf cents dollars quand ils rédigeront leur PV avec un rictus dégoûté, avant de me laisser repartir.

C'est le but recherché, bien sûr. La sécurité par l'excentricité.

J'admire mes dents de compétition en m'adressant un grand sourire dans le rétroviseur, et en profite pour m'assurer qu'ils ne sont pas derrière moi. À part les ecchymoses maquillées de fond de teint, cadeau des flics de Vermillion, je suis plutôt pas mal. Les vêtements que Charlie m'a procurés sont extravagants, luxueux, le top du top. J'ai l'impression que la Trident est une extension de mon propre corps. Je suis un *Transformer* à quatre roues.

Je me rappelle : *C'est ce que tu voulais. Pendant toutes ces nuits passées devant ta fenêtre dans l'espoir qu'on te tire dessus,*

---

* (Bureau of) Alcohol, Tobacco, Firearms and Explosives : service fédéral chargé de l'application de la loi sur les armes, les explosifs, le tabac et l'alcool, et de la lutte contre le trafic.

c'est ce que tu attendais pour te donner une excuse de repartir en guerre. Je devrais crier dans le sillage de ma voix intérieure. *C'est moi ! Seventeen, baby ! Et je suis* DE RETOUR *!* Mais les accessoires ne me procurent plus le même genre de plaisir.

Parfois, il y a pire que de ne pas atteindre ses objectifs, et c'est précisément de les atteindre.

Sept heures plus tard, dans le centre de Manhattan, j'emprunte la rampe du parking souterrain d'un ensemble de deux buildings de verre et d'acier tout juste construits, qui ressemble à une réinterprétation postmoderne et de mauvais goût des iconiques tours jumelles écroulées de New York. Deux gratte-ciel anguleux d'une cinquantaine d'étages, qui semblent entrelacés, penchés l'un vers l'autre dans une partie de jambes en l'air. L'effet est à peine atténué par le pont aérien qui les relie à une centaine de mètres de hauteur, où se trouve une piscine olympique (réservée aux résidents, évidemment). Le fond du bassin entièrement vitré permet, si on lève les yeux, d'admirer les fesses malingres et fripées de gens riches et célèbres qui font des longueurs. J'imagine qu'avec un bon téléobjectif, on pourrait en tirer un porno atypique.

Mais je ne suis pas venu pour la piscine. Je suis venu pour rencontrer la seule personne sur terre qui pourrait savoir quelque chose au sujet du bordel ambiant, et qui n'ait pas de motif particulier de me tirer dessus sans sommation.

Et encore, je ne suis pas certain de la seconde partie de la phrase.

56

Quand je passe devant lui dans un ronronnement de moteur, le voiturier pose un regard envieux sur la Trident. Je le salue pour le cas où je devrais opérer une sortie rapide et trouve une place près des ascenseurs où je me gare en marche arrière. C'est ce qu'on appelle le « stationnement de combat » et soit ça montre, ce qu'il ne faut pas faire, que tu es sur tes gardes, soit que tu es un branleur qui veut donner l'impression qu'il est sur ses gardes, ce qui est pire. Mais tant de choses ont merdé au cours des derniers jours que je ne peux pas me permettre de prendre le moindre risque.

Je monte en ascenseur jusqu'à l'accueil dans le hall. Je donne mon nom à la réceptionniste et lui explique pourquoi je suis là. Elle me tend une carte d'accès toute blanche et vierge.

« Ascenseur numéro sept. Montez et attendez. »

La carte dans la main, je me dirige vers les ascenseurs principaux.

Elle me rappelle. « Pas ceux-là. Celui près des toilettes. Avec une grande porte. Vous ne pouvez pas le manquer. »

Je suis les panonceaux vers les toilettes des hommes, et

comme annoncé, découvre juste en face une imposante porte en métal argenté. Comme un monte-charge, mais sans numéros d'étage.

J'insère la carte dans le lecteur, la porte coulisse, je pénètre dans la cabine obscure, la porte se referme derrière moi. Des néons s'allument en clignotant. Il s'agit bien d'un ascenseur, avec une autre porte au fond, mais à côté de laquelle il n'y a que deux boutons. L'un, marqué d'une étoile, correspond au rez-de-chaussée. Sur l'autre, aucune indication.

Et ce n'est pas la seule bizarrerie.

Il y a aussi une civière sophistiquée équipée d'une paire de bouteilles d'oxygène et d'un défibrillateur portatif.

J'appuie sur le bouton vierge. Un instant plus tard, la cabine s'ébranle. À la façon dont mon déjeuner descend vers mes chaussures, je déduis qu'elle s'élève rapidement. Vingt secondes plus tard, je sens s'alléger le poids dans mes talons et mon estomac remettre le cap au nord alors que l'ascenseur décélère et s'immobilise.

J'insère la carte d'accès dans la fente d'un autre lecteur. La porte coulisse et l'éclatante lumière du jour m'aveugle momentanément.

Je suis sur la partie basse du toit, ouverte à l'air libre. Devant moi, une rampe circulaire bordée de murs en béton monte en pente douce vers le ciel. L'endroit parfait pour une embuscade. Je sors mon pistolet de l'étui dissimulé sous ma veste, chambre une balle et m'engage sur la rampe, le dos plaqué au mur.

En haut, je comprends où je suis.

Sur un héliport, large et plat, six mètres au-dessus du toit. D'où le brancard et les bouteilles d'oxygène destinés aux résidents âgés qui auraient besoin d'être transportés tout de suite à l'hôpital au Mont Sinaï. Le vent m'ébouriffe les cheveux. Tout autour, à mes pieds, Manhattan. Personne en vue, je rengaine mon arme. En face, à une soixantaine de mètres, le toit de la deuxième tour scintille au soleil. Là non plus, personne.

Je consulte ma montre. J'ai une minute d'avance. Soixante secondes plus tard, j'entends le bruit de pales caractéristique d'un Airbus H175. Il suit l'Hudson vers le sud, puis oblique en arc vers le centre-ville. Mais au lieu de se poser, il décrit deux boucles autour des tours, se rapprochant pour me voir de près. Je lève les bras pour montrer que je ne tiens pas d'arme, mais l'hélico ne se pose pas. J'ouvre ma veste, sors délicatement le pistolet de son étui et le pose par terre.

L'hélico ne se pose toujours pas.

Je retire le chargeur et le pose près de l'arme.

Toujours pas.

J'éjecte une à une les balles du chargeur et les aligne sur le sol.

Toujours pas.

Voilà quelqu'un qui ne prend vraiment aucun risque.

J'enlève la dernière balle de la chambre et l'aligne avec les autres. Puis je soulève les jambes de mon pantalon pour montrer que je ne porte pas d'étui de cheville, et les pans de ma veste pour attester que je n'ai rien non plus au creux des reins.

Apparemment, c'est suffisant, puisque l'hélicoptère se rapproche pour atterrir.

Le souffle des rotors est à deux doigts de m'envoyer bouler, m'aveuglant dans un nuage de sable et de poussière. Les balles en rang par terre s'envolent à l'autre bout de l'héliport, me laissant complètement désarmé au moment où l'appareil se pose enfin sur le large tablier en béton.

Alors que les rotors décélèrent, la porte s'ouvre et on déplie le marchepied de l'intérieur.

Le pilote me fait signe d'approcher.

Je ramasse mon pistolet et le chargeur vide et les brandis en l'air.

Le pilote hoche la tête.

Je remets le chargeur et enfonce l'arme inutile dans mon étui d'épaule, puis je m'avance en serrant les pans de ma veste et monte dans l'hélico. Un chauve baraqué affublé d'un costume sombre et d'un visage inexpressif replie le marchepied et ferme la porte de la cabine. Il porte un semi-automatique à canon court en bandoulière. Au-dessus, les rotors tournent toujours à bas régime, prêts pour un décollage immédiat.

Dans un des confortables fauteuils en cuir est assise la femme au maquillage toujours impeccable. Elle me fait signe de m'asseoir face à elle.

« Bonjour, Seventeen », dit-elle, en m'observant pendant que j'essaie de remettre un peu d'ordre dans mes cheveux.

« Quelle entrée spectaculaire, je réponds.

— Je vous assure que c'était absolument nécessaire. »

Elle s'allume une cigarette.

57

Nicole Osterman a largement soixante-dix ans. Petite, presque fragile, elle fait partie de ces femmes qui embellissent avec l'âge. La coupe au carré de ses cheveux gris est d'une précision millimétrique, ses vêtements élégants respirent le *bon chic bon genre* parisien, et si sa peau est moins ferme qu'avant, la forme de son visage laisse deviner la briseuse de cœurs qu'elle fut sur les six continents, et qu'elle est probablement toujours.

Nicole a de la bouteille. Peut-être est-elle la plus vieille parmi ceux de notre monde à être encore vivante. Elle était déjà là une bonne dizaine d'années avant Handler, feu mon enfoiré de contrôleur que personne ne regrette. Elle est apparue à la période où la CIA était encore un club de mecs sous l'emprise d'hommes comme Wild Bill Donovan, son fondateur. Atteinte de poliomyélite dans son enfance – elle marche à l'aide d'une canne –, Nicole n'aurait jamais pu devenir officier traitant, boulot dans lequel Handler excellait et qui lui permit plus tard de constituer une écurie de fils de pute d'élite dans mon genre.

Directement après l'académie, elle entra à la CIA, plongée

à l'époque dans la paranoïa avancée du chef du contre-espionnage James Jesus Angleton. J.J.A., comme on l'appelait, s'était mis dans la tête que l'Agence avait été infiltrée de fond en comble par le KGB, et que de nombreux dirigeants de la planète, dont le Canadien Pierre Trudeau, l'Anglais Harold Wilson, le Suédois Olof Palme, l'Australien Gough Whitlam et l'Allemand de l'Ouest Willy Brandt étaient des agents de l'Union soviétique. Son esprit brillant, ses compétences en linguistique, en cryptographie, en psychologie et en médecine légale, et son absence de contacts préalables avec la communauté du renseignement, permirent à Nicole de s'adapter naturellement à la paranoïa de J.J.A.

Pendant plus d'une décennie, Nicole fit tourner sa propre boutique, ne dépendant de personne sinon du directeur de la CIA lui-même, et se consacra à l'identification et à l'élimination des risques en matière de sécurité – pas seulement des taupes, mais aussi des taupes potentielles, dans une version précoce de *Minority Report*. Elle fut la première à utiliser la linguistique computationnelle – analyse assistée par ordinateur de la tonalité émotionnelle des lettres, rapports et transcriptions d'écoutes – ainsi que l'analyse statistique des tests de détecteur de mensonges, très en vogue à la CIA de cette époque, qui contredisait les interprétations humaines imparfaites.

Mais ce qui permit vraiment à Nicole de se faire remarquer, ce fut son instinct, sa mémoire, son cerveau construit comme un piège et son savoir-faire en matière d'interrogatoires. Elle pouvait rester assise des heures dans son bureau pour éplucher des relevés bancaires, des reçus de carte de crédit, des notes de frais et des déclarations fiscales, et repérer une incohérence entre une de ces pièces et une autre qu'elle avait vue six mois plus tôt. Elle menait ses interrogatoires sans se presser, toujours sur le ton de la politesse, et inspirait une terreur totale. Ceux qui passaient sur le gril finissaient par se dégonfler, non parce qu'elle les intimidait, mais parce qu'ils se rendaient compte qu'elle savait déjà tout des tenants et des aboutissants, et que s'enferrer dans le mensonge ne ferait que les humilier un peu plus.

Toutefois, le départ de J.J.A. à la retraite annonça l'essor d'un nouvel âge. Sa paranoïa avait paralysé les opérations de la CIA. Les transfuges du KGB avaient tous été – au mieux – renvoyés, parce qu'on craignait qu'ils ne soient que des « balances » sacrifiées pour alimenter l'Agence en fausses informations. Le vent ayant tourné, les cow-boys prirent le pouvoir – et Nicole fut mise sur la touche, ce qui permit à des traîtres comme Aldrich Ames, Robert Hanssen et d'autres de continuer à opérer en toute impunité pendant plusieurs années.

Bien que marginalisé, le bureau de Nicole continua à collecter des informations. Au milieu des années 80, elle soupçonna qu'une opération de la CIA qui s'était soldée par la mort de toute une équipe d'infiltration avait été noyautée de l'intérieur par un maître espion nord-coréen. Mais lorsque son rapport commença à remonter la chaîne de commandement, un membre de son équipe se tua dans un accident de voiture. Nicole acquit la certitude – non sans raison, comme on l'apprit plus tard – qu'il s'agissait d'un assassinat perpétré par la CIA elle-même. Elle était cependant assez intelligente pour savoir qu'une personne seule ne pouvait triompher d'une agence nationale de renseignement.

Dès le lendemain, elle conclut son enquête en recommandant un classement sans suite, remit sa démission et entreprit de constituer sa propre équipe d'agents indépendants, notamment pour lui servir de police d'assurance dans le cas où on déciderait de la supprimer à son tour.

Handler était l'homme à qui elle avait remis son rapport. Il finit lui aussi par démissionner. Au-dehors, ils étaient toujours ennemis, mais désormais, chacun disposait de sa propre écurie de tueurs. Sixteen était le crack de Nicole, et moi, j'étais celui de Handler. Et quand les choses tournèrent au vinaigre, je lui fis une énorme faveur en l'aidant à rayer Handler de la surface du globe.

C'est pourquoi elle est le seul contact qui me reste en qui j'aie à peu près confiance dans ce monde de meurtres sans aveux commandités par l'État et de manigances d'espionnage.

58

« Nécessaire comment ? je demande.

— Vous n'êtes pas au courant ? répond-elle.

— Je ne suis plus au courant de rien. Ça fait un an que je suis hors circuit.

— Alors, pourquoi réapparaître maintenant ?

— Parce qu'on a essayé de me tuer.

— En voilà une surprise, ironise-t-elle en tapotant sur sa cigarette. Il fallait bien que ça arrive un jour. Sûrement un candidat au poste d'Assassin Eighteen. Ils vous ont cherché partout. Une vraie chasse au trésor.

— C'est ce que j'ai pensé au début. Mais ce n'était pas le cas. C'est une petite fille de neuf ans qui a essayé de me tirer dessus. »

Nicole cligne des yeux. Il en faut beaucoup pour la surprendre, mais j'ai tapé dans le mille.

« Continuez.

— En plus, je suis presque sûr que cette gamine est ma fille.

— Vous, vous avez une fille ? »

Il va falloir que je m'habitue à des réactions logiques de ce genre.

« Et qui est l'heureuse maman, si je peux me permettre ?

— Ali Olusi. »

Là, elle cligne des yeux deux fois. « Ali Olusi. Vous voulez dire *le* Ali Olusi ?

— C'est une longue histoire. En fait Ali était une femme qui s'appelait Gracious. Elle était également la mère d'une petite fille qui s'avère être la mienne. Quelqu'un a assassiné Gracious et kidnappé la petite. Je suis recherché pour les meurtres de Gracious et d'un tas d'innocents qui n'y étaient pour rien. Et je dois retrouver ma fille.

— Je vois, dit Nicole sur un ton qui laisse à entendre que ce n'est pas le cas. Et selon vous, comment pourrais-je vous aider ?

— Quelque chose se prépare. Un truc grave, je le sens. Il faut seulement que je comprenne le contexte. Il y a eu des changements depuis que je me suis retiré des affaires. J'ai raté des choses. Je me suis dit que si quelqu'un pouvait me dire ce qu'il se passe, c'était vous. »

Nicole hoche la tête, écrase sa cigarette et en allume une autre dans la foulée. Elle souffle la fumée, se retourne vers moi.

« Ce qu'il se passe, c'est que nous sommes en guerre.

— Qui ça, nous ? Et pourquoi il y a une guerre ?

— Par votre faute », dit Nicole en pointant sur moi un doigt accusateur, osseux mais parfaitement manucuré.

« Je ne comprends pas. »

Elle soupire comme si elle expliquait quelque chose à un écolier un peu demeuré, ce qui n'est pas si loin de la réalité.

« Quand Handler est mort, il y a eu une vacance du pouvoir. Ce n'était pas seulement dû à sa disparition. Sixteen et vous n'étiez plus là non plus et personne ne voulait couronner un Assassin Eighteen s'il ne paradait pas d'abord avec votre tête au bout d'une pique. Problème : vous étiez introuvable.

— Donc, c'était l'impasse. »

Elle secoue la tête. « Pire que ça. Comme vous étiez tous les trois aux abonnés absents, il n'y avait plus personne en haut du tableau. Plus de structure, plus de hiérarchie. Vous savez ce qui se passe dans une meute de loups quand le mâle alpha est tué ?

— Les mâles bêtas s'entretuent pour devenir l'alpha.

— Exactement, dit Nicole. Aujourd'hui, on en est là. Et c'est plutôt tendu.

— Et ça explique pourquoi je n'ai plus de balles dans mon pistolet, pour le cas où, on ne sait jamais, quelqu'un aurait loué mes services. Et aussi pourquoi nous nous rencontrons dans un hélicoptère, rotor tournant et portes closes, histoire de pallier toute tentative d'enregistrement ou de lecture sur les lèvres.

— Je suis heureuse que vous compreniez. »

Je réfléchis quelques secondes. « Très bien. Vous êtes en guerre, j'ai pigé. Pourtant, depuis un an, Handler n'est plus dans le paysage. Tout comme moi ou Sixteen. Mais, je sens une urgence. Pourquoi tout se précipite aujourd'hui ?

— À mon avis, à cause de "Deep Threat".

— Je suis censé savoir ce que c'est ?

— Personne ne le sait. C'est un cryptonyme. Un nom de code. Nous avons commencé à intercepter des tchats il y a six semaines environ. Des frémissements, rien de concret. Mais assez pour confirmer son existence. »

Nicole joue nerveusement avec sa cigarette. Si je ne la connaissais pas aussi bien, je pourrais penser qu'elle a peur.

« Qu'est-ce que vous ne me dites pas ? »

Elle lève les yeux vers moi. « Vous êtes trop jeune pour vous en souvenir. Mais moi, je suis arrivée durant la guerre froide. On vivait sous la menace constante de la bombe. Je travaillais principalement pour l'Agence. Aujourd'hui, les gens ne comprennent pas à quel point on est passés près de l'Armageddon et de l'extinction de masse. Le pire, c'était en novembre 83, au moment des grandes manœuvres de l'OTAN. Les Russes pensaient qu'il s'agissait d'une ruse destinée à dissimuler une attaque nucléaire surprise. En conséquence, ils ont préparé leur propre frappe préventive. Et en réponse, nous avons fait la même chose. Pendant cette interminable semaine, personne n'est rentré chez soi et personne n'a dormi. On n'avait même pas eu le droit de dire adieu à nos familles.

— Où voulez-vous en venir ?

— Les gens parlent du Deep Threat comme nous parlions de la bombe. Il y a une phrase qui revient sans cesse dans les messages interceptés : "une menace existentielle pour l'humanité". Tout le monde est terrifié, et en même temps, tout le monde voudrait avoir ce Deep Threat. Mais on ne sait pas qui le détient, ni même ce que c'est exactement.

— Par conséquent, si Gracious avait des infos sur cette prétendue grande menace…

— Elle serait devenue une cible pour toutes les agences de renseignement de la planète.

— On l'a torturée à mort, dis-je. J'en déduis que ses bourreaux n'ont pas trouvé ce qu'ils cherchaient.

— Alors peut-être l'a-t-elle transmis à votre fille.

— Ce qui expliquerait son enlèvement. »

Je ne dis rien pendant un moment, mais Nicole semble lire dans mes pensées.

« Je suis désolée, dit-elle. Si c'est aussi énorme que ce que tout le monde pense, inutile de vous expliquer de quoi ils sont capables pour mettre la main sur elle. »

Le pilote se retourne vers nous. « Madame, nous devrions reprendre l'air.

— Vous craignez une attaque ici ? En plein Manhattan ?

— Vous n'avez pas compris, répond Nicole. La chasse est ouverte. Et si on pense que vous détenez des infos sur Deep Threat…

— Encore cinq minutes, dis-je. Ce truc, vous devez bien avoir une idée de ce que c'est. Au moins un indice pioché dans les messages interceptés. C'est une arme nucléaire ? Ou bactériologique ? Développée par qui ? Et dans quel but ? »

Nicole pousse un soupir. « D'après la rumeur, il s'agirait d'une faille zero-day. »

59

En 2009, l'usine d'enrichissement d'uranium de Natanz, un des éléments-clés du programme nucléaire iranien, rencontra subitement une série de problèmes techniques majeurs. Et au début de 2010, plus d'un millier de centrifugeuses qui servaient à transformer l'uranium étaient hors service.

Le responsable de ces dégradations était Stuxnet, un ver informatique conçu de main de maître qui ciblait les systèmes de contrôle industriel Siemens utilisés par l'usine. Selon le *New York Times*, il s'agissait d'une opération conjointe des services de renseignement américains et israéliens pour interrompre le programme nucléaire iranien. Mais Stuxnet frappa aussi des infrastructures en Corée du Nord et en Russie, et se propagea dans plus de cent mille usines du monde entier qui utilisaient les systèmes Siemens.

Stuxnet était une faille zero-day.

Une faille zero-day, c'est une vulnérabilité, un exploit, un piratage. Un défaut dans la cuirasse des matériels ou des logiciels d'un système informatique, dont personne n'a connaissance, pas même le fabricant ou le développeur. On appelle ça un zero-day parce que la cible de l'attaque dispose de zéro jour pour trouver un moyen de se défendre et se retrouve désarmée, offrant à l'assaillant une fenêtre de vulnérabilité pour pénétrer ses défenses et semer le chaos.

La plupart du temps, un zero-day en tant que tel n'a aucun effet. Ce n'est qu'un moyen d'entrer par effraction dans le jardin fortifié d'un système informatique. Ce qui se passe ensuite dépend de sa charge explosive, de la manière dont il a été transformé en arme et à quel système il s'attaque. Stuxnet, par exemple, combinait quatre exploits différents pour contourner les différentes couches de sécurité qui protégeaient l'usine iranienne, et avait été spécialement conçu pour saboter ses installations en fournissant aux centrifugeuses les données de commandes erronées qui les firent tomber en panne.

Les failles zero-day sont un des principaux atouts des services de renseignement des États-nations. Elles peuvent simplement servir à hacker votre iPhone, afin d'espionner vos conversations ou de dérober vos fichiers cryptés. Mais leur potentiel va beaucoup plus loin. Dans un monde où tout fonctionne grâce aux ordinateurs, un zero-day militarisé pourra mettre à l'arrêt les réseaux électriques ou ferroviaires, ainsi que les systèmes bancaires, le contrôle du trafic maritime et aérien, les communications et les installations industrielles.

Beaucoup pensent que la prochaine guerre opposera dans l'espace cybernétique des nations utilisant des attaques zero-day militarisées pour miner l'économie de leur adversaire, contaminer les usines de traitement d'eau, pirater les systèmes de gouvernement, de l'armée et du renseignement, provoquer des accidents nucléaires et rediriger ou prendre le contrôle des systèmes de défense.

En résumé : une faille zero-day peut être terriblement puissante.

Mais de là à parler d'une menace existentielle pour l'humanité…

Est-ce même crédible ?

Si c'est le cas, ce truc dépasse de loin tout ce qu'on a jamais vu.

Et Nicole a raison d'avoir peur.

60

« Madame… » Nouveau rappel du pilote.

« D'accord, d'accord », dit Nicole, puis à mon intention : « Vous devriez y aller. »

Le garde du corps baraqué ouvre la porte de l'hélico et je descends.

Alors que les rotors accélèrent, je me retourne vers Nicole.

« Attendez. Si c'est bien ce que vous dites et si c'est aussi sérieux que ça en a l'air, je vais avoir besoin de soutien. D'équipement, de fonds. Pour le moment, je suis tout seul. Mais si vous m'aidez, je pourrais vous rembourser en nature. Sur le long terme, si cela vous intéresse. »

Nicole se penche par la porte.

« Vous voulez dire, en reprenant du service ?

— Être à la retraite ne m'a pas réussi. »

Un léger sourire empreint de tristesse se dessine sur ses lèvres.

« Je suis flattée, reprend-elle. Il fut un temps où j'aurais sauté sur l'occasion. Mais je suis trop vieille. J'ai vu trop de saloperies. Ces derniers temps, je ne m'aventure plus dans le grand bain. Je n'ai pas l'énergie de mener un combat comme celui-ci. Je me suis mise à la peinture, vous savez ? Des natures mortes, des fleurs, ce genre de choses. Je n'ai pas besoin de cette guerre, et je ne veux pas y prendre part. Je suis sincèrement désolée pour votre fille. J'espère que vous la retrouverez. Mais je ne vais pas tout risquer pour vous aider. »

Elle s'apprête à refermer la porte, mais il y a quelque chose qui cloche. Nicole Osterman a bâti sa légende en ne refusant jamais un combat qu'elle pensait pouvoir remporter.

« Nicole. »

Elle tourne la tête vers moi.

« Raccrocher pour peindre des putains de fleurs ? C'est des conneries, tout ça. Vous ne voulez pas me dire la vraie raison ?

— Très bien », lâche-t-elle.

Le pilote augmente la puissance des rotors. Elle doit élever la voix pour se faire entendre.

« Votre fille, même si vous réussissez à la récupérer, sera toujours votre point faible. Tant que vous serez Seventeen, le chemin pour devenir Eighteen ne passera plus par vous, mais par elle. Je vous souhaite de la retrouver. Mais en ce qui vous concerne, les choses ont changé. Et c'est définitif. L'ancien Seventeen, oui, je l'aurais peut-être engagé. Mais le nouveau ? Je ne peux pas prendre le risque. Je suis désolée. J'espère que vous comprendrez. »

La porte de l'hélicoptère se referme.

Les rotors tournent désormais à plein régime. Je protège mes yeux derrière mon avant-bras quand l'Airbus décolle doucement, s'incline dans le sens du vent et s'éloigne en décrivant un arc de cercle.

Ce n'est qu'au moment où il bascule vers l'est, en direction du fleuve, que j'aperçois l'homme posté sur le toit de la deuxième tour. En une fraction de seconde, j'identifie ce qu'il a sur l'épaule. Instinctivement, je dégaine mon pistolet et le vise. Mais je me rappelle qu'il n'y a plus de munition à l'intérieur.

L'homme tourne les yeux vers moi et sourit. Puis son regard se pose de nouveau sur l'hélicoptère. Et il fait feu.

61

La roquette fuse dans le ciel de Manhattan et frappe l'Airbus en plein milieu.

Le réservoir explose, la queue se détache et l'hélicoptère devenu incontrôlable tombe en vrille vers une artère transversale entre la 4e et la 5e Rue, percute la façade d'un immeuble de bureaux et s'écrase sur la chaussée.

62

En regardant l'hélicoptère en flammes disparaître entre les immeubles de Manhattan, je me sens pris d'une froide fureur. Nicole avait beau diriger une écurie de tueurs, c'était une des personnes les plus brillantes et respectables que j'aie jamais rencontrées. Elle avait fini par s'établir à son compte uniquement parce que la CIA était devenue tellement corrompue qu'elle aurait mis sa propre existence en danger en le révélant. Je ne suis pas assez débile pour croire qu'il y ait jamais eu un âge d'or du renseignement, pourtant, elle avait un authentique côté *noblesse oblige*. Et s'il y a une personne qu'on aurait pu qualifier d'incorruptible, c'était Nicole.

Et maintenant, elle est morte, comme Gracious, réduite à néant pour des raisons qui m'échappent toujours.

Mais la fureur, en aucun cas, n'est bonne conseillère. Si le type au lance-roquettes a pu monter sur le toit de l'autre immeuble, d'autres doivent être en chemin vers moi.

Je suis piégé, sans défense, pris entre deux feux dans une guerre dont je ne suis pas acteur, je ne sais toujours pas pourquoi on a enlevé ma fille et la dernière alliée qui me restait vient de partir en fumée. Je dévale la rampe vers l'ascenseur. Une flèche lumineuse pointée vers le haut m'annonce qu'il est en train de monter.

À côté, une porte vitrée qui ne peut être ouverte qu'en appuyant sur la barre antipanique que j'aperçois à l'intérieur. Un escalier de secours qu'un autre tueur doit aussi emprunter pour me couper la route.

Je retourne vers la partie haute du toit. L'aire d'atterrissage de l'héliport couvre toute la surface de l'immeuble. D'ici, c'est une chute de cinquante étages vers les trottoirs de Manhattan.

Malgré le vent, j'entends le signal annonçant l'ouverture des portes. Puis une cavalcade de rangers sur la rampe. Après un dernier regard circulaire et désespéré, je me retourne et découvre le visage de l'homme qui apparaît au sommet.

Il a pris un coup de vieux depuis dix ans. Pourtant, impossible de ne pas reconnaître ses traits monstrueux, presque clownesques, son crâne massif et sa mâchoire prognathe, autant de caractéristiques qui lui donnent une ressemblance étrange avec le Thanos de Marvel, ou Boris Karloff dans *Frankenstein*.

Et à la seconde où je le vois, je sais qui a tué Gracious.

CINQUIÈME PARTIE

63

Suleiman Abdi atterrit à Addis-Abeba accompagné de sa garde rapprochée. Il tint quelques réunions, prononça un grand discours qui fut bien reçu et reprit son avion sain et sauf.

Le parfum de Gracious me collait encore à la peau, mais elle était partie. Et en ne remplissant pas le contrat pour lequel elle avait été payée, elle avait commis une faute impardonnable dans notre profession. Ses commanditaires allaient vouloir se venger, et sa propre tête serait mise à prix. Bien sûr, elle pourrait disparaître – l'invisibilité était son superpouvoir – mais pendant le restant de ses jours, elle devrait surveiller ses arrières. À moins que j'agisse.

Je me contentai d'attendre.

Trois jours après le départ d'Abdi, je sirotais le café granuleux préparé par la remplaçante de Gracious dans l'atrium quand je le vis entrer. Je connaissais Harkonnen de réputation, mais ne l'avais jamais rencontré. Avec ses deux mètres dix et ses épaules de boxeur qui donnaient l'impression que sa veste risquait de craquer dans le dos à tout moment, on ne pouvait pas le rater. Né en Finlande dans la région des lacs de Carélie et formé comme tireur d'élite arctique, il avait servi pendant dix ans dans les forces spéciales russes, puis combattu en pro dans des compétitions de MMA. Dans sa langue natale, son nom de sportif, *Vasara*, signifiait marteau-pilon. Il avait dû être beau, mais les centaines de combats auxquels il avait participé avaient couvert son visage de cicatrices. Ces stigmates, ajoutés à ses traits disproportionnés de géant acromégalique, à sa mâchoire massive et à son nez cassé lui donnaient l'apparence d'un Shrek mortifère.

Il ne pouvait y avoir qu'une seule explication à sa présence dans cet hôtel, dans cette ville, à ce moment précis : on l'avait missionné pour retrouver Ali / Gracious, et la tuer.

Le temps qu'on l'enregistre à la réception, il balaya le hall de ses yeux froids et calculateurs. Ils s'arrêtèrent sur moi une fraction de seconde, mais il n'avait aucune raison de savoir qui j'étais, ni de s'attendre à la présence de quelqu'un comme moi dans l'hôtel. Il récupéra sa carte de crédit et se dirigea vers sa chambre en portant lui-même son unique et lourd sac de voyage.

Chaque tueur a sa signature. Celle de Gracious, c'était sa technique parfaite et invisible. La mienne était le culot. Celle de Harkonnen, la brutalité. Il aimait la violence et semait la mort sur son passage, se moquant aussi bien de l'innocence que de la culpabilité de ses victimes. Et il se souciait des dommages collatéraux comme de sa première chemise. Mais c'était loin d'être un amateur : il remplissait toujours ses contrats. Cependant le montant des opérations de nettoyage après coup finit par dissuader les hautes sphères du renseignement du calibre de Handler ou de Nicole Osterman d'avoir le moindre contact avec lui.

Il ne m'avait pas repéré : j'aurais pu le tuer sans problème. Mais ça n'aurait été qu'un remède temporaire – s'il mourait, un autre serait envoyé à sa place, et ainsi de suite – et j'avais besoin d'une solution permanente.

Car si je voulais sauver Gracious, je devais découvrir qui était le commanditaire de Harkonnen.

64

Quand Harkonnen sort de l'ascenseur, le panache de fumée qui monte de l'épave de l'hélicoptère de Nicole obscurcit déjà le ciel bleu sans nuage de Manhattan. Dès qu'il me voit, il ouvre le feu. Je suis désarmé. Tout ce que je peux faire, c'est plonger au sol et ne plus bouger. Braquant son arme à l'aveugle au-dessus du mur, il balaie l'héliport au hasard. Je suis complètement exposé, sans possibilité de me cacher ni moyen de me défendre.

Pourtant si je ne fais rien, je serai mort dans quelques secondes.

Et tout ce que je peux faire, c'est tenter un monstrueux coup de poker.

Alors que les balles ricochent derrière moi sur le béton, je m'élance vers l'extrémité de l'aire d'atterrissage et me jette dans le vide comme un oiseau.

Si j'ai de la chance, un filet antisuicide tendu juste en dessous arrêtera ma chute et je pourrai regagner l'immeuble et redescendre au rez-de-chaussée, où je disparaîtrai dans la rue.

Mais il n'y a pas de filet antisuicide.

Et je tombe dans le vide.

65

Le même jour, je revis plusieurs fois Harkonnen dans l'hôtel. Il ne faisait pas beaucoup d'efforts pour se cacher – la subtilité n'était pas son genre –, distribuant des billets aux serveurs, aux grooms et aux femmes de chambre qu'il interrogeait, mais à l'évidence, sans obtenir de résultat tangible. Le soir, il refit une apparition et s'installa au bar sur un tabouret qui lui offrait une vue sur toute la salle.

De mon côté, j'avais réintégré mon personnage de connard, jouant le type bourré avec une fille à chaque bras. Mais depuis le départ de Gracious, je n'avais plus le cœur à aller plus loin. Aujourd'hui, je pense que les demoiselles avaient compris le message, parce que celle de gauche, qui répondait au pseudonyme professionnel de Sabrina et cumulait le physique de la chanteuse Sade et une maîtrise en philosophie, s'excusa poliment et s'éloigna vers le bar, où elle prit place à côté de Harkonnen.

Manifestement, le géant n'avait pas envie de discuter, puisque au bout de dix minutes, ils partirent ensemble. Tandis qu'ils s'éloignaient, je me tournai vers l'autre fille, une fringante Éthiopienne qui se faisait appeler Roxanne et était dotée d'un sacré sens de l'humour non dénué d'ironie.

« Assure-toi qu'elle va bien.

— Pourquoi ? répondit Roxanne. Vous connaissez ce type ?

— Non. J'ai juste un mauvais pressentiment. »

Afin de sauver les apparences et de préserver ma réputation, je lui donnai de l'argent pour qu'elle dise qu'on avait passé la nuit ensemble si on lui posait la question, et j'allai me coucher, seul.

Le lendemain matin, je fus réveillé par des coups violents martelés contre ma porte. C'était Roxanne, et à peine avais-je ouvert qu'elle commença à me frapper.

« Vous saviez qui c'était ! hurla-t-elle. Vous saviez ce qu'il allait lui faire ! »

Je la tirai à l'intérieur et essayai de la calmer. « Faire quoi ? Il lui a fait du mal ?

— Venez voir par vous-même. »

66

Je tombe dans le vide.

67

Roxanne me conduisit en mobylette dans les rues d'Addis-Abeba jusqu'à une maison construite autour d'un patio, où les filles qui travaillaient dans les hôtels de luxe partageaient des chambres sous l'œil attentif d'une mère maquerelle éthiopienne portant un bandeau sur l'œil. Le revolver qu'elle portait à la hanche comme John Wayne me persuada qu'elle serait heureuse de s'en servir contre tous ceux qui oseraient faire du mal à ses filles, ou se mêler de ses affaires.

Sous les yeux d'une demi-douzaine de pensionnaires silencieuses, Roxanne me conduisit jusqu'à une porte, à l'autre bout du patio.

La chambre était plongée dans la pénombre. Assise sur un matelas, le dos appuyé contre le mur, Sabrina serrait un oreiller contre son ventre. Roxanne tira le morceau d'étoffe faisant office de rideau sur l'unique et haute fenêtre, et je vis ce qu'elle avait voulu dire. Parler de raclée pour décrire ce qu'avait subi Sabrina était bien en dessous de la réalité. Roxanne m'avait raconté que Harkonnen l'avait rouée de coups de poing, mais ce que j'avais sous les yeux ressemblait plus à un passage à tabac à coups de barre de fer. Et ce qui rendait la chose presque encore plus horrible, c'est qu'il ne s'était attaqué qu'à une partie de son visage, laissant l'autre – ses pommettes parfaites et sa peau impeccable – intacte. Du côté gauche, son œil était fermé, ses lèvres tellement gonflées qu'elles semblaient sur le point d'éclater et les cheveux sur son crâne tout collés par le sang séché.

Son unique œil ouvert me fixait, apeuré et hostile.

Je m'accroupis près d'elle. « C'est lui qui t'a fait ça ? Le grand type du bar ? »

Sabrina hocha la tête.

« Elle a trop mal pour parler, dit Roxanne. Mais il l'a menacée de faire la même chose à l'autre partie de son visage si elle ne lui donnait pas les informations qu'il voulait. Enat veut aller le tuer – je supposai qu'il s'agissait de la femme au bandeau et au revolver – mais je l'ai persuadée de vous parler d'abord.

— Tu as bien fait. Qu'est-ce qu'il voulait ?

— La fille qui servait le café. Celle que vous aimiez bien. Il voulait tout savoir sur elle. Où elle vivait. D'où elle venait. À qui elle parlait.

— Et qu'est-ce qu'elle lui a dit ?

— Rien. » Cette fois, c'est Sabrina qui parle, et je me rends compte que son œil n'exprimait pas de la peur, mais de la colère. « Je lui ai promis que je me renseignerais, mais seulement pour le tuer la prochaine fois que je le verrais. Enat dit que je pourrai prendre son revolver.

— Écoute-moi, dis-je. Je connais ce type. Si tu essaies de le tuer, c'est lui qui te tuera. J'aurais dû me douter qu'il te ferait du mal. Je ne peux pas changer les choses, mais je te donnerai de l'argent pour tes soins, l'opération, tout ce qu'il faut. Et encore plus pour la douleur. Mais j'ai besoin que tu me rendes un service, d'accord ? Je vais écrire une adresse sur un papier. Je veux que tu le lui donnes et que tu dises que c'est là que vivait la fille. Tu veux bien faire ça pour moi ? »

Sabrina jeta un regard dubitatif sur le papier et releva les yeux. Mais elle regardait derrière moi.

« Il faut qu'il souffre », dit dans mon dos une rocailleuse voix africaine. Je me retournai et découvris la matrone, debout sur le seuil.

« Faites-moi confiance, dis-je. Il souffrira. »

68

Je tombe dans le vide.

69

Je me rendis à l'appartement de Gracious, ne m'arrêtant que pour faire quelques emplettes dans un magasin de bricolage. Je crochetai la serrure bon marché et refermai la porte derrière moi. Je constatai rapidement que Gracious avait nettoyé les lieux à fond avant de partir. Harkonnen ne trouverait rien qui puisse le mettre sur sa piste. En revanche, il allait me trouver, moi.

Il n'était pas stupide. Il commencerait par observer l'appartement, graissant probablement la patte d'un habitant de l'immeuble d'en face pour qu'il le laisse guetter à sa fenêtre. Je disposai les rideaux et les stores de manière qu'il ait une vision globale de l'appartement de son poste d'observation, ne laissant qu'une soixantaine de centimètres hors champ, le long du mur près de la porte.

Évidemment, c'est là que je me postai.

J'attendis sept bonnes heures, suivant des yeux l'allongement des ombres dans la pièce. Vers six heures et demie, une lueur qui dansait sur la porte à côté de moi me signala que quelqu'un utilisait des jumelles qui reflétaient le soleil. Une trentaine de minutes plus tard, j'entendis du bruit dans le couloir. Des pas pesants qui essayaient de se faire discrets sans trop y parvenir. Puis, je perçus un léger frottement derrière la cloison. Il devait utiliser un micro d'écoute murale assez sensible pour déceler les moindres mouvements du corps.

Je m'efforçai de rester parfaitement immobile, me retenant même de respirer. Moins de trois minutes plus tard, alors qu'il ne me restait plus que quelques secondes d'air dans les poumons, d'autres sons m'informèrent qu'il était convaincu que l'appartement était vide. D'abord, le grincement de la poignée quand il essaya en vain de la tourner, ensuite un énorme craquement quand il défonça la porte d'un coup de pied si violent qu'elle sortit de ses gonds.

Harkonnen se rua dans la pièce, pistolet en avant. De toutes mes forces, j'abattis sur sa main le pied-de-biche acheté plus tôt au magasin de bricolage, l'obligeant à lâcher son arme, et lui brisant quelques doigts au passage. Quand il essaya de ramasser son flingue en chancelant, je le frappai à nouveau, à la tempe cette fois. Il vacilla mais parvint à rester debout et se jeta sur moi. Je fis un pas de côté et lui assénai un autre coup sur le crâne. Il s'écroula.

Je fis glisser son pistolet à l'autre bout de la chambre, puis sortis le rouleau de chatterton, lui aussi acheté au magasin de bricolage, et lui attachai les mains et les pieds. Attirée par le remue-ménage, une voisine curieuse risqua un regard à l'intérieur et me vit en train de lui ligoter les chevilles, mais un non de la tête suffit à la faire disparaître. Elle n'avait rien à gagner à se mêler d'une rixe entre deux crétins de Blancs.

Je remis comme je pus la porte sur ses gonds. Ensuite je

traînai l'énorme masse de Harkonnen sur le sol et l'adossai au mur, la bouche bâillonnée avec du chatterton.

Pour n'importe qui d'autre, j'aurais usé de la méthode traditionnelle, qui impliquait un coupe-boulon et un fer à souder, pour obtenir des informations. Mais Harkonnen était un dur à cuire et ça aurait pris du temps, provoqué des effusions de cris et de sang, et débouché probablement sur une issue fatale. Ce qui en soi n'était pas un problème, mais m'aurait privé d'un deuxième round pour le cas où il m'aurait menti.

Au lieu de ça, je sortis son iPhone de sa poche, utilisai un de ses énormes doigts cassés pour le déverrouiller et fis défiler son journal d'appels. La plupart des numéros étaient américains, et les deux qu'il avait le plus appelés étaient précédés des indicatifs de la Floride et de la Californie. Comme environ trois quarts des autres appels sortants étaient à destination de la Floride, j'essayai celui-là.

Un homme répondit. Une voix de fumeur, vieillissante. « Staley », dit-il.

Il ne pouvait s'agir que d'un seul homme. Edgar Staley, fils à papa d'un milliardaire qui lui avait coupé les vivres, ne devant sa survie qu'aux largesses de sa sœur jumelle qui tenait les cordons de la bourse familiale. Staley était un raté qui traînait derrière lui des rumeurs d'addiction à l'alcool, au sexe et au jeu. Chassé de la Navy après avoir fait s'échouer le patrouilleur qu'il commandait en état d'ivresse, il avait évité la cour martiale en persuadant sa sœur de financer une bourse d'études pour les Marines, et avait atterri dans le monde du renseignement et des contrats militaires privés à la manière d'un ivrogne qui atterrit dans un parterre de roses.

C'était logique que Harkonnen travaille pour Staley : tout type un tant soit peu réglo l'aurait évité comme la peste, mais avoir dans son écurie un abruti de fana mili comme Harkonnen permettait à Staley de jouer dans la cour des grands.

« Hark, c'est toi ? » dit-il, n'entendant personne au bout du fil.

J'envoyai un grand coup de pied-de-biche dans les côtes de Harkonnen, qui poussa un gémissement sous le chatterton.

« Qu'est-ce que t'as dit ? demandai-je, arrachant l'adhésif qui lui scellait les lèvres.

— Enculé », fut la seule réponse qu'il parvint à formuler tant son visage était tordu de douleur.

« Qu'est-ce qui se passe ? fit la voix de Staley. C'est qui ? Qu'est-ce que vous voulez ? »

Je perçus des bruits en arrière-fond. Des voix d'hommes, une phrase en français, puis le cliquetis d'une bille qui finit par s'arrêter. Une roulette. Staley était au casino. La rumeur disait donc vrai. Et en plus d'être accro au jeu, sa voix pâteuse trahissait un penchant certain pour l'alcool.

« On m'appelle Seventeen. Vous avez peut-être déjà entendu parler de moi. »

70

Je tombe dans le vide.

71

« Qu'est-ce qui se passe ? répéta Staley. Qu'est-ce que vous voulez ? Et où est Harkonnen ? »

À cet instant, il était allongé par terre. D'un nouveau coup dans le genou, je lui déboîtai une rotule. Il retint un cri à grand-peine.

« Il est ici, répondis-je. Et si vous voulez le récupérer vivant, ça peut encore s'arranger. Mais il doit se souvenir que tabasser des femmes innocentes nuit à son plan de carrière. »

Harkonnen roula sur le flanc et se mit à ramper comme un gros ver en direction de son pistolet. Je le suivis, le téléphone dans une main et le pied-de-biche dans l'autre.

« Il est si mal en point ?

— Il ne va pas pouvoir se servir d'un clavier pendant un bout de temps, mais il survivra », répondis-je.

Les poignets toujours entravés, Harkonnen essaya d'attraper l'arme mais je plantai l'extrémité fourchue du pied-de-biche dans sa main cassée. Il gémit de douleur.

« D'accord, dit Staley, sur un ton à la fois nerveux et méfiant. Je veux le récupérer.

— Oui, mais d'abord, on doit parler de la contrepartie.

— Qu'est-ce que vous voulez ?

— Je veux savoir qui a payé pour le contrat de Suleiman Abdi.

— Je ne comprends rien à ce que vous dites.

— Vous foutez pas de moi, Staley, dis-je. La seule raison de la présence de notre ami Tête d'Enclume à Addis-Abeba, c'est que le contrat n'a pas été honoré. Ce qui veut dire que vous êtes au courant. Mais vous n'êtes qu'un intermédiaire. Je veux le nom du commanditaire.

— Pourquoi ça vous intéresse ?

— Il faut que je lui parle.

— Je transmettrai le message. »

J'appuyai le pied-de-biche sur la main de Harkonnen. Un son guttural sortit de sa gorge.

« Vous savez, continuai-je, il a beau être un animal, il est plutôt bon dans son domaine. Vous avez de la chance de l'avoir dans votre équipe, parce que sans lui, vous ne seriez qu'un chefaillon de société militaire privée de seconde zone. Le problème, c'est qu'il se fait facilement des ennemis. J'imagine qu'il a dû s'en faire quelques-uns en votre nom. Et que, s'il venait à disparaître… »

Je mis tout mon poids sur le pied-de-biche. Harkonnen poussa un grondement d'éléphant blessé.

« … vous vous retrouveriez sans défense. Donc, comme je le disais, j'ai besoin de négocier directement avec celui qui a commandité le meurtre. Vous me suivez ?

— Je vous suis », dit Staley.

72

Je tombe dans le vide.

73

Roxanne et deux autres filles m'aidèrent à descendre Harkonnen dans l'escalier et à le charger dans un taxi cabossé. En chemin, elles le laissèrent tomber deux ou trois fois sur les marches en ciment, sans le vouloir j'en suis sûr, au moins la première fois.

Le taxi, un minibus, nous conduisit jusqu'à l'aérodrome situé à une heure de route d'Addis-Abeba. Un jet privé Gulfstream attendait sur l'unique piste avec une équipe médicale à son bord. Ils embarquèrent Harkonnen, toujours ligoté, dans un fauteuil roulant, et lui administrèrent un sédatif. Je confiai à Roxanne la carte-clé de ma chambre d'hôtel ainsi que la combinaison du coffre, lui disant que l'argent qu'il contenait – une très grosse somme – était destiné à Sabrina. J'embarquai à mon tour et m'installai en face de lui, mon pistolet sur les genoux. Bien qu'attaché et drogué, il restait Harkonnen, et son regard noir attestait que si l'occasion se présentait il me rendrait au centuple ce que je lui avais fait subir.

Vingt-quatre heures plus tard, on atterrissait en Floride, sur un aérodrome privé qui possédait tous les attributs d'une installation militaire et servait de base opérationnelle à l'équipe de Staley. Harkonnen fut évacué dans un véhicule sanitaire qui démarra en trombe vers quelque établissement médical d'où il ressortirait rétabli, plus fort et plus rapide.

À ma descente, un homme d'une bonne quarantaine d'années m'attendait sur le tarmac. Staley commençait à s'empâter. Il faisait un peu plus d'un mètre quatre-vingts, portait un pantalon chino et un polo rose qui puait l'after-shave, sa boule à zéro réglementaire était en phase de repousse et les poches sous ses yeux m'apprirent que la nuit précédente avait été longue. Et son haleine empestait l'alcool.

« Eh bien ? demandai-je.

— J'ai parlé au client, grogna-t-il. Il est d'accord pour un rendez-vous.

— Vous allez me dire qui c'est ?

— Vous le saurez assez tôt », répondit-il en faisant un geste vers le Sikorsky UH-60 qui attendait, rotor en marche, sur l'héliport derrière lui.

L'hélicoptère de Staley nous fit traverser l'espace aérien de Miami jusqu'à Palm Beach, où il bifurqua vers l'est, et la mer. Dix minutes plus tard, un navire apparut devant nous, et je compris enfin qui était le commanditaire, pourquoi il avait choisi Edgar Staley comme intermédiaire et engagé Gracious plutôt que Harkonnen, et surtout, pourquoi il voulait avoir la peau de Suleiman Abdi.

74

Entre moi et le sol qui se rapproche à toute vitesse, il y a la passerelle reliant les deux tours, et sa piscine olympique d'un bleu miroitant dans la lumière du soleil, où de riches résidents enquillent de paresseuses longueurs de brasse.

Ça, c'est la bonne nouvelle.

La mauvaise, c'est que je vais tomber à côté.

La piscine est à mi-hauteur des tours, à peu près soixante-quinze mètres en dessous de moi. Soit environ quatre secondes de chute libre. Si je la manque, je m'écraserai sur le trottoir deux secondes plus tard à une vitesse de cent soixante kilomètres à l'heure.

J'attrape les pans de ma veste et les étire comme des ailes, faisant de mes fringues de créateur une combinaison de *wingsuit*. Je sens le vent forcir sur mes bras et parviens à modifier ma trajectoire pour me retrouver à l'aplomb de la piscine.

Ça, c'est la bonne nouvelle.

La mauvaise, c'est que même si, vue d'en bas, la piscine semble à ciel ouvert, elle dispose non seulement d'un fond transparent, mais est également couverte par une verrière.

La dernière chose que je distingue avant de passer à travers, c'est la tête ahurie d'une vieille matrone coiffée d'un bonnet de bain à fleurs qui nage le dos crawlé, quand elle voit arriver, droit sur elle, à plus de cent dix kilomètres à l'heure, les semelles de cuir à peine usées d'un connard portant des lunettes de soleil à neuf cents dollars et un costume prince-de-galles extrêmement bien coupé.

75

Le mégayacht s'appelait *La Belle Dame Sans Merci,* et était la propriété de Wendy Hipkiss, la sœur jumelle d'Edgar Staley née une heure avant lui. Celle qui finançait ses opérations.

À l'origine, les Staley étaient une famille de missionnaires anglais installée en Afrique au début du XIXe siècle dans une région qui deviendrait plus tard la Rhodésie, puis le Zimbabwe. Ensuite, ils se firent planteurs de café et se signalèrent par leur brutalité envers les cultivateurs africains autochtones qu'ils avaient spoliés de leurs terres. Après l'indépendance et une courte période de pouvoir blanc, Mugabe prit le pouvoir en 1980. Les Staley, qui s'étaient attiré peu de sympathie vu leur manière de traiter les gens du coin, décampèrent tant que c'était encore possible en emportant toute leur fortune.

Plutôt que de retourner en Grande-Bretagne, la famille alla planter sa tente en Floride. Le vieux Staley monta une entreprise de transformation de volaille qui fournissait des morceaux de poulet congelés aux supermarchés et aux chaînes de fast-food. Son affaire connut un développement considérable, mais il ne chercha jamais à accroître son capital, de sorte qu'à sa mort, tout revint à ses enfants. Comme Staley avait déjà montré sa nature foireuse, Wendy reçut la plus grosse part tandis que la sienne – relativement modeste – était bloquée sur un compte en fidéicommis qu'elle administrait.

Wendy prit pour époux un autre milliardaire, Larry Hipkiss, un magnat de la distribution alimentaire octogénaire et timoré qui eut le bon goût de mourir rapidement, faisant d'elle une des femmes les plus fortunées d'Amérique.

Encore une *success-story* de nantis qui deviennent encore plus riches. D'argent qui fait des petits de génération en génération. Avec un bémol, toutefois : à leur départ d'Afrique, les Staley avaient emporté dans leurs bagages leurs convictions coloniales et évangélisatrices. Et Wendy en avait hérité. Selon elle, sa famille avait porté le fardeau de l'homme blanc chargé d'apporter le salut et la civilisation aux sauvages du continent noir, avant d'être dépouillée de son patrimoine légitime par Mugabe et sa clique. Et comme on était en Floride, tout cela était mélangé à une vision particulièrement perverse de la religion qui prétendait que la pauvreté était l'œuvre du diable et que les gens comme elle – blancs, nantis et chrétiens – n'étaient pas simplement les dirigeants naturels du monde, mais qu'ils avaient aussi le devoir sacré de lui imposer leurs croyances.

Autrefois, le grand dessein de sa famille avait été une Afrique dirigée par les Blancs. Aujourd'hui, celui de Wendy, c'était que les Blancs dirigent toute la planète.

Son nom et sa réputation d'évangéliste exaltée faisaient de Wendy la cible de blagues racontées à l'abri des oreilles indiscrètes, mais ses contributions massives aux partis politiques des deux camps lui valaient une énorme influence à Washington. Aux yeux d'observateurs occasionnels, son amabilité falote de dévote dissimulait complètement sa vraie nature. Elle n'intervenait pas en personne dans la politique électorale, mais son omniprésence à Washington DC lui laissait la possibilité de recruter de nombreux compagnons de route, hommes et femmes situés à tous les échelons du gouvernement, tous attirés par son parfum enivrant de pouvoir et d'argent facile.

Dans sa belle demeure à Georgetown, plutôt que de grands dîners, elle préférait organiser des repas à la bonne franquette où chacun apportait un plat, qui un ragoût de haricots verts, qui une salade de pommes de terre. Elle classait ses interlocuteurs en trois catégories : les alliés qu'il fallait caresser dans le sens du poil, les indécis qui ne prenaient pas parti et qu'on pouvait ignorer, et les ennemis qui devaient être détruits.

L'attentat contre Abdi était tout à fait logique, puisque l'idée d'États-Unis d'Afrique représentait aux yeux de Wendy un danger existentiel. En revanche, qu'elle bascule de la politique à l'action était une grande nouveauté, d'autant plus que grâce à ses largesses, son frère dirigeait à présent une armée privée planétaire, dont Harkonnen était le missile balistique intercontinental à tête nucléaire.

Le UH-60 se posa sur le pont d'envol. La porte s'ouvrit, et un garde armé me soulagea de mon pistolet. Je fus ensuite conduit dans une salle de réunion où la femme qui voulait diriger le monde m'attendait, assise au bout d'une longue table.

76

D'abord, mes pieds percutent la verrière. Je pivote au moment de l'impact pour répartir le choc des chevilles aux genoux, aux hanches et aux épaules. Le verre trempé se brise dans un fracas assourdissant, explosant en millions de minuscules éclats qui mitraillent la piscine comme une averse de grêle.

C'est à peine si la verrière amortit ma chute. Je m'écrase dans l'eau avec une telle force que j'ai l'impression d'avoir été percuté par un semi-remorque. Le bassin n'a environ qu'un mètre vingt de profondeur et je heurte violemment le fond.

Je me relève, le souffle coupé.

Les nageurs paniqués se bousculent vers les issues. Certains hurlent, d'autres se débattent pour se hisser hors de l'eau, sollicitant des muscles inutilisés depuis des années. Autour de moi, l'eau devient rouge. Je regarde mes mains : elles saignent. Et il n'y a pas que les mains : mon costume de créateur a été déchiqueté par le verre.

En lambeaux et en sang, ignorant les cris derrière moi, je me fraye un chemin hors de l'eau en titubant et m'élance vers la deuxième tour. Je traverse en courant le pédiluve et le vestiaire des femmes, et débouche dans un hall recouvert de moquette, près des ascenseurs.

Harkonnen m'a vu sauter dans le vide. S'il m'a vu également fracasser la verrière de la piscine, il m'aura organisé par radio un comité d'accueil au rez-de-chaussée. Par conséquent, si je veux survivre, je dois me procurer une arme.

Le type qui a abattu l'hélicoptère au lance-roquettes ne va pas se risquer à prendre l'ascenseur – trop de témoins et d'arrêts potentiels – et s'il descend par l'escalier, la loi de la chute des corps m'aura donné de l'avance sur lui.

J'ouvre la porte de la cage d'escalier. Au-dessus, j'entends le martèlement précipité de pas qui se rapprochent.

Je n'ai toujours pas d'arme, mais repère un extincteur, accroché au mur. Je m'en empare et attends, tapi dans l'encoignure. Au moment où l'homme arrive à ma hauteur, je lui écrase l'extincteur en pleine face. Il s'écroule lourdement et lâche le lance-roquettes. Il essaie de se relever et je le frappe à nouveau d'un grand coup d'extincteur. Il tressaille et s'affale, inerte. Du sang coule sur les marches en béton, comme dans un film gore.

Pendant quelques secondes, j'observe son cadavre. Jusque-là, j'avais seulement blessé des flics à Vermillion. C'est donc mon premier mort depuis ma mise en retrait volontaire, il y a un an. Mais je n'oublie pas qu'il vient de tuer de sang-froid une des femmes les plus intelligentes que j'aie jamais rencontrées, à qui je devais la vie.

Donc, ça va.

Je le fouille et trouve un pistolet avec un magasin de

rechange. Mais ce n'est pas tout. Dans la doublure de son manteau, une poche a été cousue pour transporter une seconde roquette. Je la glisse dans le canon et mets le lanceur en bandoulière.

Si je dois y laisser ma peau, ce ne sera pas sans combattre.

77

Assise au bout de la longue table de conférence, Hipkiss affichait un air revêche étrange qui me rappela celui de Dustin Hoffman dans *Tootsie*, ou la principale d'un lycée du Midwest. Elle avait une quarantaine d'années, mais en paraissait dix de plus. Elle portait un chemisier blanc sous un affreux blazer violet à épaulettes, et sa chevelure informe avait la couleur du carton. Rien chez elle ne laissait penser qu'elle était milliardaire. Si on me l'avait demandé, j'aurais dit qu'elle s'était habillée dans une friperie.

Hipkiss me dévisagea une bonne minute avant de proférer une parole. Il y avait quelque chose de bizarre et de gênant dans sa façon de me regarder, mais je n'arrivais pas à mettre de mots dessus. Puis une idée saugrenue me traversa l'esprit : *elle est en train de me déshabiller du regard.*

J'essayai de chasser cette image dérangeante.

« Eh bien, dit-elle enfin, affectant un sourire aussi factice et insipide que de la margarine. Que puis-je faire pour vous ?

— Vous avez engagé un tueur pour abattre Suleiman Abdi. »

Son sourire demeura aussi terne, ne laissant rien paraître de ce qu'elle pensait.

« Vous contrôlez combien, trente ou quarante milliards de dollars ? »

Elle haussa les épaules. « Dans ces eaux-là.

— Donc, vous auriez pu vous payer les services de n'importe qui pour le tuer. Les miens, par exemple. Sauf qu'il vous aurait fallu passer par un tiers, Handler dans mon cas. Vous avez préféré que ça reste en famille et choisi votre frère comme intermédiaire. Afin que personne d'autre ne sache que vous étiez mouillée dans un assassinat. Il a recruté Ali Olusi, ce qui vous permettait de nier toute implication. Mais le contrat n'a pas été exécuté, et il a envoyé Harkonnen pour comprendre la raison de ce fiasco et s'assurer que personne ne lui ferait plus jamais faux bond de la sorte. »

Hipkiss prit quelques notes au stylo-bille sur un carnet posé devant elle. J'essayai de lire à l'envers, et je peux me tromper, mais je suis quasi sûr que le mot « mignon » en faisait partie.

Elle releva les yeux. « À supposer qu'il y ait quelque chose de vrai dans tout ça, que voulez-vous vraiment ?

— Je veux passer un marché. C'est très simple. Vous ne tentez plus rien contre Ali Olusi.

— Et en contrepartie ?

— Personne ne saura que vous êtes impliquée. Parce que s'il s'ébruitait que vous avez fomenté un assassinat politique, tous vos contacts dans ce milieu vous laisseraient tomber comme une vieille chaussette. Et que si le département de la Justice apprenait que vous utilisez les moyens opérationnels de votre frère à des fins politiques, cela pourrait conduire à une audition devant le Congrès et à une citation à comparaître devant un grand jury, voire pire.

— Je vois», dit-elle. Elle nota encore quelque chose. Je ne parvins pas à déchiffrer ce qu'elle avait écrit, mais c'était plus long.

« Vous bluffez, dit-elle en relevant les yeux.

— Je ne bluffe pas.

— Oh, bien sûr, pas quand vous menacez de tout raconter. Mais sur l'intérêt qu'on pourrait porter à vos révélations. La seule chose qui compte en politique, c'est l'argent que les gens peuvent vous soutirer. Vous pouvez faire la une du *New York Times* avec votre histoire, ils se contenteront de m'éviter en public pendant six mois. Et l'argent continuera de circuler par des circuits différents. Mais ça ne changera rien. »

Sa voix était monocorde, comme dépourvue de toute personnalité.

« Expliquez-moi une nouvelle fois pourquoi je devrais laisser Ali tranquille ?

— Parce que, dans le cas contraire, je prendrais ça pour une déclaration de guerre.

— Pourquoi vous souciez-vous de son sort ? C'est un de vos concurrents, non ? Peut-être même un candidat à votre succession. J'aurais pensé que vous seriez heureux d'en être débarrassé. »

Que répondre à ça ?

« J'ai mes raisons », dis-je après un temps.

Elle termina une nouvelle note par un point qui transperça le papier.

« Vous me prenez pour une idiote ? Ali Olusi n'est pas un

“il”, mais une “elle”. C’est cette petite roulure de femme de chambre qui a disparu de l’hôtel juste avant l’arrivée d’Abdi, après avoir passé une semaine avec un exubérant jeune businessman américain qui, à ce qu’on m’a dit, ressemblait de façon troublante à l’homme assis en face de moi. »

Je haussai les épaules. « On m’a payé pour l’arrêter, pas pour la tuer. C’est exactement ce que j’ai fait.

— Et maintenant, vous essayez de la protéger. Pourquoi ?

— Je vous l’ai déjà dit : j’ai mes raisons. »

Elle se laissa aller contre le dossier de son siège, un sourire suffisant sur le visage. Et je savais déjà ce qui allait suivre.

« Est-ce que Handler est au courant que vous êtes ici ?

— Cet entretien restera entre vous et moi. À moins que vous ne vouliez rendre public le fait que vous commanditez des assassinats.

— Comme c’est pratique. Parce que ça pourrait vraiment mal tourner pour vous s’il découvrait que non seulement vous n’avez pas pu la tuer, mais qu’en plus, vous avez agi dans son dos en essayant de la protéger. Le légendaire Seventeen qui couche avec l’ennemi et se languit comme un adolescent. Vous ne pensez pas qu’il pourrait prendre ça pour de la faiblesse ? »

Je ne répondis pas tout de suite. Le problème, c’est qu’elle avait raison. La relation entre un tueur dans mon genre et un intermédiaire comme Handler est une supercherie. Tant qu’il a confiance, tant qu’on est à la hauteur de sa réputation et qu’on accumule les victoires, on est parfait. Mais dès l’instant où on manque sa cible, ou montre un signe infime de faiblesse, ça se gâte. Parce que si on rate une fois, on peut rater encore. Et encore. Et encore.

« Vous avez raison, dis-je. Nous avons tous les deux beaucoup à perdre si ça venait à s'ébruiter. »

Elle posa enfin son stylo-bille et me regarda droit dans les yeux.

« Vous voulez savoir pourquoi j'ai accepté ce rendez-vous ?

— Parce qu'en cas de refus, Harkonnen serait mort à l'heure qu'il est. Et que vous avez besoin de lui.

— Harkonnen n'est rien, dit-elle. On trouve toujours de nouveaux Harkonnen. »

Elle entrouvrit légèrement les lèvres.

« Mais il n'y a qu'un Seventeen. »

Je levai un sourcil. Je le jure devant Dieu, elle se paya un fard, rougissant jusqu'à la gorge.

« Handler est un serpent, dit-elle. Vous le savez bien. »

Là encore, elle avait raison. Mais ce n'était pas propre à Handler. C'était le cas de tous les intermédiaires, de tous les hommes de main et de tous les politiciens du monde. Ils étaient là pour être des serpents. Sans leurs langues fourchues, le monde s'arrêterait de tourner à brève échéance. Qu'ils soient donc tous bénis, eux et leurs âmes sombres et minuscules.

« Il finira par vous trahir. Il trahit tout le monde. C'est dans sa nature.

— À la fin, tout le monde trahit toujours tout le monde, dis-je.

— Et pourtant, vous êtes là, à plaider pour la vie de votre ennemie. »

Celle-là, je ne l'avais pas vue venir. Je restai coi.

« Comment vous sentiriez-vous avec un patron qui ne vous trahirait jamais ? Qui remercierait la loyauté par de la loyauté ? Et qui, soit dit en passant, vous rendrait plus riche que vous ne pouvez l'imaginer.

— Est-ce une offre d'emploi ?

— Je vous offre beaucoup plus que ça, dit-elle. Je vous offre une vie. »

78

Une dizaine d'étages plus bas que la piscine, j'entends des voix dans l'escalier : d'autres soldats de Harkonnen montent pour me couper la route. Au palier suivant, je me glisse dans le couloir et referme la porte d'accès derrière moi. Une femme en hijab sort d'un des appartements pour aller promener un petit chien qui ressemble à un rat. En me voyant, il se met à aboyer frénétiquement. La femme me regarde – je suis couvert de sang, trempé, mon costume est en lambeaux et je tiens un lance-roquettes chargé – mais on est à New York et elle s'éloigne comme si je n'étais pas là, en tirant derrière elle la laisse du chihuahua qui continue de glapir.

Je retiens mon souffle au cas où ses aboiements auraient attiré l'attention, mais j'entends les types qui poursuivent leur ascension. Dès qu'ils sont passés, je m'engouffre dans l'autre sens, vers le parking.

Une fois en bas, je pousse la porte vitrée. À une vingtaine de mètres, la Trident m'attend, tranquille et fuselée. Je m'élance vers elle, mais ne suis qu'à mi-chemin quand j'entends des rugissements de moteurs. Deux voitures, un 4 × 4

Cadillac Escalade noir et un gros pick-up Toyota, déboulent des deux extrémités de l'allée en crissant des pneus.

Je suis pris en tenaille, sans possibilité de fuite.

Je lâche une rafale dans le pare-brise de la plus proche, du côté du conducteur. La Toyota fait une embardée et s'encastre dans un des piliers en béton, sectionnant une conduite de chauffage au passage. Un nuage de vapeur l'enveloppe. Le passager tente une sortie. Ça tient autant de la cascade de pro que de la chute involontaire. Il se remet sur pied et braque un Uzi dans ma direction : je lui loge deux balles dans la poitrine.

Je fais volte-face vers la Cadillac. Je repère deux occupants mais je crains de n'avoir plus qu'une balle dans le chargeur. Je rengaine le pistolet et épaule le lance-roquettes.

Je reconnais Harkonnen à la place du mort. Dès qu'il aperçoit l'arme sur mon épaule, il ouvre sa portière et saute. Je tire au même moment. La roquette fuse dans l'allée, perfore le bloc moteur et explose. La Caddy fait un bond en l'air et termine sa course sur le flanc dans un crissement de métal et une gerbe d'étincelles à quelques mètres de moi. Le moteur prend feu. Le conducteur s'extirpe de l'habitacle par le pare-brise explosé ; il bouge encore mais ne représente plus une menace.

Ça nous laisse Harkonnen. Il finit sa chute en roulade, caché par l'épave de l'Escalade et l'épaisse fumée noire qui s'en échappe.

Je l'ai perdu de vue. Je me déleste du lanceur devenu inutile et vérifie le chargeur du pistolet.

Il est vide.

Il ne me reste que la balle chambrée, je ne dois pas la gâcher.

79

Je vais être franc. J'ai failli accepter l'offre de Hipkiss.

Je n'avais aucune affection particulière pour Handler, et avec le soutien d'une milliardaire, les perspectives devenaient stupéfiantes. Hipkiss était assez intelligente pour savoir que son frère n'était qu'un raté sans envergure, et que Harkonnen était une bombe à retardement sans loyauté pour personne, hormis lui-même.

Si j'acceptais le poste, il serait la première victime et je serais chargé de son exécution.

La seconde serait son frère, que je remplacerais. Elle rachèterait sa part, lui laissant assez de fortune pour poursuivre sa vie de débauche à sa convenance, et je prendrais la relève. Peut-être qu'après quelques années je n'aurais plus besoin de me salir les mains dans les meurtres, et dirigerais ma propre écurie de tueurs, battant Handler à son propre jeu.

Je pourrais devenir le genre de type qui joue au golf le week-end.

Mais comme je disais, j'ai *failli* accepter.

Seulement l'espace d'une picoseconde.

Humilier Handler aurait été merveilleux mais Hipkiss était à la fois bigote et fanatique. Je ne croyais pas en Dieu, et même si il ou elle existait, je suspectais fortement qu'on ne serait pas d'accord. En plus, Hipkiss était une suprémaciste blanche impénitente, et le souvenir des baisers au goût de poivre, de miel et de sang de Gracious restait encore vivace sur mes lèvres. Et enfin, son étrange manière, presque aguicheuse, de me reluquer suggérait qu'en dépit de ses airs dévots, ses intentions à mon égard étaient loin d'être honorables.

Tant qu'à faire, j'aurais préféré baiser avec Handler, qui avait au moins de beaux cheveux.

Et plus que tout, une certitude rendait tout ça impossible.

Je ne serai jamais le genre de type qui joue au golf le week-end.

80

Plié en deux, je tente un sprint vers la Trident, mais Harkonnen surgit de derrière un pilier et ouvre le feu. Je plonge à l'abri d'une fourgonnette blanche cabossée. Les balles déchirent la carrosserie au-dessus de moi.

Entre les pneus, j'aperçois son ombre projetée par la Cadillac en flammes. Il progresse lentement, sur ses gardes. Mon rythme cardiaque s'accélère : si je sors à découvert, je pourrais le tuer, mais je serais mort aussi avant qu'il tombe au sol.

Je me glisse vers l'avant de la fourgonnette. Les vitres sont baissées, sûrement pour évacuer la forte odeur de cigarettes qui émane de l'habitacle. Je jette un coup d'œil à l'intérieur, au cas où les clés seraient restées sur le contact. Pas de chance. J'oriente le rétroviseur de manière à voir l'arrière de la Caddy par la vitre opposée. Les flammes se sont propagées et se rapprochent du réservoir. Harkonnen est peut-être à quatre mètres devant.

Utilisant le miroir du rétro comme un tireur de foire, j'aligne le canon sur le réservoir, tire et me jette à plat ventre. Sous la fourgonnette, je vois les pieds d'Harkonnen pivoter sur place. Un flot de carburant afflue vers ses semelles. Il jure en finnois – « *Vittu!* » Une seconde plus tard, quand le réservoir explose, je suis secoué par l'onde de choc.

Le géant vacille, à découvert, enveloppé par les flammes. Il se laisse tomber et se roule par terre pour les étouffer. Je saute dans la Trident, démarre et écrase la pédale d'accélérateur. Le bolide bondit en chassant de l'arrière et lui fonce dessus.

Harkonnen, toujours en partie transformé en torche vivante, lève les yeux et parvient à plonger sur le côté, évitant le pare-chocs de quelques centimètres. Dans le rétroviseur, je le vois se relever, tout fumant, et braquer son arme dans ma direction. Derrière lui, d'autres types de son équipe envahissent le parking.

Me souvenant que la discrétion est la meilleure partie de la vaillance*, je m'engage si vite sur la rampe de sortie que le bas de caisse racle le sol. Des balles sifflent et ricochent contre les murs derrière moi. Je remonte la rampe vers la lumière du jour. Quelques secondes plus tard, je roule dans les rues de Manhattan. Et dans l'ensemble, je suis encore en vie.

---

* Shakespeare, *Henry IV*, première partie, acte V, scène 4.

81

Hipkiss prit mal ma réponse. Son visage se glaça – la plus grande émotion que j'aie pu y lire de tout le rendez-vous – et à un moment, elle se mordit la lèvre avec force. Pendant quelques secondes étranges, je crus qu'elle allait fondre en larmes. Mais elle se ressaisit, s'absorbant dans la rédaction d'une nouvelle note, qu'elle souligna si nerveusement que son stylo déchira le papier. Enfin, avec la tête de quelqu'un qui vient d'avaler des couleuvres, elle accepta mes conditions.

Ça ne dut pas être facile, étant donné que j'avais préféré Gracious, une femme caméléon tant sur le plan sexuel que culturel, à une milliardaire hétéro, chrétienne et blanche comme elle. En d'autres circonstances, j'aurais peut-être même pu éprouver quelques miettes de sympathie à son égard. Mais deux mois plus tard, Suleiman Abdi, sa femme et leurs trois jeunes enfants furent tués quand le Beechcraft Bonanza où ils avaient pris place s'écrasa peu après avoir décollé de l'aéroport de Kigali, au Rwanda.

J'avais une idée très précise de la personne qui se trouvait derrière tout ça mais j'avais juré de me taire.

Et je continue.

82

Je croise des voitures de flics, des ambulances, des camions de pompiers, toutes sirènes hurlantes, en route vers l'endroit où l'hélico s'est crashé. Je dispose d'environ trente minutes avant que la Trident ne soit tellement grillée que je sois contraint de l'abandonner, mais j'ai besoin de temps pour réfléchir.

C'était Harkonnen qui avait tué Gracious. J'en avais la certitude, pas seulement parce qu'il correspondait à la description de Barb, mais aussi parce qu'il avait reproduit sur elle, avec la même cruauté, les sévices qu'il avait infligés à Sabrina dix ans plus tôt. Les flics laissés sur le carreau au fil de sa route ou la tentative de meurtre sur Barb ne faisaient que s'ajouter à la liste des dommages collatéraux violents qui étaient devenus sa marque de fabrique. Et par-dessus tout, c'était une vengeance pour tout ce qui s'était passé à Addis-Abeba après le départ de Gracious.

Je croyais que je la protégeais, mais au lieu de ça, je signais son arrêt de mort.

Junebug, Gracious, Nicole.

C'est comme si toutes les femmes qui ont compté pour moi étaient éliminées l'une après l'autre.

Peut-être que ça vient de moi.

Peut-être que je suis un agent pathogène, un poison.

Peut-être que j'aurais dû comprendre le message caché de Sixteen quand il n'avait laissé qu'une balle chambrée dans son revolver.

Peut-être qu'il est encore temps.

Sauf qu'il me reste une seule balle et que Mireille est toujours introuvable.

Le meurtre de Gracious par Harkonnen sonne la fin d'une trêve de dix ans avec Hipkiss. La dernière fois que j'ai entendu parler d'elle, elle était toujours milliardaire et son frère Staley avait encore son armée privée. En revanche, je n'ai plus le soutien d'un Handler ou d'une Osterman. Et vu l'ampleur des événements, on ne peut pas croire qu'il s'agisse de simples représailles pour avoir méprisé son offre d'emploi.

Il s'agit d'autre chose. Un truc énorme, encore plus sombre.

Et les mots de Nicole pour évoquer Deep Threat ne cessent de me tourner dans la tête.

« Une menace existentielle pour l'humanité. »

J'appuie sur l'accélérateur.

SIXIÈME PARTIE

83

Je le déteste déjà.

Situé à un coin de rue de Williamsburg, un quartier de Brooklyn, le café est un paradis pour hipsters. MOOG s'affiche en lettres bâton sur la devanture, et derrière la baie vitrée, l'intérieur est meublé en style Mid-Century Modern : chaises en plastique jaune, tables en Formica, courbes en acier chromé et abat-jour en forme de goutte. La serveuse jongle avec la prise de commandes, le service à table de plats hors de prix – probablement bio –, l'encaissement et la plonge.

Mais elle y met tant de grâce et d'entrain qu'il est difficile de ne pas l'admirer. Elle semble un peu plus âgée, beaucoup plus sûre d'elle et peut-être un poil plus mince. Elle a teint ses cheveux en bleu et sa frange millimétrée lui confère un look entre Uma Thurman dans *Pulp Fiction*, Tokyo, le personnage de *La Casa de papel*, et un *waifu* d'anime japonais.

Mais ce n'est pas elle qui sert les expressos. Cette tâche est dévolue à l'abruti barbu à catogan et chemise de bûcheron qui n'arrête pas de lui donner des ordres, tout en papotant avec les clientes, surtout les plus jolies. Il est grand, avec un visage tellement jovial et séduisant qu'à force de ressembler au Ken de Barbie, il en devient presque moche. À sa manière d'afficher son sourire artificiel ou de s'attarder un peu trop sur la main d'une cliente quand il lui tend sa tasse, on voit tout de suite qu'il s'agit d'un crétin de première.

J'ai laissé la Trident dans un garage de Brooklyn. Le crash d'hélicoptère dans lequel Nicole a trouvé la mort, mon plongeon dans la piscine et la fusillade du parking souterrain auront sûrement des conséquences, mais le temps que ça finisse dans les journaux, tout aura été requalifié en panne mécanique, tentative de suicide et violence entre gangs rivaux. La communauté du renseignement ne lave pas son linge sale en public, ce qui implique aussi de nettoyer le bordel que les opérateurs privés qu'elle emploie laissent derrière eux. Il y a des choses que le grand public n'a pas besoin de savoir.

Portant toujours les lambeaux de costume déchiqueté et maculé de sang, je suis assis sur le trottoir face au MOOG et renvoie au monde l'image d'un déchet urbain qui s'est attiré des problèmes trop gros pour lui. Ce qui est sûrement plus près de la réalité que je ne veux bien l'admettre.

De l'autre côté de la rue, les clients quittent peu à peu le café. Caché par les jambes des passants, j'observe le sosie de Ken flatter la croupe de la serveuse comme si elle lui appartenait. J'en suis malade et dois réfréner mon envie de traverser la rue au pas de course pour l'étrangler avec le cordon de son tablier artisanal écru éthiquement correct. Mais entre elle et moi, il ne subsiste plus rien qui m'en donne le droit, et en dépit du plaisir que je pourrais en retirer, ce serait une mauvaise entrée en matière.

84

La première chose que je remarquai chez Kat, ce fut ses yeux verts. Pourtant, ils ne sont pas, et de loin, ce qu'elle a de plus remarquable. Son absence quasi totale de peur confinait à l'imprudence, et sa capacité à couper court au baratin ne laissait aucune chance à un sournois professionnel dans mon genre.

En outre, elle est également la fille de feu Sixteen, bien qu'on n'en ait rien su ni l'un ni l'autre avant que je débarque dans sa vie pour le tuer. On finit tous les trois par faire alliance, mais elle ne put jamais lui dire au revoir, ni même bonjour d'ailleurs. Dans le chaos des jours qui suivirent, je lui sauvai la vie, elle sauva la mienne et on se retrouva collés l'un à l'autre comme deux poissons dans un filet.

Quand tout fut terminé, elle s'occupa de la station-service, au pied de la colline d'où je jouais les vigies, nuit après nuit.

Je ne suis pas sûr qu'il y ait un mot pour décrire ce qui se passa entre nous au cours de ces mois-là. Impossible de nous confondre avec des amoureux : c'était beaucoup plus torturé et compulsif que ça. Ça ressemblait à un mariage qui battait de l'aile en ayant zappé toutes les étapes précédentes, et dont les conjoints étaient néanmoins accrochés l'un à l'autre, incapables de se séparer.

Parfois, Kat venait la nuit dans la maison au sommet de la colline, et au matin, je nettoyais au Kärcher la moindre trace de son passage. Un jour, quelqu'un finirait par remonter jusqu'à moi, c'était inévitable, et malgré son courage, Kat demeurait un point faible. Je savais que j'avais dans le dos une cible indélébile, mais dès qu'elle s'en allait, je m'échinais à effacer la sienne.

Malgré tout, il était indéniable que Kat était la fille de son père. Elle avait installé un champ de tir dans le jardin en friche derrière la station-service, et s'y entraînait avec les armes que je lui fournissais, parcourant toute la panoplie depuis les pistolets 9 mm jusqu'au fusil-mitrailleur. Au fil des semaines, ses tirs se rapprochèrent du centre de la cible. Un jour, en allant faire le plein d'essence, je vis le panonceau FERMÉ sur la porte de la station-service. Je fis le tour de la maison sans m'annoncer et la trouvai devant un fusil calibre 308 MRAD démonté sur une table de pique-nique. Elle s'entraînait à le remonter, les yeux bandés, avec des gestes de plus en plus doux et automatiques, jusqu'à ce que ses longs doigts acquièrent plus de rapidité et de précision que les miens dans le même exercice. Je ne me rendis compte qu'elle avait senti ma présence qu'au moment où elle réinséra le chargeur, ôta le foulard de ses yeux et me regarda avec un grand sourire.

Son prénom était Katherine, mais Kat lui convenait mieux car elle possédait le sixième sens d'un chat, qui lui avait permis de savoir, dès l'instant où elle avait posé les yeux sur moi, que je n'étais pas celui que je prétendais être, et que s'attacher à moi comme une teigne à un pantalon lui permettrait de quitter la vie dans laquelle elle s'était retrouvée pour un ailleurs plus en accord avec son état d'esprit.

Kat prétendait que son intérêt pour les armes ne visait qu'à assurer sa propre défense, puisqu'elle était devenue une cible potentielle. Je lui expliquai que dans ce cas elle devait apprendre à se battre au corps-à-corps, au moins suffisamment pour mettre un agresseur hors de combat et pouvoir s'échapper. Mais suffisamment, ce n'était pas assez pour elle. De sorte que je lui enseignai tout ce que je savais et me rendis compte que, même si j'étais plus fort et mieux entraîné, elle était plus rapide et plus légère. Et elle disposait d'un autre avantage : son absence totale de romantisme. Si je retenais mes coups, elle ne fit jamais preuve de la même courtoisie à mon égard. Un jour où je lui expliquai comment pratiquer une clé de tête particulièrement brutale qui compressait une artère et dont il était pratiquement impossible de s'échapper, elle me laissa inconscient sur le sol pendant au moins cinq minutes. Quand je rouvris les yeux, je lui dis qu'elle aurait pu me tuer. Elle me regarda droit dans les yeux et répondit :

« Ne va pas croire que je n'y ai pas pensé. »

85

S'il y avait du Sixteen dans les gènes de Kat, elle tenait aussi de sa feue mère. Pendant les heures creuses, en attendant le client dans la station-service, elle dessinait. Des trucs à la plume et à l'encre, des illustrations pour un roman graphique qui raconterait leur relation, qu'elle refusait de me montrer.

Je voyais qu'elle cherchait à comprendre qui elle était, ou qui elle pourrait devenir, essayant de composer avec le fait que son père comme son amant étaient des assassins, et qu'elle-même avait tué quelqu'un. Ça faisait beaucoup, et puisque je n'étais pas le mieux placé pour l'aider, j'essayais de ne pas m'immiscer.

Tous ses dilemmes devinrent critiques une nuit où elle était montée dans la maison sur la colline, après qu'on avait pas mal bu. Elle n'était pas satisfaite de sa vie. À l'époque où sa mère tenait le motel, elle était allée à l'université, mais le cancer de cette dernière l'avait fait revenir. Et à présent, son univers se résumait à cette ville minuscule et à Barb, sa seule véritable amie, qui avait repris la gérance du motel et avait été, comme elle, prise sous les tirs croisés de Sixteen, Handler et moi.

« Je n'en peux plus, dit-elle.

— De quoi ?

— De toutes ces conneries. De notre prétendue relation. De ce trou perdu. De la station-service. De tout. Je n'ai pas choisi cette vie. Je n'ai pas choisi d'être cette personne. Je n'ai eu aucun choix. Et ce n'est pas ce que je veux.

— Alors, qu'est-ce que tu veux ?

— Je ne comprends pas pourquoi on doit rester ici. Tu as assez d'argent pour tenir toute ta vie. Pourquoi on ne part pas ? N'importe où, on s'en fout. Quelque part où personne ne nous connaît. Où on pourrait avoir une putain de vie.

— Il n'y a pas un seul endroit où ils ne finiraient par me retrouver. Et si tu y étais avec moi, tu perdrais la seule chose qui te protège, la possibilité de nier. Jusqu'à maintenant, personne ne sait qu'on se fréquente. Il n'y a pas la moindre trace de toi dans cette maison. On ne nous voit jamais ensemble. Dès l'instant où ça change, tu deviens une cible.

— Et si ça m'est égal ?

— À toi, peut-être. Moi, je ne te mettrai pas une cible dans le dos. »

Elle resta un moment silencieuse, laissant planer un silence lourd de menace.

« En gros, ce que tu me dis, c'est que si j'ai envie d'être avec toi, je ne peux pas être avec toi ?

— C'est ce que tu veux ? Être avec moi ?

— Je n'en suis même plus sûre. »

J'avais dû me douter qu'on finirait par en arriver là, parce que j'avais une réponse toute prête.

« Alors, pourquoi tu ne t'en vas pas ? C'est vrai, j'ai de l'argent. Je peux sortir des fonds comme je veux. Personne ne saurait que ça vient de moi. Tu pourrais aller où tu veux et faire tout ce que tu veux sans qu'on risque de remonter jusqu'à moi.

— Va te faire foutre.

— Qu'est-ce que j'ai dit ?

— Ça serait pratique, non ? Tu pourrais soulager ta conscience, comme si j'étais ton petit objet, ton animal de compagnie. Tu crois quoi ? Que je t'enverrai des cartes postales et des dessins comme cet orphelin que tu as parrainé en Afrique ?

— Allons, tu savais déjà qui j'étais quand tu t'es incrustée dans ma vie.

— Moi, je me suis incrustée ? Personne ne t'avait demandé de te pointer dans mon motel.

— Je pense qu'on a tous des choses à se reprocher. »

Le silence retomba. Je réfléchis et une idée se mit à me trotter dans la tête. Une idée que je ne pouvais plus chasser. Je savais qu'il ne fallait pas la formuler mais également que je ne pourrais pas la taire.

« Il y a peut-être un moyen », dis-je.

Elle leva des yeux méfiants, comme souvent quand je proposais quelque chose.

« Tu as énormément de potentiel.

— De potentiel pour quoi ?

— Allez, Kat. Ne joue pas les idiotes. Tu sais tirer aussi bien que moi. Tu te bats comme un mec. Tu as déjà tué quelqu'un, et pas n'importe qui, du lourd.

— Oh, bordel. Tu crois que je voudrais être comme toi ?

— Non, pas comme moi. Et ce n'est peut-être pas ce que tu veux. Mais tu refuses de prendre en compte le fait que tu es la fille de Sixteen. Bon sang, tu es capable de démonter et remonter un MRAD les yeux bandés. Tu m'as laissé dans les vapes sur le tapis du sous-sol quand tu m'as fait cette prise d'étranglement. Tu crois que c'est le fruit du hasard ?

— Et quoi ? Tu serais Charlie et je serai ta "drôle de dame" ? Ou on referait Mr et Mrs Smith ? »

Elle éclata de rire.

« Je dis seulement qu'en équipe, on pourrait faire pas mal de dégâts.

— Je pensais que tu en avais fini avec toute cette merde.

— On pourrait choisir nos contrats.

— Oh, tu veux dire qu'on serait des tueurs éthiques ?

— Putain. Tout ce que je dis, c'est que tu saurais faire le job. Si tu as tellement envie d'être avec moi et ne supportes plus cette manière de vivre, ça peut être une option. »

Elle se tut, les yeux braqués sur moi, pensive.

« Pourquoi toi, tu ferais ça ? Pour être avec moi, ou parce que secrètement tu t'ennuies autant que moi ? Tu penses que je ne t'ai pas vu, la nuit, devant ta baie vitrée. Et tu crois que je ne sais pas ce que ça cache ?

— Je ferais ça parce que… » Et je m'arrêtai là. Parce que j'hésitai entre les deux réponses.

Elle secoua la tête. « Tu es vraiment grave, tu sais ? Je suis là à essayer de trouver un avenir qui préserve quelques étincelles de vie dans ce désert émotionnel entre baise et ménage que nous appelons une relation. Et tout ce que tu trouves à dire, c'est : "Eh, j'ai une idée. Pourquoi tu ne deviendrais pas une tueuse comme moi ?"

— Pas comme moi. Avec moi. »

Pour une fois, elle ne trouva rien à redire.

« C'est le seul moyen de faire la quadrature du cercle. Et tu serais carrément douée. »

Elle resta assise un moment, semblant vraiment réfléchir à ma proposition, puis elle releva la tête et me dit :

« Ça te va si je te donne ma réponse demain matin ? »

Cette nuit-là, elle resta avec moi.

Certaines fois, quand elle restait, on baisait. Parfois, on faisait l'amour. Et d'autres fois, on ne faisait rien du tout. Mais ce soir-là, on ne fit rien de tout ça.

Je n'ai toujours pas les mots. Ce fut à la fois doux et amer, tendre et fort, insignifiant et lourd de sens. Pendant ce temps, on réussit à boire tout l'alcool de la maison, et à la fin, quand on n'eut plus rien à s'offrir mutuellement, on se contenta de rester allongés, nus comme au premier jour, en silence, les yeux au plafond et la main dans la main.

Encore aujourd'hui, je ne sais pas ce que ce fut.

En revanche, je sais qu'à mon réveil, j'étais seul.

86

Je nettoyai tout au Kärcher. Je désinfectai les verres. Je changeai les draps et les taies d'oreillers et brûlai dans la chaudière ceux qu'on avait utilisés. J'aspirai les coussins des fauteuils sur lesquels elle s'était assise. Je ressortis de la poubelle les bouteilles qu'elle avait touchées et les essuyai soigneusement. Je passai intégralement la salle de bains à l'eau de Javel, dévissai la bonde de l'évier et de la douche, enlevai les cheveux et les poils et rajoutai du Destop au cas où. J'effaçai le passage de la vidéo de surveillance où on la voyait entrer et sortir. Ensuite, je pris la route vers la station-service, tout en sachant déjà ce que j'allais trouver.

Sur la porte, une pancarte annonçait FERMETURE DÉFINITIVE, MERCI DE VOTRE CONFIANCE. À LOUER. Suivait le numéro de Vern, le propriétaire des lieux. Il m'apprit que Kat avait appelé avant l'aube et laissé un message annonçant qu'elle démissionnait, qu'elle quittait la ville, qu'elle avait récupéré sa caution dans la caisse. Et qu'elle partait sans laisser d'adresse.

Je me rendis au motel, où Barb me raconta la même histoire à ceci près qu'elle savait où Kat était allée, n'avait aucune intention de me le révéler, et pensait que c'était mieux comme ça. Et surtout elle me fit comprendre avec toute la fermeté dont je la savais capable que je devais respecter la décision de Kat.

Je retournai à la maison avec un goût amer dans la bouche. Barb avait raison : c'était mieux pour nous deux. Kat avait choisi qui elle voulait être, et ce n'était ni la fille d'un *serial killer* ni la maîtresse d'un autre. Former un duo à la Bonnie and Clyde ne l'intéressait pas. Elle allait vivre sa vie, je n'y jouerais aucun rôle, et je ne devrais plus porter la responsabilité de sa protection.

En un sens, c'était un soulagement. De nouveau, j'allais être seul, mais j'en avais l'habitude.

À peine rentré, je vomis dans l'évier.

Je me persuadai que c'était dû à la gueule de bois, mais ça n'avait rien à voir. Ce soir-là, je me postai devant la grande baie vitrée dominant la vallée et regardai le jour tomber. Quand le ciel fut parfaitement noir, je fis une chose que je n'avais jamais faite, mais que je reproduisis ensuite chaque nuit jusqu'à ce que Mireille presse la détente du fusil dans la forêt.

J'allumai la lumière derrière moi pour faire de mon corps une cible idéale.

87

Le couple assis dans le box près de la baie vitrée finit par plier bagage. Ils sortent du café – il est noir, plutôt BCBG et porte une coupe en brosse et un foulard à carreaux ; elle est blanche, pâle, en jogging et tout en os comme un mannequin. Ils ont réussi à ne pas se lâcher la main tout le temps qu'ils partageaient deux expressos macchiato, un avocat et un burrito à la luzerne, et tandis qu'ils s'éloignent du café, je les maudis d'être si visiblement amoureux.

Je traverse la rue et attends que Kat ait le dos tourné pour entrer. Je prends place dans le box qu'ils viennent de quitter.

Mon rythme cardiaque s'accélère lorsque Kat se dépêtre de l'homme au catogan et s'avance pour débarrasser. Elle est à mi-chemin quand elle me voit. Elle se fige et me dévisage pendant trente secondes minimum. Je ne peux pas décrypter ses pensées mais il est clair qu'elles sont nombreuses, et variées. Ensuite, c'est comme si elle se libérait de tout ça. Elle s'approche, ramasse les assiettes vides, les tasses et les serviettes froissées, et repart vers le comptoir sans m'accorder un regard.

Je me lève pour pousser le verrou de la porte, retourne le panonceau annonçant la fermeture et regagne ma place.

Kat me tourne le dos avec ostentation mais je vois qu'elle me mate dans le reflet chromé du percolateur. Pendant ce temps, l'innocent au catogan remplit de grains de café la machine à expressos tout en scrollant sur l'écran de son smartphone. Je tape sèchement sur la table pour attirer son attention.

Il lève les yeux et me voit enfin.

« Nous ne faisons pas de service en salle. »

Je frappe un nouveau coup sur la table. Plus fort.

Cette fois, il constate que le panonceau a été retourné.

Il dit quelque chose à Kat. Elle secoue la tête, toujours sans me regarder.

L'homme au catogan enlève son tablier, sort de derrière son comptoir et s'approche. Il est nerveux, bien qu'il essaie de ne pas le montrer. Son beau visage stupide pâlit lorsqu'il découvre mes habits déchirés, les traînées de sang et les entailles sur mes mains.

Je sais déjà que je n'aurai pas à user de violence, physique tout du moins.

« Je peux vous aider ? demande-t-il.

— Je dois parler à Kat. » Je la montre du doigt.

« Kate, vous voulez dire ?

— Peu m'importe comment elle se fait appeler aujourd'hui. Je dois lui parler.

— Elle vous connaît ?

— Hé, Kat, dis-je par-dessus son épaule. Tu veux que je lui explique, ou tu préfères t'en charger ? »

Kat ne se retourne pas mais ses yeux n'ont pas quitté mon reflet dans le percolateur.

« Je suis désolé. Je vais vous demander de partir.

— Je suis désolé. Je vais vous répondre non. Pas avant d'avoir parlé à Kat. »

L'homme au catogan dégaine son téléphone.

« Je vous donne trente secondes pour vous tirer d'ici. Après, j'appelle la police. »

Il compose le 911 et me montre le téléphone.

Je sors le pistolet du type au lance-roquettes et le pose sur la table. « Vas-y. Mais à ta place, je réfléchirais à ce qu'une fusillade pourrait avoir comme effet sur ta gargote. "Oh chéri, allons prendre un café dans cet endroit... ça s'appelle comment déjà ? MOOG ? Mais si, tu sais, là où six flics ont été tués dans une fusillade."

— Vous bluffez », dit-il d'une voix chevrotante.

Je fais glisser la culasse de l'automatique d'un geste théâtral. « Demande-lui si je suis un bluffeur.

— C'est bon », intervient Kat. Catogan se retourne et la découvre debout juste derrière lui. « C'est un con, mais il ne me fera pas de mal.

— Mais qui c'est ? D'où tu le connais ?

— Longue histoire », répond Kat, et elle se glisse sur la banquette en face de moi.

L'autre fait du surplace. « T'as plus de grains à moudre ? » je lui demande.

Il regarde Kat pour avoir confirmation.

« Combien de temps ça va prendre ? demande-t-elle.

— Pas plus d'une demi-heure.

— Je te donne cinq minutes. » Elle sélectionne le

chronomètre sur son téléphone et tourne la tête vers l'homme au catogan. « Sérieux, tu peux y aller. »

Il s'éloigne.

Elle lance le compte à rebours.

88

« Eh bien ? » demande Kat.

Je me sens envahi par la jalousie et l'amertume. « Alors, tu aimes les chignons ?

— On va s'arrêter là, répond-elle en se levant.

— Bon sang, donne-moi une chance.

— Je ne te dois rien », siffle-t-elle. Toutefois, elle se rassied. « Qu'est-ce que tu viens foutre ici ? Pourquoi tu te repointes dans ma vie ? Tu pensais que je t'accueillerais à bras ouverts ? Que je t'aurais attendu ? C'est ça ?

— Crois-moi, je ne me fais pas d'illusions.

— Parfait. Parce que personne n'a le droit de me juger. Et toi encore moins que les autres. Mais puisque ça t'intéresse, je vais te parler de lui. Ce n'est pas un tueur. Et les gens ne meurent pas à son contact.

— Pour quelqu'un de ton niveau, tu n'as pas mis la barre très haut.

— Tu ne comprends toujours pas.

— Écoute, dis-je, c'est ta vie. Et je ne serais pas venu si j'avais pu faire autrement. »

Elle prend conscience de mon état. « Laisse-moi deviner, le crash de l'hélicoptère à New York ?

— Qu'est-ce qu'ils en disent ?

— Une défaillance du moteur. Huit morts, les passagers et l'équipage. C'était toi ? »

Je secoue la tête. « Nicole Osterman était à bord. Elle essayait de m'aider.

— À faire quoi ?

— À retrouver ma fille. »

Ça lui met un coup. « Tu as une…

— C'est une longue histoire, dis-je. Je te la raconterai, c'est promis, mais ce n'est pas pour ça que je suis venu. Tu es en danger. Ils veulent me tuer parce que je leur fais peur. Donc, s'ils peuvent m'atteindre à travers toi, ils n'hésiteront pas.

— Qui veut te tuer ? Pourquoi ?

— La menace la plus immédiate est un sociopathe de deux mètres de haut qui s'appelle Harkonnen. Il a kidnappé ma fille et assassiné sa mère. Aux dernières nouvelles, il travaillait pour un dénommé Staley, dont la sœur est une illuminée fanatique qui veut transformer le monde en une espèce de Disneyland pour suprémacistes blancs grâce à un malware informatique appelé Deep Threat qui fout la trouille au monde entier. Et aussi, je suis recherché pour meurtre. Correction, pour plusieurs meurtres. »

Kat se laisse aller au fond de la banquette, presque amusée.

« Rien d'extraordinaire. Il y a autre chose que je devrais savoir ?

— Il a essayé de tuer Barb.

— Il a fait quoi ? » Soudain, ses yeux s'embrasent. C'est ce que je voulais.

« Harkonnen lui a tiré dessus quand il a enlevé ma fille.

— Elle va bien ?

— Pour l'essentiel. Mais elle aussi a dû disparaître.

— Barb est quelqu'un de bien, dit Kat.

— C'est vrai.

— Elle ne méritait pas ça.

— Tu as raison. »

Kat se tait un moment. Peut-être commence-t-elle à prendre conscience de la gravité de la situation.

« Tu comprends ce que je dis ? Il a essayé de tuer Barb et il a essayé de me tuer. Ça fait aussi de toi une cible.

— Comment c'est possible ? dit Kat en baissant la voix. On a toujours été tellement prudents. C'est en partie pour ça que je me suis cassée. Je ne supportais plus de vivre comme ça. Le seul moyen pour qu'il apprenne qu'il y a eu quelque chose entre nous, c'était que tu l'amènes jusqu'à ma porte. Ce que tu viens de faire s'il t'a suivi.

— Personne ne m'a suivi. Ce n'est pas comme ça qu'il t'a découverte. »

Elle me dévisage. Et elle comprend.

« Nom de Dieu ! Tu m'as stalkée sur Internet ?

— J'avais besoin de m'assurer que tu allais bien.

— Tu déconnes ! Tu ne me faisais même pas assez confiance pour me laisser vivre ma vie sans me tourner autour comme une mère poule. Mais tu es comme l'autre moine analogique… pas d'Internet, pas de téléphone portable, comment tu fais ? Tu vas te connecter à la bibliothèque du coin pour me reluquer sur Facebook ?

— Elle n'est pas vraiment dans le coin.

— Tous mes réseaux sociaux sont en mode privé.

— Mais certains de tes amis sont plutôt laxistes concernant les périmètres de sécurité. »

Kat secoue la tête. « Tu es vraiment grave, tu sais ?

— Tu me l'as déjà dit.

— Attends. Tu as fait ça parce que tu t'inquiétais pour moi ou parce que tu voulais savoir si je voyais quelqu'un ? Dis-moi la vérité, ou ma parole, je vais appeler les flics moi-même.

— La vérité ? Un peu des deux.

— J'espère au moins que le spectacle t'a plu.

— Pas particulièrement, dis-je, ce qui est sans conteste l'euphémisme de l'année.

— Bien fait. » Une autre idée lui vient à l'esprit. « Mais puisque personne ne savait où tu étais, comment ont-ils pu remonter jusqu'à moi ?

— À mon avis, ils me surveillaient depuis pas mal de temps. Par conséquent, ils étaient au courant de ton existence. »

L'alarme de son téléphone se déclenche.

« Le temps qui t'était imparti est écoulé.

— Je n'ai pas terminé.

— Moi, si. J'ai été ravie de discuter avec toi. Je te souhaite une belle vie, même si elle n'est pas très longue. »

Elle éteint l'alarme, prend son téléphone et quitte le box.

89

Je la retiens par le poignet.

« Enlève tes SALES pattes de moi. »

Je la lâche. « Tu n'as pas entendu ce que j'ai dit ? Tu es une cible.

— Je sais ce que tu manigances, dit-elle. Tu te dis que si tu me fais assez peur, tu pourras me récupérer. Eh bien, je n'ai pas peur, figure-toi. Quel que soit le bordel dans lequel tu t'es fourré, je ne suis pas concernée. Et si quelqu'un pense le contraire, je verrai bien ce qui m'arrive, et lui aussi. J'ai fait mes choix. Je ne les regrette pas. Et j'assumerai les conséquences.

— Tu crois qu'ils s'arrêteront à toi ? »

Mon regard se tourne vers Catogan, qui astique comme un furieux le tube à vapeur de son percolateur en nous regardant de travers.

« Il n'a rien à voir là-dedans, dit Kat.

— Visiblement, tu ne lui avais pas parlé de moi. Est-ce qu'il sait qui était ton père ? Et la femme que tu as découpée à la tronçonneuse il y a un an et demi, tu lui as parlé d'elle ?

— Espèce de connard ingrat, je te rappelle que je l'ai fait pour te sauver la vie.

— Parfait. Allons le mettre au parfum. »

Je fais mine de me lever. À son tour, elle m'attrape le poignet et me retient dans le box. « Il n'a pas besoin de savoir. Cette partie de ma vie est derrière moi.

— Tu crois que c'est comme ça que ça marche ? Que tu peux juste laisser tomber quand ça te chante ? Tu fais partie du jeu depuis qu'on a couché ensemble. Tu savais qui j'étais. C'est toi qui as choisi. Tu avais toutes les chances de te tirer, et tu ne les as pas saisies.

— Et qu'est-ce que je fais ici, à ton avis ? demande-t-elle.

— Je me suis posé la même question.

— Je vais te le dire. J'essaie de mener une vie où je ne suis pas obligée de tuer des gens. Tu peux trouver ça risible et te moquer de lui, mais je t'assure que c'est mille fois mieux que tout ce que tu m'as proposé.

— Tu fais partie du jeu, je répète. Et ça veut dire qu'il est mouillé aussi. Sauf qu'il n'en sait rien parce que tu as peur de lui montrer ton vrai visage. Il est dans le camp des innocents, pas toi. Et si tu ne veux pas avoir son sang sur les mains, tu as deux possibilités : soit tu lui dis la vérité, qui tu es, qui je suis et tout ce qui se passe…

— Soit…

— Soit tu m'aides à récupérer ma fille et à régler tout ça. »

Kat tourne la tête vers l'homme au catogan. À présent, il tripote une cuillère quelques tables plus loin et nous observe d'un regard à la fois méfiant et largué.

« Admettons que j'accepte, dit Kat avec circonspection. De quoi as-tu besoin exactement ?

— Dans un premier temps, d'un endroit où dormir. »

Kat baisse les yeux, puis jette un nouveau coup d'œil à son Ken.

« Oh non, dis-je. Tu dois te moquer de moi. »

90

L'homme au catogan se redresse maladroitement quand j'arrive sur lui, dans les pas de Kat.

« Lui, c'est Jones », annonce Kat, utilisant le seul nom qu'elle m'ait jamais connu, le pseudo peu compromettant que j'avais inscrit sur le registre du motel, le jour où on s'est rencontrés.

« OK », dit-il, déconcerté.

De près, sa ressemblance avec Ken est encore plus troublante.

« Il va habiter avec nous pendant quelques jours, ajoute Kat.

— Salut, dis-je en lui tendant une main encore couverte de sang séché. Et tu es… ?

— Ken, répond-il, en me serrant la main aussi mollement que possible.

— Non, sérieux. C'est quoi ton vrai nom ?

— Mon vrai nom, répond-il sur un ton glacial, c'est vraiment Ken. »

Il est évident que nous ne deviendrons jamais amis.

91

Présentement, Ken tient le café, mais son ambition est de faire des films. Le logement du dessus qu'il partage avec Kat est jonché de feuilles de story-board du film gore à la noix qu'il compte réaliser quand il aura assez d'argent. Je me retiens de lui dire que ça n'arrivera jamais parce qu'il a la tête remplie de conneries jusqu'aux cheveux.

Mon regard sur « Vraiment Ken » est influencé par le fait que c'est lui, et pas moi, qui couche dans le lit de Kat. En plus, pour ma première nuit dans l'appartement, je suis presque sûr qu'ils ont pris soin de faire assez de bruit en baisant pour que je les entende.

En soi, le story-board dessiné à la plume et à l'encre est excellent, contrairement aux grandes lignes et à l'intrigue. Il est entièrement l'œuvre de Kat. La journée, elle travaille au café et le soir, elle suit un cursus de deux ans en arts graphiques à l'université. En ce moment, elle retravaille son roman graphique en se basant sur les remarques formulées par Vraiment Ken, et j'hésite à lui dire qu'elles ne pourront en aucun cas le rendre meilleur.

Mais je ne suis pas ici pour lui expliquer comment vivre

sa vie. Je suis ici pour retrouver ma fille, et s'il faut pour cela écouter les ébats de Kat et Vraiment Ken toutes les nuits, qu'il en soit ainsi.

Le lendemain matin, Vraiment Ken descend faire l'ouverture du café. Kat veut tout savoir, ce qui peut se comprendre, et dès que j'ai dépouillé le placard de Ken de vêtements qui me vont plus ou moins, je lui raconte tout avec la franchise qui me caractérise.

Addis-Abeba, Ali Olusi, Gracious, sa transformation en Ali, la semaine à la fois tragique et enchantée que nous avions passée ensemble, notre dernière nuit, sa disparition, l'arrivée de Harkonnen, Staley, le rendez-vous avec Hipkiss. Et aussi, la balle dans la baie vitrée, les loups, Mireille, le motel à Vermillion, le crash de l'avion du shérif, ma fuite de la salle d'interrogatoire, les cadavres de flics dans la maison de Sixteen, la découverte de Barb la poitrine criblée de balles, le Dentiste, Nicole. Tout.

Kat écoute attentivement sans me lâcher de ses yeux verts. Elle pose beaucoup de bonnes questions au sujet de Gracious. Je peux répondre à certaines, à d'autres pas. Après quoi, elle garde le silence un moment. Je ne sais rien des pensées qui tournent dans sa tête et ne les connaîtrai sûrement jamais.

Je ne suis pas assez naïf ou idiot pour imaginer qu'elle a la moindre envie que ça redevienne comme avant entre nous, pourtant il est incontestable qu'elle est intriguée par mes révélations concernant Gracious, et peut-être par le fait que j'aie pu éprouver des sentiments aussi profonds pour quelqu'un.

« Donc, en résumé, dit-elle en s'extrayant de je ne sais quelle pensée, Harkonnen est l'homme de main de Hipkiss et c'est ce qui te fait penser qu'elle détient Mireille. C'est lié à un truc appelé Deep Threat que tout le monde veut récupérer, quitte à torturer des femmes dans des motels, à tuer des flics et à abattre un hélicoptère en plein jour au cœur de Manhattan, et qui constitue pour l'humanité une menace comparable à celle que fut l'astéroïde pour les dinosaures.

— C'est exactement ça.

— Mais pourquoi elle ne t'a pas contacté directement ? Pourquoi kidnapper la petite à moins de vouloir obtenir une rançon ?

— Il ne s'agissait pas d'une rançon. Ils pensaient que Gracious avait confié à Mireille un truc qu'ils cherchaient. Et quand ils se sont aperçus qu'elle ne l'avait pas, c'est moi qu'ils sont venus chercher. Mais ils m'ont raté. Et maintenant, ils vont vouloir négocier. C'est pourquoi je dois faire en sorte qu'ils puissent me trouver. »

Je sors un des téléphones prépayés, une batterie et une carte SIM de mes poches.

« Et pour cela, il faut que j'allume ce truc. »

Le visage de Kat s'assombrit d'un coup. « Ils ne peuvent pas le tracer ? Trianguler ta position ?

— Tout va bien, dis-je. Le Dentiste m'a configuré un service de renvoi d'appel qui bascule sur un autre service de transfert. »

J'allume le téléphone.

Pendant quatre heures, on attend.

Et il ne sonne pas.

J'entends du bruit à la porte de l'appartement. C'est Vraiment Ken qui remonte du café, son portable à l'oreille et une expression particulièrement confuse sur le visage.

« Excusez-moi, vous cherchez qui ? » demande-t-il.

Il me tend le téléphone.

« C'est une dame. Elle veut parler à un certain "Even Teen".

— Je croyais qu'elle ne pouvait pas savoir où tu étais ? siffle Kat.

— Elle ne le savait pas, dis-je en fusillant Vraiment Ken du regard. Mais maintenant, elle le sait. »

92

« Elle est mignonne », dit Hipkiss. Sa voix semble plus vieille et plus dure qu'autrefois. « La petite fille, je veux dire. Et elle a une bonne nature, compte tenu de tout ce qu'elle a vécu. C'est votre fille, non ?

— Elle est vivante ?

— Bien sûr qu'elle est vivante.

— Et vous voulez que je vous croie sur parole ?

— On m'a traitée de pas mal de choses dans ma vie, mais personne ne m'a jamais accusée d'être une menteuse.

— Vous m'avez bien menti, à moi. On avait passé un marché. Vous ne deviez pas toucher à Gracious.

— Harkonnen ne l'aurait pas touchée si elle lui avait donné la chose qu'il voulait. Mais au lieu de ça, elle l'a refilée à la petite. Qui ne l'a plus. J'en déduis que c'est vous qui l'avez, que vous savez où elle se trouve ou que vous pouvez la retrouver.

— Je ne sais pas de quoi vous parlez.

— Et moi, je pense que vous mentez. Mais peu importe. Tout ce que vous avez à faire, c'est nous livrer ce qu'on recherche, et la petite sera libérée.

— Vous avez tué une personne que j'aimais. Vous croyez que je vais encore coopérer ?

— Soit vous jouez le jeu, soit votre fille mourra. C'est très simple.

— Je ne savais même pas qu'elle existait il y a encore quelques jours. Vous me prenez pour un père de famille idéal ? »

Elle éclate d'un rire nasal et forcé. « Non. Mais je pense que vous êtes un romantique. C'est pour cela que vous êtes venu me voir pour sauver sa mère il y a plusieurs années. En outre, si son sort ne vous importait pas, vous ne seriez pas en train de me parler à l'heure qu'il est.

— Admettons que je puisse retrouver ce que vous cherchez. Il va me falloir un peu de temps. Dix jours, au moins.

— Hors de question.

— Bon sang, mais vous me prenez pour qui ? Houdini ? Je suis recherché pour quatre meurtres et un enlèvement d'enfant. La CIA et le FBI sont en train de passer mon ancienne maison au peigne fin en ce moment même. Ils savent qui je suis et que je reprends du service. Ajoutez à ça tout le bordel à Manhattan et le fait que je ne sais même pas ce que je suis censé chercher. Vous voulez que je le trouve ou pas ?

— Trois jours, dit-elle après un temps. Pour un homme aussi talentueux que vous, ça devrait être bien suffisant. Je vais vous donner un numéro à appeler quand vous l'aurez récupéré. Sans nouvelles de votre part, je mettrai votre fille entre les mains de M. Harkonnen. Il garde de mauvais souvenirs de votre rencontre en Afrique. Je suis certaine que vous savez de quoi je parle. »

Le silence qui suit est entrecoupé de grésillements sur la ligne.

« Écoutez-moi bien, dis-je. S'il lui arrive quoi que ce soit…

— Oh, pitié, rétorque-t-elle. Handler est mort. Osterman est morte. Sixteen est mort. La mère de la petite est morte. Vous n'avez plus aucun allié véritable et pas beaucoup d'argent, tandis que je dispose de moyens illimités, de l'organisation de mon frère et de sources d'information au plus haut niveau dans les agences de renseignement les plus compétentes de la planète. Au mieux, vous pourriez survivre quelques semaines.

— Ça pourrait suffire, dis-je.

— Peut-être, lâche Hipkiss en guise de conclusion. Mais ça ne ressusciterait pas votre fille. »

93

« Si je comprends bien, dit Kat, tu localises une menace existentielle pour l'humanité et la livres à une extrémiste religieuse qui rêve d'une planète blanche, ou alors une innocente gamine de neuf ans, qui se trouve être ta fille, meurt.

— J'aimerais que ce soit aussi simple. Mais même si je fais l'échange, il est impossible que Harkonnen me laisse la vie sauve. Car en me tuant, il deviendra l'Assassin Eighteen. Et si tu ajoutes ce que Deep Threat pourrait faire comme dégâts, ça rend Hipkiss inarrêtable.

— Tu vas essayer de délivrer Mireille ?

— Hipkiss est une milliardaire entourée d'une armée privée et je suis tout seul. Je n'ai aucune idée de l'endroit où Mireille est détenue, et même si je parvenais à le découvrir, ils seraient sur leurs gardes. Que je me fasse massacrer par Harkonnen ne va aider personne.

— Quoi, alors ?

— Il me faut des infos. Là, j'avance encore à l'aveugle. En quoi consiste Deep Threat ? Comment Hipkiss en a-t-elle entendu parler ? Comment savait-elle que Gracious l'avait en sa possession ? Et comment Gracious se l'était-elle procuré ?

Si j'arrivais à répondre à certaines de ces questions, je pourrais peut-être trouver un angle d'attaque.

— Très bien, et que penses-tu de ça ? » Elle a googlisé quelque chose pendant qu'on discutait et retourne l'ordinateur vers moi. Il s'agit d'un article du *New York Times* sur Whitecastle, la société de Staley.

« C'est au troisième paragraphe que ça devient intéressant », dit Kat.

Je survole le texte jusque-là.

Présente de longue date et à des degrés divers dans la sécurité privée et le renseignement, la société Whitecastle dirigée par Edgar Staley a récemment étendu ses activités au monde secret des malwares et des attaques « zero-day ». Suite au rachat d'une entreprise de sécurité informatique israélienne en pointe dans le piratage, son organisation est à présent considérée comme une des actrices-clés dans ce domaine.

Mais l'acquisition de logiciels malveillants est un sujet sensible pour les agences gouvernementales telles que la CIA ou le FBI. Les développer en interne est une chose, mais rétribuer des pirates informatiques recherchés, c'est une autre affaire.

En effet, des sociétés comme celle de M. Staley fournissent un pare-feu efficace contre le retour de flamme que constituerait le versement d'énormes sommes à d'obscures équipes de hackeurs responsables d'attaques de rançongiciels ou d'espionnage téléphonique illégal.

Le business model est simple. Des intermédiaires comme Whitecastle rachètent des vulnérabilités zero-day lors des grandes conventions de hackeurs et conférences internationales sur la cybersécurité comme Black Hat, DEF CON ou Ekoparty, puis les revendent à des agences de renseignement, souvent avec des marges à trois chiffres.

« Voilà comment Hipkiss a entendu parler de Deep Threat, dis-je à Kat. La société de Staley a eu le tuyau et le lui a transmis. Elle devait crever d'envie de se le payer mais craignait que ça lui passe sous le nez. Après tout, même elle ne peut pas surenchérir face à un État-nation. D'où sa décision de court-circuiter le processus.

— Mais tu ne sais toujours pas en quoi consiste cette grande menace, ni même ce que tu dois chercher.

— Non, dis-je. Mais je connais quelqu'un qui le saura. »

94

Vilmos est un hackeur, mais ce mot ne suffit pas à lui rendre justice. Ses exploits sont devenus légendaires, pas seulement en raison de leur simplicité brutale, mais aussi pour leur culot d'enfant terrible. Si on entend dire qu'une infrastructure majeure de la communauté du renseignement a été attaquée, on peut être sûr que Vilmos est dans le coup. Dans ses jeunes années, il réussit à pirater le serveur de messagerie de la DIA, l'Agence du renseignement militaire, en attachant un *hentaï* animé japonais à chaque message entrant ou sortant. Parmi ses autres faits d'armes, à peine moins puérils, il avait rendu publique une porte dérobée installée secrètement par la NSA dans une routine de cryptographie destinée à l'industrie, ce qui l'a conduit dans une prison de très haute sécurité. Aujourd'hui, personne ne sait où il se trouve, mais par bonheur, le temps qu'il a passé derrière les barreaux ne l'a absolument pas calmé.

Le numéro de téléphone que j'utilise pour le contacter est le même depuis des années mais il est acheminé via une chaîne de relais, de VPN et de serveurs proxys qui changent constamment. Je l'appelle d'un téléphone prépayé et je ne m'attends pas à ce qu'on décroche, juste qu'on me rappelle.

Pour la première fois en une dizaine d'années, l'appel n'aboutit pas.

Je me connecte à son compte Twitter, un fatras anarchique mélangeant piratage logiciel et matériel, univers *Star Wars*, commérages sur *Donjons et Dragons*, *speedruns* pour jeux vidéo, commentaires politiques bourrés de cynisme et d'idéalisme, enjeux LGBTQ+ et propagande végane. D'ordinaire, depuis 2007, il envoie de cinquante à deux cents tweets par jour.

Mais son compte n'existe plus.

Tout comme le site Web dont il assure la maintenance.

Vilmos a disparu. La fermeture de son compte suggère qu'il ne fait pas seulement silence radio, mais aussi qu'il est en cavale. Les commentaires alarmés de ses *followers* révèlent que sa disparition date d'une semaine avant le début de tout ce bordel.

Vilmos est un des meilleurs hackeurs au monde.

Deep Threat est une forme cancéreuse de malware.

Sa disparition ne peut pas être une coïncidence.

95

Le compte Twitter de Vilmos a été supprimé, mais le site a archivé une copie quotidienne de sa page d'accueil. Pendant que Kat recherche des indices, je bidouille un script Python pour créer une courbe graphique prenant en compte la fréquence de ses posts, l'heure de la journée où ils ont été publiés et les variations entre les deux au fil des mois.

Nous regardons fixement les dix mille points randomisés sur l'écran.

« C'est bien beau, mais je ne vois pas ce que ça nous apprend, dit Kat.

— Regarde les moments où il ne publie rien. Ça doit correspondre à ses heures de sommeil. Pendant l'hiver, il s'arrête à huit heures du soir. Disons qu'il a l'habitude de se coucher au plus tard à trois heures du matin. Donc huit heures du soir ici équivalent à trois heures du matin pour lui. Soit une différence de sept fuseaux horaires, ce qui le situe sur la même longitude que la Hongrie, par exemple.

— D'accord, dit Kat. Mais ça ne nous dit rien de sa latitude, ni même de l'hémisphère où il se trouve.

— Bien sûr que si. En été, son compte ne reste inactif

que pendant deux heures, vers six ou sept heures du soir. Ça veut dire que les nuits sont beaucoup plus courtes.

— Donc, très au nord de l'équateur. L'Europe du Nord ?

— C'est ce que je pense, dis-je. Tu trouves quelque chose ?

— Peut-être. Il s'est mis à dos toutes les agences de renseignement occidentales et elles adoreraient lui mettre la main dessus. Mais comme il se flatte d'être dans un pays sans accord d'extradition avec les États-Unis, s'il est bien en Europe du Nord, ça ne peut être que la Russie, le Belarus ou l'Ukraine. »

Je secoue la tête. « Je crois qu'il ment.

— Pourquoi ?

— Parce que l'Ukraine est une zone de guerre, et que les deux autres sont pour le moins peu accueillants avec les gays. Or, parce que son homosexualité est une composante essentielle de sa personnalité, il doit se trouver dans un pays *gay-friendly* et pas trop éloigné de la frontière pour pouvoir se mettre rapidement en sécurité.

— Un état limitrophe de la Russie qui accorde des droits décents aux homosexuels…

— Ce qui nous donne la Finlande. Et la pointe de la Norvège. »

Kat se tasse sur sa chaise, sceptique.

« J'ai l'impression qu'on est en train d'affabuler.

— C'est vrai, mais on n'a pas le choix. Qu'est-ce qu'on sait d'autre ?

— Il est sans arrêt connecté. Il a besoin de haut débit. Et même de très haut débit.

— Autre chose ?

— Il porte un nom hongrois. Donc, ce doit être dans un

lieu où les étrangers peuvent s'intégrer sans qu'on leur pose trop de questions.

— Une communauté internationale quelconque. Peut-être une université comportant un pôle technologique.

— Helsinki, dit Kat en étudiant Google Maps. Ça doit être ça. L'université de Technologie n'est qu'à deux heures de la frontière russe. »

J'observe l'itinéraire qu'elle a balisé.

« Je n'aime pas ça. C'est un énorme poste-frontière très surveillé. Et deux heures, c'est long quand tu es en fuite. Le temps qu'il y arrive, il aurait de fortes chances d'être repéré.

— Je ne vois pas d'autres grandes villes plus proches qui accueillent un pôle techno, dit Kat.

— Sa dernière fixette portait sur quoi ?

— Le crypto-anarchisme. "L'information veut être libre", ce genre de truc. Il y a tout un pavé sur une espèce de start-up qui a développé un réseau d'imagerie satellite.

— Militaire ?

— Non, civil. » Elle affiche la page Web de la société. « Ils enregistrent le rayonnement sur toute la surface de la terre, des infrarouges aux ultraviolets. On peut s'abonner pour avoir accès à leurs données, mais c'est hors de prix. Il dit que si l'accès était gratuit, les fermiers pauvres pourraient voir immédiatement où les cultures ont été un échec. Et que tout le monde pourrait suivre les mouvements de troupes ou l'avancée de la déforestation, autant d'infos qui sont aujourd'hui réservées à la CIA ou la NSA. On dirait qu'il mène une croisade pour rendre ces données accessibles. »

Je prends le temps d'assimiler tout ça. Et tout s'éclaire.

« Ça y est ! dis-je. Je sais où il se planque. »

96

Je zoome sur un chapelet d'îles au nord de la Norvège, bien au-delà du cercle polaire.

« Le Svalbard. Ça ne peut qu'être ça. Officiellement, cet archipel fait partie de la Norvège mais il existe un traité qui autorise la Russie à en exploiter le sous-sol. Sur le Spitzberg, l'île principale, les deux localités les plus importantes sont Longyearbyen, la capitale territoriale et internationale – réellement internationale – et Barentsburg, qui est presque entièrement peuplée de Russes. On y trouve même un consulat. Et aucun visa n'est nécessaire pour s'y établir et travailler. En gros, c'est le Far West. La terre la plus proche est une île russe, Novaya Zemlya.

— Pourquoi ai-je l'impression d'avoir entendu parler du Svalbard ?

— Parce qu'il abrite la Réserve mondiale de semences. Des millions de graines venant du monde entier, stockées au cas où il faudrait relancer la planète à partir de zéro. Mais ce n'est pas ça qui l'intéresse. »

Je zoome sur un réseau de dômes blancs érigés sur le plateau qui domine Longyearbyen.

« Tu vois ça ? C'est le SvalSat, une station terrienne de réception de données satellite. Une des deux seules d'où on peut suivre les satellites en orbite polaire, le genre d'endroit qui fait bander Vilmos. La NASA ou l'Agence spatiale européenne acheminent des données transitant par le SvalSat. Pour les relier au continent, elles ont posé deux câbles sous-marins à fibre optique qui leur assurent l'un des internets les plus rapides du monde. Les signaux satellite sont un des flux de données qu'il voudrait mettre en libre accès. S'il pouvait le hacker, son rêve deviendrait réalité. Et si la situation devenait trop dangereuse, il est à moins de trente kilomètres d'un consulat russe, et n'a même pas de frontière à traverser. »

Kat semble toujours aussi sceptique. J'ai déjà vu ce regard. *Tous aux abris.*

« D'accord. Génial, dit-elle. C'est très bien pensé, mais tu n'as pas le commencement d'une preuve. Et si tu te trompes ? Si tu pars bille en tête au Svalbard et qu'il n'y est pas ? Ou s'il y est mais n'a jamais entendu parler de Deep Threat ? Dans les deux cas, tu seras dans la merde et au moment où tu t'en rendras compte, il sera trop tard. Tu crois vraiment que, pour retrouver ton barbu, une quête désespérée fondée sur le hasard est la meilleure façon d'utiliser le temps qu'il te reste ?

— Une femme que j'aimais est morte et ma fille a disparu parce que j'ai laissé quelqu'un d'autre s'occuper d'elle plutôt que la protéger moi-même. Dans l'immédiat, c'est ma seule piste et l'unique chance que j'ai de la récupérer. Aussi, à moins que tu n'aies une meilleure idée…

— C'est l'autre souci, dit Kat. Tu n'as aucune preuve que

l'enfant soit de toi, tu n'as passé que quelques heures avec elle, tu la connais à peine. Pourtant tu es prêt à risquer ta vie pour elle, quoi qu'il en coûte ? Ça ne colle pas.

— Pourquoi ? Parce que je suis un connard ?

— On peut dire ça aussi.

— Elle… Elle fait partie de moi, dis-je, en essayant de trouver les mots justes. Sans moi, elle n'existerait pas, tout ce qui lui arrive en ce moment est de ma faute. Cette pauvre gosse n'a pas voulu tout ça. Et ce que je ressens ne compte pas.

— C'est-à-dire ?

— Je ne sais pas. Ça n'a peut-être même pas de nom. Et ce ne sont pas les sentiments qui vont l'aider aujourd'hui. Ce qui importe, c'est ce que moi, je vais faire. »

Kat m'observe et pour la première fois depuis le matin où elle m'a plaqué, je n'ai pas l'impression qu'elle voit en moi quelqu'un qu'elle déteste.

« Tu sais, dit-elle, si je ne te connaissais pas si bien, je pourrais penser que tu es en train de te fabriquer une conscience. »

97

Il est presque deux heures du matin. Le café est fermé depuis plusieurs heures, mais pas de trace de Vraiment Ken.

« Il a une réunion », dit Kat, dans une attitude défensive qui me fait flairer un point sensible. « C'est pour le film. Il prend un verre avec un acteur qu'il pense engager. »

La plupart des gens, quand ils veulent éviter un sujet, détournent le regard. Pas Kat. Elle vous regarde droit dans les yeux comme si elle vous défiait. C'est précisément ce qu'elle est en train de faire.

« Un acteur ou une actrice ? » je demande.

Pour avoir observé ce type dans le café quand elle avait le dos tourné, j'ai une petite idée de la réponse.

« Qu'est-ce que ça peut te foutre ?

— Je parie que ce n'est pas la première fois. Tu crois qu'il va rentrer ce soir ?

— Tu veux que je te dise ? Nous sommes un couple libre. Il peut baiser ailleurs si ça lui chante. Et moi aussi.

— Et ça t'arrive ?

— Peut-être que j'en ai pas envie.

— Allez, Kat. Tu mérites mieux que ça.

— Tu veux dire, quelqu'un comme toi ?

— Non, pas comme moi. Quelqu'un qui apprécie la femme que tu es.

— Oh, et quelle est-elle, puisque tu as l'air de t'y connaître ? »

Je secoue la tête. « Tu n'as pas besoin que je te mette les points sur les i. J'ai beau être un tueur coupable de toutes les choses dont tu m'accuses, le jour où je suis entré dans ton motel, tu as vu s'ouvrir une brèche dans ta vie, et tu t'y es engouffrée. Aujourd'hui, tu essaies de la colmater et ça te ronge. Bon sang, Kat, tu vas continuer à attendre dans cet appartement le retour d'un abruti qui vient de se taper quelqu'un d'autre ? Tu étais faite pour ça ?

— Va te faire foutre, dit-elle. Tu ne supportes pas l'idée que j'aie une vie en dehors de toi avec un type qui n'assassine personne. Et qu'il n'y a absolument rien que tu puisses faire pour me récupérer.

— Très bien, tu veux que je l'admette ? C'est vrai, je ne supporte pas de t'imaginer avec un autre. Et non, il n'y a pas eu une seule journée où je n'ai pas pensé à toi depuis ton départ. Mais je ne me fais aucune illusion quant à ton éventuel retour. C'est une cause perdue. Et moi aussi, je suis une cause perdue. En revanche, pas toi.

— Ça ne t'a jamais traversé l'esprit que c'est ce que je veux ?

— C'est le cas ? »

Elle ne répond pas.

« Écoute, dis-je. Ce que tu fais, où, et avec qui tu baises, ça ne me regarde plus. Mais je sais reconnaître quand les gens mentent. Même toi. Tu n'as qu'à me dire que ça ne te dérange pas, que c'est vraiment ce que tu veux et que cette vie te rend heureuse, et je te promets que je ne l'ouvrirai plus jamais. »

Kat se mord les joues et, l'espace d'une seconde, je pense qu'elle pourrait même verser une larme, ce qui n'est pas dans ses habitudes. Brusquement, elle se lève.

« Ça me rend heureuse, d'accord ? Je nage dans un putain de bonheur. Je suis tellement heureuse que je pourrais gerber. »

Sur ce, elle va dans la chambre à coucher et claque la porte.

98

Vraiment Ken rentre à cinq heures et demie du matin. J'entends tourner le verrou, puis il essaie de se faufiler dans la pièce sans me réveiller, sauf qu'il est bourré et qu'il se prend les pieds dans le tapis. Il ouvre la porte de la chambre et la referme derrière lui.

À l'affût de bruits d'ébats derrière la cloison, je n'entends rien.

99

Je n'arrive pas à dormir. Le sommeil étant un luxe que je ne peux me permettre, je vais faire du café.

Le problème, c'est que Kat a raison. Je n'ai pas le droit à l'erreur. Je me replonge dans les archives Twitter de Vilmos. Une heure plus tard, je trouve quelque chose que je n'avais pas repéré au cours de mes recherches précédentes, simplement parce que je n'étais pas remonté assez loin. Je découvre une interruption inexpliquée de quatre jours dans ses posts d'il y a trois ans. C'est la seule fois où il a laissé passer plus de douze heures sans publier un billet.

Ça doit vouloir dire quelque chose, mais je n'ai pas la moindre idée de quoi.

Je recherche sur Google les articles mentionnant le SvalSat à partir de cette date. Et dès la première page de résultats, je trouve.

Je frappe doucement à la porte de la chambre. « Kat ! Kat ! »

Elle apparaît, vaseuse, enroulée dans un drap. Des cernes sombres sous les yeux. Derrière elle, Ken, dans le gaz, la tête penchée en arrière et la bouche ouverte, est plongé dans un sommeil d'ivrogne.

« J'ai trouvé une preuve. »

Elle me suit dans le salon et s'assied à côté de moi sur le canapé. Je tente d'ignorer qu'elle est presque nue sous le drap et qu'un chaleureux parfum musqué plane dans son sillage.

« Regarde ça. Il y a trois ans, un chalutier-crevettier est tombé en panne à environ huit kilomètres des côtes du Svalbard. Les pêcheurs n'étaient pas censés mouiller à proximité des câbles, mais s'ils ne l'avaient pas fait, ils auraient perdu le bateau et l'équipage aussi probablement. Ils ont jeté l'ancre malgré tout, mais elle s'est prise dans les câbles et les a sectionnés tous les deux. Pendant quatre jours et demi, le temps qu'on puisse acheminer un câblier sur zone pour réparer le point de rupture, le Svalbard a été privé d'Internet. Maintenant, regarde dans les archives Twitter de Vilmos… »

Je les fais défiler jusqu'à la date où elles s'interrompent.

« Ça correspond exactement aux jours où il n'a rien posté. Le câble a été réparé à quatre heures quarante-cinq heure locale. Et seulement deux minutes plus tard, il y avait un nouveau tweet.

— Waouh, fait Kat.

— Tu me crois maintenant ? »

Elle acquiesce.

Dans la chambre à coucher, Vraiment Ken lâche un pet sonore et roule sur le côté.

Elle se retourne vers moi.

« Je viens avec toi. »

SEPTIÈME PARTIE

100

Le Svalbard est d'une beauté stupéfiante. À cette période de l'année, le jour n'y dure que six heures, mais le soleil ne décolle jamais bien haut au-dessus de l'horizon, illuminant ses pics anguleux de vives nuances d'orange et de rose avant de sombrer, plongeant l'île dans un crépuscule qui ne devient jamais la nuit. Vingt-sept heures et trois correspondances après avoir décollé de JFK, nous débarquons, frappés par des rayons de soleil horizontaux, dans l'ombre bleue projetée par les montagnes enneigées qui encerclent Longyearbyen.

Tout autour, des pipelines, des constructions, des véhicules au rebut et les pylônes d'un téléphérique abandonné, autrefois utilisé pour transporter du minerai vers les cargos du port. Aux limites de la ville, des panneaux annoncent qu'il est interdit d'aller plus loin sans une arme à feu, à cause des attaques d'ours polaires.

Dominant la ville, des structures blanches et arrondies comme des balles de golf protègent les antennes paraboliques qui composent le SvalSat. Juste en dessous se trouve l'entrée fortifiée de la Réserve mondiale de semences aménagée dans une mine de charbon abandonnée. Une autre entrée conduit à l'Arctic World Archive, le plus grand coffre-fort de stockage de logiciels et matériaux numériques au monde, où les bits et les octets sont gravés sur des bobines de films photosensibles conçus pour durer au moins cinq cents ans.

Environ deux mille personnes vivent à Longyearbyen, plus quelques centaines dans la station satellite au-dessus. Et c'est tout. Dans ce lieu où tout le monde se connaît, un excentrique de l'envergure de Vilmos n'a pas pu passer très longtemps inaperçu.

Kat voyage avec son vrai passeport. Le mien me présente comme un Canadien répondant au nom de Jack Sitoski. La ville envisage de devenir une destination touristique – elle compte déjà un hôtel Radisson Blu et un musée dévolu à l'exploration arctique – mais nous avons besoin d'une couverture plus souple, aussi avons-nous réservé deux chambres monacales à la Maison des Artistes du Svalbard, dans une ancienne usine de transformation de poisson située près du port.

Le taxi, un 4 × 4 Hilux, nous conduit sur une étroite route de gravier jusqu'à un bâtiment bas en tôle. Sarah Pybus, la directrice de la Maison des Artistes, nous accueille avec un enthousiasme de labrador. Sarah est une Américaine chaleureuse et divorcée, dont les immenses toiles semi-abstraites, disséminées dans l'obscurité d'un hangar, représentent dans des tons bleu et blanc les paysages de l'Arctique. Le temps qu'on dépose nos sacs dans nos chambres, elle nous a déjà raconté toute l'histoire de la ville : ses habitants, sa vie mondaine, ses commérages et les meilleurs endroits pour boire un coup ou manger un morceau.

Quand elle peut enfin placer un mot, Kat lui sert nos

légendes. Elle est dessinatrice, je suis écrivain, et nous avons reçu une commande d'un organe de presse indépendant de l'État de New York pour réaliser un roman graphique qui dénoncera les effets du réchauffement climatique sur les fragiles écosystèmes de l'Arctique. Son boniment est tellement au point, émaillé de détails à la fois si précis et si vagues qu'ils sont impossibles à vérifier (quel organe de presse indépendant ? Personne n'en sait rien), qu'elle finit presque par me convaincre que c'est réel.

« Elle est sympa, dit Kat, après que Pybus s'est éloignée en nous saluant de sa main maculée de peinture.

— Oui, mais elle est de la CIA, j'objecte.

— Quoi ?

— Tu as remarqué sa façon de ne poser aucune question ? De ne parler que d'elle ?

— N'est-ce pas le contraire de ce que ferait un espion ?

— Non, c'est exactement ce que ferait un espion. Tu lui as balancé nos légendes sans qu'elle ait rien demandé. En ce moment, elle est en train de vérifier sur Google.

— Tous les gens qui aiment parler d'eux-mêmes ne sont pas forcément des espions.

— Tu as regardé sa bio ?

— Bien sûr, dit Kat. C'est une artiste. Pas mal d'expositions, des études à la Corcoran School.

— Et son mari ?

— Elle est divorcée.

— Exact. M. Pybus était diplomate. Ils ont vécu vingt ans dans les anciens États satellites de l'URSS. Elle a fait sa thèse sur Rodtchenko, ce qui lui a permis de séjourner plusieurs fois à Moscou. Quand elle a fini par le larguer, elle a passé une année en Carélie. Juste à la frontière russe, près du poste frontalier où les Anglais ont exfiltré le colonel Gordievsky dans un coffre de voiture.

— Alors, pourquoi est-elle à la tête de la Maison des Artistes du Svalbard ?

— Parce que la flotte de sous-marins nucléaires russes transite par la mer de Barents, et que si l'Otan et la Russie entrent en conflit, cette île passera sous contrôle russe en quelques jours. Et parce qu'une Maison des Artistes est une planque idéale pour des gens comme nous qui veulent pouvoir fouiner avec un prétexte pour tracer des plans, prendre des notes et des photos. »

Kat regarde autour d'elle, soudain effrayée. « Tu n'as pas peur qu'il y ait des micros ?

— Aucune chance, dis-je. Si quelqu'un trouvait un mouchard, ça grillerait sa couverture. À l'heure qu'il est, elle doit penser que nous sommes bien ceux que nous prétendons. Mais ce soir, elle va quand même rédiger un rapport et les types de Langley ne mettront pas longtemps à faire le rapprochement. Comme ils ne voudront pas informer les Norvégiens, j'imagine que nous disposons de vingt-quatre heures avant qu'une de leurs équipes ne débarque.

— Tu penses vraiment qu'elle a gobé notre histoire ?

— Tu l'as très bien vendue. »

Elle sourit pour la première fois depuis notre départ, et je dois me rappeler que ce voyage n'a pas pour but de savoir ce qui pourrait ou ne pourrait pas exister entre nous, mais de retrouver ma fille, et qu'à moins de donner à Hipkiss ce qu'elle veut, Mireille mourra.

101

Il fait encore jour, mais la nuit tombe. Assis sur le lit, nous sommes en train d'élaborer un plan d'attaque. Nous avons passé au crible les archives Twitter de Vilmos pour récupérer la moindre miette d'information personnelle. Mais il était incroyablement prudent. Son seul faux pas : une photo d'un routeur vendu dans le commerce dont il avait désassemblé le code. Une main et un bout de manche se reflétaient sur le boîtier noir et brillant. J'ouvris l'image JPEG dans Photoshop. En zoomant dessus et en modifiant le contraste, je vis apparaître un pli de graisse sur un poignet et des doigts boudinés.

Sur Twitter, Vilmos faisait sans arrêt référence à son embonpoint. Sa fierté d'être gros faisait presque autant partie de sa personnalité que son homosexualité. Avant de découvrir ce reflet, je n'étais pas sûr que ce ne soit pas un leurre de plus dans son système de protection élaboré destiné à détourner l'attention. Mais non, il était bien aussi gros qu'il l'affirmait.

Cependant, le véritable indice, je le trouvai sur la manche de sa chemise. Le traitement de l'image par Photoshop avait déformé les couleurs, mais, sans erreur possible, il s'agissait d'un motif floral à la mode dans les années 70.

C'est l'unique indice dont nous disposons. Il faudra s'en contenter.

Nous louons des motoneiges à chenilles longues, des combinaisons d'hiver, des émetteurs d'appels d'urgence, des balises d'avalanche et des fusils de chasse – obligatoires à cause des ours polaires – à un type aux allures de grizzli qui tient le magasin de vêtements. C'est un Russe. Auparavant, il a travaillé dans la colonie minière, aujourd'hui abandonnée, de Pyramiden, sur la côte, et il nous abreuve d'anecdotes de l'époque où une douzaine de bouteilles de vodka s'échangeaient contre la montre-bracelet Casio d'un mineur norvégien et où le KGB interdisait des bottes vantées par des magazines occidentaux pour cause de propagande hostile.

Il propose ses services pour nous guider. Nous lui expliquons que nous avons envie de découvrir les lieux par nous-mêmes et que nous n'avons besoin de personne.

Une fois équipés, nous ressortons dans la nuit et pendant une vingtaine de minutes, faisons des ronds en motoneige sur le parking. Après quoi, Kat ôte son casque, libérant dans l'air nocturne glacé le panache de buée qui nimbe ses cheveux humides.

« Où on va ? demande-t-elle.

— Vilmos n'a pas dû s'éterniser ici. Il y a beaucoup trop de monde… des ingénieurs, des scientifiques, des chercheurs. Mais les gens mémorisent chaque nouveau visage et on ne peut pas dire qu'il passe inaperçu. Il y a des chances que quelqu'un se souvienne de lui avant qu'il n'ait disparu des radars. Je pense qu'il faut aller là où vont les gens du coin. »

Kat ricane. « C'est-à-dire boire des coups. Je devrais en être capable. »

102

C'est un pub minuscule décoré de vieilles photos en noir et blanc de mineurs. La clientèle se répartit entre barbus bourrus d'un certain âge et petits gars proprets de la génération Y. On s'installe au bar entre un vieil acariâtre qui ressemble à un chercheur d'or au Far West et une paire de jeunes Allemands en col roulé blanc qui semblent fomenter la sortie d'une nouvelle mixtape de synthwave épique.

« Cet endroit est dingue, dit Kat. Entre la CIA, les Russes et les sous-marins nucléaires qui croisent à côté, c'est comme si la guerre froide n'avait jamais pris fin.

— C'est le cas, je confirme. L'Ouest a assisté à la chute du mur de Berlin et s'est laissé distraire par les guerres en Irak et en Afghanistan. Mais le KGB n'a jamais été dissous. Il a seulement changé de nom. Le FSB s'est chargé de la sécurité intérieure et le GRU de la sécurité étrangère. Les missiles pointés sur Washington et Moscou n'ont jamais changé de cible. Et il n'y a qu'ici que tu te retrouves en première ligne entre les deux. »

Les jumeaux allemands technos s'embrassent sur la

bouche. Le vieux bourru de l'autre côté leur jette des regards en coin en marmonnant entre ses dents.

Le barman, un type longiligne avec un bonnet noir en tricot et une barbe de bûcheron, s'en aperçoit.

« C'est bon, Olavi, dit-il en anglais. Tu sors. »

Olavi lui lance un juron en estonien et ne bouge pas d'un poil. Il fait un mètre de large et a des mains comme des battoirs. « Saloperies de gays, ajoute-t-il en anglais. Devrait y avoir des endroits pour ça.

— J'ai dit : tu sors », répète le barman. Mais il est bâti comme une brindille et Olavi pourrait le briser d'une seule main.

Un des meilleurs instructeurs que j'aie jamais eus était un ancien colonel du renseignement estonien. Parmi une douzaine de compétences, il m'enseigna les rudiments de sa langue. Je tape sur l'épaule du grand type. Il me regarde, étonné.

« Olavi, lui dis-je d'une voix calme. Il est petit. Il ne te fera aucun mal. Tandis que moi, je peux tellement t'amocher que tu ne marcheras plus jamais. »

Olavi fait pivoter son énorme torse vers moi, évaluant ses chances.

Je plonge la main entre ses jambes et lui comprime les couilles de toutes mes forces. Ses yeux semblent sur le point de sortir de leur orbite.

« Maintenant, tu veux bien être gentil et faire ce qu'on te demande ? »

Olavi hoche la tête et je le lâche. Il siffle son verre, met sa casquette avec une lenteur majestueuse et se dirige vers la porte d'une démarche qui ne peut être comparée qu'à celle d'un cow-boy.

« Merci, dit le barman en nous offrant une tournée. Pour les anciens, c'est pas simple. Du côté russe, dans les campements de mineurs, deux types qui sortent ensemble risquent de se faire tuer. Mais ici, cet été, nous avons eu notre première Gay Pride. »

Il montre le tableau de liège accroché au mur derrière lui, où sont épinglées des photos d'une parade composée essentiellement de jeunes gens brandissant des drapeaux arc-en-ciel et des banderoles dans la rue qui descend vers le port.

Kat scrute les photos. « Permettez, je peux regarder de plus près ? »

Il décroche le tableau et le lui tend.

« Tu vois quelque chose ? »

Le doigt de Kat se pose sur un des participants à la parade. C'est un homme doté d'une corpulence bizarre qui le fait ressembler à une pomme plantée sur deux cure-dents. Une épaisse chevelure bouclée lui tombe sur les épaules, il porte un coupe-vent noir Helly Hansen et des lunettes Hilton surdimensionnées.

« C'est lui, dit-elle. Vilmos. C'est lui. »

103

« Juste parce qu'il participe à une Gay Pride et est un peu enveloppé, tu penses que c'est Vilmos ?

— Pas pour ça, dit Kat. Pour ça. »

Elle sort son téléphone, ouvre l'appareil photo et zoome. Le coupe-vent est assez ouvert pour révéler une chemise en dessous. Le motif floral est exactement le même que celui que nous avions repéré sur l'archive Twitter.

Je lève les yeux vers le barman.

« Mon amie a l'impression de reconnaître cet homme. Vous savez où on peut le trouver ? »

Le barman s'empare de la photo, y jette un coup d'œil et nous la rend.

« Il y a pas mal de passage en été. Ça doit être un touriste. »

Un des Allemands technophiles se penche vers nous.

« Nous aussi on y était, à la marche. Regardez, on est là, derrière. Peut-être qu'on le connaît. »

Il s'empare de la photo et la montre à son double. Ils l'observent un moment, tête contre tête.

« On se souvient bien de lui, dit-il. Personne ne le connaissait, mais il ne ressemblait pas à un touriste.

— Est-ce qu'il aurait dit où il vivait ? »

Il secoue la tête négativement. « Je peux me renseigner. Qui le recherche ?

— On veut que ce soit une surprise », répond Kat en souriant.

Il hoche la tête, glisse de son tabouret et se dirige vers une autre table. En un rien de temps, la photo fait le tour du bar.

Kat fait tourner son cognac dans son verre, pensive.

« Il y a autre chose que je voulais te demander.

— Vas-y.

— Est-ce que tu l'aimais ? La mère de Mireille. Je veux dire, est-ce que tu étais amoureux d'elle ? »

Je détourne les yeux. « C'est important ?

— Ouais, dit Kat. Dans un sens, c'est important. »

104

Pendant une seconde, je me retrouve en Éthiopie, bercé par le souffle de Gracious endormie près de moi et par le flot de la circulation dans la rue, à me demander si j'aurai le cran de la tuer. Et la seconde d'après, j'ai le flash de son corps écartelé sur le lit du motel : un corps réduit à l'état d'objet.

Il me faut un moment pour chasser cette image.

« Oui, je l'aimais, je crois.

— Si tu n'en es pas sûr, c'est que tu ne l'aimais pas.

— Bon, d'accord, j'étais amoureux d'elle. Tu es contente ?

— Je ne t'en aurais pas cru capable, c'est tout.

— Moi non plus », dis-je, sans mentir. À l'époque, je n'avais pas de mot à mettre sur ce sentiment, mais il faut comprendre qu'après la mort de Junebug, je m'étais coupé de toute émotion. Ça ne voulait pas dire que je ne ressentais rien, seulement que je ne laissais aucun sentiment se manifester. J'étais une bombe humaine, soumis à une pression qui finirait par exploser dans un irrépressible paroxysme de violence. À mes yeux d'enfant, le monde m'avait fait le pire possible, et je n'avais d'autre choix que de lui rendre la monnaie de sa pièce.

« Pourquoi elle ? Pourquoi Gracious plutôt qu'une autre ? »

Je réfléchis avant de répondre. « Je crois que j'ai toujours su qu'elle n'était pas juste la jeune fille pure et virginale vêtue de blanc qui m'a emmené à l'église lors de notre premier rendez-vous. Il y avait quelque chose en elle qui l'avait rendue forte et dure. Et lorsque j'ai découvert qui elle était vraiment, je n'ai plus eu besoin de m'expliquer. Ni de présenter des excuses. Elle s'était débrouillée pour survivre à sa manière. Et moi aussi.

— Plus tard, pourquoi tu n'as jamais cherché à la retrouver ?

— Je n'en sais rien.

— Moi si, dit Kat.

— Tu veux bien éclairer ma lanterne ?

— Tu es sûr que tu as envie de l'entendre ?

— Je suis capable d'encaisser.

— Très bien. Tu n'as jamais essayé de la retrouver parce que toute votre histoire n'était qu'un fantasme. Un amour de vacances. Tu n'avais jamais eu de vraie relation avant, alors tu as pris cher. Ça arrive à tout le monde. C'était limité dans le temps, ça avait la saveur douce-amère des premières amours, et ça s'est arrêté d'un coup. Mais toi, tu n'es jamais passé à autre chose. Tu l'as idéalisée, tu en as fait un mythe. Et maintenant qu'elle est morte, elle restera toujours pour toi cette femme idéale qui aurait préféré se suicider plutôt que de te tuer. Son image fantasmée ne sera jamais entachée par celle qu'elle était vraiment.

— Qu'est-ce que tu veux dire par celle qu'elle était vraiment ?

— Ça ne te gêne pas, ce qu'elle a fait subir à ta fille ? La trimballer dans toute l'Europe comme une pièce détachée ? L'habiller en tenue de camouflage, lui noircir le visage et l'obliger à tirer sur quelqu'un qu'elle ne savait même pas être son père ? Tu crois qu'être le fils d'une pute défoncée ne t'avait pas déjà bousillé bien avant la mort de ta mère ? Imagine seulement ce que Mireille a enduré, ce qu'elle endure encore en ce moment, et les dégâts que ça doit faire.

— Ma mère m'aimait. Et je pense que Gracious aimait Mireille.

— L'amour, l'amour, l'amour, dit Kat. Ce n'est qu'un mot. Tu avais raison. Tout le monde s'en fout de ce que tu ressens. C'est sans importance. Et tu sais ce qui compte ? Ce que tu fais. Alors regarde ce qu'elle a fait.

— Elle a fait tout ce qu'elle pouvait pour Mireille. Comme Junebug pour moi. Ce n'était peut-être pas génial, mais il faut tenir compte des circonstances. »

Kat caresse de l'index l'anneau de buée laissé par le liquide dans son verre.

« OK, dit-elle. Maintenant, dis-moi. Est-ce que tu l'aurais tuée si elle n'était pas partie ?

— Je ne sais pas.

— Mais tu ne peux pas le jurer.

— Les serments sont faits pour être violés. Je ne suis pas très fan des interdits.

— Pour résumer, dit-elle, tu es assez romantique pour tomber amoureux en une semaine, mais pas assez pour être sûr que tu ne l'aurais pas tuée.

— Ça aurait été elle ou moi.

— Ça ne change rien. »

À mon tour de vider mon verre. « D'accord. Tu as ta réponse. Pourquoi ça t'intéresse ?

— Parce que je n'aurais pas répondu la même chose, répond Kat.

— Tu l'aurais laissée te tuer ?

— Non. Je l'aurais abattue sans hésiter.

— Tu dis ça parce que tu n'y étais pas. C'est facile à imaginer dans l'abstrait. C'est plus compliqué quand la personne est couchée nue près de toi et que ta peau est encore imprégnée de son odeur.

— Peut-être, dit Kat. Peut-être pas.

— Comme ça, toi, tu me tuerais.

— Je ne suis pas amoureuse de toi.

— Tu éludes la question.

— Au contraire. Je viens d'y répondre. »

105

J'essaie encore de comprendre ce qu'elle a voulu dire quand l'Allemand au col roulé blanc réapparaît à côté de moi, la photo à la main.

« Ce type. Quelqu'un se souvient d'avoir discuté avec lui et de l'avoir invité à une soirée. Mais il lui a répondu qu'il devait retourner à Barentsburg.

— C'est là-bas qu'il vit ? je demande.

— En tout cas, c'est ce qu'il a dit », répond le garçon avant de rejoindre son compagnon.

Kat me voit froncer les sourcils. « Barentsburg ? C'est quoi le problème ?

— Tous les logements de Barentsburg appartiennent au gouvernement russe ou à Arktikugol, la compagnie qui exploite la mine. Pas moyen d'y habiter si on n'est pas employé par l'un ou l'autre.

— Tu crois qu'il mentait ?

— Peut-être pas. La côte est parsemée de terrils et d'installations minières abandonnées. Il est possible qu'il n'y aille que pour se ravitailler. Et dans ce cas, quelqu'un le reconnaîtra forcément.

— C'est loin ?

— Une cinquantaine de kilomètres. Mais il n'y a pas de route. »

Au tour de Kat de froncer les sourcils. « Et on y va comment ?

— Maintenant tu sais pourquoi on a loué des motoneiges. »

106

Le jour se lève, mais les prévisions météo pour la semaine sont désastreuses : un front à l'approche apportera de la neige, du brouillard et des températures vraiment polaires. Le temps qu'il s'éloigne, la courte fenêtre de demi-jour se sera refermée et le Svalbald sera plongé dans des mois d'obscurité quasi totale.

Et surtout, Mireille sera morte.

La météo n'est pas notre seul souci. Si je ne me suis pas trompé sur le compte de Sarah Pybus, une équipe de la CIA est déjà en route de Londres ou de Berlin pour s'occuper de nous. Pour ne pas leur donner d'indice sur notre destination, ni sur le fait qu'on ne compte peut-être pas revenir, nous laissons nos sacs et tout le superflu dans nos chambres, puis nous nous équipons et entassons fusils, casques et radios sur les motoneiges.

Nous quittons la ville en vrombissant. La route longe la côte escarpée, mais les montagnes plongent à pic dans le fjord, de sorte que l'itinéraire le plus rapide consiste à franchir le sommet en suivant les nombreuses traces de motoneiges. Grisée par la puissance du moteur, Kat accélère et prend de l'avance en godillant dans des nuées de neige. Devant nous, le ciel est parsemé de cirrus roses illuminés par le soleil bas sur l'horizon. Mais derrière, un mur menaçant de sombres cumulus nous poursuit dans le désert blanc.

J'avertis Kat par l'intercom de son casque. « Ne prends pas trop d'avance. Il faut garder le contact visuel. Le temps peut se gâter à tout moment. Et si on perd les traces, on est foutus. »

Elle ralentit pour me laisser revenir à sa hauteur et nous continuons côte à côte à plein régime pendant encore une heure. Le vent se lève, la tempête progresse à la même vitesse que nous, précédée d'un rideau de neige qui nous donne l'impression de ne pas avancer. Puis, le sol s'abaisse graduellement et des éclairages au sodium apparaissent en contrebas, scintillant dans les bourrasques et le clair-obscur.

Nous descendons jusqu'à la ville et nous retrouvons dans un des lieux les plus étranges au monde.

107

Barentsburg est une capsule temporelle, une colonie minière construite sous l'ère soviétique et qui n'a jamais rattrapé l'histoire. La place principale est dominée par un buste massif de Lénine qui contemple le quai avec un air de défi destiné aux cargos qui continuent à accoster en été. Derrière, un imposant tapis roulant descend le versant de la montagne où est située l'entrée de la mine de charbon. À mi-pente, au-dessus d'une étoile à cinq pointes, un panneau de style hollywoodien annonce le vieux slogan soviétique Миру Мир ! – *Paix sur le monde !* – un programme quelque peu compromis par l'autre slogan inscrit plus bas devant le complexe de logements qui rappelle que *Notre but est le communisme.*

Nous descendons jusqu'au port et enlevons nos casques. Malgré la fumée qui s'échappe des cheminées de la centrale électrique sur la colline, la ville semble complètement abandonnée. Il s'en dégage un charme de peste postapocalyptique.

« Ce patelin est trop zarbi, dit Kat. J'ai l'impression que

des zombies peuvent débarquer à tout moment. Et… putain, qu'est-ce que c'est que ça ? »

Elle désigne un véhicule rouillé sur la jetée : des lignes élégantes d'automobile des années 50, une cabine à mi-chemin entre une Coccinelle Volkswagen et un avion biplace. Et une coque à la place des roues avec, à l'arrière, deux gouvernails encadrant une énorme hélice propulsive.

J'avance à bas régime pour le voir de plus près. « Bordel de merde. Un Tupolev.

— Un quoi ?

— Un Tupolev Aerosledge A-3, conçu à la fois pour glisser sur la neige et flotter sur l'eau. C'était comme un bateau volant sans ailes destiné au transport du courrier et du fret léger en Sibérie, mais il servait aussi à transporter les garde-frontières en Europe de l'Est ou lors des évacuations sanitaires. »

Le vent forcit, les flocons nous fouettent le visage. Un écheveau de glace de mer s'est formé sur le fjord et de gros blocs clapotent contre la rive.

« Tu avais raison, dit Kat. C'est comme si la guerre froide n'avait jamais pris fin.

— Peut-être même qu'elle recommence. »

Je lui montre un bâtiment massif en briques rouges aux allures de bunker, situé à l'écart de la place principale. Une construction moderne cernée par un haut grillage, dont les murs sont couverts d'éclairages de sécurité et de caméras de surveillance braquées dans toutes les directions. Au-dessus, le drapeau tricolore de la Fédération de Russie claque au vent.

« Le consulat russe. Tu vois l'arrière, où il n'y a aucune

fenêtre et un gros bouquet d'antennes ? C'est là que sont situés les locaux du GRU, les services secrets russes. Il n'y a peut-être que trois ou quatre vrais agents consulaires à l'intérieur. Tous les autres sont des espions en ligne directe avec Moscou. Si la situation politique venait à dégénérer, cet endroit se transformerait en base militaire en quelques jours. Et ils doivent aussi avoir des agents à Longyearbyen.

— Comme le type qui nous a loué le matériel.

— J'y ai pensé.

— Si bien que nos motoneiges sont sans doute équipées de traceurs.

— Il y a de fortes chances.

— Mais on s'en fout, non ? Je veux dire, d'accord, quelqu'un essaie de te tuer, mais à moins que les gars du GRU les aient rejoints, est-ce qu'ils représentent une menace ?

— Vilmos devait avoir une bonne raison de disparaître, et je mettrais ma main au feu que c'est parce qu'il sait quelque chose sur Deep Threat. Si les types du GRU découvrent qui nous cherchons, ils risquent d'être très intéressés.

— Très bien, alors comment on le débusque sans les alerter ?

— C'est impossible, dis-je. On doit juste le trouver avant eux. »

HUITIÈME PARTIE

108

Si Vilmos a besoin de ravitaillement, il n'y a qu'un endroit où il peut aller : l'unique supérette de Barentsburg. L'intérieur est dans le plus pur chic soviétique d'avant la *perestroïka* : sol en lino, comptoir en bois désert et murs vides où se détache un rectangle plus clair à l'endroit où, je suppose, était accroché autrefois le portrait de Vladimir Ilitch.

Derrière le comptoir, une femme entre deux âges aux cheveux bouclés nous surveille. Au-dessus de sa blouse tachée, ses lèvres plissées de suspicion me font penser au trou du cul fripé d'un chien. Avant même qu'on lui montre la photo, je sais qu'elle ne nous sera d'aucune aide, et pire, qu'elle ira nous dénoncer dès qu'on aura franchi la porte. Mais le temps presse et je lui mets quand même la photo sous le nez. Quand elle affirme ne pas reconnaître Vilmos, je la provoque en russe.

« Allez. Je sais qu'il vient chez vous. Je sais que vous l'avez déjà vu. Dites-moi où il habite.

— Goran ! » crie-t-elle, et un immense type d'une soixantaine d'années émerge de l'arrière-boutique. Il a une carrure d'immeuble, la tête rasée, des biceps comme des jambons, son tablier blanc est maculé de traces de sang. Dans sa main, il tient le couteau de trente centimètres qui lui sert à vider des poissons. Sous ses manches retroussées couvertes de sang, je repère des tatouages compliqués sur ses avant-bras massifs.

« Envoie-les se faire foutre. En anglais, lui dit-elle en russe.

— Allez vous faire foutre, dit Goran en anglais en frappant le comptoir avec le manche du couteau.

— Écoute, Goran. » Je lui montre la photo. « Je comprends la situation. Il vous paie pour ne rien dire, c'est ça ? Y compris aux enfoirés sur la colline. »

Goran jette un coup d'œil par la fenêtre en direction du consulat. Sous le règne de Poutine, le vrai pouvoir de l'État russe n'est plus entre les mains des oligarques ou des militaires, mais dévolu aux détestées forces de sécurité, les *silovarques,* qui relèvent directement de lui.

« Et je me dis que ça les contrarierait d'apprendre que vous avez accepté de l'argent pour leur cacher des informations. Surtout que tu n'es pas russe, mais serbe, ce qui pourrait compliquer les choses, tu ne crois pas ? »

Goran se penche au-dessus du comptoir et approche sa tête de la mienne. Les tatouages sur son bras représentent des tigres grossièrement dessinés, sous lesquels sont inscrites en caractères cyrilliques les lettres СДГ.

« Comment vous savez qu'on ne leur a rien dit ? demande Goran.

— Et tu leur as aussi raconté que tu étais à Vukovar ? »

Goran me dévisage, étonné, les yeux pleins de haine et de peur.

« Je ne sais pas de quoi tu parles.

— Bien sûr que tu sais. Mais ta femme, elle est au courant ? Et les types du consulat ? Et les enquêteurs de la CPI à La Haye ? Tu veux qu'on vérifie ? »

Ses mains jaillissent. Il attrape ma combinaison de neige et presse la lame de son couteau contre ma gorge.

« Lâche-le », dit Kat, derrière moi.

Goran relève les yeux vers le fusil qu'elle pointe sur lui. Le cran de sûreté est ôté et son doigt a déjà commencé à presser la détente.

Il me relâche lentement. Sa femme ne bouge pas, mais observe la scène, les bras croisés, comme si elle regardait la télé.

« Ils l'appellent *tolstyy otshel'nik*, le “gros ermite”, dit Goran. Il vient en ville une fois toutes les deux ou trois semaines.

— Il arrive d'où ?

— De l'ouest.

— Qu'est-ce qu'il y a à l'ouest ?

— Rien.

— Il faut bien qu'il y ait quelque chose.

— Qu'est-ce qu'ils veulent ? demande sa femme.

— Savoir d'où arrive le gros ermite, répond Goran. Je leur ai dit qu'il n'y avait rien par là-bas.

— Si, il y a quelque chose, dit-elle. La vieille mine.

— C'est vers l'est.

— Non pas cette vieille mine-là, dit-elle. L'ancienne vieille mine. »

109

« C'était quoi ce cirque ? » demande Kat quand nous repartons vers les motoneiges.

Je lui explique : « Ce type est un criminel de guerre. Dans les années 1990-91, après la désintégration de la Yougoslavie, les Tigres étaient une unité paramilitaire serbe responsable du massacre de centaines de personnes. Le Tribunal pénal international inculpa leur chef, Arkan, mais il finit assassiné avant de pouvoir être jugé. Les autres essayèrent de disparaître dans la nature. Avec tout le sang qu'il a sur les mains, si Interpol le rattrape, il en prend pour quarante ans de prison, à condition qu'il survive jusque-là.

— Et tu as su tout ça grâce à ses tatouages ?

— Et aussi aux initiales. SDG fait référence à la *Srpska dobrovoljaèka garda*, la garde des volontaires serbes.

— Et si je n'étais pas intervenue avec le fusil ? »

Je me retourne vers elle. « Je savais que tu étais là.

— Tu me faisais confiance ?

— Tu l'aurais tué, non ? »

Elle hoche la tête.

« Alors maintenant, je te fais confiance. »

J'étale une carte topographique sur le siège de la motoneige et suis la côte ouest du doigt. Et à une dizaine de kilomètres, près d'une anse, je repère un petit groupe de bâtiments.

« Comment on va y arriver s'il n'y a pas de traces ?

— On va longer la côte.

— Mais si on ne voit plus la côte ? »

Je lève la tête vers les nuages qui s'amoncellent. La tempête se rapproche, de violentes bourrasques déclenchent des tourbillons de neige. Je balaie la grisaille des yeux, avise le câble électrique tendu entre des pylônes qui s'éloigne de la centrale électrique aux cheminées blanc et rouge. Je consulte la carte à nouveau : la ligne électrique est représentée par une fine ligne pointillée.

« On n'aura qu'à suivre le fil.

— Tu crois que la ligne va jusqu'au bout ? »

Derrière Kat, une silhouette émerge de la supérette. La femme de Goran, courbée contre le vent, traverse la place principale en direction de l'écrasant consulat russe pour nous dénoncer.

« Il faut qu'on se casse, dis-je. Peu importe ce qu'il y a au bout. »

110

Le trajet depuis Longyearbyen s'était fait sans à-coups sur la piste damée par les traces, mais à présent, nous progressons à certains endroits dans plus d'un mètre de neige vierge. Une heure après avoir quitté Barentsburg, la ligne électrique file tout droit sur le versant d'un escarpement presque vertical. Nous tentons de la suivre, mais ça se révèle impossible et nous sommes contraints de contourner l'obstacle. Mais sur la pente, la couche de poudreuse est encore plus épaisse, et quand Kat essaie de redescendre pour trouver un tapis plus stable, les longues chenilles de sa motoneige se plantent dans la neige.

« Chier. Fait chier. Merde ! » s'exclame-t-elle. Elle ouvre les gaz à fond et fait rugir le moteur, en marche arrière puis vers l'avant, mais à chaque tentative, elle s'enfonce un peu plus.

Je mets pied à terre et essaie de déplacer la motoneige à la main. Elle ne bouge pas d'un poil, complètement coincée. Dans le caisson de rangement derrière mon siège, j'attrape un câble de remorquage et le crochète à l'avant de la motoneige de Kat. J'embraie, le câble se tend et je m'enfonce dans la neige à mon tour.

« Ça ne marche pas, je n'arriverai pas à te tracter. Il faut l'abandonner. »

Kat hésite, enlisée dans la poudreuse jusqu'aux hanches. Elle me rejoint en râlant, enfourche la selle arrière et serre les bras autour de moi.

Dans mon oreillette, j'entends sa voix.

« Ne va pas te faire des idées.

— Trop tard », dis-je. Et je mets les gaz.

La tempête a effacé les dernières lueurs de jour. Je scrute l'obscurité devant moi, tâchant d'apercevoir le prochain pylône dans la lumière des phares. La jauge d'essence tend dangereusement vers le bas. On a passé depuis longtemps le point de non-retour, il nous reste peut-être encore une demi-heure de carburant avant de tomber en panne sèche, ce qui nous condamnerait sans aucun doute à mourir de froid.

Et soudain, je sens que le moteur peine moins. Juste après, le sol descend, et chaque pylône paraît un peu plus bas que le précédent. J'éteins les phares pour laisser mes yeux s'accommoder dans la nuit. Devant nous, au pied d'une paroi abrupte, une lumière jaune, pâle et vacillante comme une chandelle, signale une occupation humaine.

« Accroche-toi. » Kat serre les bras un peu plus fort autour de ma taille.

Je slalome sur le raidillon, à la manière d'un skieur sur une piste noire, jusqu'à un étroit palier. Protégé du blizzard par la pente, je discerne une ville fantôme. Les restes pourrissants d'un camp de mineurs abandonné depuis longtemps. De hideux bâtiments carrés aux vitres brisées et aux toits en amiante effondrés. Certains sont érigés à flanc d'une colline qui plonge dans la mer, et le plus imposant, construit à l'entrée de la mine, repose même sur des piliers de soutènement. Pourtant ce n'est pas à cet endroit que brille la lumière, mais devant un hangar, environ deux cents mètres plus loin.

« Qu'est-ce qu'on fait ? demande Kat. On se pointe et on frappe à la porte ?

— À moins que tu n'aies une meilleure idée. »

Elle ne propose rien, je trace en direction de l'entrepôt. Mais on n'a pas besoin de frapper. À peine s'en approche-t-on que la porte s'ouvre à la volée et qu'un homme des bois survolté bondit à l'extérieur, son fusil à pompe Remington déjà braqué sur nous. Il est obèse, hirsute, et porte la même chemise à fleurs que sur la photo, agrémentée d'un caleçon violet à rayures blanches et d'une paire de snow-boots Sorel trop grandes et démodées.

J'ôte mon casque pour crier « Vilmos », mais avant que j'aie le temps d'émettre un son, il commence à tirer.

111

Une pluie de plombs s'abat sur la carrosserie et le pare-brise. Nous plongeons derrière la motoneige. Entre deux rafales, je hurle :

« Vilmos ! C'est moi ! Seventeen !

— Casse-toi ! » hurle-t-il en retour avant de lâcher une nouvelle décharge de plombs.

Je me lève, les mains en l'air.

« Je veux seulement parler ! Je ne suis pas ici pour te faire du mal !

— Qui est avec toi ? crie-t-il.

— Enlève ton casque, dis-je à Kat. Qu'il te voie. »

Elle s'exécute et se redresse, le visage fouetté par la neige et les mains en l'air.

« Elle s'appelle Kat. Elle est réglo. Elle est avec moi.

— Jetez vos armes, hurle-t-il. Pas de flingues.

— D'accord. » Je lève haut le fusil que je portais en bandoulière.

« Tu sais ce que tu fais ? chuchote Kat, assez bas pour qu'il ne l'entende pas.

— Tout roule, dis-je. Il est inoffensif. Fais ce qu'il dit. »

À son tour, elle brandit son fusil en l'air. Nous jetons les deux armes dans la neige et levons de nouveau les mains.

« Attends, Vilmos. On a fait un sacré bout de chemin.

— Personne ne vous a demandé de venir, crie-t-il. Barrez-vous !

— Nous n'avons plus d'essence. Même si on voulait, on ne pourrait pas repartir.

— Pas mon problème. »

Kat craque et s'avance vers lui, furieuse, en jetant son casque dans la neige.

« Écoute-moi, connard, hurle-t-elle. Tu te prends peut-être pour un hackeur méga-cool bien à l'abri derrière tes VPN, tes proxys et tout ton bordel, mais tu sais combien de temps ça nous a pris pour te retrouver ? Deux jours. Et tu sais pourquoi ? Parce que tu es accro à Twitter et que tu n'as qu'une seule putain de chemise.

— Je t'emmerde », dit Vilmos, vexé, en regardant sa manche. « Elle est super cette liquette. »

Je la rejoins devant la motoneige. « Elle a raison, Vilmos. Si on a pu te trouver, les autres vont le faire aussi. Le seul moyen de t'en sortir, c'est de nous aider. »

Il est frigorifié, ses jambes nues livides tremblent dans le froid glacial.

« Vous aider à faire quoi ?

— À récupérer ma fille qui a été enlevée. Elle a neuf ans, son ravisseur a tué sa mère et un tas d'autres gens, et ces derniers temps, il essaie également de me faire la peau.

— C'est trop triste, dit Vilmos. Et en quoi ça me concerne ?

— Deep Threat. C'est en rapport avec Deep Threat.

— Je ne comprends rien à ce que tu dis. »

Je secoue la tête. « Ne me prends pas pour un con, Vilmos. C'est un malware, donc tu en as forcément entendu parler. En plus, tu t'es mis hors circuit juste au moment où il est apparu. Et en ce moment, tu es tellement flippé que tu es sorti en slip pour nous tirer dessus sans même savoir qui on était. »

Il se remet à crier pour se faire entendre au-dessus du vent. « Si c'est lié à Deep Threat, il va me falloir une bien meilleure raison pour t'aider que l'histoire larmoyante d'une putative progéniture qu'on t'aurait enlevée.

— Quoi, par exemple ? »

Il réfléchit un moment, les flocons tourbillonnent autour de sa tête.

« Tu devras le détruire. »

112

Vilmos claque la porte derrière nous et la barricade.

Pendant qu'il enfile un pantalon jaune à pattes d'éph en velours côtelé et fait chauffer de l'eau dans une bouilloire, je regarde autour de moi, stupéfait. Le hangar initial a été complètement réaménagé et renforcé au niveau des murs et du toit par des poutrelles d'acier. La partie où nous sommes est dévolue à son espace de vie et à son atelier. Question effets personnels, Vilmos se satisfait du strict minimum – un lit de camp, une valise ouverte, un coin cuisine jonché de boîtes de conserve vides et de cartons à pizzas surgelées. Tout l'inverse de son atelier, encombré jusqu'au plafond d'ordinateurs et de matériel informatique et de communication, beaucoup en pièces détachées. Au-dessus de la porte, plusieurs écrans reliés à un réseau de caméras de surveillance à infrarouges filment les accès au hangar.

L'autre partie est dévolue à la culture hydroponique : sur des étagères, des dizaines de plants d'herbe et quelques légumes sains poussent sous des lampes UV. Plus loin, un énorme ventilateur refroidit constamment un immense rack de processeurs graphiques – sans doute la légendaire plate-forme de minage de bitcoins de Vilmos. Selon des rumeurs persistantes, Vilmos ne serait autre que Satoshi Nakamoto, l'anonyme inventeur du bitcoin que personne n'a plus vu depuis 2010. Il l'a toujours démenti, mais une chose est sûre, quelle que soit la vérité, c'est un multimillionnaire en bitcoins.

Mais rien de tout ça ne peut rivaliser avec la gigantesque panoplie d'antennes paraboliques que je découvre plus loin dans le hangar. Certaines sont montées sur de gros cardans contrôlés par des systèmes hydrauliques et de puissants moteurs. Des câbles courent vers un tableau électrique triphasé capable d'alimenter une petite ville. Tout au bout, je repère deux hautes portes à doubles battants, semblables à celles d'un hangar d'avion, mais je ne vois rien de plus.

Vilmos se retourne vers moi. Ça fait des années qu'on est en contact, pourtant c'est la première fois que je le vois en chair et en os. Il dégage une impression de nonchalance, d'extravagance et de bonhomie, à mi-chemin entre Steve Wozniak, le fondateur d'Apple, et Hagrid le demi-géant dans *Harry Potter*, mais sans la barbe. Le tout sous-tendu par une détermination de révolutionnaire. On n'a pas de mal à imaginer qu'il ait fini en QHS et risque d'y retourner un jour.

Il observe Kat avec méfiance. « C'est qui, elle ? Et qu'est-ce qu'elle fout ici ?

— Je suis là parce que ce connard a besoin qu'on lui sauve la vie de temps à autre, répond Kat, ce qui n'est pas tout à fait inexact.

— Ça va, Vilmos. Elle est OK. Je réponds d'elle.

— Alors vous deux, vous êtes… »

Il fait glisser son index dans le O formé par deux doigts de son autre main.

« Pas en ce moment », dis-je.

Kat me lance un regard incendiaire.

« Et il y a peu de chance que ça change », j'ajoute. Je fais un signe de tête vers les cardans et les paraboles. « Comme ça, tu pirates la station satellite ?

— Pas la station, répond Vilmos. Le réseau est trop massivement sécurisé. En plus, la quantité de bande passante que tu pomperais dans le trafic mettrait le réseau en alerte en quelques millisecondes.

— Eh bien quoi ?

— Ce sont des satellites de petite taille avec des processeurs lents. Pourtant ils doivent transmettre une énorme masse de données à chaque passage. Ce qui veut dire que la plupart sont envoyées à l'aide d'un cryptage de base, afin de réserver de la puissance de calcul pour autre chose. Ils s'en foutent, vu qu'il faudrait être un débile profond pour implanter une seconde station de réception satellite dans un endroit comme le Spitzberg. Et quand bien même, comment pourrait-on la garder secrète ? »

Il fait un grand sourire, et montre les paraboles d'un geste théâtral. « Ta-da !

— Tu as piraté le réseau de télé par satellite, dis-je. À la plus grande échelle possible.

— Exact, dit Vilmos.

— Mais tu vas faire comment pour récupérer les données ? »

La bouilloire se met à siffler. Tout en préparant le café, il donne un petit coup de pied dans un carton de taille moyenne. « Tu sais combien de disques durs basiques de un téraoctet on peut mettre là-dedans ? Cinq cents. Disons que je confie ce carton à un type sur un bateau qui rallie la Norvège en douze heures. Quel sera le débit ?

— Onze gigas par seconde », dit Kat du tac au tac. Apparemment, elle est douée en calcul mental.

« Exact, dit Vilmos. Quatre-vingts fois plus rapide que le plus rapide des Internets domestiques américains. Et par hélicoptère, c'est sept cents fois plus rapide. Et si tu veux aller encore deux fois plus vite…

— Tu refiles au type un deuxième carton, dis-je.

— Exact », répète Vilmos.

Il revient avec le café. Dehors, la tempête monte en puissance, le vent siffle sur la ligne électrique et la neige cingle les parois du hangar avec une telle violence qu'on dirait une averse de grêle.

« Bon, reprend Vilmos, j'ai ta parole ? S'il y a une chance, si infime soit-elle, que tu puisses détruire Deep Threat, tu le feras ? »

Je hoche la tête.

Vilmos se penche vers nous. « Vous savez ce qu'est une attaque zero-day ?

— Bien sûr. Un malware qui exploite une vulnérabilité jusque-là inconnue dans un système informatique, qui permet de prendre le contrôle total de ton réseau, peut-être même de l'ensemble de ton infrastructure. Et comme elle est inconnue, tu n'as aucun moyen de t'en protéger.

— Et qu'est-ce que tous les malwares ont en commun ?

— Une erreur. Un bug, ou une vulnérabilité dans le code exploitable.

— Exact, approuve Vilmos. Il suffit de trouver la vulnérabilité dans ton code, de la réparer, de mettre ton système à jour, et te voilà protégé. Mais s'il n'y a pas de bug ? Pas de faille ? Comment tu peux te protéger ? »

Je fronce les sourcils. « Ça n'a pas de sens. Comment il peut y avoir un bug s'il n'y a pas de bug ?

— Tu ne cherches pas au bon endroit, dit Vilmos. Que devient ton code entre le moment du codage et son exécution ?

— Il est compilé, répond Kat. Transformé en authentiques instructions machine par un compilateur. »

Kat la geek, c'est une nouveauté pour moi, pourtant je m'incline.

« Exact, dit Vilmos. Seulement, le compilateur, c'est encore un programme. Donc le code que tu examines est peut-être parfait, mais si c'est le compilateur qui a été corrompu, tu n'en sauras rien.

— Tu ne peux pas regarder le code du compilateur ? » je demande.

Vilmos se retourne vers moi. « Bien sûr. Mais si tu ne trouves pas de bug non plus ? »

Je commence à avoir mal à la tête.

« Eh bien… peut-être que c'était le compilateur qui a compilé le compilateur qui était corrompu ? »

Je ne suis pas vraiment sûr que ce que je dis ait du sens.

« C'est possible. Ou encore celui d'avant. Ou le précédent du précédent. Tu imagines le nombre de générations qui se sont succédé depuis les années 60 ? Presque tous les grands systèmes informatiques de la planète descendent de ces outils primitifs. Si un seul compilateur était compromis au départ, ce serait comme une anomalie génétique transmise de génération en génération. Au réseau électrique, au système bancaire, à Internet et à tout l'Internet des objets : ta voiture, ton micro-ondes. Les trains, les avions, les systèmes de navigation, l'industrie, les communications, l'armement. Tout deviendrait vulnérable.

— Et Deep Threat, c'est ça ? je demande.

— Non, répond Vilmos. Deep Threat, c'est pire que ça. »

113

« Qu'est-ce qui pourrait être pire ? demande Kat.

— L'arme nucléaire, dit Vilmos. Chaque puissance atomique a développé ses propres systèmes de commande et de contrôle. Ils sont monstrueusement renforcés, conçus à l'aide d'outils propriétaires, et le code est audité. Mais toute l'infrastructure descend aussi de ces quelques compilateurs programmés en langage machine dans les années 60. Donc, si tu trouves une vulnérabilité…

— Tout l'arsenal nucléaire mondial se retrouve vulnérable aux attaques, dit Kat.

— Pas seulement aux attaques. À une prise de contrôle. Et le plus beau, c'est que tu n'as pas besoin de les contrôler tous. Un seul suffit. Imagine que tu pirates une plate-forme de lancement de missiles chinois pointés sur les États-Unis. À la seconde du tir, les Américains vont déclencher une frappe de représailles. Mais tu fais passer l'attaque par un réseau du renseignement militaire russe que tu as également piraté. Comme les Chinois savent qu'ils n'ont pas lancé le missile, ils accusent les Russes. Mais les Russes découvrent que leur réseau a été compromis par une IP de San Diego. Et roule ma poule, c'est parti pour un Armageddon nucléaire.

— Alors c'est ça, Deep Threat ?

— C'est ça, Deep Threat, dit Vilmos. Une vulnérabilité informatique militarisée qui te donne le pouvoir de déclencher la guerre nucléaire mondiale de ton choix, à ta guise.

— Nom de Dieu, dis-je. Qui a découvert ce truc ? C'est toi ? »

Vilmos ouvre de grands yeux horrifiés. « Quoi ? Non, putain. Je veux dire, je savais qu'il pouvait exister. Comme défi intellectuel, c'était intéressant. Mais de là à le rechercher ? Jamais de la vie.

— Mais tu sais qui l'a découvert ? »

Vilmos hoche la tête. « Son nom de hackeur, c'était Alveolus. Un pseudo, si tu veux mon avis. On n'a jamais communiqué qu'en utilisant une appli de messagerie sécurisée. Sauf une fois. Il connaissait ma réputation et voulait me demander conseil. J'ai eu l'impression qu'il était jeune, mais brillant. Il avait dégotté un vieux rapport de recherche qui évoquait cette possibilité et avait commencé à creuser dans le code hérité et à cartographier la lignée de tous les différents systèmes. À la fin, il était remonté jusqu'à un seul programme racine. Il s'était mis à la recherche de vulnérabilités, il en avait trouvé une, et il l'a militarisée.

— Il se rendait compte de ce qu'il avait créé ?

— Tu m'étonnes. Il voulait le vendre, devenir riche. Mais le bruit s'est mis à courir dans le monde des malwares qu'il avait peut-être trouvé quelque chose. Il est devenu parano, il pensait qu'il était suivi. C'est à ce moment-là qu'il m'a contacté. Il savait que j'avais connu des mauvaises passes. Il était paniqué et il voulait se protéger.

— Et qu'est-ce que tu lui as dit ?

— Je lui ai dit de le publier.

— Quoi ? Pour donner à tout le monde la possibilité de déclencher une guerre nucléaire ? »

Vilmos secoue la tête. « C'est en le publiant que tu neutralises un exploit. Comme la lumière ultraviolette pour éliminer les bactéries. À partir du moment où la faille est connue de tous, ils peuvent se protéger. Ton attaque secrète n'est plus secrète. Ils n'ont qu'à insérer un correctif dans leurs systèmes et passer à autre chose.

— Mais alors, pourquoi ne pas le détruire complètement ? demande Kat. Effacer les fichiers, tout gommer ?

— Ça n'aurait rien réglé, dit Vilmos. Si ce môme avait trouvé la vulnérabilité, d'autres pourraient y parvenir.

— Et qu'est-ce qu'il a répondu ?

— Il a refusé. C'est la seule fois où je lui ai parlé au téléphone sur une ligne chiffrée. Il sanglotait. Il m'a dit qu'il avait besoin d'argent. Il avait un problème familial que je n'ai pas bien compris. Sa sœur était dans une situation difficile, je ne sais plus. Il n'était pas très cohérent. »

Soudain, une idée bizarre me vient à l'esprit.

« Il avait un accent ?

— On a parlé en anglais. Je n'arrive pas à identifier les accents. En tout cas je ne pense pas que c'était sa langue maternelle. »

J'attrape un crayon et un carton à pizza dans le foutoir élaboré de Vilmos.

« Et son pseudo. Alveolus, c'est ça ?

— C'est le nom qu'il m'a donné, dit Vilmos. Mais son alias à l'écran, c'était Mr Alveolus. »

Je lui tends le carton à pizza. « Tu veux bien me l'écrire ? »

Vilmos me jette un regard étrange avant de s'exécuter.

Kat enchaîne. « Que lui avez-vous conseillé de faire pour se protéger ?

— De passer à un système à double clé. Comme ces coffres-forts qui nécessitent deux clés. On en a une, quelqu'un d'autre détient la deuxième, mais aucun des deux ne peut l'ouvrir tout seul.

— Comment ça marche pour un logiciel ?

— Un fichier, c'est juste une chaîne de bits, de un et de zéro. Il suffit de la couper en deux. Le premier bit va dans un premier fichier, le deuxième dans un autre. Le troisième, dans le premier, le quatrième dans le second, et ainsi de suite. C'est comme les deux parties d'une fermeture Éclair. Séparément les deux fichiers ne veulent rien dire mais si tu les rassembles tu obtiens la chaîne originale. Je lui ai conseillé de garder la première moitié et de donner l'autre à quelqu'un de confiance. Une fois qu'ils seraient sûrs qu'un accord a été trouvé et qu'il est hors de danger, ils réuniraient les deux moitiés. Et si on s'en prenait à lui, ils n'auraient que sa moitié, qui, toute seule, ne sert à rien.

— Et c'est ce qu'il a fait ?

— Aucune idée, dit Vilmos. Le message suivant venait de sa copine. Elle s'appelait Raevan. Elle disait qu'elle avait retrouvé leur maison saccagée et qu'Alveolus avait disparu ainsi que son matériel informatique et tout ce qui avait un rapport avec Deep Threat. Et elle disait aussi qu'il y avait des traces de sang.

— C'est à ce moment-là que tu as disparu des radars, toi aussi ?

— S'il avait eu l'occasion de scinder le malware, j'étais la personne évidente à qui l'envoyer. Et si ceux qui lui étaient tombés dessus avaient récupéré sa moitié, ils se seraient mis en quête de l'autre. Et rien ne les aurait arrêtés avant qu'ils l'aient trouvée. Le problème, c'est que ce n'était pas à moi qu'il l'avait envoyée.

— Non, dis-je. Mais moi, je sais qui l'a reçue. »

Je leur montre le carton sur lequel Vilmos a écrit de son écriture en pattes de mouche : *@MrAlveolus.*

En dessous, au crayon, je n'ai eu qu'à modifier l'ordre des lettres pour inscrire un prénom familier.

114

Marvellous.

115

Vilmos regarde fixement le carton à pizza. « C'est qui, ce Marvellous ?

— Le frère de Gracious, dis-je. Tout colle. Il est jeune, sa langue maternelle devait être le haoussa avant l'anglais, et elle m'avait dit qu'il était doué en informatique. Il devait être en train de bosser sur Deep Threat quand Hipkiss a eu vent de ses travaux. Elle a envoyé Harkonnen pour s'en emparer mais il n'a pu récupérer qu'une moitié de la chaîne. Il a probablement torturé Marvellous pour lui faire avouer qui avait l'autre partie : Gracious. Elle s'est enfuie en emmenant Mireille avec elle. Toute la mise en scène du coup de fusil dans ma fenêtre ne visait qu'à m'obliger à protéger la petite. »

Vilmos secoue la tête. « Ça n'a pas de sens. Si c'était bien le frère de Gracious, pourquoi elle ne t'a pas simplement demandé ton aide ?

— Je ne sais pas, dis-je. Je n'arrête pas de retourner cette question dans ma tête et chaque fois j'arrive à la même impasse. Elle aurait très bien pu me prévenir, m'écrire un mot, n'importe quoi. Elle n'a peut-être pas eu le temps. Ou bien elle avait peur que je ne la croie pas. Ou elle a pensé que je risquais de refuser. »

Rien qu'au silence qui suit, je sens qu'ils ne sont convaincus ni l'un ni l'autre. Et moi non plus.

« N'importe quoi, dit Kat après un temps.

— Je te demande pardon ?

— Vilmos a raison. Ça n'a pas de sens. Par contre, je vais te dire ce qui en a. Elle ne t'a rien dit parce qu'elle savait très bien que si tu apprenais que Harkonnen essayait de la tuer, tu voudrais la sauver. Et que ça aurait mis Mireille en danger. Elle voulait que tu te concentres sur la petite. Pas sur elle.

— Tu penses que j'aurais risqué la vie de ma propre fille pour la sauver ?

— Je pense que tu as développé un complexe du Messie et que tu surestimes tes propres capacités. En plus, tu étais toujours amoureux d'elle. En tout cas, de l'idée que tu te faisais d'elle. Et elle le savait parce que tu avais été incapable de la tuer quand ta propre vie était dans la balance. Elle ne pouvait prendre le risque que tu te pointes dans ton armure de chevalier blanc pour la tirer d'affaire. C'est pour ça qu'elle ne t'a rien dit. Et elle a eu raison, non ? »

Je n'avais aucune réponse à opposer parce que tout était vrai.

« Pas surprenant qu'elle ait pu te retrouver, dit Vilmos pour meubler. Si son frère était assez fort pour créer Deep Threat, il devait l'être assez pour retrouver ta trace.

— Mais pourquoi n'a-t-elle pas détruit le fichier elle-même ? demande Kat.

— Parce que c'était un billet de sortie, comme l'avait voulu Marvellous, dis-je. Je suppose que pendant une dizaine d'années, elle avait fait profil bas, continuant à accepter des contrats discrets tout en s'occupant de sa fille. Deep Threat était un moyen d'offrir à Mireille une vie décente. Elle pouvait vendre sa moitié à Google, ou l'échanger à la CIA contre une nouvelle identité. Mais d'abord, elle devait se débarrasser de Harkonnen, et il se rapprochait. C'est pourquoi elle a donné sa partie du code à Mireille. Il est possible aussi qu'elle ait voulu attirer l'attention de Harkonnen sur elle afin que Mireille puisse s'en sortir avec quelque chose qui valait assez d'argent pour assurer son avenir. Un héritage en quelque sorte.

— Attends, dit Vilmos. Je croyais que Harkonnen n'avait pas trouvé le code sur la petite.

— C'est exact.

— Alors si Gracious ne l'avait pas, et si Mireille ne l'avait pas, et si tu ne l'as pas non plus, il est où, bordel ? demande Kat.

— Je n'ai jamais dit que je ne l'avais pas, dis-je. Mais je n'en étais pas sûr jusqu'à maintenant. »

De ma combinaison de neige, je sors le singe-chaussette borgne qui porte le même nom que moi.

116

Vilmos sacrifie le singe pour la science. Il ne contient que du rembourrage. Reste l'unique bouton qui fait office d'œil. Il le dépose sur son banc de travail sous une loupe lumineuse et se sert d'une pince à épiler pour le retourner dans tous les sens.

« On l'a coupé en deux puis recollé à l'époxyde. Je ne suis pas sûr d'arriver à l'ouvrir sans le casser.

— Il faut essayer. »

Vilmos trouve un verre sale et le remplit d'un liquide translucide.

« De l'isopropyle, dit-il. Parfois, ça marche sur l'époxyde. Ou au moins, ça l'attendrit. »

Il laisse tomber le bouton dans le verre. On le suit des yeux.

« Ça va être long ? » je demande, affectant un air aussi décontracté que possible.

Vilmos ressort le bouton et pivote sur son tabouret. « Pourquoi ? Tu as un train à prendre ?

— Je pense qu'on ne risque rien jusqu'à la fin de la tempête, mais…

— Attends une seconde, dit Vilmos. “Tu penses qu'on ne risque rien ?” »

Je lance un coup d'œil à Kat. *Ne lui dis pas.*

« On a été obligés de se renseigner sur vous à Barentsburg, dit-elle. La femme dans la supérette est allée avertir les types du GRU au consulat. Ils savent qu'on est partis vers l'ouest. Il ne leur faudra pas longtemps pour découvrir où on est.

— Vous les avez conduits jusqu'à ma putain de porte ?

— Allez, Vilmos. Si je te l'avais dit, à l'heure qu'il est, on servirait de nourriture aux ours polaires. En plus, Kat a raison. Si nous, on a pu te retrouver, ils le pouvaient aussi. Tout comme Harkonnen. Ce n'était qu'une question de temps. »

Vilmos saisit un marteau, furieux, et menace d'exploser le verre. « Je ne sais pas ce qui me retient de… »

Mais à ce moment, le bouton s'ouvre en deux avec un petit claquement, comme un grain de maïs dans une poêle.

À l'aide de la pince à épiler, Vilmos sort du verre une minuscule puce électronique noir et or. « C'est une nCard, dit-il. Même format qu'une nano SIM, mais avec beaucoup plus de mémoire de stockage.

— Tu peux la lire ? »

Vilmos dégotte un smartphone Android, extrait la carte SIM et insère la nCard à la place. Il connecte le téléphone à un ordinateur portable cabossé couvert d'autocollants de festivals de BD. L'écran se remplit d'hiéroglyphes.

« Des données binaires », explique-t-il.

Kat s'approche et scrute l'écran. « C'est ce qu'on cherche ?

— Pas moyen de le savoir sans l'autre moitié.

— Mais si c'est bien ça, combien ça vaut en dollars ? » je demande.

Vilmos retire la carte du téléphone.

« Combiné avec l'autre moitié, ça permet de déclencher une guerre nucléaire. Combien ça vaut ? Un milliard de dollars ? Deux ? Dix ? Cent ? À toi de me le dire. »

Vilmos glisse la nCard dans un sachet Ziploc qu'il me tend.

« Mais tu as promis de le publier, tu te souviens ?

— Je n'ai pas oublié », je réponds, empochant le sachet.

C'est là qu'on entend le bruit.

Un moteur de motoneige, lointain mais qui se rapproche vite.

Accompagné d'autres moteurs.

NEUVIÈME PARTIE

117

Dans l'obscurité de la nuit glacée, la caméra thermique fixée au-dessus de la porte d'entrée détecte des silhouettes pâles chevauchant des motoneiges. Les corps sont grisâtres et les moteurs très blancs. Dans leurs dos se détachent des objets en forme d'armes à feu. Je les compte. Neuf, dix… une bonne douzaine.

« Le GRU, dis-je. Ils n'ont pas attendu la fin de la tempête. »

Nos fusils de chasse sont toujours dans la neige à l'endroit où nous les avons jetés sous la menace de Vilmos. Et si on les avait, avec une dizaine de balles en tout, on ne ferait pas le poids devant une escouade armée d'automatiques.

« Vous avez des armes ? demande Kat. En plus de votre fusil à pompe ?

— Un fusil comme les vôtres, dit Vilmos. Et pas beaucoup de cartouches parce que la loi l'interdit.

— Si on reste ici, on est morts, dis-je. Comment tu fais pour aller à Barentsburg ? Tu prends une motoneige ? »

Il hoche la tête. « Parfois.

— Même si on pouvait monter à trois sur une motoneige, objecte Kat, on ne les sèmerait jamais.

— Il y a une autre option, dit Vilmos. Suivez-moi. »

Il s'empare de son fusil à pompe et d'une boîte de cartouches et se précipite entre les paraboles. Nous le suivons vers le fond du hangar. Je me retourne : les écrans de vidéosurveillance montrent des motoneiges qui se regroupent. Des hommes en descendent et se déploient.

« Vilmos, si on n'est pas sortis dans trente secondes… »

Bzzzzz ! Il bascule un gros interrupteur à couteau, créant un arc électrique qui semble tout droit sorti d'un film d'horreur. Des lampes s'allument au plafond, aveuglantes, révélant un atelier rempli de machines-outils pour travailler la tôle, de matériel de réparation automobile et de pièces détachées d'avion. Une motoneige repose contre le mur. Et au milieu, ce n'est pas le monstre de Frankenstein mais quelque chose d'au moins aussi stupéfiant.

Un Tupolev Aerosledge. Contrairement à la relique qui finissait de rouiller à Barentsburg, celui-ci est presque en parfait état. Le fuselage est en acier poli avec des rayures noir et blanc qui courent du nez à la queue et trois puissants projecteurs. Chaque aileron est orné d'une étoile à cinq branches, d'une faucille et d'un marteau doré, et le gros moteur rotatif est muni de deux hélices à contre-rotation de deux mètres d'envergure. Les deux portes papillons déployées évoquent un oiseau qui s'apprête à prendre son envol.

C'est beau à couper le souffle.

« C'est toi qui l'as restauré ? »

Vilmos acquiesce.

« Et il marche ? Je veux dire, tout fonctionne ? »

Vilmos me tend un trousseau de clés.

« Tu ne viens pas avec nous ?

— Il y a quatre-vingt-dix pour cent de chances qu'ils vous rattrapent et qu'ils vous flinguent. Vous allez faire diversion et je pourrai m'enfuir dans l'autre sens. Mais n'oublie pas ce que tu m'as promis. Dans le pire des cas, tu détruis Deep Threat avant qu'ils ne mettent la main dessus. Et si par miracle tu t'en sors, tu oublies ce que ça vaut et tu le publies. On est d'accord ? »

Je tends la main vers les clés. Il recule. « On est d'accord ?

— On est d'accord », je réponds. J'attrape les clés et monte à bord de l'Aerosledge.

Les commandes sont simples. Le frein, l'accélérateur, les phares, la radio et le manche. Je mets le contact et presse le bouton d'allumage. Un système à air comprimé entraîne l'hélice, et le gros moteur rotatif se met en marche en crachotant. Devant nous, Vilmos bascule un autre interrupteur. En hauteur, un moteur suspendu enroule une chaîne sur une bobine et la grande porte du hangar s'ouvre en coulissant. La neige s'engouffre en tourbillonnant, crachée par l'obscurité.

J'ouvre les gaz et le Tupolev glisse vers l'avant. Les patins en duralumin crissent sur le sol. Tout l'engin se met à vibrer. Quand on passe devant Vilmos, il lance la Remington et la boîte de munitions à Kat, qui les saisit au vol.

Nous refermons les portes papillons et nous enfonçons en vrombissant dans la tempête.

118

Quand les Russes entendent le grondement du moteur, le Tupolev glisse déjà sur la neige. Dans le rétroviseur extérieur, je les vois regagner en courant leurs motoneiges et nous donner la chasse en formation de poursuite.

Le bruit dans le cockpit est assourdissant. Les soubresauts incessants et les rebonds sur le sol gelé n'arrangent rien. Mais à mesure qu'on prend de la vitesse, le nez se redresse comme un hors-bord qui s'envole au-dessus des flots. La balade secoue moins.

Kat charge le fusil et tourne la tête vers l'arrière. « Ils gagnent du terrain. »

Nouveau coup d'œil au rétro. Deux des Russes ont abandonné leur motoneige et pris place derrière un de leurs collègues, leurs armes automatiques à la main.

Je hurle. « La vitesse maximale de ce truc doit approcher les cent vingt kilomètres à l'heure. Avec leurs motoneiges, ils peuvent dépasser les cent cinquante sans problème. »

Derrière nous, un des tireurs embarqués ouvre le feu. J'entends ricocher les balles sur le fuselage. Si elles touchent une conduite d'huile ou l'hélice, ce sera fini avant d'avoir commencé.

« C'est quoi le plan ? hurle-t-elle en retour.

— Tu les tiens à distance jusqu'à ce que j'en trouve un. »

Kat me lance un sale regard et déverrouille la porte papillon.

La tempête se déchaîne. Les essuie-glaces du Tupolev ne balaient presque rien et les phares ne révèlent qu'un vortex neigeux qui fonce vers nous. Kat bascule la porte vers le haut et s'accroche au fuselage, la moitié du corps à l'extérieur, les cheveux au vent et le visage fouetté par la neige glacée.

Elle ouvre le feu. La motoneige de tête se laisse distancer et rattraper par les autres. À cette distance, les chances de la toucher sont minces.

Aveuglé par la neige, je n'ai qu'une vague idée de notre position et de notre direction. Si j'arrivais à retrouver la ligne électrique, je pourrais la longer jusqu'à Barentsburg, mais nos poursuivants n'auraient qu'à prévenir par radio leurs collègues du GRU pour qu'ils nous préparent un comité d'accueil. En plus, chaque fois que l'Aerosledge aborde une montée, il peine et ralentit, ses hélices s'essoufflant à force de nous propulser contre le vent et la pesanteur.

Plus qu'une possibilité.

Une paire de motoneiges se détachent du groupe de nos poursuivants et se rapprochent pour attaquer. Kat tire et les oblige à reculer. Mais les six balles du magasin s'épuisent vite. Elle referme la porte et se rassied sur son siège pour recharger.

Ses cheveux sont déjà à moitié gelés. Sur ses joues blafardes apparaissent des ébauches d'engelures. Ses mains sont tellement engourdies qu'elle a du mal à insérer les cartouches. Si le Tupolev est équipé d'un chauffage, je ne sais pas où on l'allume. Mais dans le coffre, derrière mon siège, il y a une radio et une boîte sur laquelle le mot URGENCE est écrit en russe.

Pendant que Kat s'échine à recharger, deux motoneiges s'écartent pour nous déborder par les flancs.

« Kat. » Elle ne m'entend pas, concentrée sur la Remington. « KAT. »

Elle lève les yeux.

« Combien de temps tu peux les retenir ?

— Pas longtemps », répond-elle. Elle claque des dents si fort que ses mots sont hachés.

« Encore une fois, d'accord ? Tu te débrouilles pour qu'ils ne nous dépassent pas. »

Elle hoche la tête. « Et ensuite ?

— Tu refermes la porte et tu t'accroches à la vie. »

Elle réussit à insérer les dernières cartouches, rouvre la porte et se repositionne à l'extérieur. La motoneige fonce sur son flanc, beaucoup plus proche que tout à l'heure. En pilotant d'une main, le pilote braque son arme. Kat tire la première. Il bascule en arrière. Sa motoneige dévie sur la pente, passe à travers une corniche et décolle en vrille. La dernière chose que j'aperçois, c'est le corps du pilote qui cabriole dans la neige et disparaît dans la tempête.

Kat pivote pour mettre en joue la deuxième motoneige de l'autre côté. Mais la porte papillon lui bloque la vue. Pour trouver un meilleur angle, elle prend appui sur le rebord du cockpit et se dresse à l'extérieur en s'assurant d'une main, juste au moment où le Tupolev rebondit sur un champ de neige.

Je hurle. « Kat, non !

— Ralentis ! »

Je ralentis. La deuxième motoneige remonte à toute allure de mon côté. Le pilote arrose d'une rafale toute la longueur de l'Aerosledge. Les balles claquent sur la coque en métal. Kat le cale dans sa ligne de mire et tire en se servant du toit comme support. Mais son tir fait long feu à cause des ruades du Tupolev. La motoneige se laisse distancer un instant et repart à l'assaut. Cette fois, Kat fait mouche. Le corps du pilote disparaît en tournoyant dans l'air, mais la motoneige continue sa course et vire brusquement dans notre sillage, éperonnant un troisième véhicule dont elle envoie bouler à la fois le pilote et le passager mitrailleur.

Soudain, le Tupolev s'enfonce dans une congère. Kat glisse du rebord de la porte et bascule vers l'extérieur. Elle se rattrape d'une main, sans lâcher le fusil qu'elle tient de l'autre, et tente désespérément de regagner l'habitacle. Tout en serrant le manche, je me penche et lui tends la main. Elle refuse de lâcher le fusil.

« Lâche le flingue, je lui crie. LÂCHE-LE ! »

Elle préfère lâcher la main qui la retient à la carlingue pour attraper la mienne. Nos doigts se touchent. J'essaie de la haler mais sa paume glacée glisse entre mes doigts.

Si l'un de nous desserre sa prise, Kat est morte.

Elle se débrouille pourtant pour lancer le fusil sur le plancher du cockpit et parvient à se hisser à l'aide de sa main libre. Je la tire vers moi et l'aide à remonter à l'intérieur. Elle referme la porte.

« C'était quoi, cette connerie ? je gueule, en essayant de reprendre le contrôle du Tupolev.

— Surtout, ne me dis pas merci », bégaie-t-elle. C'est à peine si elle arrive à émettre des sons, les bras croisés contre sa poitrine et ses cheveux pris par la glace.

« Génial, je dis. Tu es une héroïne. Maintenant, accroche-toi. »

Je pousse le manche vers la gauche. Le Tupolev pivote dans la pente et commence à prendre de la vitesse.

« Qu'est-ce que tu fais ?

— On ne peut pas les distancer sur le plat. Mais si on utilise la gravité… »

Un tsunami de neige s'abat sur le pare-brise, la tempête nous ballotte comme un petit avion pris dans des tourbillons. Il y a toujours sept motoneiges derrière, mais nous accélérons sans cesse, faisant des bonds quand nous heurtons des congères.

« Mais on descend vers la mer, hurle-t-elle.

— C'est l'idée. L'Aerosledge est amphibie. Pas les motoneiges. Ils ne peuvent pas nous suivre sur l'eau. »

Kat ouvre de grands yeux. « Et s'il ne flotte pas ? Et si… »

Elle n'achève pas sa phrase parce qu'à ce moment, le Tupolev quitte le sol. Elle s'agrippe au tableau de bord pour ne pas se cogner la tête au plafond. Quand on retombe, on penche carrément vers l'avant.

« On n'a plus le choix, je crie. Trop tard pour s'arrêter. »

Le Tupolev est lancé comme un missile. Derrière nous, on ne voit plus les types du GRU que par intermittence quand ils apparaissent dans les rideaux de neige. Chaque envol menace de nous fracasser le crâne contre le plafond et chaque rebond nous écrase sur les inconfortables sièges de conception russe. Piloter ne sert plus à rien, nous avons pris tellement d'élan que le Tupolev chasse de gauche à droite comme une voiture dérapant sur la glace.

Et soudain, toute vibration cesse, et je me sens tout léger.

Quand je me retourne, Kat flotte au-dessus de son siège, telle une astronaute en apesanteur.

119

Le Tupolev plonge dans le vide. Nous tombons en chute libre pendant une seconde et demie.

Je hurle : « PRÉPARE-TOI. » Pour une fois, Kat obtempère et se cramponne au siège d'une main et à sa ceinture de l'autre. J'empoigne le manche à deux mains et appuie mon front contre mes avant-bras. Pendant une fraction de seconde, entre les rafales de neige, je vois le sol se rapprocher à toute vitesse, dur et inévitable.

Pas moyen de survivre à ça.

Pourtant nous survivons. Nous ne nous écrasons pas sur de la roche ou de la terre glacée, mais dans de la glace de mer. Le pare-brise vole en éclats. L'eau de mer s'engouffre dans l'habitacle, nous plongeant dans le noir jusqu'à ce que les réserves de flottabilité nous fassent remonter à la surface dans le demi-jour, tel un bouchon en aluminium cabossé. Le vent nous repousse vers le rivage.

Haletant, le souffle coupé par le froid, je découvre Kat pliée en deux, la tête entre les genoux. J'attrape sa main. Elle tousse et recrache de l'eau de mer. « Je vais bien, parvient-elle à articuler. Je vais bien. »

Derrière nous, le moteur toussote à son tour et finit par s'arrêter. Les hélices ralentissent peu à peu. Autour de nous, la tempête continue de gronder. La glace projetée par les bourrasques à travers les vitres éclatées nous martèle le visage, aveuglante et tranchante comme des aiguilles. La main en visière, je repère les motoneiges russes qui descendent la colline en zigzaguant vers le rivage, tâchant de reproduire notre chute à pic.

Nous avons survécu, cependant notre situation est dramatique. Nous sommes gelés et trempés jusqu'aux os, il y a une trentaine de centimètres d'eau au fond du Tupolev et vu la force du vent glacé qui s'infiltre dans la cabine, nous serons bientôt en hypothermie. En plus, nous sommes devenus une cible facile, d'autant que l'orientation de l'appareil ne nous protège plus.

Les motoneiges se rassemblent à moins d'une centaine de mètres. Les hommes échangent quelques mots avec leur chef et dégainent leurs armes.

« Tente de les retenir », dis-je. Moi, j'essaie de relancer le moteur.

Kat tâtonne dans l'eau pour ramasser les cartouches qui sont tombées de la boîte. Elle réussit à les introduire dans le chargeur malgré ses doigts gourds. Elle pointe le canon du fusil à travers les restes du pare-brise et tire plusieurs coups, obligeant les Russes à se mettre à couvert.

Je presse le starter. Le moteur tourne à vide, toussote mais ne démarre pas. Conçu pour fonctionner dans les régions froides où les batteries risquent de mal fonctionner, on l'amorce à l'aide d'une bouteille d'air comprimé. Je ne sais pas à combien d'essais j'ai droit avant qu'elle ne soit vide, ni même si le moteur est encore en état de marche, mais c'est notre dernière chance.

Sur la grève, les Russes ripostent, à l'abri derrière les motoneiges. Nous nous baissons sous le tableau de bord. Pendant que Kat recharge, j'essaie à nouveau. Cette fois, le moteur démarre mais cale après quelques soubresauts. Je sens que la pression de l'air comprimé commence à baisser.

Kat brasse l'eau glacée pour trouver d'autres cartouches. Sans grand succès.

« Plus que quatre. S'il y en a d'autres, mes mains sont trop gelées pour les sentir.

— Fais ce que tu peux et ne les gaspille pas. »

Nos doigts s'entrelacent un instant. Elle se redresse. Le rivage s'est éloigné – le vent nous pousse vers le large. Elle tire et je presse une nouvelle fois le starter. Le moteur redémarre avant de s'étouffer de nouveau.

Kat plonge au sol quand les Russes ripostent. Mais j'avais raison : le vent nous fait dériver hors de portée de leurs tirs. Sur le rivage, le commandant du GRU comprend qu'il est en train de perdre l'initiative. Il crie un ordre. Un de ses hommes enfourche sa motoneige, prend de l'élan et accélère à pleine puissance. Il fonce sur le tapis de neige, puis sur la mer en ricochant sur la surface à la manière d'un jet-ski. Il braque son arme. Kat lâche une balle. Il se replie vers le rivage.

Deux autres Russes tentent leur chance et lancent leur engin à toute vitesse sur l'eau gelée. Kat tire encore, deux coups. Ils battent en retraite après avoir logé chacun une balle dans la coque.

Kat se rassied sur son siège. « Ça y est. Je n'ai plus de munitions. »

Quatre autres Russes s'élancent sur la glace de mer. Ils ont compris le principe, se servent de la pente à la manière d'une rampe pour prendre de la vitesse et cabrent les motoneiges comme s'ils faisaient une roue arrière en arrivant sur la pellicule de neige fondante.

Ils se rapprochent et il n'y a rien qu'on puisse faire pour les arrêter.

120

Je tente une énième fois de relancer le moteur. Il n'y a pratiquement plus de pression dans le démarreur pneumatique. Les hélices tournent lentement, entraînées par les hoquets et les à-coups. Deux autres assaillants ouvrent le feu d'une seule main, en tâchant de ne pas s'enfoncer dans l'eau. Ils ont du mal à viser, leurs balles perforent néanmoins la coque de métal. Kat plonge sur le plancher, et je me fais aussi petit que possible tout en continuant d'appuyer sur le starter, quitte à perdre ce qui reste de pression, utilisant la dernière goutte d'air comprimé.

Ce doit être la bonne méthode, parce que le moteur reprend vie d'un coup et pétarade de la plupart de ses huit cylindres. Le souffle de l'hélice est suffisant pour actionner les gouvernes, et je fais pivoter le Tupolev en jouant sur l'accélérateur pour maintenir les pistons sous pression. Un autre cylindre s'enclenche, puis un autre. Bientôt, le gros moteur tourne à plein régime et je réduis les gaz. L'Aerosledge s'éloigne du rivage dans le blizzard, projetant un panache de glace et d'eau salée sur le quatuor qui nous poursuit. L'un d'eux perd l'équilibre et coule à pic avec sa motoneige. Un autre essaie de lui venir en aide mais il perd de la vitesse et sombre à son tour. Le troisième rebrousse chemin.

Le quatrième poursuit la chasse un moment. Il vide son chargeur puis, comprenant que c'est une cause perdue, fait également demi-tour. Sa silhouette s'évanouit dans l'épais brouillard qui nappe la mer glacée.

Nous avons réussi à échapper au GRU, ce qui ne signifie pas que nous sommes tirés d'affaire. Le rivage a disparu dans le brouillard glacé, le vent s'engouffre par le pare-brise éclaté et la houle se creuse de plus en plus à mesure que nous avançons vers le large. Je tente de lever le pied, mais le Tupolev est conçu pour des mers calmes. S'il n'est plus cabré, nous serons submergés ou nous chavirerons. Nos vêtements détrempés sont littéralement en train de geler, des cristaux de glace se sont formés dans les coutures et dans les plis, et le tissu devient dur comme du bois. À force de patauger, je ne sens plus mes pieds. Le Tupolev commence à prendre de la gîte. L'impact sur la glace de mer a dû endommager une des réserves de flottabilité. Ou alors c'étaient les coups de feu. Ou les deux.

« Qu'est-ce qu'on va faire ? » demande Kat. Sa peau est presque bleue, elle tremble et serre ses genoux dans ses bras pour maintenir ses pieds hors de l'eau.

« On ne peut pas retourner vers le rivage, dis-je. Ils ne nous verront pas mais pourront nous entendre. Ils ont eu des pertes et ils doivent déjà avoir appelé des renforts et on n'a même plus de quoi se défendre. On ne peut pas non plus rester immobiles parce qu'ils connaissent notre position approximative, et qu'ils ont aussi dû demander un navire sur zone. On n'a pas le choix, il faut essayer de rallier Longyearbyen. »

Kat lève les yeux vers le ciel et la tempête toujours déchaînée autour de nous. « Comment comptes-tu te diriger ? »

Je sors le téléphone de ma combinaison, ouvre Google Maps et le lui tend.

« Le GPS fonctionne ?

— On dirait, répond-elle. Mais il n'y a pas de réseau.

— J'avais mis une carte en cache avant le départ. Tu peux localiser Longyearbyen ? »

Kat dézoome de ses doigts gelés. « Oui !

— Tu sais t'orienter ?

— Ça devrait le faire, dit Kat.

— Faut pas traîner. Le voyant de la batterie signale un tiers de réserve, mais avec ce froid, elle risque de nous lâcher dans dix minutes, sinon moins.

— D'accord. Nous faisons route vers le nord-ouest, il faut aller vers l'est. »

Je dévie notre trajectoire.

« Un peu plus. Encore. Non, là, c'est trop. Voilà. Tu tiens ton cap. »

Elle éteint le téléphone pour économiser la batterie et reprend sa position, le visage rentré dans les genoux.

Pendant un quart d'heure, nous naviguons en silence. Je me protège avec le bras contre la neige et les embruns. Derrière, le moteur commence à hoqueter. Un premier cylindre lâche, puis un autre. J'adapte la puissance pour le faire tourner le plus régulièrement possible.

Kat lève les yeux à chaque raté du moteur. L'inquiétude se lit sur son visage.

« Ça va aller, lui dis-je. Essaie de tenir le coup et de ne pas t'endormir. On sera arrivés dans une heure. Deux au max. »

Elle replonge la tête dans ses genoux.

Le problème, c'est que ce n'est pas la vérité.

Car même si je bataille pour garder le cap malgré les rafales de vent qui nous frappent, nous sommes fichus. Si nous ne chavirons pas à cause de la houle, si le moteur ne flanche pas, si nous ne tombons pas en panne d'essence et si nous ne mourons pas d'hypothermie, je n'ai pour ainsi dire aucune chance de localiser Longyearbyen dans cette purée de pois. Le téléphone sera tombé en rade bien avant qu'on y soit, et estimer la position du port sans aucune visibilité, ce n'est pas chercher une aiguille dans une botte de foin. C'est chercher un caillou sur la lune.

Je n'ai toujours pas trouvé le courage de lui expliquer la situation quand un coup de corne de brume assourdissant déchire l'air.

Et s'il semble tellement proche, c'est qu'il provient de quelques dizaines de mètres à peine.

La proue d'un chalutier surgit du brouillard, fendant les vagues dans notre direction. Il progresse vite, entre vingt et trente nœuds. Pas le temps de faire quoi que ce soit. Il nous percute, nous fait chavirer et nous précipite, Kat et moi, sous sa quille, dans la nuit d'encre glacée de l'océan.

121

Nous tombons dans le noir. La quille géante fait plonger le Tupolev dans l'eau glaciale. Je ne vois absolument rien et n'entends que le grondement de l'hélice et les crissements de la carlingue sous la coque du bateau. Je m'agrippe au manche d'une main et de l'autre je cherche Kat à tâtons. Je ne la trouve pas. Le fracas de l'hélice atteint un paroxysme quand on arrive sous la poupe et enfin, elle déchire l'arrière de l'Aerosledge, nous renversant encore une fois avant de nous recracher dans son sillage.

Le bruit s'éloigne. Je suis dans l'eau, je fouette des bras pour remonter à la surface et avale une énorme bouffée d'air. La poupe du navire – un genre de chalutier, tous feux éteints – disparaît déjà dans le brouillard. Je cherche Kat autour de moi mais je ne la vois nulle part.

Alors, je regarde sous l'eau.

Bizarrement, les phares du Tupolev fonctionnent encore. Il coule, le nez pointé vers la surface, entraîné vers le fond par son énorme moteur, l'eau envahissant ses réserves de flottabilité.

Et soudain, c'est l'évidence : *Kat est toujours à l'intérieur.*

Je gonfle mes poumons et plonge dans l'obscurité en direction des phares. J'atteins le cockpit. Dans l'eau de mer troublée, j'aperçois sa silhouette. Je m'introduis par le pare-brise éclaté. Elle est prise au piège, un bras coincé sous une des portes papillons du Tupolev.

J'essaie de la dégager, mais la porte est bloquée, froissée par le choc. Mes poumons sont sur le point d'exploser, mes muscles affaiblis par le froid. Je me positionne pour prendre appui sur le siège avec les jambes et glisse les mains sous la porte autour du bras de Kat. Je compte sur la puissance de mes cuisses pour la soulever. D'abord, il ne se passe rien, puis je sens qu'elle bouge de quelques centimètres et son bras se libère.

Je la crochète sous les aisselles, l'extrais par le pare-brise et la hisse vers la surface. Les lumières du Tupolev disparaissent dans les profondeurs. Nous jaillissons ensemble à l'air libre et je reprends une énorme bouffée d'air. Mais pas Kat.

Elle ne respire pas.

Je noue les mains sur son sternum et le comprime violemment, deux fois par seconde. Et je recommence avec l'énergie du désespoir en battant des pieds pour nous maintenir hors de l'eau. Je ne sens plus du tout le froid à présent. Je suis épuisé, exténué, je n'ai plus de jus. À quoi bon tout ça de toute façon ? Le chalutier ne s'est pas dérouté. Même si je parvenais à réanimer Kat, il ne nous resterait qu'à nous noyer ensemble. Peut-être que ce serait plus doux de quitter le monde et de plonger enlacés dans les bras de l'océan. Mon cerveau commence à dériver si loin que je n'ai presque plus conscience d'avoir continué les compressions thoraciques.

Soudain, elle se met à tousser et recrache un long jet d'eau de mer. Puis un autre. Elle inspire goulûment. Elle est vivante.

« Tout va bien, je te tiens, dis-je en haletant. Respire, respire à fond. »

Quelques instants plus tard, de puissants phares percent le brouillard. Le chalutier a fini par faire demi-tour, ses moteurs tournent à bas régime et un pêcheur en combinaison d'immersion rouge balaie les flots à l'aide d'un projecteur de plus d'un million de candélas. Mais je sombre dans l'inconscience avant qu'ils nous trouvent.

122

Nous coulons dans l'eau glacée. Je la serre dans mes bras. Je sens sa chaleur. Autour de nous, l'océan s'illumine. Elle me regarde. Je vois ses grands yeux verts étincelants, ses cheveux qui dansent autour de son visage comme des algues. Elle m'embrasse, et nous nous dissolvons l'un dans l'autre. Pendant un moment, on dirait que nous ne formons plus qu'une seule personne, ou deux personnes amalgamées à la manière des bancs de poissons argentés qui s'agrègent autour de nous, scintillant dans les rais de lumière qui transpercent les flots. Je me sens tout à coup empli d'une paix profonde, d'un calme que je n'avais jamais ressenti. C'est comme si j'étais guéri. J'ai l'impression que toutes les blessures reçues dans ma vie depuis la chambre du motel de Stockton – et peut-être même avant – ont été soignées.

Et je me dis que c'est ça le bonheur.

Mais Kat échappe à mon étreinte. Je ne sais pas si c'est elle qui me repousse ou moi qui la lâche, toujours est-il que lorsque je tends la main vers elle, mes doigts se referment sur de l'eau de mer. Elle remonte vers la surface, sirène nimbée de lumière, et moi je m'enfonce de plus en plus profondément dans les ténèbres. Je ressens à nouveau le froid, je suis frigorifié et en même temps traversé par une douleur atroce. J'ai la sensation d'être passé au gril. J'essaie de crier mais ne peux que tousser, tout en me débattant contre les mains inconnues qui m'empoignent.

Soudain, je ne suis plus dans l'eau mais allongé sur une table, les yeux fixés sur un néon, dans une pièce que traversent des tuyaux. Un homme penché sur moi observe mes pupilles. Je parviens à bredouiller :

« Qui êtes-vous ?

— Sigrid Olafsson. Et toi ? »

Son accent est correct, les consonnes prononcées en douceur, à l'islandaise.

« Je m'appelle Jones, mens-je.

— C'est ton nom ou ton prénom ?

— Oui, c'est ça.

— On est en quelle année ?

— En 2000 je t'emmerde.

— OK, vous pouvez le lâcher », dit Sigrid.

Les costauds barbus qui me maîtrisaient me relâchent. Sigrid leur fait signe de partir. J'essaie de m'asseoir et me rends compte que je n'ai qu'une couverture rouge sur moi. Je m'en drape en jetant un coup d'œil autour de moi et m'aperçois que je suis dans le carré du chalutier et que la table où l'équipage prend ses repas a fait office de lit d'hôpital.

« On t'a sorti de l'eau il y a deux heures, dit Sigrid. Tu étais en hypothermie. Ta température corporelle était descendue à trente degrés. Tu as de la chance d'être vivant. On a dû te réchauffer sous la douche. Tu avais aussi avalé beaucoup d'eau de mer. Quand tu as repris connaissance, tu as piqué une crise et j'ai été obligé de demander à des matelots de te maintenir. Tiens, attrape. »

Il me lance des vêtements qui ne sont pas les miens. Un pantalon de travail, un T-shirt et un gros pull. Je les enfile.

« Alors tu es le médecin de bord ? »

Il éclate de rire. « Sur un chalutier de cette taille ? Non. Je suis le capitaine. Mais l'hypothermie est un des risques de notre métier et on sait mieux s'en occuper que les toubibs. »

Il me tend un mug.

« Café. Avec beaucoup de sucre. »

Je prends le bol brûlant entre mes mains. Et ça me revient d'un coup. « La fille ? Vous avez aussi pu récupérer la fille ?

— Kat ? Elle va bien. Elle est dans ma cabine. Plutôt coriace, hein ?

— Elle est restée longtemps sous l'eau, dis-je. Elle ne respirait plus. »

Sigrid hoche la tête. « Sans le froid, elle aurait pu avoir des lésions cérébrales. Mais l'eau glacée produit d'étranges effets. Il arrive qu'on en repêche après une demi-heure passée en dessous, même plus, et ils se réveillent comme si de rien n'était. Les enfants, les gens avec des petits os. Ils gèlent et se réchauffent vite. »

Je bois le café sucré et je me sens redevenir humain.

« Maintenant, est-ce que tu peux me dire ce que tu foutais en pleine tempête au milieu du fjord dans une boîte de conserve de l'époque soviétique ?

— Pas vraiment, je réponds.

— Il faut qu'on vous débarque quelque part, tu comprends,

et je dois vous signaler aux autorités. Il y a eu collision en mer, il y a des procédures à respecter. »

Je n'ai vraiment pas besoin de ça.

« Tu t'appelles Sigrid, c'est ça ? Alors, ton chalutier vient d'Islande ? D'où ça, Reykjavik ?

— Oui. Et alors ?

— Tu naviguais de nuit, dans le brouillard et sans lumière et je pense que tu essayais de passer inaperçu. Et que ton transpondeur était coupé parce que tu pêchais illégalement dans les eaux norvégiennes. »

Sigrid repart à rire. « Je peux t'assurer que les navires islandais ont l'autorisation de pêcher dans la zone du Svalbard.

— Comme les Européens au Groenland. Mais pas plus de quatre fois au total, exact ? Combien on parie que c'était ta cinquième ? Et que tu profitais de la tempête pour aller braconner quelques morues supplémentaires ?

— Des crevettes, dit Sigrid, avec la tête de quelqu'un qui vient d'en avaler une pas fraîche.

— Combien va chercher l'amende pour ce genre d'infraction ? Ou est-ce qu'ils se contentent de confisquer le bateau ? »

Il ne daigne pas me répondre.

« Écoute. Voilà ce que je propose. Tu rentres à Reykjavik avec ta prise du jour. On débarque comme si on faisait partie de l'équipage. Et jusqu'à preuve du contraire, il ne s'est rien passé du tout. Kat et moi avons fini noyés et tu n'es pas allé pêcher dans les eaux du Svalbard.

— Ou je peux juste te rejeter à la mer, petit con ingrat. Et ta copine avec. Ça m'éviterait pas mal de problèmes. Tu crois que j'étais obligé de faire demi-tour pour vous repêcher ? »

Quelque chose me dit qu'il ne bluffe pas.

« Bon, d'accord. Disons que je te donne la valeur de ta pêche. Et que chaque membre d'équipage rentre chez lui avec une double paie.

— Comment savoir si tu ne vas pas m'entuber ? Tu débarques, et après je ne te revois jamais ?

— Quand on sera à Reykjavik, il y aura du réseau. Je ferai le transfert en bitcoins à bord. Aucune taxe, nada. À toi de décider ce que tu racontes à tes hommes, combien tu leur donnes et la part que tu gardes pour toi. Et tu ne nous laisses descendre que quand j'ai transféré le fric. »

Sigrid se gratte la barbe. Et finit par dire : « Marché conclu. »

Je me mets debout, les jambes flageolantes. « Je peux la voir ? La fille ? »

123

En chemin vers la cabine de Sigrid, je lui demande où sont mes vêtements. Il me conduit dans la salle des machines où ils sèchent. Je cherche le sachet Ziploc dans mes poches, mais il a disparu. Je suis saisi par la vision horrible et fulgurante de mon unique moyen de pression qui en tombe pendant que je porte secours à Kat et disparais vers les abysses comme dans mon rêve. La voix de Sigrid retentit au-dessus du grondement des moteurs.

« C'est ça que tu cherches ? » demande-t-il en agitant le sachet devant mes yeux.

Je tends la main, mais il ne me le donne pas.

« J'ai dans l'idée que la somme qu'on toucherait en vous ramenant à Reykjavik n'est rien comparée à ce que ce truc pourrait rapporter. »

Derrière lui, un mécanicien à la musculature imposante nous observe. Il ne peut pas nous entendre avec le fracas des moteurs, mais il sent un problème potentiel. Et il tient à la main une clé à molette longue comme mon avant-bras.

« Tu as une famille ? je demande.

— Bien sûr.

— Fils ou filles ?

— Un de chaque.

— Tu tiens à eux ?

— Évidemment que je tiens à eux. »

Je hoche la tête. « Tu as raison. Ce truc vaut plus. À condition de le proposer à la bonne personne. Mais si tu te trompes, ça vaut ta vie, la mienne et celle de tous ceux qui sont à bord de ce rafiot, et même de tous ceux qui ont compté pour toi un jour, ce qui inclut ton fils et ta fille. Alors, à moins que tu sois sûr de connaître le bon acheteur, je te conseille de me donner ce putain de sachet.

— Je pourrais aussi le jeter par-dessus bord.

— Vas-y. Et après, tu expliqueras à l'équipage comment tu les as floués de ce que je comptais te donner. Je suis sûr qu'ils comprendront. »

Sigrid jette un coup d'œil autour de lui. Sa clé à molette dans la main, le mécanicien me lance un regard noir.

« Tout va bien, patron ? hurle-t-il au-dessus du bruit des machines.

— Oui, répond Sigrid. Tout va très bien. »

Il me tend le sachet Ziploc.

« Encore une chose, dis-je. Je vais avoir besoin d'un téléphone satellite. »

124

La cabine de Sigrid est à peine moins sordide que le carré de l'équipage mais elle comporte un lit convenable, un bureau où trône un vieil ordinateur Dell, et des cartes et graphiques épinglés sur les cloisons à côté d'un tableau obsolète présentant les tailles minimales autorisées pour pêcher les crevettes.

Kat est assise sur le lit ; les vêtements d'homme qu'on lui a donnés ne la mettent pas en valeur. Elle est blafarde et serre entre ses mains un mug de café qui ne doit plus être chaud depuis une demi-heure.

« Est-ce qu'on peut… » Je fais un signe du menton vers la porte.

Sigrid me regarde d'un air revêche, mais finit par nous laisser seuls.

Kat me dévisage en silence pendant que je compte jusqu'à trente après le départ de Sigrid.

« Comment ça va ? »

Elle hausse les épaules, mais je vois que ça ne va pas.

« Tu veux qu'on en parle ?

— Tu peux me dire ce qui s'est passé ?

— Un navire nous a fait chavirer. Enfin, un bateau… un crevettier.

— Je sais ça. Je veux savoir ce qui s'est passé après.

— Le Tupolev a coulé.

— Ce qui s'est passé pour moi. »

À sa manière de planter ses yeux verts dans les miens, il est clair que quelque chose la tracasse.

« Tu as coulé. Ton bras était coincé sous une des portes.

— Comment je m'en suis sortie ?

— J'ai réussi à te libérer.

— Je respirais encore ?

— Tu étais sous l'eau.

— Réponds à ma putain de question, tu veux ? Est-ce que je respirais encore ?

— Non.

— Mon cœur avait cessé de battre ?

— Je ne sais pas. Peut-être. Quand je t'ai ramenée à la surface, j'ai tenté une compression thoracique, en y mettant tout mon cœur. Et tu as recommencé à respirer. »

Elle pose le menton sur le bord de sa tasse de café froid, perdue dans des pensées que je ne peux pas déchiffrer.

« Qu'est-ce qui se passe, Kat ? Tu as vu quelque chose ? Pendant que tu étais… je veux dire, tu as vu de la lumière ? Tu as fait une sortie de corps ? Dis-moi… Qu'est-ce qui t'a bouleversée comme ça ? »

Je suis sur le point de lui raconter ma propre hallucination, pendant que je descendais avec elle vers la lumière avant qu'on me l'arrache, lorsqu'elle relève les yeux.

« Rien. Ce n'est rien. C'est idiot. Alors, tu m'as sauvé la vie ?

— J'ai déjà perdu trop de monde à cause de mes actes. Toi, je n'avais pas envie de te perdre. »

Elle sourit tristement. « J'imagine que maintenant, on est quittes.

— Ce n'est pas encore terminé. »

Son sourire s'évanouit. « Et maintenant, qu'est-ce qu'on fait ? »

Quelqu'un frappe à la porte.

C'est Sigrid qui apporte un téléphone satellite Iridium.

Je le prends, mais cette fois, Sigrid reste dans la pièce.

« C'est mon bateau, dit-il. Je dois savoir ce qui s'y passe.

— Rappelle-toi notre dernière conversation. Moins tu en sais, mieux c'est. Pour tout le monde. »

Il grogne, mais finit par faire demi-tour et referme la porte derrière lui.

Je compose le numéro que m'a donné Hipkiss.

125

Hipkiss est une vraie professionnelle.

Le marché est sans ambiguïté. Elle me donne un nom de ville. Quand j'y serai, je remettrai la carte à un émissaire de Hipkiss. Il en vérifiera l'intégrité par le biais d'une fonction de hachage cryptographique MD5 permettant d'obtenir une empreinte numérique du fichier et d'en garantir l'authenticité. Si le hachage correspond, Mireille sera libérée et confiée à la personne de mon choix, et moi, je prendrai sa place en tant qu'otage jusqu'à ce que le contenu du fichier soit combiné avec l'autre moitié du malware déjà en leur possession. Et si tout est en ordre, je serai relâché à mon tour.

« Je veux une preuve qu'elle est toujours vivante, dis-je.

— J'ai un appel vidéo ouvert avec elle en ce moment même. Je peux lui poser la question que vous voulez. »

Je réfléchis.

« Demandez-lui le nom de son singe-chaussette. »

La ligne est mise en attente un moment. Quand elle se reconnecte, le nom que Hipkiss me répète est le mien.

Mireille est toujours en vie.

« Encore une chose, dit Hipkiss. Un de mes contacts dans

une agence à trois lettres m'a informée que vous avez refait surface, où ça déjà, au Svalbald ? Les bruits courent qu'il y a eu une opération du GRU par là-bas. Un véhicule amphibie, une espèce de poursuite. Je parie que vous n'y étiez pas étranger.

— Et si c'était le cas ?

— Les rapports parlent de deux passagers à bord. L'autre, c'était la fille de Brooklyn, non ? »

Pour la première fois, sa voix se teinte d'une dureté pas très professionnelle.

« Peut-être.

— Elle est toujours avec vous ? »

Je jette un regard à Kat. « Non. »

Kat fronce les sourcils. *Quoi ?*

« Dans ce cas, où est-elle ? demande sèchement Hipkiss. Je n'aime pas les questions sans réponse.

— Nous avons été percutés par un chalutier. J'étais à moitié noyé quand ils m'ont sorti de l'eau. Mais ils ne l'ont pas repêchée. Elle a dû se faire découper par l'hélice, ou couler avec le Tupolev. Ou peut-être qu'ils ne l'ont pas retrouvée, dans l'obscurité et le brouillard. En tout cas, elle a disparu. »

Un bref silence au bout de la ligne. Puis à nouveau, la voix de Hipkiss.

« Elle comptait pour vous ? Votre amoureuse, peut-être ? »

Encore cette dureté dans sa voix.

« C'est de l'histoire ancienne, je réponds.

— Je suis désolée pour cette perte.

— Vous n'avez pas à être désolée, dis-je en regardant Kat. Elle n'était plus d'aucune utilité. »

126

Kat sait que c'est un mensonge. Ça ne lui fait pas plaisir pour autant, néanmoins elle arrive à le digérer.

« Alors ? Tu acceptes l'échange, c'est ça ? La vie de ta fille est en jeu après tout. »

J'agite le sachet Ziploc devant ses yeux. « Si je donne le pouvoir de déclencher un conflit nucléaire à une femme comme Hipkiss, dans quel genre de monde vivra Mireille ?

— Hipkiss se contentera de le vendre au plus offrant, non ?

— Elle est milliardaire. Elle n'a pas besoin d'argent. Vu son acharnement à mettre la main sur Deep Threat, il y a autre chose. Je ne pense pas qu'elle soit rationnelle. Aussi, le lui remettre… Bon Dieu, je ne peux même pas imaginer ce que ça signifierait. Ni ce qu'elle veut en faire.

— C'est un choix binaire, dit Kat. Pile ou face. Ou tu lui donnes, ou tu ne lui donnes pas. »

Je garde le silence pendant cinq bonnes minutes, je cogite, j'essaie de réunir et de recoller les morceaux du problème. *Il doit bien y avoir un moyen.* Et ça me vient à l'esprit. Je relève les yeux vers elle.

« Et si ce n'était pas un choix binaire ?

— Je ne comprends pas, dit Kat.

— Quand tu lances une pièce en l'air, quelles sont les probabilités ?

— Cinquante, cinquante. Je me plante chaque fois, d'ailleurs.

— Et si la pièce retombe sur la tranche ?

— Combien de chances pour que ça arrive ?

— De retomber sur la tranche ? Environ une sur six mille. »

Kat réfléchit. « Qu'est-ce que tu veux dire ?

— Qu'il y a peut-être un moyen de faire d'une pierre deux coups. Sauver Mireille *et* neutraliser Deep Threat. Nous allons lancer une pièce, et si tout se passe bien, elle retombera sur la tranche.

— Et sinon ?

— Nous risquons d'y passer tous les deux. »

Elle se tait. C'est un silence étrange, comme si elle était ballottée dans un maelström d'émotions. Elle me tourne le dos, faisant mine de s'intéresser aux cartes de pêche. Kat est la personne la plus indéchiffrable que je connaisse, pourtant pas besoin d'être devin pour savoir ce qu'elle pense.

« Pas de problème, dis-je. Je comprends. Il n'y a pas de “nous”. Ce n'est pas ton combat. Tu as failli mourir là-bas, et on y serait restés tous les deux si tu n'avais pas tiré sur les types du GRU. Je n'ai pas le droit de t'en demander plus. J'ai eu de la chance de t'avoir à mes côtés jusqu'ici. Je peux gérer la suite tout seul.

— Non, dit Kat en se retournant vers moi. Tu n'as rien compris. Je ne t'ai pas dit la vérité.

— La vérité ? Sur quoi ?

— Sur ce que j'ai vu quand j'étais morte. J'ai dit que ce n'était rien. Mais ce n'était pas rien.

— Qu'est-ce que tu veux dire ? »

Elle prend une profonde inspiration.

« J'étais sous l'eau. Mais je n'étais plus dans le Tupolev. C'était profond comme la fosse des Mariannes. Et ce n'était pas obscur, mais lumineux et chaud, et il y avait des rayons de soleil qui descendaient jusqu'à nous. »

Je me bats contre le sentiment le plus bizarre que j'aie jamais ressenti.

« Jusqu'à nous ? »

Elle hoche la tête. « Tu me serrais dans tes bras, je te serrais dans les miens, et nous flottions ensemble entre deux eaux. Et puis… »

Elle s'interrompt.

« Quoi ? »

Kat hésite un instant. Ensuite, elle s'approche de moi et prend mon visage entre ses mains. Elle m'embrasse. C'est un long baiser. Peut-être le meilleur depuis celui qui avait le goût de poivre, de miel et de sang.

Ou peut-être le meilleur de ma vie.

Elle me lâche et recule.

« On aurait dit que nous ne faisions plus qu'une seule personne, que nous étions emmêlés l'un à l'autre comme des algues. Je ne savais plus dire où tu finissais et où je commençais. »

Elle me sourit, et soudain son visage change. « Et on t'a arraché à moi. Je remontais vers la surface, tu descendais vers le fond, et je savais que je ne te reverrais plus jamais.

J'avais l'impression qu'on m'avait amputée d'une partie de moi-même que je ne retrouverais jamais. »

Elle se retourne. Elle ne pleure pas, mais ça lui demande un gros effort.

« Je sais, je sais, poursuit-elle. Ça semble complètement débile. J'étais en hypoxie, mon cerveau inventait des trucs. Mais j'étais en train de mourir. J'étais morte. Ça doit vouloir dire quelque chose. »

Et j'hésite à lui raconter à mon tour, parce que ça a l'air complètement dingue, mais je sais que si je ne le fais pas, l'occasion d'en parler ne se représentera peut-être jamais. Alors, je dis :

« J'ai fait le même rêve. »

Elle plante ses yeux dans les miens.

« Ne dis pas ça. Ne te fous pas de moi. C'est trop important.

— Tout ce que tu as vu, je l'ai vu. Et tout ce que tu as ressenti, je l'ai senti aussi.

— Non, dit-elle. C'est n'importe quoi. C'est impossible. C'est une coïncidence.

— Je ne crois pas aux coïncidences.

— Moi non plus », dit Kat.

Nous nous taisons un moment. Et si nous ne parlons ni l'un ni l'autre, c'est parce que les paroles ne sont pas nécessaires. Enfin, elle pose sa main sur ma poitrine, au-dessus du cœur, comme pour s'assurer qu'il bat toujours.

« Mais ton plan, si tu essaies de le mener à bien tout seul, il ne peut se terminer que d'une manière, pas vrai ?

— Si je dois choisir entre ma vie et celle de Mireille, c'est elle qui survivra. »

Kat secoue la tête. « Je n'arrête pas de penser à ce que j'ai ressenti quand on t'a arraché à moi. Je ne veux plus jamais vivre la même chose.

— C'est-à-dire ?

— Ce truc, ce toi et moi, ce nous, quoi que ce soit, quoi qu'il en coûte… à partir de maintenant, on le vit jusqu'au bout ensemble, d'accord ? Jusqu'à la fin.

— Jusqu'à la fin », je répète.

Et là, c'est moi qui l'embrasse.

DIXIÈME PARTIE

127

Je débarque seul, habillé en matelot. Plus riche de quelques dizaines de milliers de dollars, Sigrid me regarde m'éloigner du haut du pont du chalutier. Une fois que j'ai quitté les docks, je trace vers le centre de Reykjavik et fais une balade de trois heures pour couper court à une éventuelle filature. Je commence par visiter la cathédrale massive, construite dans les années 50, qui surplombe la ville pour finir par le musée des Phallus où je contemple, ébahi, les organes génitaux de morses, de taureaux, de l'équipe d'Islande de handball au complet, d'un elfe, d'un cachalot, et, je ne plaisante pas, de l'Homme invisible.

Ensuite, je me rends au complexe de natation géothermique de Laugardalslaug où toute l'Islande semble se donner rendez-vous le week-end. Dans les odeurs de chlore, entouré de vieilles dames, je récupère à la consigne automatique le sac à dos que j'y ai déposé il y a trois ans au cours d'une mission. Le genre de planque qui m'a permis de me sortir plus d'une fois de situations tendues.

À l'intérieur, des vêtements propres, un passeport américain, des dollars, une carte de crédit, un téléphone prépayé et une trousse de toilette. Mais pas d'arme. Rien qui puisse suggérer autre chose qu'un bagage déposé par un touriste américain. Au vestiaire, je ne change pas seulement de vêtements, mais aussi de tête en teignant mes cheveux grâce aux flacons de poudre décolorante et d'eau oxygénée contenus dans la trousse.

De retour en ville, j'achète deux valises de luxe et les fringues qui vont avec et me mets en tenue d'homme d'affaires. Puis je commande une limousine et me fais conduire à l'aéroport de Keflavik où j'achète des billets en classe business. Un vol Finnair en Airbus A320 jusqu'à Heathrow, puis un vol transatlantique British Airways en A380 jusqu'à Miami, et de là, un dernier trajet en Boeing 787 affrété par American Airways.

Trente heures plus tard, je suis assis sur la banquette arrière d'un Uber Premium conduit par une quinquagénaire volubile. Derrière les vitres fumées, je regarde défiler les résidences sécurisées du *partido* de Ezeiza, en route vers le piège qui va se refermer sur moi.

128

Je loue un appartement dans un appart'hôtel du quartier rénové des docks de Buenos Aires, un magnifique secteur en front de mer riche en architecture moderne à visées spéculatives et fréquenté par de jeunes Argentins pleins aux as. Contrairement aux hôtels chics qui pullulent autour du Dock 1, l'établissement est relativement discret et doté d'un accès indépendant, et surtout, la chambre est agrémentée d'un balcon qui offre une vue panoramique sur le Río de la Plata, depuis le port à containers au nord jusqu'à l'immense réserve écologique au sud.

Grâce aux jumelles que j'ai achetées au duty free de l'aéroport, je peux scruter le port intérieur. Je dénombre trois navires de la marine argentine, deux gros paquebots de croisière, un trois-mâts à voiles carrées, une foultitude de remorqueurs et de bateaux-pilotes, ainsi qu'une paire de superyachts – ceux sur lesquels on se rabat quand on ne peut pas se payer un mégayacht – et un navire d'exploration arctique peint en orange, probablement en partance pour l'Atlantique Sud.

Rien de tout ça ne m'intéresse, j'attends. Dans trois jours, je dois rappeler le même numéro, et on me communiquera un horaire, un lieu pour l'échange et les instructions d'usage. Si tout se passe bien, Mireille sera relâchée et je prendrai sa place.

Je ne m'attends pas vraiment à en sortir vivant.

Mais d'ici là, il peut se passer beaucoup de choses.

Le lendemain, sous les rayons du soleil printanier de l'hémisphère Sud qui font briller sa coque en acier poli, *La Belle Dame Sans Merci II* fait son entrée dans la rade. *La Belle Dame* première du nom, le superyacht quelconque et dépassé sur lequel j'avais rencontré Hipkiss, a été désarmée et vendue à la ferraille. Son remplaçant est un des mégayachts les plus chers jamais construits. Pensé pour ressembler à une arme de guerre, comme une ogive nucléaire dessinée par Philippe Starck, mais en réalité, ses cent vingt mètres d'acier brillant rappellent beaucoup plus un gigantesque godemiché de haute mer.

D'après les rumeurs, *La Belle Dame* bis est équipée de boucliers antipaparazzis, d'un système de détection des menaces sous-marines, de défenses antimissiles, de fortifications inviolables dans ses entrailles et d'un mini-sous-marin facile à mettre à l'eau. Elle dispose d'assez de provisions pour rester plusieurs mois en mer et possède un brise-glace lui permettant de naviguer dans l'Arctique. Dans son sillage, un navire de soutien – sa réplique miniature, *La Jolie Fille Sans Merci* – est doté d'une plate-forme d'atterrissage sur laquelle est posé un hélicoptère militaire Bell 525.

Compte tenu de toutes ces défenses et de l'équipe de sécurité armée jusqu'aux dents commandée par Harkonnen, attaquer le yacht en solitaire serait à la fois suicidaire et inutile. Hipkiss est bien trop intelligente pour détenir Mireille à bord : un simple appel aux autorités argentines invoquant une traite de mineur pourrait entraîner la confiscation du mégayacht, la venue d'enquêteurs à bord et constituer les prémices d'un sordide incident diplomatique. Je suis sûr que Mireille est séquestrée dans un lieu à distance et surveillée par une équipe spécifique. Jusqu'à ce qu'elle soit libre, je n'ai d'autre choix que de coopérer, ou au moins de faire semblant.

La Belle Dame n'accoste pas, elle mouille au large pendant que le navire de soutien met le cap sur le quai pour ravitailler. Il repart deux heures plus tard. J'observe aux jumelles un petit tender – l'équivalent du vibro par rapport au godemiché – qui émerge du mégayacht par la porte automatisée du garage à flot situé sous le pont arrière. À son bord, une silhouette d'homme vêtue de noir. Il rejoint le navire de soutien et monte vers l'hélicoptère. Je reconnais Edgar Staley. Il a des cheveux gris et une dizaine de kilos en plus mais dans l'ensemble, il n'a pas trop changé. Le Bell décolle, décrit un arc de cercle et s'éloigne vers le centre de Buenos Aires, où il disparaît derrière les tours résidentielles du front de mer.

Je connecte mon portable à un site de suivi de vols centré sur le port et le centre-ville. La totalité du trafic aérien de la zone s'affiche. Je filtre les résultats pour ne conserver que les engins rotatifs. Tous comportent une immatriculation, sauf un, représenté par un simple point, qui quitte le port de façon anonyme. Pendant les douze minutes suivantes, je suis sa traversée de Buenos Aires et de la banlieue, par-delà les entrepôts des centres de distribution et des terminaux ferroviaires, jusqu'à la zone liminaire où la ville cède la place à la campagne.

Là, il commence à tourner en rond, son altitude décroît et il disparaît de l'écran, ce qui signifie que le transpondeur a été coupé.

Quand je recherche l'endroit précis sur Google Maps à partir des coordonnées GPS, je tombe sur un terrain désert.

129

Pour des raisons obscures, l'Argentine a produit plusieurs des meilleurs hackeurs du monde. La preuve flagrante en est l'Ekoparty Security Conference, une conférence internationale de cybercriminels anarchistes et de pirates informatiques éthiques qui déferlent sur Buenos Aires pour participer à des concours de hacking, révéler de nouvelles failles matérielles et logicielles ou se faire recruter par les sociétés leaders en matière de sécurité, ou par les agences de renseignement.

Tout cela se déroule dans une ambiance de fête débridée incluant des bars, des discothèques et même un service de rencontres pour les geeks en quête de compagnie. Mais l'Ekoparty est une affaire sérieuse. Si on veut vendre son malware au plus offrant, c'est l'endroit pour le faire. Les négociations n'ont pas lieu sur place, mais dans des chambres d'hôtel, des suites privées et – pour revenir à notre sujet – des navires semblables à des godes conçus par Starck à l'ancre dans le Río de la Plata. Ce n'est pas une coïncidence si Hipkiss a choisi cette ville : *La Belle Dame* est ici pour affaires, pour permettre à Staley de dégotter des zero-day ou de négocier des accords entre les auteurs de malwares et les agences de renseignement des États-nations.

Le centre névralgique d'Ekoparty, c'est la Ciudad Cultural Konex, un espace culturel multidisciplinaire qui occupe une ancienne fabrique d'huile d'olive dans le quartier branché de Balvanera. Un passe volé m'identifiant comme doctorant à l'Universidad de la República en Uruguay me permet d'y accéder. Le lieu est obscur et immense, grand comme un quart de pâté de maisons, et comporte de nombreux auditoriums et salles de réunion. Des hordes de jeunes gens sont rassemblés autour d'ordinateurs, d'écrans et de cartes de prototypage rapide Arduino. La plupart sont en jean et T-shirt, mais je repère deux filles à cheveux bleus coupés au carré et costume marin, et même un couple en costume d'animaux à fourrure.

On a beau être au milieu de l'après-midi, c'est presque l'aube pour cette foule. Pourtant, une équipe de réfugiés ukrainiens en provenance de Kiev se prépare à dévoiler plus tard une vulnérabilité dans l'authentification du point de terminaison d'Apple. Un tel exploit pourrait lui rapporter une compensation à sept chiffres, ce qui en ferait le plus grand coup de toute la conférence.

Cette année, plus de trois mille participants ont été accrédités et ils ont l'air d'être presque tous dans ce bâtiment. Mais je n'en cherche qu'un seul, dont j'ignore tout – le nom, le sexe, l'âge, la nationalité –, à part le pseudo que m'a confié Vilmos : Raevan. Compte tenu du soin que mettent les pirates informatiques à protéger leur identité, peu de gens doivent le connaître, et si je commence à poser des questions, je serai dénoncé comme espion ou journaliste, deux espèces considérées *persona non grata.*

Mais Raevan était un proche du frère de Gracious. Et vu la sophistication du malware qu'il avait développé et la proximité hermétique de la communauté des hackeurs, il est probablement aussi très doué. Ce qui signifie qu'il y a une possibilité qu'il ne soit pas un simple participant mais plutôt un des intervenants.

Je passe le programme en revue. Les tables rondes sont consacrées aux moyens d'éviter les poursuites judiciaires, aux primes offertes pour la correction de bugs, aux tests de pénétration physique d'infrastructures, au matériel de piratage, à la cyberfinance, au contournement de systèmes de verrouillage, aux expérimentations radio, aux télécoms, au piratage de données mobiles et plein d'autres choses, mais rien qui me mette sur la trace de Raevan. Je piétine jusqu'à avoir mal aux pieds, essayant de lire sur les visages et de trouver l'aiguille dans la botte de foin. Je suis sur le point d'abandonner quand un type en T-shirt Disco Elysium me glisse quelque chose dans la main en passant.

Il s'agit d'un flyer annonçant les communications non officielles de participants qui n'ont pas été sélectionnés par le jury de l'Ekoparty, ou qui ont préféré faire profil bas. Beaucoup sont obscures ou complotistes, mais il y en a une qui m'attire l'œil. Son sujet : *L'implémentation d'un compilateur Turing-complet dans un photocopieur Xerox utilisant l'automate fini dans un format de police breveté.* C'est le mot « compilateur » qui me saute aux yeux. Ensuite, je lis le nom de l'intervenant.

Docteur Rachel van Werden.

Raevan.

130

La communication se tient dans un amphithéâtre du département de mathématiques situé à environ cinq kilomètres et elle touche à sa fin. Je me précipite à l'extérieur. La circulation dans Buenos Aires est complètement saturée. Je pourrais faucher un scooter ou un vélo, mais ne voulant pas risquer d'ennuis avec les flics, je me mets à courir.

Je rallie l'amphithéâtre en vingt-deux minutes, trempé de sueur et à bout de souffle. Une étudiante perplexe m'indique l'amphi d'où sortent des jeunes gens munis de passes Ekoparty. Je les écarte et franchis la porte battante.

L'amphithéâtre est vide.

Merde.

Je retourne dans le couloir, désert hormis un groupe de trois personnes. Enfin, je dis « personnes », mais deux seulement ont une apparence humaine. La troisième est un grand renard bleu avec une queue touffue et un ordinateur portable à la main. Je m'approche. La peluche est en train d'expliquer quelque chose sur les formats de police.

« Rachel ? » je demande.

Le renard bleu se tourne vers moi.

« Que puis-je pour vous ? répond-elle avec un accent néerlandais.

— Vous êtes Raevan, n'est-ce pas ? »

Je ne vois pas son visage, mais je perçois son anxiété.

« Je ne sais pas de quoi vous parlez, dit-elle avant de se retourner vers ses interlocuteurs.

— Vilmos m'a tout dit », j'ajoute.

Elle s'interrompt à nouveau. « Veuillez m'excuser, dit-elle aux deux autres. Un problème d'étudiant. Je dois m'en occuper. »

Ils hochent la tête et s'éloignent de conserve.

Elle se retourne vers moi. « Qui êtes-vous ?

— Est-ce qu'on peut discuter sans le… »

Je montre du doigt sa tête de renard.

Elle jette un regard circulaire. « Pas ici. »

131

L'appartement de Rachel est un loft aménagé avec très peu de concessions au confort, mais pourvu d'un grand nombre d'ordis portables, dont de vieux PC et un mini-ordinateur DEC PDP-1 qui doit bien avoir soixante ans. Elle ressort de la salle de bains vêtue d'un jean et d'un T-shirt blanc, les cheveux mouillés, et suspend sur un portant son costume de fourrure à côté de plusieurs autres déguisements. Elle doit avoir une petite cinquantaine d'années, et sans son costume, elle a un genre de style rock star chic de la génération X qui lui donne un côté Aimee Mann avec une touche de Patti Smith.

« Le costume, c'est une question de sécurité opérationnelle, n'est-ce pas ? je demande, pendant qu'elle nous prépare du café.

— Qu'est-ce qui vous fait croire ça ? »

Je hausse les épaules. « Ça permet d'échapper à la reconnaissance faciale et de baiser les analyses de la démarche. »

Elle sourit. « Ça c'est du bonus. Mais ça me permet avant tout d'échapper à la biologie. Jusqu'à ce que j'enlève ma tête de renard, vous n'aviez pas la moindre idée de mon âge, vous ignoriez si j'étais belle, laide, blanche ou noire. De la sécurité opérationnelle à taille humaine. On divulgue sans arrêt des informations sur soi par le visage, la voix et le corps. C'est un moyen de récupérer tout ça. Si des gens me regardent, qu'est-ce qu'ils voient ? Un costume de renard bleu. »

Son sourire s'estompe. « Et maintenant, vous allez me dire qui vous êtes et ce que vous voulez. »

Je lui raconte toute l'histoire.

Quand j'ai terminé, elle demande simplement : « Comment puis-je vous aider ?

— Parlez-moi de lui. Marvellous.

— Ici, on ne le connaissait pas sous ce nom. Je croyais qu'il s'appelait Luis jusqu'à ce que je fasse des recherches sur la base de données des étudiants.

— C'était un de vos élèves ?

— Au tout début. Mais très vite, il a été évident que bien qu'autodidacte, il en savait plus que moi ou n'importe qui à la faculté. Ensuite, il a laissé tomber. Et c'est à ce moment que nous… »

Elle s'interrompt.

« Je sais ce que vous pensez. La femme d'une cinquantaine d'années, le jeune Nigérian qui a la moitié de son âge. Mais ce n'était plus un enfant et il savait ce qu'il faisait. En plus, même si c'est un cliché, il faisait preuve d'une maturité précoce. C'était non seulement l'être le plus intelligent, mais aussi le plus gentil que j'aie jamais rencontré.

— Vous l'aimiez. »

Elle hoche la tête, luttant pour retenir ses larmes. « Et il m'aimait aussi.

— Comment était-il ?

— Tenez, dit-elle en me tendant une photo, c'est celle que j'ai donnée à la police. »

Elle montre un jeune homme au visage rond, souriant de toutes ses dents. Il porte un T-shirt Atari vintage un peu trop petit pour lui.

Rachel sourit tristement. « Ce T-shirt… Il l'avait depuis son enfance. Il refusait de s'en séparer ou d'en acheter un à sa taille.

— Son visage semble un peu bouffi. C'était à cause des stéroïdes ? »

Elle acquiesce. « Il était en rémission depuis des années, mais le cancer est revenu il y a quelques mois. J'ai essayé de le rassurer, mais il avait peur de ne pas réussir à vaincre la maladie cette fois-ci. Je pense que c'est pour ça qu'il travaillait si dur.

— Il se sentait condamné ? »

Nouveau hochement de tête.

« Et vous saviez sur quoi portaient ses recherches ?

— Je lui avais fait lire *Reflections on Trusting Trust,* l'article consacré aux possibilités d'insertion d'une porte dérobée dans un compilateur, que Ken Thompson avait rédigé en 1984 après sa réception du Turing Award. Ce fut comme une révélation. À partir de là, il ne lui restait plus qu'à découvrir la vulnérabilité et à régler les détails. Pour le taquiner, je l'appelais Amadeus, parce que le code jaillissait de lui comme la musique sous les doigts de Mozart. Il n'a jamais pensé que ça pourrait se révéler aussi dangereux. Quand j'essayais de le mettre en garde, il m'appelait Salieri. Mais je lui ai dit de ne pas le vendre, qu'il fallait le publier, le révéler pour que le monde puisse se défendre.

— Pourquoi ne l'a-t-il pas fait ? Par appât du gain ? »

Elle secoue la tête, amusée. « L'argent ne l'intéressait pas, en tout cas, pas pour lui-même. Ce vieux T-shirt était la partie émergée de l'iceberg. Un jour, j'ai même dû l'obliger à s'acheter de nouvelles chaussures parce que les siennes étaient trouées.

— Pourquoi, alors ?

— Pour sa famille. Il les avait vus se faire assassiner. Tout ce qu'il lui restait, c'était sa sœur, et sa nièce. Sa sœur lui avait sauvé la vie en sacrifiant son propre avenir, en devenant un enfant-soldat en se faisant passer pour un garçon. Il nourrissait ce rêve de la sauver, de la retrouver, et de s'assurer que la petite n'aurait pas à souffrir du même genre de vie. C'est à ça que l'argent était destiné. Il disait qu'il avait trouvé ce truc comme quelqu'un qui trébuche sur un diamant dans la boue, et qu'il n'avait pas l'intention de le rendre. Il disait que c'était l'héritage de Mireille.

— Vous n'avez jamais envisagé de faire un enfant ensemble ?

— Il le voulait plus que tout. Vu mon âge, il aurait fallu faire des FIV, peut-être pendant des années, et les risques auraient été considérables. Mais quand on a fait les examens, on s'est rendu compte que c'était lui qui était stérile. Sans doute à cause de son traitement contre le cancer. Après ça, il ne parlait plus que de Gracious et de Mireille. Laissez-moi vous montrer quelque chose. »

Rachel me mène devant une commode dont elle ouvre un tiroir rempli de vêtements pour fillette, tous neufs et bien pliés.

« Le plan, c'était qu'elles viennent vivre avec nous », dit-elle en sortant un T-shirt, avant de le replier soigneusement et de le ranger. « Chaque fois qu'il sortait, il revenait avec des vêtements pour la petite. Je lui disais que le temps qu'elles arrivent, elle aurait grandi, mais ça entrait par une oreille et ressortait par l'autre. »

Elle referme doucement le tiroir, le visage empreint de tristesse.

« Vous savez ce qu'il lui est arrivé ? Vilmos m'a dit qu'on n'avait retrouvé que des traces de sang.

— Il y a quelques jours, m'explique-t-elle, les larmes aux yeux, on a repêché un cadavre dans le fleuve. On lui avait coupé la tête et les mains pour rendre l'identification plus difficile. Il avait passé du temps dans une malle lestée de briques, mais quand elle avait fini par s'ouvrir, il était remonté à la surface.

— Vous l'avez identifié ? »

Elle fait oui de la tête et pose la main sur son flanc. « Il avait une cicatrice sur le côté, à l'endroit où on lui avait posé un stent. C'était bien lui. La police penchait pour un règlement de comptes entre gangs. Mais je savais que ce n'était pas le cas. »

Elle se tait un moment. « Vous pensez que ce sont les personnes que vous combattez qui l'ont tué ?

— Ça porte la marque de Harkonnen. C'est une ordure. Un tueur.

— Et vous, vous êtes un tueur ?

— Seulement quand c'est nécessaire. »

Nouveau hochement de tête.

« Eh bien, qu'attendez-vous de moi ? »

132

Rachel m'écoute et secoue la tête quand j'ai fini.

« Vous ne comprenez pas. Je ne suis pas une hackeuse, je suis une universitaire. Ce que je fais, c'est de la théorie. Je ne saurais même pas par où commencer.

— Mais vous connaissez des gens qui savent, dis-je. Les hackeurs forment une communauté. On s'en rend compte rien qu'en entrant à Ekoparty. S'ils découvraient que l'un d'entre eux a été assassiné, ils pourraient aider à le venger. Mais il faudrait que la suggestion vienne de quelqu'un en qui ils ont confiance.

— Ils sont déjà au courant, dit-elle. Certains savent qu'il a été assassiné, et même comment. Mais ils ne savent pas qui était l'assassin.

— Et ?

— Ils sont tous terrifiés à l'idée d'être le prochain sur la liste. Pour la plupart, ce sont des mômes. Ce qu'ils savent de la violence, ils l'ont appris sur des jeux vidéo. Il y en a bien quelques-uns qui viennent de la rue, mais ce sont ceux qui en sont sortis, pas ceux qui se battaient contre les flics ou frayaient avec les gangs. La grande majorité n'a jamais vu le sang couler et ne s'est jamais battue. Bien sûr, ils sont en colère. Mais ils sont encore plus terrifiés. Je ne vois pas ce que je pourrais leur dire.

— Dites-leur que s'ils m'aident, ils auront leur vengeance. Et que quand le monde verra à quoi elle ressemble, personne n'osera plus jamais s'en prendre à eux. Et dites-leur aussi que si ça tourne mal, c'est moi qu'on condamnera, pas eux.

— Je ne sais pas si ce sera suffisant.

— Dans ce cas, parlez-leur de Deep Threat. Si quelqu'un peut comprendre la menace que ça ferait peser sur le monde, c'est eux.

— D'accord.

— Une dernière chose, dis-je.

— Quoi ?

— Nous n'avons que trois jours. »

Elle sourit pour la première fois. Un petit sourire en coin, ironique, qui me fait comprendre dans la seconde comment un jeune type comme Marvellous a pu tomber amoureux d'une quinquagénaire déguisée en renard.

« Trois jours ? Ça va faciliter les choses.

— Pourquoi ?

— Parce que ça devient un jeu. Et qu'ils gagnent toujours. »

133

Tous les matins depuis mon arrivée, je quitte l'appartement à dix heures et me rends dans le bâtiment brutaliste qui abrite le musée d'Art latino-américain. Je passe une heure à la cafétéria, où je bois du café en lisant *La Nación.* Puis je règle et je m'en vais.

Enfin, trois jours après que *La Belle Dame* a mouillé dans la rade, une femme que je ne reconnais pas s'assied en face de moi. De spectaculaires cheveux d'un roux cuivré lui tombent aux épaules, ses lèvres sont rouge écarlate, elle porte des sacs provenant des trois boutiques de fringues de luxe les plus chères de Buenos Aires et une robe d'été à pois qui serait allée comme un gant à Audrey Hepburn. Ses ongles sont manucurés, et lorsque enfin, elle ôte ses lunettes de soleil Dua Lipa, je découvre ses yeux bleu saphir.

Il me faut un moment pour retrouver ma voix.

« Nom de Dieu. » C'est tout ce que j'arrive à dire.

« La sécurité par l'excentricité, dit-elle. Tu avais raison. Ça marche. »

Kat me fait un grand sourire.

134

Assise sur la terrasse ensoleillée, elle raconte. Un jour après que je l'ai laissée sur le chalutier à Reykjavik, Sigrid l'a débarquée sur une plage déserte de Mainland, la plus grande île de l'archipel écossais des Orcades. Elle a fait du stop jusqu'à Stromness, la principale ville distante d'une vingtaine de kilomètres et a pris un ferry chahuté par le vent jusqu'à Thurso, à la pointe septentrionale de l'Écosse. Ensuite, plusieurs longs trajets dans des trains inconfortables l'ont menée à Édimbourg, puis à Manchester. De là, elle a pris un avion pour Montréal, sous sa propre identité, pensant à juste titre que si Sarah Pybus l'avait signalée à la CIA, ils n'avaient pas dû partager l'information avec les Anglais ou les Canadiens. À Montréal, elle a loué une voiture et est entrée aux États-Unis par un petit poste-frontière du nord du Vermont, où l'on ne vérifie presque jamais les passeports des gens sympathiques et blancs de peau. Puis elle a rallié Chicago où le Dentiste lui a fourni un jeu de pièces d'identité et des cartes de crédit. Mettant à profit les vingt-quatre heures de retard de son vol pour se créer un nouveau personnage (« une Barbie née avec une cuillère en argent dans la bouche, et un peu plus de jugeote »), elle s'est offert les services d'un assistant en shopping de chez Neiman Marcus pour donner corps à son personnage. Enfin, de Chicago, elle a rejoint Buenos Aires après une escale à Dallas.

Et j'ai beau savoir depuis longtemps que Kat est une fille pleine de ressources, à la voir ainsi transformée radicalement, je ne suis même pas sûr que je l'aurais reconnue si elle ne s'était pas assise à ma table.

« Tu es absolument… » C'est tout ce que je parviens à dire parce que, pour le coup, les mots me manquent.

« Je sais, dit-elle. Mais ne va pas t'y habituer. Ils sont arrivés ?

— Hier. Ils sont au mouillage dans la rade. Leur hélicoptère a décollé vers dix-huit heures trente. J'ai tracké le vol, mais à l'endroit où il s'est posé, c'est bizarre, il n'y a rien. À en croire Google Maps en tout cas.

— Le petit frère est à bord ? »

J'acquiesce. « Il est rentré quatre heures plus tard.

— Il doit forcément y avoir quelque chose, dit Kat.

— Allons voir par nous-mêmes. »

135

Sous le soleil qui filtre à travers les jacarandas qui bordent les boulevards, nous traversons Buenos Aires sur un scooter de location, comme deux jeunes amoureux. Assise derrière moi, les bras serrés autour de ma taille, Kat a noué un foulard sur ses cheveux roux. Enfin, la banlieue cède la place à des terres agricoles, et l'itinéraire concocté par Google nous conduit sur un chemin de terre environné de granges abandonnées, de panneaux annonçant des terrains à vendre et de nouvelles constructions étranges, prémices de l'expansion urbaine.

Nous arrivons à l'endroit où le transpondeur de l'hélicoptère a été coupé. Dans un premier temps, je ne vois rien – un rideau d'arbres dissimulant je ne sais quoi aux regards – mais en approchant, je constate que le chemin de terre est labouré de profondes ornières creusées par des camions de chantier, puis je découvre un haut portail électrique en fer forgé. Je m'arrête net, hors de vue d'éventuelles caméras de surveillance, mais assez près pour voir ce qui se cache derrière.

C'est une grande demeure moderne de mauvais goût. Le terrain qui l'entoure est toujours en cours d'aménagement, mais sur la gauche, il y a une large bande de pelouse brûlée par le soleil et une manche à air qui pend sur son mât. L'entrée monumentale de la demeure est précédée d'une volée de marches et de colonnades et flanquée de deux ailes aux pignons et fenêtres dépareillés.

« Voilà pourquoi elle ne figurait pas sur Google Maps, dis-je. La maison est récente et les images satellite datent d'il y a trois ans.

— C'est ce qu'on cherchait ?

— Je pense. Mais c'est toi qui vas devoir t'en assurer.

— Quand ?

— L'échange est dans deux jours. À ce moment-là, tu devras être à bord. Donc, je dirais demain soir.

— Et si on n'a pas ce qu'il nous faut d'ici là ?

— Alors, on est niqués.

— Si tu prends la place de Mireille, ils te tueront.

— Je sais.

— Je ne veux pas que tu meures », dit-elle en me serrant plus fort.

Une partie de moi ne demande qu'à partir comme ça avec elle, rien que nous deux, et à disparaître. Libérer Mireille, donner à Hipkiss ce qu'elle veut et après nous le déluge. Ce n'est pas notre faute si le monde est pourri : pourquoi serions-nous les seuls à payer les pots cassés ?

Sauf que le monde n'en a rien à cirer de ce qu'on mérite ou pas. Quand vient le moment de payer la facture, l'univers ne nous demande pas si on a de quoi régler les intérêts. Il se contente d'enfiler son poing américain et de te démolir.

Je mets les gaz, nous faisons demi-tour et repartons vers la ville.

136

Je dépose Kat à trois pâtés de maisons du Hilton où elle loge. Je la regarde s'éloigner, la tête haute, et ça me frappe comme une évidence : tout ça la fait kiffer.

De retour sur mon balcon, j'observe *La Belle Dame* aux jumelles. Vers neuf heures du soir, la même routine se répète : le tender conduit Edgar sur le navire de soutien, l'hélicoptère décolle et je le tracke sur mon téléphone jusqu'au même endroit que la veille. Puis, le transpondeur est coupé. Hier, le tracker de vol mentionnait un retour vers deux heures et demie du matin. Cette nuit, c'est à trois heures.

Trente minutes plus tard, je me retourne dans mon lit en pensant à Kat, tâchant en vain de trouver le sommeil, quand mon téléphone se met à vibrer sur la table de nuit. Je m'assieds. Un SMS de Rachel. Il tient en un seul mot : *venez.*

Un taxi me conduit vers son loft à travers les rues désertes. Quand la porte du vieux monte-charge s'ouvre, un spectacle extraordinaire s'offre à moi : une trentaine de hackeurs s'activent sur des ordinateurs portables, entourés par des routeurs, des imprimantes et des équipements réseau. Toutes les tables sont occupées. Une équipe de cinq travaille sur le lit, une autre dans la cuisine et il y en a bien une douzaine qui pianotent assis par terre. Un peu partout, des cartons à pizzas et des canettes de Red Bull, plus de la bière, du vin et des sushis.

Rachel ne s'est toujours pas changée. Et elle n'a pas l'air d'avoir dormi non plus, tout comme les autres.

« Vous aviez raison, dit-elle. On a eu tellement de volontaires qu'il a fallu refuser du monde. Et des équipes bossent en parallèle dans deux autres appartements.

« Vous avez déjà trouvé quelque chose ? »

Elle sourit et fait signe à un jeune Chinois robuste et court sur pattes assis par terre avec les autres. Il nous rejoint, son ordinateur à la main. Il a peut-être dix-neuf ans.

« Voici Wen, dit-elle. Wen, je te présente... »

Elle s'interrompt. « Je ne connais même pas votre nom.

— Seventeen.

— C'est un pseudo de hackeur ? » demande Wen. Il parle un anglais impeccable avec une pointe d'accent californien.

« Quelque chose comme ça. Qu'est-ce que tu as découvert ? »

Wen pose son portable sur le plan de travail de la cuisine et ouvre une page Web.

« En termes d'argent, les super et les mégayachts constituent un énorme business. Mais quand on les dénombre, c'est un tout petit milieu, et encore plus si on regarde les armateurs. Au niveau des sous-systèmes – la sécurité, l'automatisation, le contrôle d'accès, c'est encore plus spécialisé. Une société en particulier s'occupe des trucs hyper haut de gamme. Ils conçoivent des solutions matérielles et logicielles,

les installent, les contrôlent et se chargent de la maintenance. Ils sont très forts. Leurs systèmes vont au-delà des normes militaires. Ils sont renforcés, sous pare-feu, chiffrés et truffés de détections de vulnérabilités. Impossible de les hacker en trois jours.

— Mais ?

— Ces yachts sont conçus pour être des forteresses flottantes, poursuit Wen. Ils sont capables de rester en mer pendant des semaines si nécessaire. Mais qu'est-ce qui se passe si le système tombe en panne ? Imaginez que vous êtes un oligarque figurant sur une liste de sanctions internationales, à deux semaines d'un port où vous ne serez pas arrêté et soudain les portes automatiques ne fonctionnent plus, ou l'alarme se met à sonner en continu. Bien sûr, vous avez un technicien de bord, mais il n'a pas les compétences requises pour réparer ce genre de problèmes. Par conséquent, il faut pouvoir dépanner à distance.

— Pour que, même en pleine mer, les types qui ont conçu et installé le système puissent encore y avoir accès.

— Exact. Ils peuvent se connecter, installer des logiciels de patch, modifier les paramètres ou réparer des trucs.

— Et quoi ? Il suffit de cracker le mot de passe et… »

Wen me regarde comme si j'étais un enfant. « Tout est sur un VPN et les communications sont chiffrées et relayées par un satellite privé. Je vous l'ai dit, ils sont très forts. Du début à la fin, rien ne transite jamais par des infrastructures publiques.

— Alors comment faire ?

— On a piraté le centre de contrôle.

— La société de sécurité ?

— Exactement. On a deux zero-day sous la main. Des trucs dont ils ne soupçonnent même pas l'existence. Sur le marché libre, ils pourraient se monnayer contre une somme à sept chiffres, peut-être huit, mais peu importe. On les a chaînés l'un à l'autre et ça nous a permis d'entrer.

— Et à partir de là, d'avoir un accès direct au yacht ? »

Wen se met à ricaner comme s'il y avait un truc très drôle.

« Non, répond-il. D'avoir accès à tous les yachts. »

137

Il fait jour quand Kat nous rejoint. Nous ne sommes plus que trois dans le loft : Rachel, Wen et moi. On a renvoyé le reste de l'équipe sous prétexte de prendre un peu de repos, en réalité parce que ce dont nous allons discuter nécessite une absolue confidentialité.

« Donc, nous avons accès au système de vidéosurveillance du yacht, dit Kat. À quoi d'autre ?

— Aux principaux systèmes de sécurité, répond Wen. Par exemple, nous pouvons désactiver les serrures électroniques ou déclencher le générateur de brouillard…

— Qu'est-ce que c'est que ça ?

— Ça projette un brouillard chimique dans les zones critiques comme le pont VIP ou les suites-cabines des propriétaires, dis-je. Dans le but de désorienter d'éventuels pirates, des cambrioleurs ou toute autre menace physique. Le temps de permettre aux cibles de grande valeur de s'enfermer dans la citadelle.

— La citadelle ?

— C'est une pièce sécurisée située sous les ponts. Une pièce blindée complètement autonome, que l'on peut verrouiller de l'intérieur. Elle dispose de ses propres circuits d'électricité et d'alimentation en air, et de réserves de nourriture. Ainsi que d'un accès prioritaire aux commandes du yacht.

— Notre exploit ne permet pas d'y accéder, dit Wen. S'ils parviennent à s'y enfermer, nous n'aurons plus ni contrôle ni visibilité.

— Au-dessus de la citadelle, dis-je, il y a le pont de l'équipage : les cabines, la cambuse, le carré. Encore au-dessus, c'est le pont des invités, et tout en haut, les deux suites des propriétaires. L'accès à ces deux zones est entièrement sécurisé. En revanche, le pont réservé à l'équipage est plus perméable.

— Très bien, dit Rachel. Vous connaissez nos capacités, ainsi que la configuration des lieux et la façon dont les accès sont contrôlés. Maintenant, si vous nous parliez du plan d'action ?

— J'allais y venir. »

138

Kat a beau connaître les grandes lignes, elle écoute avec attention pendant que j'explique le détail des opérations à Rachel et à Wen. En substance, c'est assez simple. Nous avons une moitié de Deep Threat en notre possession et Hipkiss détient l'autre. Si nous lui donnons notre moitié, elle pourra les combiner afin de reformer le malware d'origine. Mais il en va de même pour nous, si nous pouvons nous emparer de sa moitié. Et sitôt que nous aurons la totalité de Deep Threat, nous la publierons et les vulnérabilités des arsenaux nucléaires du monde entier pourront être corrigées.

Quand ce sera chose faite, Deep Threat sera sans valeur. Une relique tout au plus. Et le monde sera sauvé.

L'idée maîtresse est simple, mais les détails, pas du tout. Au fil de mes explications, je vois Wen et Rachel échanger des regards sceptiques.

À la fin, Rachel se rassied en disant : « Ça ne marchera jamais. »

Je regarde Wen. « Mais techniquement, c'est faisable, non ?

— Oui, seulement…

— Alors, où est le problème ? Seuls Kat et moi allons prendre des risques. Personne d'autre ne s'approchera de la ligne de tir.

— Peut-être, dit Rachel. Mais nous sommes quand même tous impliqués. Marvellous est mort. Gracious aussi. Si ça tourne mal, on passera notre vie à surveiller nos arrières. Vous deux, vous en avez peut-être l'habitude. Mais nous ne vivons pas comme ça.

— Je comprends, dis-je. Mais interrogez-vous : si Marvellous était ici, s'il avait connaissance de notre plan, s'il savait ce qu'ils ont fait endurer à Gracious et ce qu'ils envisagent de faire à Mireille, et surtout s'il était au courant de ce que Hipkiss compte faire de Deep Threat, qu'est-ce qu'il dirait ? »

Rachel reste un long moment silencieuse. Elle consulte Wen du regard.

« Allez, Rachel, répond-il. Tu sais parfaitement bien ce qu'il dirait.

— Réfléchissez à l'alternative, dit Kat. Soit Mireille meurt, soit Hipkiss obtient les clés de l'apocalypse nucléaire. Peut-être que vous ne voulez pas avoir nos morts sur la conscience, mais pourriez-vous vivre avec l'une ou l'autre de ces possibilités ?

— Non, dit Rachel. Vous avez raison. On n'a pas le choix. Il faut tenter le coup. »

Wen se penche sur les plans imprimés. « Comment savoir où le malware sera caché ? En plus, si c'est une planque sécurisée, il y aura forcément une clé magnétique, un code à combinaison, des contrôles biométriques, quelque chose. Comment on les obtiendra ?

— Hipkiss est dingue, mais pas stupide, dis-je. Deep Threat est sa carte maîtresse, elle doit le conserver près d'elle. Les plans montrent qu'il y a un coffre dans sa suite. C'est là qu'on le trouvera. Une clé magnétique, ça se vole, et les données biométriques sont facilement falsifiables. À mon avis, elle utilise un code à combinaison. Quand je lui livrerai notre moitié de Deep Threat, il faudra bien qu'elle ouvre le coffre pour prendre la sienne afin de les combiner. Et votre équipe n'aura qu'à utiliser le système de vidéosurveillance pour reconnaître visuellement le code qu'elle composera. Vous pensez que c'est possible ?

— Ils sont très bons, dit Wen. Si c'est faisable, ils le feront.

— J'ai compris comment vous monterez à bord, dit Rachel. Mais Kat ? Comment arrivera-t-elle à vous rejoindre ?

— *La Belle Dame* n'est pas seulement ici pour Mireille, mais pour l'Ekoparty, dis-je. Staley est à la recherche de nouveaux malwares. Kat va lui proposer quelque chose qu'il ne pourra pas refuser, mais dont la démonstration ne pourra être faite qu'à bord du yacht.

— Attendez une minute, dit Wen. Vous voulez qu'on trouve un autre exploit dans les douze prochaines heures ?

— Pas besoin, je réponds. On le possède déjà. »

À ce moment, la sonnette de l'interphone retentit. C'est un coursier qui livre un paquet provenant du plus grand magasin de jouets de Buenos Aires. Je vais ouvrir et remonte avec une grosse boîte emballée dans du papier cadeau.

« D'accord, dit Rachel, mais Kat a toujours besoin qu'on la présente.

— C'est à ça que ça sert », dis-je. Et je déchire l'emballage du paquet pour leur montrer ce qu'il contient.

Le reste de la journée est consacré à peaufiner fiévreusement les détails. Wen fait revenir l'équipe chargée de la reconnaissance visuelle pour passer en revue le système de vidéosurveillance, y compris les enregistrements des dernières vingt-quatre heures, pendant que Kat et moi nous entraînons à mémoriser sur le plan la configuration de *La Belle Dame* jusqu'à pouvoir s'y déplacer les yeux fermés. Ensuite, nous passons le temps assis par terre à jouer avec le contenu du paquet cadeau, envisageant l'une après l'autre les différentes possibilités jusqu'à ce que nos prunelles ressemblent à des billes de flipper. Au début, Kat prend des notes mais elle se rend vite compte que c'est inutile : pour cette partie du jeu, elle ne pourra se fier qu'à sa mémoire.

Vers quatre heures, une limousine blanche se gare au pied du loft et le chauffeur, qui a accepté deux mois de salaire en liquide en contrepartie, nous abandonne son uniforme avant d'aller s'éclater dans un bar du coin.

À six heures du soir, Kat déclare qu'elle est aussi prête que possible. Nous nous arrêtons à mon appartement pour qu'elle se change dans la chambre à coucher. Elle réapparaît trois quarts d'heure plus tard une nouvelle fois transformée, dans une minirobe noire à bretelles croisées dans le dos, agrémentée d'un rang de perles et de bottines à talons plats. Si on y ajoute ses cheveux cuivrés et son rouge à lèvres brillant, il est impossible de dire si elle est la dirigeante d'une société de la Tech, une prostituée de luxe ou une tueuse à gages internationale.

« Tu en penses quoi ? demande-t-elle.

— Je ne sais pas si je dois te proposer une affaire, te baiser ou prendre une balle dans la tête.

— Merci, dit Kat, je vais réfléchir. Et maintenant, qu'est-ce qu'on fait ?

— Maintenant, on attend. »

139

Je surveille *La Belle Dame Sans Merci* du balcon. À mes côtés, Kat est tranquille, mais sa façon d'allumer des cigarettes à la chaîne trahit une certaine nervosité. Je commence à me dire qu'on a fait fausse route quand des spots s'allument à l'arrière du yacht au moment où s'ouvre la porte du garage à flot. Le tender en émerge et met le cap sur le navire de soutien. Quelques minutes plus tard, les feux de l'hélicoptère s'allument à leur tour et le pilote monte dans la cabine pour effectuer les vérifications de pré-vol.

« Je pense que c'est parti, dis-je à Kat en coiffant ma casquette de chauffeur.

— Tu crois que je vais y arriver ? » demande-t-elle.

Je ne peux m'empêcher de sourire. « Je crois que tu pourrais y arriver les yeux fermés. »

Son visage devient grave.

« Je suis censée aller jusqu'où ? »

De l'autre côté du port, j'entends les turbines du Bell et les rotors qui commencent à tourner.

Je ravale la bile qui monte dans ma gorge et m'efforce de chasser les visions qui me viennent. Qu'est-ce que je peux répondre ? *C'est clair, tu dois baiser avec lui si ça peut sauver Mireille et annihiler Deep Threat!* Mais qui suis-je pour lui dire quoi que ce soit ? Comme si moi-même, je n'avais pas fait la même chose une bonne centaine de fois.

Et pourtant, et pourtant. Il s'agit de Kat, et rien que d'y penser, j'ai envie de vomir.

Je finis par retrouver ma voix. « Je ne suis pas la bonne personne à qui poser cette question.

— Tu voudras que je t'en parle ? dit Kat. Tu sais, si je… »

Je secoue la tête. « Dis-moi juste ce que j'ai besoin de savoir. Pour le reste… c'est toi qui décides. »

Je me retourne vers le port. Je me sens sale. Kat pose un moment la tête sur mon épaule et me prend la main. Mais le sifflement des turbines monte en puissance et l'hélicoptère décolle doucement. Le navire se soulève légèrement lorsqu'il quitte le pont. Il s'incline vers l'avant et s'éloigne. Ses phares se reflètent dans les vitres des immeubles du front de mer.

Je vérifie sur mon téléphone. Le plan de vol est le même que la nuit précédente.

Je me retourne vers Kat.

« C'est parti. »

140

J'observe Kat dans le rétroviseur en traversant la ville sombre. Assise sur la banquette arrière, elle regarde dehors. Son visage se reflète sur la vitre. C'est vrai qu'elle n'a peur de rien, mais l'intrépidité est souvent fille de l'ignorance quand on ne comprend pas les dangers réels qui se profilent, ou qu'on préfère ne pas les voir.

Ce qu'elle va devoir faire requiert davantage : de la bravoure.

Je quitte la route principale et emprunte le chemin de terre creusé d'ornières qui mène au portail de la grande demeure illuminée. Derrière les grilles en fer forgé, des voitures de luxe sont garées : des Lamborghini, des Bentley modifiées, une superbe Maserati, une paire de Porsche vintage et un 4 × 4 Mercedes G-Wagon haut de gamme.

Deux gardes au crâne rasé se postent de part et d'autre de la limousine quand je stoppe au portail. L'un et l'autre portent un fusil d'assaut AR-15 à canon court en bandoulière sur leur smoking. Le premier tapote à ma vitre. Je la baisse.

« La vitre arrière aussi », grogne-t-il en espagnol.

J'appuie sur la commande. Le gorille évalue Kat d'un air appréciateur et demande :

« *Para quién es la puta?*

— Pardon ?

— *La puta.* La pute, traduit-il en anglais. Elle est pour qui ? »

Derrière moi, Kat a les yeux qui brillent.

Je fixe le type.

« Tu viens de traiter de prostituée l'associée du *señor* Staley ? »

Le gorille pâlit.

« *Señora*, je m'excuse, je ne voulais pas dire que… »

Kat se penche en avant avec un air d'emmerdeuse type. « C'est *señorita*, crétin. Je te conseille d'ouvrir ce putain de portail si tu veux garder ton boulot.

— Absolument, *señorita.* » Il recule, courbé en deux et braille des ordres à son collègue.

Le portail automatique s'ouvre lentement.

Je remonte l'allée et arrête la limo devant l'entrée. Je sors pour ouvrir la portière à Kat. Elle me frôle en sortant.

« Souhaite-moi bonne chance, me susurre-t-elle à l'oreille.

— Tu peux encore changer d'avis, dis-je en admirant la ligne de son cou.

— Tu m'as bien regardée ? » murmure-t-elle. Et elle s'éloigne sans se retourner, gravit les marches et franchit la porte entrouverte.

Je claque sa portière et remonte dans la limousine. Je suis en train de faire demi-tour quand je repère deux occupants dans l'hélico de *La Belle Dame* : le pilote et une haute silhouette, familière et massive.

Harkonnen.

J'évalue les options qui se présentent. Il y a d'autres limousines garées, dont les chauffeurs discutent en fumant à côté de la maison. Si je stationne ici, je pourrais garder un œil sur Harkonnen et protéger Kat au cas où les choses tournent mal. Mais en restant dans la limo, je risque de me faire remarquer et d'attirer son attention. Quant à me fondre parmi les autres chauffeurs, ce serait encore pire.

La même allée dans l'autre sens. Je franchis le portail et m'éloigne sur le chemin de terre jusqu'au premier virage, à environ deux cents mètres. Là, je m'arrête pour observer l'entrée aux jumelles à travers le grillage et une rangée de cèdres rabougris.

Et la même sensation désagréable que j'avais ressentie quand j'étais assis sur le balcon m'assaille à nouveau. Ce n'est pas juste ce que Staley pourrait faire ou tenter, mais aussi le fait que Kat se retrouve sans arme à l'intérieur avec très peu de renseignements, et qu'elle essaie de réussir un coup à trois bandes sans entraînement dans un plan qu'elle n'a presque pas préparé.

J'ai construit ma carrière là-dessus, mais Kat est une novice, et pourtant tout repose sur elle.

N'ayant rien d'autre à faire qu'observer et attendre, je me fais une promesse.

Les chances que nous nous en sortions tous les deux vivants sont proches de zéro.

Mais si l'un de nous deux survit, ce sera elle.

ONZIÈME PARTIE

141

Kat inspire à fond pour tenter d'apaiser l'acidité qui lui ronge l'estomac. Toute sa vie, elle a fui l'attention non désirée des hommes, et maintenant, elle se prépare à en être le centre.

Au pied des marches menant au perron à colonnades, elle marque un temps d'hésitation. Tout cela semble tellement irréel. Pendant un instant, elle souhaiterait être de retour à Williamsburg, mais se souvient ensuite du nauséeux sentiment de trahison et de l'impression qui l'avait saisie la première fois où Vraiment Ken n'était pas rentré et du mépris que lui avait inspiré sa première salve d'excuses bidon. Elle aurait dû l'étaler sur place, mais à ce moment-là, elle feignait encore d'être quelqu'un qui n'avait jamais coupé personne en deux à l'aide d'une tronçonneuse.

Kat et sa mère n'avaient jamais été très proches, mais elle avait fait sienne une maxime que sa maman avait coutume de répéter, même quand elle était en train de mourir du cancer : *si quelque chose te fait peur, fonce à sa rencontre.* À part ça, ses yeux verts et son don pour le dessin, elle n'avait rien hérité d'elle, mais c'était peut-être suffisant.

Elle se décide à gravir les marches. Quand elle arrive sur le perron, la porte s'ouvre en grand devant elle, tirée par un petit Chinois au cou de taureau avec une tête en forme de pouce, dont le smoking est déformé à gauche par un étui d'épaule.

À l'intérieur, l'atrium est illuminé et décoré dans un style gangster-chic extravagant. Beaucoup d'ors, quelques portraits mal peints de femmes à moitié nues. Assises côte à côte sur une même chaise longue rouge, deux professionnelles qui attendent le client la lorgnent comme si elle était une concurrente potentielle. Kat leur adresse un sourire censé exprimer à la fois de la solidarité et toute absence de menace pour leur gagne-pain.

Derrière une double porte vitrée sur la droite, elle repère un bar. Une serveuse en sort, chargée d'un plateau de boissons, et traverse la salle vers une autre porte, qui s'ouvre assez longtemps pour que Kat puisse entrevoir l'intérieur.

Sa tension redescend d'un cran. Tout semble conforme à ce qu'ils avaient prévu.

« *Señorita* ? »

C'est l'homme au cou de taureau. Kat sort de sa pochette la carte de crédit J.P. Morgan Reserve fournie par le Dentiste. À l'évidence, il en reconnaît la valeur – *sur invitation uniquement, 10 millions d'actifs sous gestion minimum* – parce qu'il fait signe dans son dos à la Chinoise plus âgée qui est assise derrière une vitre blindée.

Kat s'approche et glisse la carte dans le guichet ménagé en bas de la vitre.

« *Cien mil, por favor.* »

La vieille femme hoche la tête et prend la carte. « *Pesos ?*

— *Dolares.* »

La caissière repousse la carte de crédit.

« *No es posible.* »

Kat la repasse dans le guichet. « *Cien mil. Dolares.* »

La Chinoise presse un bouton situé sous le comptoir. Le son d'un code tapé sur un clavier numérique, un bip. Une porte s'ouvre derrière elle sur un homme d'allure hispanique aux cheveux gominés vêtu d'un costume hors de prix. Il pourrait ressembler à un directeur d'hôtel lambda sans la longue cicatrice qui balafre sa joue de la tempe à la commissure de sa bouche, dessinant un rictus narquois.

La Chinoise lui chuchote quelques mots à l'oreille, désignant Kat et la carte de crédit. « Je suis désolé, *señorita*, dit-il en anglais. Nous ne pouvons pas vous donner le montant demandé. De telles sommes sont réservées à notre clientèle régulière. Je ne peux vous proposer que dix mille dollars. »

Kat fronce les sourcils. « Le *señor* Staley a dit que ça ne poserait pas de problème. »

L'homme en costume cligne des yeux, et sourit. « Toutes mes excuses. Vous êtes une amie du *señor*. Dans ce cas... » Il murmure quelques mots à la vieille femme et repart se poster derrière la porte. La caissière compte cent mille dollars en jetons qu'elle entasse dans une aumônière en velours noir. Kat la prend et retourne vers l'atrium.

Elle respire un grand coup. *C'est parti.* Elle entre dans la salle de jeux, comme s'il était tout naturel de s'inviter dans le casino clandestin d'une Triade avec cent mille dollars en main.

142

Un nuage de fumée plane sur la salle de jeux. Les croupiers et les chefs de table sont tous chinois et pour beaucoup tatoués. Une grande partie des joueurs sont asiatiques mais Kat capte aussi des bribes d'espagnol, de portugais, de russe et d'arabe. Ce sont presque exclusivement des hommes accompagnés de jeunes femmes penchées sur leurs épaules. Certains ont le visage cabossé ou le nez cassé de types qui se sont extraits de la rue à la force des poings. Il y a également des businessmen calmes et réservés, et des jeunots à peine sortis de l'enfance, débordant d'énergie et d'un goût pour le bling-bling attestant qu'ils ont fait fortune, peut-être dans le sport, la musique ou les cryptomonnaies.

Ici, on joue à toutes sortes de jeux. Des jeux occidentaux, craps, poker et baccarat, et des jeux chinois comme le *pai gow* ou le *sic bo*. Au centre de la salle trône une roulette anglaise. C'est à cela que Kat s'est entraînée. Elle cherche parmi les joueurs assis autour de la table le visage dont elle a étudié la photo et sent son cœur se serrer.

Il n'est pas là.

Enfin, elle le repère, un peu plus vieux et plus empâté,

qui revient des toilettes. Il porte l'uniforme des anciens militaires, composé d'un polo et d'un pantalon beige dont la ceinture-sangle fait ressortir son ventre. Ses cheveux clairsemés coupés ras grisonnent sur les tempes, ses joues sont flasques et son visage rougeaud. À voir sa démarche et le grand verre de scotch qui l'attend à sa place, il est clair qu'il boit depuis déjà pas mal de temps. Il se rassied, rallume son cigare et rejoint la partie.

Il n'y a pas de siège libre à la table, mais un Philippin joufflu perd ses derniers jetons en misant sur le rouge. Il pousse un juron, se lève et s'éloigne d'un pas raide. Kat prend son siège.

« *Haga sus apuestas* », dit le croupier.

Staley lève les yeux et découvre Kat en face de lui. Il la déshabille du regard. Kat reste impassible. Il lui sourit, pas elle. Il hausse les épaules et pousse une pile de jetons sur le rouge.

Contente-toi de suivre le plan. Kat dépose cinq mille dollars de jetons sur le noir. Staley lui jette un nouveau coup d'œil. Elle a misé la même somme que lui, mais sur la couleur opposée. Est-ce délibéré ou une coïncidence ?

Kat fait un sourire suave.

« *No más apuestas.* »

Le croupier lance la bille. Elle semble s'arrêter sur le 12 mais saute à la dernière seconde sur la case suivante.

« *Treinta y cinco. Negro.* »

Trente-cinq, impair et noir. À l'aide de son râteau, le croupier pousse les mises cumulées de Staley et de Kat devant elle.

« *Haga sus apuestas.* »

Cette fois, Staley attend de voir ce qu'elle va jouer. Elle ne bouge pas. Il temporise jusqu'à ce que la bille soit lancée et longe le rebord extérieur de la roulette pour miser à nouveau cinq mille dollars sur pair. Kat dépose la même somme sur impair.

La bille redescend peu à peu vers le centre. Elle tourne et tourne encore, de moins en moins vite et finit par s'immobiliser sur la case 23, rouge, impair et passe.

Une fois encore, le croupier ratisse les jetons de Staley et pousse les deux mises devant Kat.

Du coin de l'œil elle observe Staley, qui essaie de masquer sa contrariété. Elle sait qu'elle a la chance des débutants et que ça ne va pas durer, mais ça ne pouvait pas mieux commencer.

143

Protégé par l'écran des arbres, les jumelles braquées sur l'entrée, je ne sais encore rien de tout ça. Mais je connais le plan parce que nous l'avons mis au point hier, avant de nous entraîner à jouer sur la roulette en plastique livrée par le coursier, à l'aide d'un article de Wikipédia sur les différentes mises. Je craignais qu'on manque de temps, mais le cerveau matheux de Kat a enregistré les règles en moins de deux.

Staley était accro au jeu. La rumeur l'attestait depuis toujours, et son transport en hélico vers un casino clandestin dès sa première nuit en Argentine ne fit que le confirmer. Son dada, c'était la roulette – d'où le roulement de bille que j'avais perçu en fond sonore lors de notre toute première conversation – mais sa motivation demeurait un mystère. L'addiction au jeu est autant physique que psychique, notamment par l'afflux d'adrénaline que procure le risque ou la libération d'endorphine que provoque un gain. En revanche, gagner ou perdre cent mille, voire un million de dollars ne voulait rien dire pour Staley. Sa fortune annihilait les effets du risque ou de gains éventuels. La fièvre qui s'emparait de lui lorsque la bille tournait sur la roulette devait être due à autre chose.

Ce n'était pas bien difficile d'imaginer d'où ça pouvait venir.

Staley vivait dans l'ombre de sa sœur. Ils faisaient bloc, mais elle était l'alpha, et lui, le bêta. Alors qu'au casino, sa fortune faisait de lui le dominant. Son indifférence aux pertes lui permettait d'humilier les joueurs qui ne pouvaient pas suivre, ou s'autoriser des mises massives et imprudentes. Il se moquait de perdre, parce qu'il recherchait avant tout l'admiration des spectateurs qui l'observaient bouche bée. Dix mises désastreuses justifiaient celle qui gagne et rattrape tout, provoquant l'humiliation de l'adversaire, ou l'enthousiasme des spectateurs qui se lèvent et applaudissent.

Dans un casino normal, ce genre de comportement ferait de toi une proie de choix pour des joueurs professionnels. Mais Staley évoluait dans le monde des casinos clandestins où aucun pro ne mettait jamais les pieds. Les hommes qu'il humiliait ou bluffait étaient dangereux, et c'était justement le but. Tous savaient parfaitement que si, par inadvertance, ils levaient le petit doigt contre lui, ils connaîtraient une fin rapide et douloureuse entre les mains de Harkonnen, qui n'était jamais loin.

D'où notre théorie que, pour battre Staley, il suffisait d'adopter la stratégie inverse. Une fois sur dix, ses gains atteindraient un montant stratosphérique qui lui procurerait le pic d'endorphine consécutif à un triomphe, alors que nos neuf autres victoires plus modestes devraient nous permettre de sortir gagnants. Ce qui le pousserait à risquer de plus en plus, tandis que nos pertes resteraient supportables.

Notre but n'était pas de le battre, ni de l'humilier, mais d'attirer son attention.

Pourtant il y avait une forte probabilité que l'on finisse par faire l'un et l'autre.

Et aussi une possibilité non négligeable que Kat y perde la vie.

144

Après avoir misé initialement à parts égales sur rouge ou noir, pair ou impair et manque ou passe, Staley comprend quelle partie se joue entre lui et Kat. *Quel que soit son enjeu, elle mise à l'opposé.*

Mais à la roulette, certains enjeux vont bien au-delà des chances simples. Ce sont les enjeux à chances multiples – colonnes, douzaines, sizains, transversales, carrés et quelques autres, où l'on place les jetons directement sur la grille des numéros du tapis vert. Staley essaie toutes ces combinaisons, testant Kat sur sa connaissance du jeu. Et partie après partie, elle continue à jouer en contre. Sur le long terme, personne ne gagne à la roulette – le zéro assure un avantage au casino – mais les mises de Staley sont de plus en plus hasardeuses et ses gains, comme ses pertes, de plus en plus importants, tandis que la pile de jetons de Kat demeure relativement stable. À une ou deux reprises, elle approche de sa limite, n'ayant plus dix ou vingt mille dollars devant elle, mais chaque fois Staley lui fait cadeau d'une mise risquée qui se révèle perdante et la remet en selle.

Après avoir testé toutes les chances multiples, Staley passe aux annonces – des combinaisons complexes de numéros ou des zones du cylindre qui ne sont pas matérialisées sur la table et qu'on annonce verbalement au croupier. *Les voisins du zéro*, par exemple, permettent de miser sur tous les numéros autour du zéro. Ou *le tiers du cylindre* qui mise sur douze numéros situés de l'autre côté du zéro sur la roue. Il en existe beaucoup d'autres que Kat a toutes mémorisées, mais cela ne suffit pas, car à chaque nouvelle annonce de Staley, elle doit calculer la combinaison des autres mises nécessaires pour gagner. Staley a continué d'enquiller les verres. Il a les yeux vitreux, mais est encore assez roublard pour attendre que la bille soit lancée avant de faire ses annonces, mettant sur Kat le plus de pression possible.

D'autres joueurs ont commencé à remarquer le drôle de jeu auquel ils se livrent. La fine fleur de la pègre de Buenos Aires se rassemble autour de la table, s'enthousiasmant pour le stress qui s'abat sur Kat et applaudissant lorsqu'elle annonce une mise qui contre celle de Staley.

« *Haga sus apuestas* », dit le croupier. Personne d'autre ne mise plus à présent, il n'attend pas et lance la bille sur la piste. Staley fait durer le plaisir et annonce « Orphelins en cheval » au dernier moment en poussant vingt mille dollars de plaques sur le tapis.

Kat ferme les yeux, tâchant de se remémorer les notes qu'elle a prises, assise sur le sol du loft de Rachel.

Une combinaison de cinq enjeux, quatre mille dollars en plein sur le 1, et quatre autres mises de quatre mille dollars chacune sur les paires 6-9, 14-17, 17-20 et 31-34.

Elle rouvre les yeux et annonce « Voisins du zéro, tiers du cylindre », couvrant tous les autres numéros peu avant que la bille ne redescende vers la cuvette. Elle l'observe qui rebondit sur les diamants, ces petits obstacles en laiton incrustés dans la bande circulaire, et sent son cœur se serrer lorsqu'elle fait mine de s'arrêter sur la case 17, synonyme d'un énorme gain pour Staley. La sympathie de l'assistance penche en faveur de Kat – qui est le gros joueur et qui est l'outsider est évident – et des soupirs ou des « oh » de dépit se font entendre. Mais au dernier moment, une ultime rotation fait sauter la bille de la case 17 dans la 25 juste à côté.

Deux spectateurs crient de joie, d'autres applaudissent.

Staley fait la gueule. Kat l'observe. Ils avaient vu juste. L'argent n'est rien pour lui, c'est la domination qui le motive. Son visage s'empourpre, de la sueur perle à son front et le col de son polo est imprégné de transpiration.

« *Haga sus apuestas* », annonce le croupier. Il s'apprête à faire tourner la roue quand Staley lève la main.

Il pousse un gros tas de plaques vers l'homme, presque tout son tapis.

« Vingt-trois en plein. Et complet.

— *Señor*…, dit le croupier, pris de court.

— Vous avez bien entendu », dit Staley.

C'est la plus forte annonce à la roulette, l'option nucléaire, une mise dingue associant toutes les combinaisons possibles avec un numéro donné, en l'occurrence le 23.

Alors que la limite de la table est de dix mille dollars, Staley vient d'en miser quatre cent mille.

Si ce numéro sort, le gain est monstrueux, presque quatre millions.

Si c'est un des numéros voisins – entre 19 et 27 –, Staley

s'en sort gagnant, pas de beaucoup, mais il s'en sort. Et si c'est n'importe quel autre numéro, il perd tout.

La foule s'agglutine un peu plus. Prévenu par le chef de table, l'Hispanique en costume surgit de la cage vitrée de la caissière. Le croupier lève vers lui un regard paniqué – *Qu'est-ce qu'on fait ? On accepte une telle mise ?* Le type au costume regarde la foule qui se presse autour d'eux. Kat peut presque sentir le calcul dans sa tête – *peu importe ce que ça coûte, un buzz pareil n'a pas de prix.* Il hoche la tête.

« Vingt-trois, en plein et complet, confirme le croupier. Madame ? »

Kat sourit. Elle ne résiste pas au plaisir de faire monter le suspense. Elle désigne la roulette du menton. *Faites tourner.*

Le croupier s'exécute et lance la bille dans l'autre sens.

Les spectateurs tendent le cou en chuchotant. *Qu'est-ce qu'elle va faire ? En aucun cas elle ne pourra s'aligner sur une mise de quatre cent mille dollars.*

« Sans moi, finit par lâcher Kat. Merci. »

Elle range ses jetons dans l'aumônière en velours noir et se lève.

« *No más apuestas !* » dit le croupier.

Les jeux sont faits. Les gens s'écartent devant elle lorsqu'elle s'éloigne sans se retourner. Son cœur bat la chamade mais elle est déterminée à ne pas le montrer. Quand elle atteint la porte, elle entend la boule redescendre et rebondir plusieurs fois sur les diamants. Elle marque un temps d'arrêt pour écouter le résultat.

Le croupier annonce : « *Seis, negro.* »

Six, noir, pair et manque. Staley vient de tout perdre.

Soudain, un bruit étrange.

Des rires.

Elle ne parle pas espagnol, mais elle comprend ce qu'ils disent à Staley en lui tapant dans le dos. *Pas de chance, mon vieux. Elle t'a eu en beauté!*

Elle regagne l'atrium et tend ses plaques à la caissière. La Chinoise crédite ses gains sur sa carte.

Kat retourne dans le hall, s'attendant à croiser Staley. Elle ne le voit nulle part.

Merde.

Un groupe de joueurs sort de la salle. Elle y jette un coup d'œil, mais la table de roulette est déserte à présent. Là non plus, aucun signe de Staley.

Vient-elle de tout faire foirer en l'humiliant?

Contente-toi de suivre le plan.

Kat se dirige vers la sortie. Le Chinois sans cou lui ouvre la porte avec un petit sourire signifiant que, comme tout le monde, il a apprécié l'humiliation de Staley.

Elle s'arrête un moment en haut des marches, laissant l'air frais de la nuit dissiper la puanteur de fumée de cigarettes et de cigares qui lui colle encore à la peau.

« C'était quoi ce cirque? » demande une voix en bas de l'escalier.

C'est Staley. Il fume une cigarette.

145

Kat descend les marches en affichant une assurance qu'elle n'éprouve pas.

« Il y a un problème ?

— Le problème, c'est que vous venez de me coûter presque un demi-million de dollars.

— J'en déduis qu'à présent j'ai toute votre attention ? »

Staley ricane. Il ne prend pas les choses aussi mal qu'il le prétend. Il désigne sa robe. « Vous l'aviez déjà avant la première mise.

— Mais je voulais peut-être que vous commenciez à penser avec votre tête plutôt qu'avec votre bite. »

Le visage de Staley s'assombrit. « Mais qui êtes-vous, bordel ?

— Quelqu'un qui détient quelque chose dont vous ne pourrez pas vous passer », répond Kat.

Il jette sa cigarette et l'écrase avec dédain sur le gravier. « Bon Dieu. Tout ça pour me servir un putain d'argument de vente ? Vous savez combien de fois par jour j'entends ce genre de conneries ? » Il secoue la tête. « *Buenas noches*, qui que vous soyez. Profitez bien de vos gains. »

Il tourne les talons et s'éloigne vers l'hélicoptère.

Son dernier atout. Ils étaient convenus qu'elle le garde dans sa manche, à moins de ne plus avoir le choix. Et là, elle est en train de perdre la main.

« Votre montre. Une Vacheron Constantin. Vous la posez toutes les nuits sur la table de chevet à droite de votre lit. Et au réveil, c'est la première chose que vous regardez, avant même d'enfiler vos pantoufles Fendi orange et noir. »

Staley s'arrête et fait volte-face, interdit.

« Si vous voulez vraiment savoir qui je suis et ce que je possède, dit Kat, envoyez-moi une voiture au Hilton demain matin à dix heures. Quand je serai à bord de *La Belle Dame*, je vous raconterai tout. »

Elle voit qu'il est ébranlé mais essaie de ne pas le montrer.

« Donc, vous avez joué contre moi. Et vous avez récupéré des infos sur moi auprès d'une salope avec qui j'ai couché. Et alors quoi ? Vous croyez que ça vous donne droit à une invitation ? Allez vous faire mettre. »

Kat sourit. « À huit heures, chaque matin, une femme faisant partie de votre personnel de bord vous apporte un *café con leche.* Vous reluquez son cul quand elle repart. Dois-je vous rappeler ce que vous faites ensuite sous la douche ? »

Staley la dévisage en silence.

« Dix heures », dit Kat, avant de s'éloigner sur l'allée qui mène au portail.

146

Je mate la scène sans le son depuis la limousine.

J'essaie de déchiffrer leur langage corporel pendant qu'ils discutent : Staley est d'abord intrigué, puis méprisant, et enfin stupéfait. On dirait que Kat a sorti l'artillerie lourde. Elle s'éloigne, tête haute, vers le portail.

Il l'observe un moment et rejoint l'hélicoptère plongé dans la pénombre. Le rotor commence à tourner, seul le pilote est visible à présent.

Pendant quelques secondes superflues, je perds de vue Staley dans l'obscurité. Quand je le repère à nouveau, il monte dans le Bell, son corps se profilant dans l'éclairage intérieur.

Et ça me saute aux yeux : Harkonnen n'est visible nulle part.

Il devait attendre Staley dissimulé dans l'ombre, et l'autre lui a dit quelque chose. Ce qui signifie que… *oh, merde.*

Je panote les jumelles en direction de Kat, et ce faisant, je repère une silhouette qui se dirige vers elle par la gauche. Kat ne l'a pas vue, et elle se déplace vite.

C'est Harkonnen, et je comprends que tout vient de partir en vrille.

147

Le géant au visage brûlé se jette sur Kat si violemment qu'elle décolle du sol. Il braque son pistolet contre sa tempe et la bâillonne avec son énorme main. Il l'entraîne vers l'hélicoptère. Elle essaie de se dégager, tente quelques ruades inutiles, mais Harkonnen est beaucoup plus fort qu'elle.

Kat connaît d'autres techniques d'autodéfense, mais pour le moment, elle ne veut pas qu'on la considère comme une menace physique.

Harkonnen la fait entrer de force dans l'hélicoptère. Staley est déjà à l'intérieur. Il referme la porte sur eux et crie au pilote l'ordre de décoller. L'hélicoptère quitte le sol, s'élève au-dessus des arbres, pique du nez vers l'avant et s'éloigne en direction de la ville.

Staley fait signe à Harkonnen, qui retire enfin sa grosse patte de la bouche de Kat.

Balayé par les ombres et l'éclairage cru de la cabine, le côté gauche de son visage est affreusement brûlé et l'œil à moitié fermé. Sa main gauche est encore bandée.

« C'est quoi ce délire ? » dit-elle en détournant les yeux, s'essuyant la bouche du dos de sa main.

« Vous pensez que vous pouvez balancer ce genre de conneries et vous en sortir indemne ? demande Staley.

— Vous venez de m'enlever.

— Vous vouliez une négociation, dit Staley. Maintenant, vous en avez une. »

148

Vingt minutes plus tard, l'hélicoptère se pose sur le pont de *La Jolie Fille*, le navire de soutien, puis le tender les emmène au yacht. Alors qu'ils approchent, *La Belle Dame* les surplombe et les feux de navigation submergés se reflètent sur son étincelante coque gris acier.

Quand les énormes portes du garage à flot se referment sur le tender, Kat se sent prise de claustrophobie. Jusque-là, elle pouvait presque prétendre que tout ça n'était pas vrai, que c'était une espèce de jeu de rôle. Mais ici, dans le bourdonnement des générateurs, l'odeur de diesel et les claquements de métal, sous la lumière aveuglante de projecteurs au plafond, avec la présence menaçante de Harkonnen au-dessus d'elle et des deux hommes en treillis noirs équipés d'armes automatiques tapis dans l'ombre – soudain tout devient réel.

Staley s'engouffre dans un escalier. Avant d'être autorisée à accéder aux ponts supérieurs, Kat est soumise à une très désagréable fouille intime pratiquée par une femme de l'équipage au visage sévère qui porte les gants bleus en nitrile de rigueur. Ensuite, on lui prend son téléphone. Et enfin, Harkonnen la fait monter dans la zone réservée aux VIP.

L'intérieur de *La Belle Dame* combine le chic façon Étoile de la mort dans *Star Wars* et le luxe tape-à-l'œil d'une boutique-hôtel de L.A. qui veut justifier ses tarifs. Kat espère reprendre les négociations avec Staley, mais au lieu de ça, Harkonnen l'enferme dans une cabine au faste tapageur située sur le pont des invités.

Kat entend le bip qui signale l'activation du verrou automatique de la porte. Elle laisse passer une minute et se précipite pour l'ouvrir. En vain.

Elle s'assied sur le lit.

Même si les draps sont en percale de coton égyptien mille fils, elle est désormais prisonnière.

149

L'hélicoptère est au-dessus de l'horizon quand je termine mon demi-tour. Au moment où je passe en vrombissant devant les gorilles en sentinelle, je suis déjà en ligne avec Rachel, la renseignant sur l'appareil. Elle le suit sur son ordinateur et me tient informé en temps réel pendant que je trace vers le centre de Buenos Aires.

Entre-temps, une copine de Wen file à scooter sur les quais, d'où elle observe l'hélicoptère qui se pose sur *La Jeune Fille*. Elle zoome avec la caméra de son téléphone et filme le tender qui rallie le mégayacht.

Le trajet à fond de train vers le port me prend à peine dix minutes. Je me repasse trois fois la vidéo, essayant de déchiffrer le langage corporel de Kat sur le tender. Harkonnen reste près d'elle, mais il a rengainé son arme et elle semble plus rebelle qu'effrayée, ce qui est bien son genre, mais pourrait aussi n'être que bravade. Staley garde ses distances sans la quitter des yeux. Et ça ne me dit rien qui vaille.

Ne pouvant rien faire d'autre, je retourne chez Rachel. Elle propose d'accéder à nouveau à la vidéosurveillance, mais

Wen redoute qu'un débit anormal de trafic réseau ne déclenche une alarme dans le système. Il a déjà dérogé à deux reprises à son principe d'invisibilité – une fois pour capturer les images de la cabine de Staley que Kat lui a décrite, et l'autre afin que, le moment venu, l'équipe visuelle puisse récupérer le code dans la suite de Hipkiss. Deux caméras surveillent sa cabine, braquées volontairement dans d'autres directions que celle du coffre, mais dans la première, il y a des pixels inutilisés à l'extérieur du cadre que l'on peut pirater, et la deuxième capte un reflet sur la fenêtre située en face. Et comme les deux sont des caméras 4K haute définition, l'équipe pense pouvoir capturer la combinaison.

Il est trois heures du matin. On est assis tous les trois autour de la table de la cuisine. Rachel et Wen ont les traits tirés. Ils stressent, tout comme moi, mais je m'efforce de ne pas le montrer.

« On n'avait pas prévu ça, dis-je, mais ça peut encore marcher. Dans le plan, ils devaient venir chercher Kat demain matin pour l'emmener à bord. On est juste en avance sur l'horaire.

— Ils l'ont enlevée, putain ! s'emporte Rachel. Tu sais ce qu'ils ont fait subir à Marvellous. Tu ne flippes pas à l'idée qu'ils lui infligent le même traitement s'ils découvrent qui elle est ?

— J'ai confiance en elle. » C'est tout ce que je trouve à dire. « Tout ce qu'on peut faire, c'est s'en tenir au plan et ne pas paniquer, d'accord ? Si quelqu'un peut réussir, c'est elle. »

Je parle avec tant de conviction que je me convaincs presque moi-même.

150

Kat ne s'attend pas à trouver le sommeil, pourtant elle s'endort, la fatigue prenant peu à peu le dessus sur la tension générée par les événements de la nuit. Et les draps en percale ne sont pas désagréables. Le lendemain matin à huit heures et demie, elle est réveillée par quelques coups discrets frappés à la porte. Elle entend le bip signalant l'ouverture et une femme de chambre gantée de blanc fait son entrée, apportant sur un plateau du café et du jus d'orange, ainsi qu'un exemplaire du *New York Times*, et l'invite – *quand cela conviendra à Madame* – à rejoindre Staley pour le petit déjeuner.

Avant de quitter la cabine, elle montre à Kat une porte de placard qu'elle entrouvre.

Kat avale goulûment une tasse de café et se rend compte qu'en dépit de l'angoisse lancinante qui pèse sur son estomac, elle a très faim. Depuis l'enfance, on lui répète qu'elle n'a peur de rien, au point que ça l'énerve, non pas que ce soit inexact, mais plutôt parce que ce n'est pas toute la vérité. En effet, elle n'a jamais obéi à ce qu'on voulait lui imposer, et elle conçoit la peur comme un artifice supplémentaire destiné à l'empêcher de faire ce qui lui plaît.

Eh merde, j'ai faim! se dit-elle.

Elle s'observe dans le miroir, son maquillage est parti. Comment rendre la robe de salope/prostituée/tueuse qu'elle portait la nuit dernière moins ridicule en plein jour ? La façon dont Staley l'a déshabillée du regard lui a donné des frissons et elle n'a pas l'intention de l'encourager davantage. Puis elle se souvient de la femme de chambre entrouvrant le placard. Elle y découvre des robes, des peignoirs et des maillots de bain de différentes tailles. Uniquement des trucs de créateurs.

À nouveau, elle frissonne. *C'est la cabine réservée à toutes ses conquêtes.*

Elle fait défiler les cintres, trouve quelques vêtements à sa taille et opte pour une robe bain-de-soleil blanche qui, espère-t-elle, lui donnera un air assez chaste pour tenir Staley à distance.

Près de l'escalier menant au pont du propriétaire, il y a une sorte de loggia dont les portes s'ouvrent sur un passage couvert. Kat est en bas des marches quand elle entend des rumeurs de dispute étouffées au-dessus d'elle. Une des voix est celle de Staley. L'autre doit être celle de Hipkiss.

« Qui est-ce ? demande la voix féminine.

— Personne, dit Staley. Une fille que j'ai rencontrée.

— Tu sais que je déteste les surprises. Elle va passer la nuit ici ?

— Ça reste à voir. Pourquoi ?

— J'ai des affaires à régler. J'aurai besoin de Harkonnen pour la soirée. »

Kat entend le bruit de ses pas qui s'éloignent et une porte qui se ferme. Elle compte jusqu'à trente et s'engage dans l'escalier vers le pont supérieur. En haut des marches, un garde armé s'écarte devant elle, lui désignant la porte de la suite d'Edgar Staley.

La déco est surchargée comme partout ailleurs, avec des canapés en cuir blanc et un immense lit rond. Et surtout, positionnés un peu partout dans un diorama de faux rochers, une floppée de trophées de chasse, parmi lesquels un bouquetin empaillé, plusieurs cervidés, un puma et ce qui ressemble à un léopard des neiges. La place d'honneur revient à une tête de rhinocéros blanc aux yeux méchants fixée au mur au-dessus d'un énorme bureau massif, et flanquée de deux énormes défenses d'éléphant posées sur d'épais socles en bois. Divers fusils de chasse anciens et des lances masaï complètent le tableau, avec, cerise sur le gâteau, un immense sabre accroché juste au-dessus du lit.

Kat en conclut qu'il s'agit de la cabine d'un homme absolument pas à l'aise avec sa masculinité.

Une porte donne sur la terrasse où Edgar fume une cigarette en regardant la mer. Quand il voit Kat arriver, il envoie d'une pichenette sa cigarette par-dessus bord et fait un geste vers une table dressée pour le petit déjeuner – croissants, œufs brouillés, yogourt, café.

« Non, dit Kat. D'abord, je veux que ce soit bien clair. Je ne négocie pas avec un flingue sur la tempe. Vous m'avez amenée ici sous la menace d'une arme, vous me bouclez dans une cabine et vous espérez que je passe un *deal* avec vous ? Soit je suis invitée, auquel cas on pourra peut-être discuter. Soit je suis prisonnière et je n'ai rien à vous dire. »

Staley hausse les épaules. « Très bien. Vous êtes libre de partir quand vous voulez. Ou vous pouvez prendre le petit déjeuner avec moi comme une personne civilisée et me raconter qui vous êtes, les cartes que vous avez en main, et m'expliquer ce qui vous a pris de la jouer de cette façon. »

151

« Le jeune Nigérian, dit Kat.

— Je ne vois pas de quoi vous parlez », rétorque Staley, et Kat se dit qu'il pourrait ne rien savoir de Deep Threat, ou de la quête de sa sœur pour s'en emparer.

« Le hackeur qui a disparu, poursuit-elle. Ce n'est peut-être pas vous qui l'avez fait tuer, toujours est-il qu'il est mort, assassiné. Et maintenant, tous les pirates craignent de se retrouver avec une cible dans le dos s'ils mettent sur le marché un exploit majeur. Moi, je ne suis qu'une intermédiaire. Me tuer ne vous servira à rien. Je ne connais même pas ceux que je représente. Je ne suis ici que pour vous informer de ce qu'ils détiennent et vous donner l'occasion de faire une offre de préemption.

— Admettons que je gobe votre histoire. Qu'avez-vous à vendre ?

— Un zero-day.

— Évidemment. Qui donne accès au réseau de vidéosurveillance du yacht, c'est ça ? »

Kat secoue la tête. « Vous êtes loin du compte. Ce qu'on vous propose, ce n'est pas seulement un accès direct à l'infrastructure réseau de ce yacht, mais à tous les yachts qui utilisent le même système. Cela inclut un accès complet en temps réel et à distance aux systèmes de vidéosurveillance ainsi qu'une visibilité sur le trafic réseau, la sécurité et les communications des plus grands mégayachts de la planète. Ceux des oligarques, des chefs d'État, des narcoterroristes et même de Steven Spielberg. Vous pourrez espionner leurs conversations, désactiver leurs systèmes de défense et les suivre partout où ils vont. Et ils n'en sauront jamais rien.

— D'accord, finit par répondre Staley. Disons que je suis intéressé. Combien ça coûte ?

— Cent millions de dollars. En cryptomonnaie. »

Staley penche la tête en arrière et éclate de rire. « Vous pouvez toujours rêver.

— Comme vous voudrez, dit Kat. Mes partenaires m'ont aussi chargée de vous dire qu'il s'agit d'une offre limitée dans le temps. La date butoir est demain à midi. Si d'ici là je ne les ai pas informés d'un accord, ils mettront le zero-day sur le marché. Et vous serez exclu des enchères. Ce qui signifie que, quel que soit l'acheteur, il y a des chances pour que vous soyez une de ses premières cibles. »

Le regard de Staley se fait dur et glacé. « Qui que vous soyez, vous auriez dû mieux vous renseigner. Ça vous aurait appris que je n'aime pas les menaces. » Il se lève et jette sa serviette en lin dans ses œufs. « Je vais donner des ordres pour qu'on vous reconduise à terre. »

Il est à mi-chemin de la porte quand Kat se lève à son tour et lui lance :

« Il y a une autre raison pour laquelle vous pourriez le vouloir. »

Il se retourne. « Et c'est ?

— Pour espionner votre propre yacht. »

152

« Pourquoi ferais-je une chose pareille ? dit Staley, qui soudain parle à voix basse.

— Pour la même raison qui vous a fait mentir à votre sœur sur mon compte et le motif de ma présence à bord, dit Kat. Parce que ce n'est pas votre yacht, mais le sien. Vous êtes une personne pragmatique, pas un croyant convaincu. Vous soutenez ses idées uniquement pour profiter de ses milliards. Vous aimez le pouvoir et bomber le torse à la tête de votre armée privée. Vous aimez avoir un mégayacht et vous taper qui vous voulez quand vous voulez sans jamais avoir à vous soucier des conséquences. Mais vous n'êtes pas stupide. Vous ne pensez pas être l'un des élus de Dieu. Au fond de vous, vous savez de quoi elle est capable. Vous vous dites probablement que vous avez un rôle modérateur et que vous pourrez l'empêcher de faire un truc réellement stupide. Mais vous n'en êtes pas sûr parce qu'elle ne vous fait pas confiance, en tout cas pas assez pour vous dire ce qu'elle mijote. Et si vous essayiez vraiment de l'arrêter, qu'ordonnerait-elle à Harkonnen de vous faire ? Avec ça, vous pourriez savoir ce qu'elle a en tête, ce qu'elle prépare, et aussi vous défendre.

— Vous me suggérez d'acheter votre produit sans l'en avertir ?

— Je crois que vous y pensez depuis le début, répond Kat. Et puisqu'on en parle, une fois que vous aurez la chose en votre possession, vous aurez la possibilité d'effacer toute trace de cette conversation, et aussi de celles que vous avez eues avant ou pourrez avoir dans le futur. Avoir sa bigote de grande sœur comme invitée invisible à chaque rendez-vous doit être compliqué pour un homme comme vous. »

Edgar ne dit rien pendant une longue minute. « Vous êtes prête à me faire une présentation de l'exploit ?

— Bien sûr. Une démonstration en temps réel sur une cible vivante.

— Qui sera ? »

Kat balaie la cabine d'un geste circulaire. « Pourquoi croyez-vous que je voulais être invitée à bord ?

— Vous comptez pirater mon propre yacht ? Vous êtes dingue.

— La maison ne fait pas de crédit, dit Kat. Si vous voulez hacker un autre yacht, il faut payer. Mais si vous acceptez mon offre, vous pourrez découvrir sans risque toutes les capacités de l'exploit avant de vous engager. »

Edgar ne la quitte pas des yeux, il pèse le pour et le contre. « Admettons qu'on mette tout ça en place. Ça marche comment ? »

Enfin. Kat réfrène une envie de sourire.

« Je vais avoir besoin de mon téléphone. »

153

Personne ne pourra dormir avant de savoir comment ça se passe pour Kat. On reste assis autour d'une table, les yeux fixés sur un portable prépayé, en attendant qu'il sonne.

Le téléphone de Kat est également jetable, avec un unique numéro enregistré. Staley dispose sans doute d'outils de triangulation, mais en ce moment même, un des jeunes de l'équipe de Rachel sillonne le centre de Buenos Aires, muni de deux autres prépayés – l'un destiné à recevoir des messages de Kat, et l'autre à les renvoyer à un quatrième téléphone. À l'heure qu'il est, notre relais se trouve dans un immense night-club ouvert vingt-quatre heures sur vingt-quatre, et demain matin, il se déplacera dans des rues bondées et des centres commerciaux, histoire de n'être qu'une silhouette perdue dans la foule, que rien ne permet de distinguer des autres.

Notre seul espoir, c'est que Kat ait accès à son téléphone. Mais si *La Belle Dame* quitte la rade, elle sera hors réseau en moins d'une heure, peut-être moins. Et là, tout le plan tombera à l'eau.

Pour tuer le temps, Rachel attrape le singe-chaussette

aveugle et entreprend de recoudre un bouton à la place de son œil manquant. De nous tous, c'est elle qui pense le plus à Mireille, à ce qu'elle traverse, à la façon de lui annoncer la mort de sa mère, et combien les événements des derniers jours et dernières semaines risquent d'avoir des répercussions dans sa vie pour longtemps.

En la regardant coudre, je songe aux tiroirs pleins des vêtements que Marvellous avait achetés et une idée germe peu à peu dans mon cerveau. Vers quatre heures et demie du matin, je prends Rachel à part et lui explique que j'ai deux propositions à lui faire, mais qu'elle ne peut accepter l'une sans l'autre.

Rachel m'écoute lui exposer la première. Elle acquiesce avant même que j'aie terminé.

« Bien sûr, dit-elle en essuyant une larme. Comment tu as pu penser que je ne serais pas d'accord ?

— Attends la deuxième partie, dis-je. N'accepte pas avant d'avoir entendu tout ce que j'ai à dire. »

Elle écoute en silence, et son visage devient grave.

« Tu déconnes, dit-elle à la fin.

— Je ne vois pas d'autre solution, et toi ?

— Tu en as parlé à Kat ?

— Si je l'avais fait, elle n'aurait jamais accepté. »

Elle est presque en colère à présent. « Et pourquoi tu crois que moi, je vais accepter ?

— Parce que c'est le seul moyen pour que Mireille ait une chance de grandir sans devenir une cible. Pense au début de vie qu'elle a eu. Abandonnée par sa mère, contrainte de tirer sur un type qu'elle ignore être son père, puis enlevée par un psychopathe. Et je ne te parle pas de ce qu'elle a pu subir depuis. S'il n'y a qu'une chance infime qu'elle mène une existence normale après tout ça, tu ne crois pas qu'elle mérite qu'on la tente ? »

Rachel secoue la tête. « Je ne sais pas si j'en serai capable.

— Alors, l'autre partie de la proposition n'est plus d'actualité. Je ne peux pas lui faire courir un risque pareil. Je trouverai quelqu'un d'autre. »

Enfin, elle relève les yeux.

« Très bien. Je vais le faire. Pour elle, je le ferai. »

154

Aux premières lueurs de l'aube, une fille de l'équipe de Rachel se rend à la Playa Reserva munie de jumelles. On y a une vue dégagée sur la rade. Elle nous rapporte que Staley prend le petit déjeuner en compagnie d'une rousse en robe blanche, sur la terrasse du pont supérieur de *La Belle Dame.*

Kat est toujours vivante, mais on n'en sait pas plus.

À onze heures trente, le téléphone vibre enfin sur la table, annonçant la réception d'un message.

Démonstration autorisée. Veuillez confirmer.

Des cris de joie et des applaudissements retentissent dans le loft. Ma tension retombe d'un coup. Mais il faut que Kat reste sur le yacht jusqu'à ce que j'échange le zero-day contre Mireille. D'où la nécessité d'une manœuvre dilatoire.

Topologie réseau modifiée. Reconfiguration des proxys obligatoire. Proposons démonstration demain à midi. Confirmation dans quelques heures.

Chacun retient son souffle. Quarante-cinq secondes plus tard, un texto de réponse.

On attend.

C'est parti.

L'échange doit avoir lieu à huit heures du soir mais il reste encore un point non résolu.

Le monde de la cyberpiraterie est plein d'histoires d'exploits rendus publics et qu'on n'a pas pris au sérieux. Même si nous arrivons à nous emparer de Deep Threat, le publier ne servira à rien à moins que les gouvernements des États prennent conscience de la menace qu'il représente et agissent sur-le-champ en conséquence.

« On a besoin d'un cogneur, dit Wen. Quelqu'un de sérieux. Quelqu'un de haut niveau, qui a déjà fait des trucs vraiment craignos et qui a un palmarès. Un type que personne n'accusera jamais d'être un menteur.

— Ouais, dis-je. Si seulement on connaissait un type comme ça. »

À ce moment, les portes du monte-charge s'ouvrent en crissant et une chemise familière fait son apparition.

155

Le lieu de rendez-vous consiste en coordonnées GPS qui correspondent à une partie du chantier naval de Río Santiago, à une heure de route au sud de Buenos Aires. Rachel m'y conduit dans sa vieille Fiat 500. Il fait presque nuit, les phares faiblards peinent à éclairer la route. Calée sur mes genoux, une minuscule mallette Nanuk aux normes militaires américaines contenant la moitié d'un malware qui pourrait déclencher l'apocalypse. Au-dessus du tableau de bord, le singe-chaussette nous observe de son œil unique récemment recousu. Sur la banquette arrière, dans un sac de voyage, une sélection des vêtements achetés par Marvellous, pour que Mireille puisse se changer.

Quelque chose me dit que ma fille va être entre de bonnes mains.

Les coordonnées nous mènent sur une longue ligne droite qui longe un des quais du chantier naval. Elle aboutit à un entrepôt en brique de plain-pied ceint d'une clôture de barbelés rouillée. Deux hommes armés gardent l'entrée. Ils nous font signe de nous arrêter. Ils nous passent aux détecteurs de radiofréquence et de champs électromagnétiques, ils nous fouillent avec une minutie pénible, inspectant derrière les oreilles, dans les cheveux et même jusque entre nos jambes. Ils prennent le téléphone de Rachel, ses clés et son portefeuille, et les remettent à l'intérieur de la Fiat, ils nous font enlever nos ceintures, chaussures et chaussettes et jettent un coup d'œil à nos plantes de pied.

Ces types ne prennent vraiment pas le moindre risque.

L'un d'eux veut s'emparer du singe-chaussette, mais Rachel refuse.

« C'est pour la petite fille », dit-elle.

Il palpe la peluche dans tous les sens et la lui rend. Il nous désigne une porte près du quai de chargement où se tient une autre sentinelle. Nous franchissons le portail et traversons le parking au bitume craquelé en évitant de poser nos pieds nus sur les débris de verre qui jonchent le sol.

À notre approche, le troisième garde murmure quelques mots dans un talkie-walkie. Il nous ouvre la porte.

Tout est noir à l'intérieur, mais dès qu'on entre, une lumière aveuglante jaillit. Le temps que mes yeux s'accommodent, je repère quatre autres gardes armés le long des murs. Dans un décor qui ressemble à un abattoir désaffecté, on avance vers une table à tréteaux sur laquelle est posé un ordinateur. Derrière, se tient une jeune femme, coiffure à frange et rouge à lèvres brillant. À côté d'elle, presque à l'aplomb de la lumière blanche, Harkonnen. Et près de lui, Mireille.

Elle a le teint livide et les traits fatigués, sa frêle silhouette semble pathétique au milieu de tous ces hommes en armes.

« Laisse-la partir. » Ma voix se répercute contre les hauts murs d'acier rouillés.

« La carte d'abord, dit Harkonnen.

— Laissez-la au moins venir près de moi », dit Rachel. Elle fait quelques pas en avant. L'énorme main de Harkonnen pousse Mireille dans sa direction, mais la petite résiste, effrayée.

« Le singe », dis-je doucement.

Rachel s'accroupit et tend le singe-chaussette. « Regarde ce que j'ai apporté. »

Mireille le regarde un moment, et – c'est la première fois que je vois ça – elle se fend d'un grand sourire, accourt et serre le singe tellement fort dans ses bras que ses coutures sont à deux doigts d'éclater.

Harkonnen me fait signe d'apporter la mallette. Les canons de quatre fusils-mitrailleurs me suivent pas à pas.

« Stop, dit-il, quand je suis à mi-chemin. Ouvre la mallette. »

J'obéis, montrant à tout le monde ce qu'elle contient.

« Sors la carte et pose la mallette par terre. »

J'obtempère.

« Et maintenant tu apportes la carte et tu la poses sur la table. »

J'avance de quelques pas, fais ce qu'on me demande et recule à nouveau. Je sens alors le canon d'une arme s'enfoncer dans mon dos. Le garde qui était à l'entrée m'attache les poignets avec un collier de serrage.

La femme à frange et rouge à lèvres prend la carte et l'introduit dans un lecteur. Elle tape quelques commandes sur le clavier de l'ordi, puis relève les yeux.

« Le hachage MD5 correspond.

— C'est la preuve qu'elle est authentique, dit Rachel, les mains posées sur les épaules de Mireille. Vous n'avez pas besoin de l'emmener. »

Harkonnen dégaine un pistolet automatique, s'approche de Rachel, appuie le canon au milieu de son front, le fait lentement glisser le long de son visage, de son cou, de sa poitrine et de son ventre jusqu'au front de Mireille.

« Vous voulez qu'on reprenne la fille ?

— Rachel, dis-je. C'est bon. C'est ce qui était prévu. »

Elle regarde Harkonnen dans les yeux.

« J'espère que vous finirez par brûler en enfer. »

Le garde derrière moi ouvre la porte pour la laisser sortir avec Mireille. Avant de s'en aller en tenant Rachel par la main, la petite se retourne vers moi et je me rends compte que c'est peut-être la dernière fois que je la vois. Pendant une fraction de seconde, je l'imagine grandie, essayant de deviner le genre de jeune femme qu'elle pourrait devenir. Puis la porte se referme et quand je me retourne, Harkonnen est debout devant moi.

« Allons faire un tour, dit-il.

— Je pensais que tu ne me le proposerais jamais. »

Il m'envoie un crochet au ventre qui me plie en deux. Je tombe à genoux. Deux gardes me ramassent et me traînent derrière lui et la fille à frange, qui sortent de l'entrepôt par les portes de chargement situées à l'autre bout. À l'extérieur, j'aperçois les pales du rotor de l'hélicoptère de *La Belle Dame* qui tournent déjà.

DOUZIÈME PARTIE

156

Kat craint que Staley finisse par s'irriter de ce délai destiné à gagner du temps. Au contraire, il est ravi qu'elle doive passer une nouvelle nuit sur le yacht et l'invite à dîner dans sa suite. Il lui reprend son téléphone en promettant de lui transmettre chaque message. Elle passe la fin de la journée à l'éviter, allongée au soleil sur la terrasse des invités, ravitaillée en eau de source et jus de grenade toutes les demi-heures.

En milieu d'après-midi, à trois heures et demie de l'échange, elle entend démarrer le rotor de l'hélicoptère.

Ça marche, pense-t-elle. *Cette fois, c'est vraiment parti.*

Le dîner est prévu à huit heures, mais elle fait patienter Staley le plus longtemps possible. Il est presque neuf heures quand elle pénètre dans sa suite. Des cocktails sont servis, mais à voir son visage rougeaud, il a pris de l'avance. Il a mis un smoking pour l'occasion, dont la ceinture violette peine à corseter sa panse.

Il lui offre un des deux verres.

Elle en prend un et attend qu'il boive avant d'y tremper ses lèvres.

« Si vous croyez que j'ai mis du GHB dans votre verre, vous vous trompez, dit-il. Je n'ai pas besoin de ce genre de conneries.

— Laissez-moi deviner, rétorque-t-elle. Vous laissez le charme de votre fortune agir ? »

Staley hausse les épaules. « C'est vous qui demandez cent millions. Combien vous prenez dessus ? Dix, quinze pour cent ?

— C'est entre mes clients et moi », répond Kat.

Elle fait mine d'avaler une gorgée de cocktail. Par la porte de la terrasse ouverte, elle entend le bruit de l'hélicoptère qui revient.

« Je dirais entre dix et vingt millions de dollars, poursuit Staley. Vous savez ce que vous allez faire de cette somme ?

— Financer un orphelinat, dit Kat.

— Je pourrais vous aider à financer dix "orphelinats". Une centaine, même. »

Kat n'a aucune intention de passer le reste de la soirée à discutailler avec lui, et puisqu'il est déjà bien hameçonné, elle décide de passer à l'offensive.

« J'imagine que quand on est plein aux as à ce point, on croit que tout s'achète.

— D'après mon expérience, tout a un prix.

— Il est possible aussi que la merde attire les mouches. Quand on a tellement de fric, on ne croise que des gens qui veulent vous le piquer.

— Vous êtes cynique.

— Dites-moi la vérité. Quand avez-vous rencontré pour

la dernière fois quelqu'un qui s'intéressait vraiment à vous, et pas à la fortune de votre sœur ? Est-ce que vous vous rappelez même à quoi ressemble une relation qui ne soit pas une espèce de transaction ? Vous avez sûrement dépensé beaucoup d'argent pour vous entourer de personnes qui faisaient semblant de vous apprécier, ou d'être amoureuses de vous. Mais vous êtes quelqu'un d'intelligent. Je parie que vous n'y avez pas cru une seconde. »

Edgar a un goût amer dans la bouche et ne sait quoi répondre.

« Pourquoi n'arrêteriez-vous pas d'essayer de m'acheter ? poursuit Kat. Comme ça on pourrait peut-être avoir une vraie conversation ? »

Un court instant, elle craint d'avoir été trop loin, mais Staley dit simplement :

« Banco. »

157

Avant de me charger à bord de l'hélicoptère, ils me ligotent les chevilles avec du Serflex, me collent des lunettes de soudeur sur les yeux et m'enfilent une cagoule noire qui me serre le cou.

Vingt minutes plus tard, l'hélicoptère se pose. Je sens l'odeur du kérosène et des gaz d'échappement tandis qu'on me traîne sur la passerelle conduisant au tender. Dès qu'on arrive au yacht, on me saisit aux aisselles et on me pousse dans les entrailles de *La Belle Dame.*

J'avance, aveuglé par la cagoule et les lunettes, mais Kat et moi avons mémorisé l'agencement du yacht. Un virage sur la droite et une volée de marches vers le bas m'indiquent qu'on descend vers la cale, dans une zone marquée « Stockage sécurisé A » sur le plan. C'est sans fenêtre, facile à verrouiller et le grondement des moteurs diesel dans la salle des machines située juste à côté couvre tout autre bruit.

Les gardes me jettent comme un sac-poubelle. J'ai toujours les pieds et les mains liés. Mon crâne percute violemment le sol métallique. Je perds quelques instants connaissance, balance entre conscience et inconscience jusqu'à ce qu'un bip et le claquement d'un verrou électrique se fassent entendre. On me remet en position assise avant de m'enlever la cagoule et les lunettes de soudeur.

Des néons éclatants me font cligner des yeux. Harkonnen est debout sur le seuil.

« Tu préfères la bonne nouvelle, la mauvaise nouvelle ou la bonne nouvelle ? »

Je choisis de ne pas répondre.

« La bonne nouvelle, c'est que la carte est authentique. La mauvaise, c'est que je ne suis pas censé te tuer. Et la bonne nouvelle, c'est que je vais le faire quand même.

— Vas-y », dis-je.

Il s'approche, s'accroupit et appuie le canon de son pistolet sous mon menton.

Je continue. « Le problème, c'est que tu ne peux pas le faire. D'abord parce que tu ne veux pas que l'équipage entende un coup de feu, et encore moins quelqu'un dans le port. Ensuite, parce que tu ne me tueras pas avant qu'on soit dans les eaux internationales, car sinon c'est la loi argentine qui s'applique et ça pourrait devenir vilain. Et enfin parce que dans ton dos, il y a un type avec un seau d'eau et une éponge, ce qui suggère que ta patronne a demandé à me voir, et qu'elle déteste quand tu laisses des traces de sang dans la zone VIP. »

Harkonnen appuie plus fort, le doigt sur la détente. Il adorerait me prouver que j'ai tort. Mais j'ai raison. Il se tourne vers le matelot.

« Nettoie-moi ce fils de pute. »

158

On trouve un T-shirt d'homme d'équipage pour remplacer le mien, taché de sang. Harkonnen sectionne les liens de mes chevilles et m'escorte, sous la menace de son arme, dans les trois escaliers menant au pont supérieur. L'odeur et l'environnement sonore changent quand on passe de la zone spartiate réservée à l'équipage au luxueux pont VIP insonorisé. Il me pousse dans une pièce présentée sur le plan comme une bibliothèque et m'assied sur une chaise.

« Enlevez-lui la cagoule », ordonne une voix familière, nasillarde et autoritaire.

La pièce n'est pas une bibliothèque mais une salle de réunion high-tech équipée de nombreux haut-parleurs, d'écrans plats et de tout le matériel nécessaire à la visioconférence. Des volets roulants métalliques occultant les fenêtres protègent la pièce des écoutes. Hipkiss est assise au bout d'une longue table recouverte de cuir. Dix années ont passé depuis notre dernière rencontre. Elle est toujours la même et pourtant différente. Avant, elle ne portait pas de maquillage, alors qu'aujourd'hui, elle s'est généreusement poudré le visage et son rouge à lèvres fuit dans les ridelles au-dessus de sa lèvre supérieure. Ses cheveux frisés sont figés par une étrange permanente, qui me rappelle celle du personnage de Ma dans la série *Les Craquantes.* Son blazer est maintenant vert, avec des épaulettes comme on n'en a plus vu depuis *Dallas.* Elle n'a pas plus de cinquante-cinq ans, mais tout concourt à lui en donner au moins dix de plus. Et le plus bizarre, c'est que j'ai la nette impression que cet accoutrement a été choisi avec soin.

Elle sourit benoîtement, et la fragilité de ce sourire me dit qu'il y a peut-être plus d'enjeu dans cette entrevue que je ne l'avais anticipé.

« Ai-je votre parole que vous ne tenterez rien de stupide, monsieur… Puis-je vous appeler autrement que Seventeen ? C'est tellement impersonnel. »

Je hausse les épaules. « Parfois, on m'appelle Jones.

— J'ai votre parole, monsieur Jones ? »

Je hoche la tête.

« Eh bien, dans ce cas… » Elle se tourne vers Harkonnen. « Vous pouvez disposer.

— Mais, madame, je… »

Avant qu'il ait fini sa phrase, elle dit sèchement : « Je vous ai demandé de dégager. »

Harkonnen quitte la pièce, non sans me décocher un regard suggérant qu'on n'en a pas encore fini tous les deux.

La porte se referme dans un claquement sourd. Comme toute la pièce, elle est insonorisée.

« Enfin seuls, dit elle. Voulez-vous du café ? »

Posé sur la table, un plateau avec une cafetière italienne

et deux tasses blanches comme on en voit dans les Holiday Inn. Je lui montre mes poignets ligotés dans mon dos.

« Ah, bien sûr, dit-elle. Un peu d'eau, alors. »

Elle attrape une bouteille d'eau minérale, la débouche et s'approche. Elle est mince, maigre même, mais ses larges hanches lui donnent un léger dandinement.

« Ouvrez la bouche. »

Elle s'assied sur le bureau, lisse sa jupe et fait doucement couler l'eau dans ma bouche. Elle est si proche de moi que je respire son parfum douceâtre et écœurant, qui doit s'appeler *Cendres de Roses*. Mais je sens une autre odeur, musquée, que je n'arrive pas à identifier jusqu'à ce que je me rende compte, troublé, qu'elle émane de son haleine.

« Maintenant, avalez », dit-elle. J'obéis. « Vous en voulez encore ? »

Je hoche la tête, et elle en verse un peu plus, puis m'essuie la bouche avec une serviette en papier.

« Voilà, c'est mieux », dit-elle.

Pendant une seconde intense et trop bizarre, j'ai l'impression qu'elle va me claquer un baiser ni chaste ni pur sur les lèvres. Au lieu de ça, elle retourne s'asseoir en bout de table, où sont préparés un carnet et un stylo à bille bon marché dont le capuchon est orné, je le jure, d'un troll violet poilu.

« J'irai droit au but. Je présume que vous êtes au courant de ce qu'il y a sur la carte que vous avez échangée contre la fille ?

— J'en ai une idée très précise, dis-je.

— Savez-vous ce que je vais en faire ? »

La vérité, c'est que je m'en tape. Pourtant, aussi longtemps que je suis dans cette pièce, je suis à l'abri de Harkonnen. Et la dernière partie du plan nécessite que je reste en vie, alors je gagne du temps.

« Aucune idée.

— Vous connaissez l'histoire de Noé ?

— Quand j'étais petit, je ne fréquentais pas beaucoup l'école du dimanche », dis-je, ce qui est un euphémisme parce que le dimanche, j'étais la plupart du temps planqué dans un placard de chambre d'hôtel où j'essayais de ne pas entendre ma mère baiser avec des étrangers pour se payer de la drogue.

« Bon, je vais simplifier, dit-elle. Dieu donna la terre à Adam et Ève. Mais leurs descendants la remplirent de corruption et de violence. Le déluge fut Sa manière de remettre les pendules à l'heure. Quarante jours et quarante nuits de tempête et de pluie. Dans certaines versions de la Bible, chaque goutte traversait les feux de l'enfer et ébouillantait les pécheurs avant de les tuer. Noé et sa femme furent les seuls survivants. Et ensemble, ils repeuplèrent le monde.

— OK », dis-je, bien que franchement, ce scénario me paraisse peu plausible.

« La question est celle-ci, continue-t-elle. Si la pluie de feu devait s'abattre encore, voudriez-vous être dans l'Arche, ou en dehors ?

— Ça dépend.

— De quoi ?

— De la personne qui embarque avec moi. »

159

En disant ça, je pense à Kat. À sa silhouette à mes côtés dans l'obscurité de la coque en bois de la grande embarcation soulevée par une énorme houle, le pont supérieur martelé par une pluie sans fin. À l'odeur de la paille et des animaux, aux ronflements des chiens endormis à nos pieds. Un jour, une colombe apparaît, un rameau d'olivier dans le bec, annonçant la décrue. Nous touchons terre ensemble au sommet d'une montagne alors que les eaux refluent, et débarquons, nus comme au premier jour : le dernier homme et la dernière femme sur terre.

Ce ne serait pas si mal.

160

Mais ce n'est pas Kat qui me renvoie mon sourire. C'est Hipkiss, et je jure que sous la poudre, elle pique un fard qui se propage vers son cou.

« L'histoire a mal tourné, dit-elle. Dieu avait tout prévu. Il nous a offert un pays. Une terre vierge destinée aux croyants. Nous en avons fait le pays le plus puissant du monde parce qu'Il voulait que nous étendions notre empire sur la planète entière. Et parce que le mal est présent sur la Terre, il nous a donné un instrument pour le vaincre. Vous savez de quoi je parle, monsieur Jones ?

— L'arme nucléaire. La bombe. »

Elle sourit. Toujours le même sourire patelin. « Exactement. Mais nous avons commencé à avoir peur du pouvoir que Dieu avait placé entre nos mains. Nous avons été terrifiés à l'idée de nous en servir. Nous avons été lâches. Dieu nous avait fait un cadeau extraordinaire qui pouvait conduire à l'avènement de Son règne sur la Terre, et nous le lui avons rejeté au visage comme des enfants gâtés. Aussi, quand j'ai entendu parler de Deep Threat, j'ai compris ce que ça voulait dire. C'était la manière de Dieu de nous accorder une seconde chance, comme Il l'avait fait avec Noé. C'est pour cela qu'il fallait que je m'en empare.

— Pour faire quoi, exactement ?

— Pour créer le Paradis sur Terre. »

Encore un sourire. Mais celui-ci est empreint de fierté. Sûrement le sourire le plus dérangeant que j'aie jamais vu.

« Laissez-moi deviner, dis-je. Vous voulez utiliser Deep Threat pour provoquer un conflit nucléaire entre superpuissances, et attendre qu'elles se soient anéanties pour prendre le relais. Vous laissez passer la période critique à bord de *La Belle Dame,* et une fois la fumée dissipée, grâce à la milice de votre frère, vous débarquez avec des bases de fonctionnement dans des États non nucléaires qui auront survécu, plus une armée, des politiciens à votre botte et un service de renseignement. Entre les explosions et les retombées radioactives, plus de cent millions de personnes seront mortes. Ce sera votre déluge. Vous serez retournée à la genèse, exactement comme Dieu l'avait fait pour Noé.

— Je suis tellement contente que vous compreniez. Ma génération est perdue. Comme la vôtre. Mais nos enfants hériteront d'un monde nouveau. Nous leur enseignerons l'amour de Dieu et l'obéissance à Ses Lois. Ils grandiront dans des ruines, mais les ruines finiront par s'écrouler et l'herbe les recouvrira, et la Terre sera telle qu'elle était censée être, soumise à la domination du peuple de Dieu. Et les enfants de nos enfants seront les rois de la Terre.

— Et qu'est-ce qu'on fait des autres ? Ceux qui ont des croyances différentes ou pas de croyance du tout.

— Il n'y aura pas d'autres, dit-elle d'une voix ferme. C'est le but. »

161

Le plan de Hipkiss paraît absurde, à juste titre. Mais les nazis en bout de course qui avaient fui en Afrique du Sud pour échapper au tribunal de Nuremberg poursuivaient le même rêve fiévreux : rebâtir une base de pouvoir en utilisant leurs relations avec les nombreux potentats locaux, provoquer un conflit entre les États-Unis et l'Union soviétique et construire un Quatrième Reich dans les décombres.

Ma conclusion : elle est (a) complètement dingue et (b) absolument sérieuse.

C'est le truc avec les multimilliardaires. Ils peuvent être à la fois l'un et l'autre.

« Et pourquoi vous me racontez tout ça ?

— Mon frère est un faible, dit Hipkiss. Il n'a pas les tripes pour livrer un vrai combat. Il est trop impliqué dans le monde tel qu'il est pour être capable de voir ce qu'il pourrait être. Et M. Harkonnen a beaucoup de qualités, mais la loyauté n'en fait pas partie.

— Qu'est-ce que vous me proposez ?

— De venir travailler pour moi. Et de tuer Harkonnen

si vous le jugez nécessaire. Ça m'est égal. La seule chose que j'exige, c'est votre loyauté, totale et permanente.

— Et en contrepartie ? »

Son sourire, soudain, n'a plus rien d'artificiel.

C'est un sourire – je découvre avec horreur qu'il n'y a pas d'autre mot – aguicheur.

« Oh, mon Dieu, répond-elle, faut-il vraiment vous mettre les points sur les i ? »

Je reste coi un moment, parce que je viens de comprendre ce qu'elle a en tête.

Elle veut que je devienne la femme de Noé.

162

Il me faut quelques secondes pour retrouver ma voix. « Et ça ne vous ennuie pas que je ne sois pas croyant ?

— Vous accomplirez l'œuvre de Dieu, rayonne-t-elle. Le reste viendra en temps voulu.

— Et vous, vous mettrez à mort cent millions d'êtres humains. Deux cents, peut-être.

— Combien de personnes avez-vous tuées, demande-t-elle. Quelques dizaines ? Des centaines ? Des milliers ?

— Je n'ai jamais tué personne qui ne se soit pas mis sciemment dans la ligne de mire.

— Eh bien, que ça vous plaise ou non, nous sommes tous dans la ligne de mire du Seigneur. »

Soudain, je me rappelle un passage d'Hannah Arendt sur la banalité du mal. Elle parlait d'Eichmann, celui qu'on a appelé l'architecte de la « solution finale ». Mais Hipkiss coche aussi toutes les cases.

« Est-ce le moment où vous allez me dire que nous ne sommes pas si différents, tous les deux ? Parce que si c'est le cas…

— Oui ?

— Je préfère brûler en enfer. »

La surprise la fait cligner des yeux. Pendant une fraction de seconde, je pense qu'elle va se mettre à pleurer.

« Bien, dit-elle, c'est votre décision. Je suis désolée. Je crois… »

Elle s'interrompt un instant et je remarque qu'elle rougit légèrement à nouveau. Elle se lève, passe assez près pour que je sente son parfum, se glisse derrière moi et enfile lentement la cagoule sur ma tête. Elle serre la cordelette, pose ses mains sur mes épaules. Je sens ses doigts glacés à travers le T-shirt.

« Je pense qu'on aurait été bien ensemble », susurre-t-elle, ses lèvres frôlant mon oreille.

Elle appuie plus fort sur mes épaules, puis relâche la pression.

J'entends le bip de la porte, le bourdonnement du verrou électronique, et sa voix qui s'éloigne : « Monsieur Harkonnen ? Il est à vous. »

163

C'est un dîner de classe internationale, élaboré avec amour par le cuisinier étoilé de *La Belle Dame,* pourtant Kat y goûte à peine. Elle a préparé sa légende pour répondre aux questions de Staley, mais il préfère parler de lui, alignant les noms de princes saoudiens, d'oligarques d'Europe centrale, de leaders mondiaux déchus et de milliardaires. Il s'alcoolise consciencieusement et perd parfois le fil de ses divagations, promenant sur elle ses yeux de plus en plus vitreux.

Pas besoin d'être un génie pour deviner ce qu'il a prévu pour plus tard.

Le téléphone de Kat est toujours retourné sur le bureau, sous la tête de rhino blanc. Pendant que Staley enfile les anecdotes nombrilistes, elle adresse une supplique à tous les dieux qui voudraient bien l'écouter, priant pour recevoir le SMS final de l'équipe de Rachel qui lui fournirait la dernière information dont elle a besoin et la libérerait.

Puis, vers onze heures, elle sent une vibration sous ses pieds et perçoit un mouvement. S'approchant de la baie vitrée panoramique, elle voit les lumières de Buenos Aires défiler à mesure que la proue pivote sur elle-même.

La Belle Dame met le cap au large.

« Qu'est-ce qui se passe ? demande-t-elle. Où allons-nous ?

— Où est le problème ? dit Staley. La merveille que vous essayez de me fourguer ne fonctionne que tant qu'on est au port ? C'est pour cela que vous nous avez ciblés ?

— Il fonctionne parfaitement », dit Kat, ce qui est la vérité.

Mais le plan tombe à l'eau. En moins d'une heure, ils risquent d'être hors réseau. Et sans le SMS, tout s'écroule.

Elle aperçoit le reflet de Staley dans la vitre. Il s'approche dans son dos.

« Allez, détendez-vous », dit-il d'une voix pâteuse, assez près pour qu'elle sente son souffle sur sa nuque. « Et si vous me parliez de ces orphelinats ? »

Elle sent sa main se poser sur sa taille.

Elle se retourne et le repousse, mais il l'enlace et l'attire à lui. Elle lève les coudes pour tenir à distance sa bouche et son haleine chargée d'alcool. Elle sait que de nombreuses femmes ont tiré parti de leur corps pour mettre le grappin sur des types comme Staley, mais elle n'arrive pas à comprendre comment on peut dissocier ainsi le corps de l'esprit.

Bien qu'il soit bien plus lourd et plus grand qu'elle, elle connaît suffisamment de prises d'arts martiaux pour le plaquer au sol sans problème. Mais ça risquerait de compromettre toute l'opération.

Ils sont toujours en train de lutter quand le téléphone de Kat se met à vibrer sur la table.

Staley la lâche à contrecœur. Elle attrape l'appareil. Il regarde l'écran, déconcerté.

Le SMS provient toujours du même numéro, mais cette fois, il ne contient qu'un code.

79855(3/2/1/0)

« C'est une bonne nouvelle, dit Kat.
— Bonne comment ?
— Ça veut dire que je ne dois pas baiser avec vous. »
Sur ce, elle lui balance un coup de genou bien ajusté dans les couilles.

164

Staley se plie en deux et tombe à genoux en couinant de douleur.

Au même moment, une puissante soufflerie se déclenche et un brouillard chimique se répand dans la pièce, un épais nuage de glycol qui opacifie l'air.

Staley halète et saisit Kat par la jambe en se relevant. « Petite garce ! »

Elle lui attrape la tête à deux mains et écrase son visage contre son genou. Elle sent craquer le cartilage de son nez. Il retombe par terre, du sang gicle entre ses doigts.

Kat recule hors de sa portée. Staley se relève en éructant de rage et de douleur. Il avance en trébuchant pour une nouvelle attaque. Sans le quitter des yeux, Kat réussit à attraper dans son dos une des défenses d'ivoire qui flanquent le bureau. C'est bien plus lourd qu'elle n'aurait cru, mais elle la lève comme un club de golf et l'abat de toutes ses forces en un swing circulaire.

Le socle en bois cogne la tempe de Staley avec un bruit mat. Il s'affaisse comme un sac de farine. Dans le brouillard de plus en plus épais, Kat voit la plaie béante sur son crâne. Il pousse un dernier grognement, et tombe, inconscient.

Ça, c'était pour le rhinocéros blanc, se dit-elle.

Les alarmes de sécurité du yacht retentissent, mais elle perçoit d'autres sons – *bip, tchic, bip, tchic* – et une à une toutes les serrures électroniques du navire se débloquent.

165

Je suis de retour dans la salle de stockage, les chevilles et les poignets entravés par du Serflex, ébranlé par plusieurs décharges de Taser en prime, quand j'entends les alarmes qui se déclenchent, la soufflerie du brouillard qui se met en marche et les portes qui se déverrouillent.

Harkonnen a posté un garde de l'autre côté, avec ordre de tirer si je tentais de m'évader. Je l'entends demander de l'aide. Même avec le brouillard, il ne va pas me rater.

La priorité de Harkonnen sera d'aller chercher Hipkiss pour la conduire dans la citadelle, la pièce sécurisée du yacht située sur le pont où je me trouve. Une fois enfermés à l'intérieur, ils auront accès à des commandes manuelles pour couper le brouillard chimique et réactiver les autres systèmes de sécurité, ce qui laisse peut-être cinq minutes à Kat avant que l'avantage de l'invisibilité ne se dissipe.

Dans l'intervalle, mon rôle consiste à causer la plus grosse diversion possible.

Pour ça, je dois d'abord me débarrasser de ces liens. Ce serait un jeu d'enfant si mes poignets étaient attachés devant moi mais ils sont étroitement ligotés dans mon dos. Je m'agenouille, lève les mains le plus haut possible et les abats de toutes mes forces sur mes hanches en essayant d'écarter le lien. Mais le plastique s'enfonce comme une mâchoire dans mes poignets à vif. Je réessaie plusieurs fois en tâchant d'ignorer la douleur insoutenable, jusqu'à ce qu'ils soient couverts de sang. En vain.

Merde.

Puisque mes bras ne sont pas assez forts, je n'ai pas d'autre solution que d'utiliser le poids du corps. Malgré mes chevilles entravées, je parviens à me mettre debout. Je prends une profonde inspiration et je me propulse dans un bond en arrière et m'écrase contre le mur en acier. Tout mon poids corporel concentré dans mon bassin retombe sur mes poignets. J'entends un claquement sec et pendant une seconde, la douleur est si forte que je crains une fracture. Mais je constate que les liens ont cédé.

Je me mets péniblement à genoux et ouvre la porte d'un coup sec.

De l'autre côté, aveuglé par le brouillard, le garde ouvre immédiatement le feu. Seulement il vise au-dessus de moi, là où il s'attend à me trouver. Je plonge en avant et le percute violemment à la taille. Le Sig Sauer lâche des rafales. Des balles ricochent sur les parois métalliques et la coursive quand je l'entraîne au sol. J'arrive à m'en saisir et lui fracasse le front d'un coup de crosse.

Il cesse de se débattre.

Des cris sur le pont du dessus. Ils ont entendu la fusillade. Excellent.

Mes chevilles sont encore attachées. J'assène à nouveau

quelques coups de crosse de Sig Sauer et le Serflex finit par céder. Je suis libre.

Le brouillard est complètement opaque à présent. Du fond de la coursive parvient le martèlement de deux paires de rangers qui dévalent l'escalier depuis le pont de l'équipage. Je me plaque contre la cloison et guette la progression de leurs pas. J'attends qu'ils soient au milieu du couloir avant de tirer. Une seule rafale suffit à les faucher, mais mon magasin est vide.

Je récupère les chargeurs de leurs armes. Ce n'est pas beaucoup, mais il faudra s'en contenter.

166

Kat avance à tâtons dans le brouillard vers la porte de la suite de Staley, le téléphone dans la main. Elle s'immobilise un instant en entendant les coups de feu plus bas. *Ça va,* se dit-elle. *C'était prévu. Ça veut dire qu'il est là. Ça veut dire que le plan fonctionne.*

Elle progresse dans la coursive en se guidant de sa main libre. Elle se colle à la paroi quand elle entend le piétinement étouffé de rangers dans l'escalier de l'équipage. La porte s'ouvre à la volée.

« Allez chercher Staley ! Je m'occupe de Hipkiss ! » hurle une voix dont elle reconnaît l'accent. *Harkonnen.*

Un homme passe en courant devant elle, si proche qu'elle sent un léger appel d'air, et s'engouffre dans la cabine qu'elle vient de quitter. Elle l'entend appeler Staley, qui ne répond pas.

Elle retient son souffle. *Faites qu'il ne trouve pas le corps.*

La voix féminine retentit dans la suite de Hipkiss. « Que se passe-t-il ? »

Une voix contrariée où la peur affleure.

« Il s'est libéré, dit Harkonnen. Seventeen.

— Vous l'avez laissé s'échapper ?

— Les systèmes de sécurité ont été endommagés. Je dois vous conduire à la citadelle. TOUT DE SUITE.

— Où est Edgar ?

— Aucun signe de lui, dit le garde en ressortant de sa cabine derrière Kat.

— Il doit déjà être en bas, dit Harkonnen. Maintenant, madame, *s'il vous plaît…* »

Ils l'encadrent vers le pont inférieur. La porte se referme derrière eux. Il leur faudra quarante-cinq secondes pour arriver à la citadelle. Plus une minute pour enclencher la commande manuelle, et deux peut-être pour que le brouillard se dissipe.

Il lui reste moins de quatre minutes.

167

J'entends des voix qui se rapprochent au-dessus de moi. Celles de Harkonnen et de deux autres gardes qui escortent Hipkiss vers la citadelle. Je n'entends pas Staley, ce qui veut dire qu'il est encore sur le pont supérieur et constitue peut-être toujours une menace. Pendant ce temps, d'autres gardes dévalent les escaliers, passent devant moi et se précipitent vers la salle de stockage dont je viens de m'échapper.

Devant, j'entends s'ouvrir et se refermer la porte de la citadelle. Harkonnen laisse deux hommes à l'intérieur en guise de gardes du corps et rejoint les autres au pas de course. Ils ont découvert le blessé. Un nouveau garde rapplique, muni d'une lampe-torche tactique ultrapuissante capable de percer plus d'un mètre de brouillard. Harkonnen leur ordonne de passer le pont au crible.

Le faisceau pointe dans ma direction, mais je me replie dans l'escalier en retenant la porte du pied pour qu'elle ne claque pas.

« Le pont est dégagé, dit l'homme à la lampe.

— Retrouvez-moi ce fils de pute, gueule Harkonnen.

Staley a disparu. La fille aussi. Commencez par le pont des proprios. Puis quadrillez étage après étage. »

Le pont des propriétaires, c'est là que se trouve Kat. *Merde.*

Il faut que j'y arrive avant eux.

Je sprinte dans l'escalier. La porte se referme dans un claquement sec. J'entends la voix de Harkonnen :

« C'est lui ! Chopez-le ! »

168

Kat progresse à tâtons dans la suite de Hipkiss.

Grâce aux plans, elle sait où est situé le coffre. Le numéro que Rachel lui a envoyé – 79855(3/2/1/0) – est la combinaison captée par l'équipe visuelle de Wen. Les barres obliques entre parenthèses signifient que le dernier numéro pourrait être 3, 2, 1 ou 0, selon un code prévu pour le cas où l'équipe ne parviendrait pas à relever le numéro entier.

Elle glisse la main le long du mur jusqu'à l'emplacement supposé du coffre, mais ne sent rien.

Elle réprime un afflux de panique.

Cela veut seulement dire que le panneau qui le dissimule doit être encastré dans le mur.

Elle allume la lampe de son smartphone. Le brouillard est tellement épais qu'elle doit quasiment mettre le nez sur le mur pour distinguer quelque chose. L'équipe de Wen l'a prévenue qu'il y avait une fresque, mais rien ne l'avait préparée à ce qu'elle a sous les yeux.

Une reproduction de *La Cène* de Léonard de Vinci occupe toute la hauteur du mur, fidèle à l'original à un détail près : à la droite de Jésus, l'apôtre Jean a été remplacé par un portrait en pied de Hipkiss en personne. Ses cheveux blonds flottent au vent et son ample chemisier déboutonné laisse entrevoir un décolleté avantageux qu'elle ne possède pas dans la vraie vie, Kat en est pratiquement sûre.

Eh bien, ma vieille, tu as de sérieux problèmes, se dit-elle, avant de palper le mur avec plus d'attention. Masqué par des reliefs de la fresque, un panneau dissimule le coffre incrusté dans le mur.

Reste à trouver le moyen de l'ouvrir. Mais où est la commande ? Elle n'était pas signalée sur les plans et l'équipe de Wen était censée lui envoyer l'info par SMS en même temps que la combinaison.

Kat consulte son téléphone et comprend le problème.

Hors réseau.

Ils ne sont plus couverts par le réseau cellulaire.

Elle va devoir se débrouiller toute seule.

À l'autre bout de la fresque, il y a un bureau qu'elle sonde à la recherche d'un bouton. En vain. Derrière se dresse une bibliothèque. Elle commence par passer la main sous les étagères, puis se met à sortir fébrilement les livres les uns après les autres.

Toujours rien.

Elle croit percevoir du bruit derrière elle et se fige, retenant son souffle, l'oreille tendue. Mais elle n'entend que le ronronnement de la ventilation qui continue d'envoyer du brouillard dans la pièce, des éclats de voix étouffés et des cavalcades sur le pont inférieur.

Ce sont tes nerfs, se dit-elle. *Tu imagines des choses. Concentre-toi !*

Si la commande d'ouverture n'est ni sur le bureau, ni dans

la bibliothèque, elle doit être dissimulée quelque part sur la fresque. Mais ce truc est immense, au moins six mètres sur deux, et dans le brouillard, elle ne peut discerner qu'une petite partie à la fois.

Réfléchis, se dit-elle encore. *Mets-toi à sa place.*

Kat n'est pas croyante pour un sou, mais *La Cène* était au programme à l'université. Les personnages aux extrémités gauche et droite sont des figurants. Juste à gauche du Christ sont assis Thomas, Jacques le Majeur et Philippe. Mais être à gauche implique un statut inférieur. À sa droite siège le personnage de Jean / Hipkiss. Ensuite vient Pierre, dissimulé par Judas Iscariote, qui vient de trahir le Christ moyennant trente deniers. Sa main droite est crispée sur la bourse qui les contient.

Trente deniers.

Trente deniers d'argent.

Le genre de chose qu'on met à l'abri dans un coffre.

Elle effleure la surface. Elle est lisse. Mais un déclic retentit quand ses doigts déclenchent un capteur tactile. Un panneau se détache du mur et coulisse sur des bras articulés.

Elle braque la lampe du téléphone dans le renfoncement.

La porte chromée du coffre reflète le faisceau.

169

Je monte quatre à quatre l'escalier de bâbord. Il y a des hommes derrière moi et d'autres, dont Harkonnen, montent en même temps par l'escalier de tribord. Je tire deux balles vers le bas pour tenir les premiers à distance, mais je ne peux rien faire contre les autres.

À l'instant où j'atteins le pont des invités, l'alarme s'interrompt et la soufflerie de la ventilation ralentit, puis s'arrête tout à fait. Les commandes manuelles ont été activées depuis la citadelle. Kat dispose d'à peine deux minutes avant d'être à découvert.

Pensant entendre des rangers descendre dans ma direction, je passe dans la zone VIP. Le brouillard commence à se dissiper. À ma gauche se trouvent le lounge et, à peine visible, le majestueux escalier d'honneur qui mène au pont des propriétaires.

Ils sont trop nombreux pour moi. Je ne peux pas me permettre une nouvelle fusillade. Mais ça ne m'empêche pas de répartir équitablement les chances. Je tire sur la porte de l'escalier de bâbord, loge une ou deux balles dans celle de tribord et m'élance vers le grand escalier.

Encore à moitié aveuglés par le brouillard, ils ouvrent le feu simultanément des deux côtés, pensant que c'est moi qu'ils arrosent. L'un d'eux est blessé et hurle de douleur. Après d'autres détonations, des cris déconcertés et des insultes, ils se rendent compte qu'ils se tirent mutuellement dessus.

Je suis presque arrivé à l'escalier d'honneur quand j'entends des pas derrière moi. Une masse énorme émerge du brouillard. Harkonnen. Il tire et m'entame le flanc. Je lui loge une balle en pleine poitrine. Il recule sous l'impact et tombe en arrière, mais parvient à se relever, sauvé par son gilet pare-balles.

La douleur me déchire. Je monte les marches en titubant et en tirant vers l'arrière, gaspillant mes précieuses munitions pour garder Harkonnen à distance. Je suis presque arrivé au sommet quand je l'entends donner l'ordre à ses troupes de se séparer en trois groupes – un dans chaque escalier latéral et un derrière moi.

Je suis au bord de l'état de choc, mais si je reste là, je vais être pris au piège. Je me replie contre une cloison. Le brouillard se dissipe. Je suis en infériorité numérique, pris en tenaille, presque sans munitions, et je ne peux pas couvrir les trois escaliers en même temps.

Je me ressaisis : mon objectif n'est pas de survivre, c'est de donner à Kat assez de temps pour ouvrir le coffre.

Je lâche deux derniers coups de feu et cours vers la porte de Hipkiss.

170

Autour d'elle, le brouillard s'éclaircit, la fusillade semble se rapprocher, de plus en plus intense, ponctuée de cris et de gémissements de douleur. Kat essaie de les ignorer et se concentre sur le coffre.

Acier de protection balistique, serrure à pêne dormant, poignée à cinq branches. Et selon le manuel, un clavier numérique qui n'autorise que trois essais avant de déclencher une alarme et basculer pendant une heure en mode sécurité.

Elle vérifie les chiffres sur son téléphone. 7-9-8-5-5, puis un parmi 3,2, 1 ou 0. Quatre possibilités et seulement trois essais.

Elle presse la touche C pour vider la mémoire et tape 7-9-8-5-5. Un bip retentit à chaque contact.

Elle hésite pour le dernier chiffre, se lance, tape le 3, puis #.

La serrure émet quatre bips.

Mauvais code.

Kat essuie la sueur de ses paumes et fait une nouvelle tentative.

C-7-9-8-5-5. Et cette fois, le 2 comme dernier chiffre. Puis #.

Quatre bips. *Mauvais code.*

Merde, merde, merde.

Elle croit percevoir un autre bruit, mais difficile d'en être sûre avec la fusillade.

Il ne lui reste qu'un essai. Tout en dépend.

Elle tape la séquence désormais familière. *Bip, bip, bip, bip, bip, bip.*

Le dernier chiffre doit être soit le 0, soit le 1.

Un choix binaire.

Une chance sur deux.

Allez vas-y, crie-t-elle en silence. *Ça n'a pas d'importance.*

Elle tape 0.

Mais au moment d'appuyer sur la touche #, quelque chose l'arrête.

Tu n'as jamais fait le bon choix quand tu avais une chance sur deux. À pile ou face, quand tu disais face, ça tombait toujours sur pile. Chaque fois, toute ta vie, tu as fait le mauvais choix.

Sans réfléchir, elle tape C pour annuler, tape de nouveau 7-9-8-5-5-1. Encore une fois, elle hésite. La fusillade est toute proche. Elle n'a plus le temps.

Fais-le !

Elle appuie sur #. La serrure bipe trois fois. Un déclic à l'intérieur. Le mécanisme se déclenche.

Ça a marché !

Elle tourne la poignée et tire la lourde porte, braquant la lampe de son téléphone à l'intérieur. Deux compartiments superposés. En bas, des documents officiels, plusieurs passeports, un portefeuille rembourré et un sachet qui semble rempli de pierres précieuses. Plusieurs téléphones, dont deux smartphones flambant neufs dans leur emballage d'origine, trois disques durs vierges, pas mal de flacons de pilules, une bible de famille abîmée et une liasse de lettres et de photos attachées par un élastique.

Dans le compartiment supérieur, il n'y a presque rien. Juste un petit boîtier étanche de couleur orange. Elle avance la main pour s'en emparer quand une voix retentit derrière elle.

« Vous avez trouvé ce que vous cherchiez ? »

171

Staley émerge du brouillard diaphane, couvert de sang. Il a une blessure profonde à la tempe et la respiration sifflante à cause de son nez cassé. On dirait un personnage de cauchemar, mais ce n'est pas le pire.

À l'aplomb de son visage sanguinolent, il brandit le sabre qui était suspendu au-dessus de son lit.

Avant qu'elle puisse réagir, Staley s'élance en rugissant et abat le sabre de toutes ses forces devant lui. Kat plonge sur le côté, sentant le souffle de la lame lui effleurer la joue. Elle claque la porte du coffre.

Alors qu'elle se relève, il pivote et revient à la charge. Cette fois, elle esquive de l'autre côté et le sabre explose une petite table en cocobolo.

Kat pourrait lui échapper sans problème – il est vieux, blessé et à bout de forces – mais elle n'a pas récupéré la carte, et à présent, il se dresse entre elle et le coffre.

Ils s'observent, tels un matador et le taureau face à face. La voyant hésiter, Staley s'élance. Cette fois, elle est prête au combat et lorsqu'il fait tournoyer le sabre comme une masse au-dessus de sa tête, elle le saisit au col et lui fait une prise de judo qui l'envoie s'étaler à l'autre bout de la cabine.

Le temps qu'il se relève, elle bondit vers le coffre. Staley s'épuise vite, en manque d'air. Il parvient néanmoins à brandir le sabre et charge de nouveau.

Kat palpe l'étagère du haut. Du coin de l'œil, elle voit Staley se ruer vers elle, son visage en sang déformé par l'effort.

Au dernier moment, la main de Kat se referme sur ce qu'elle cherchait.

Pas le boîtier orange, mais le petit Ruger 9 mm, le pistolet de Hipkiss qui était dissimulé derrière. Pas le temps de vérifier s'il est chargé. En un mouvement très fluide – répété pendant des heures au stand de tir improvisé derrière la station-service –, elle efface la sécurité, tire la culasse et presse la détente.

La balle atteint Staley en plein front. Il bascule en avant, mort avant d'avoir touché le sol. Ses mains lâchent le sabre qui fuse vers Kat en arc de cercle. Elle fait un pas de côté et la lame se plante dans le portrait de Hipkiss en majesté, debout à côté de Jésus.

« Joli tir », dis-je.

172

Kat baisse le pistolet à la vue de mon T-shirt ensanglanté et du trou sur le côté. Le coffre est ouvert. Le corps d'Edgar gît au sol, un petit rond bien net dans le front. Derrière elle, le sabre vibre encore, planté dans un portrait immense et kitsch de Hipkiss. J'essaie de deviner la suite d'événements qui a conduit à ce scénario. En vain.

« Tu es blessé, dit-elle.

— Je vais très bien. » Un pieux mensonge. « Tu as les cartes ? »

Elle sort le boîtier orange du coffre, l'ouvre et me montre les deux cartes mémoire – celle que détenait Hipkiss et celle que j'ai échangée contre Mireille – calées côte à côte dans de la mousse antistatique.

Dehors, des rangers résonnent sur les marches. Il ne me reste que neuf ou dix munitions. Je pivote vers la porte ouverte et en lâche trois dans l'escalier. Le tir de riposte claque contre les cloisons métalliques. Je me replie à l'intérieur.

« Vas y, dis-je. Passe par la terrasse. Je les retiendrai aussi longtemps que possible.

— Il n'y a plus de couverture réseau, dit Kat. Je ne sais pas si… »

Je l'interromps en lâchant une nouvelle salve de trois balles.

Je crie. « Si tu connais un autre moyen de nous sortir de cette épave, je suis preneur. »

Une nouvelle salve. Il ne me reste que deux ou trois munitions. Je les gaspille trop vite. Mais il faut donner à Kat l'occasion de s'échapper, et c'est le seul moyen.

Elle enroule la sangle du boîtier orange autour de son poignet. Mais elle hésite encore.

Et je sais pourquoi. Parce qu'elle pense à la même chose que moi.

C'est la dernière fois que nous nous voyons.

Il y a bien cent choses que je dois lui dire, et un millier d'autres que je voudrais lui dire, mais je n'ai assez de temps pour aucune, alors je crie.

« VAS-Y ! »

Elle sourit, déplie son majeur et m'envoie un baiser.

173

Kat traverse en courant la terrasse d'Edgar. C'est une nuit sans lune, rendue encore plus obscure par la couche de cirrus qui masque les étoiles. Elle balaie l'horizon du regard, mais ne voit pas trace d'un autre navire, à part *La Jolie Fille.*

À l'intérieur, la fusillade a repris de plus belle.

Elle se ment à elle-même. *Il va s'en sortir. Il s'en sort toujours. C'est un survivant.*

Elle attrape un gilet de sauvetage dans une écoutille, enlève ses chaussures et sa robe. Dans le port de Buenos Aires, la température de l'eau de mer avoisine les 20 °C à cette période de l'année. C'est froid mais supportable, et elle a besoin de liberté de mouvement.

Elle enfile le gilet de sauvetage – il est froid sur sa peau – elle boucle la ceinture.

C'est parti.

Elle enjambe le bastingage, se tient en équilibre au bord du vide.

Surgie de nulle part, elle entend la voix de sa mère.

Si quelque chose te fait peur, fonce à sa rencontre.

Elle serre fort le boîtier orange dans sa main et se jette dans le noir.

174

Je tire mes deux dernières cartouches. *Clic.* Plus de munitions.

Je pourrais tenter une sortie et sauter de la terrasse, comme Kat, mais ça ne servirait qu'à attirer leur feu sur elle. Et même si je veux plus que tout qu'elle s'en sorte, ce n'est pas à elle que je pense.

Mireille est libre à présent. Elle en a déjà assez bavé. Je ne vais pas la laisser grandir dans un monde où une cinglée comme Hipkiss a le pouvoir de déclencher une guerre nucléaire.

Et si cela implique que je crève ici, qu'il en soit ainsi.

175

Il y a plus de dix mètres jusqu'à la surface. L'entrée dans l'eau est brutale et Kat en a le souffle coupé. L'eau est froide mais heureusement, rien à voir avec le Svalbard. Le gilet de sauvetage la remonte rapidement, mais au moment où elle ouvre la bouche pour respirer, elle se rend compte qu'une lampe de survie s'est activée au contact de l'eau salée et projette des séries de trois flashs blancs puissants.

Kat écarte les cheveux de ses yeux et essaie de recouvrir la lumière avec la paume. Trop tard. Sur le bateau, une voix d'homme s'écrie : « Elle est là ! À bâbord, quatre heures ! »

La Belle Dame s'éloigne, mais Kat aperçoit une silhouette qui pointe un fusil sur elle du haut du pont. Deux autres la rejoignent et ils commencent à tirer en visant la lumière qui perce entre ses doigts.

Les balles sifflent autour d'elle. Elle n'a pas le choix. Elle déboucle la ceinture du gilet de sauvetage et le lance le plus loin possible. Ensuite, elle prend une grande inspiration et plonge sous la surface.

176

Je confie ce qu'il me reste d'âme à l'au-delà et je ferme les yeux. Je suis prêt à me précipiter dehors sous une pluie de balles quand un garde se met à crier : « La fille est dans l'eau ! Elle est dans l'eau ! »

La diversion me permet de jeter un coup d'œil sur le palier. Un des hommes de Harkonnen sort de la cabine d'Edgar. « Aucune trace de M. Staley, mais il y a du sang partout.

— Merde », crie Harkonnen. Il réorganise ses hommes – un groupe sur le pont arrière, un autre pour me clouer sur place, et un troisième pour mettre le tender à l'eau.

« Pas de quartier, leur dit-il. Et surtout, ne laissez pas cette salope s'échapper. » Sa voix s'estompe, il redescend.

Merde.

La suite de Hipkiss donne sur la poupe du yacht. Une immense baie vitrée offre une vision panoramique sur le pont inférieur illuminé par des projecteurs. Deux gardes sont déjà au bastingage, en position de tir, et d'autres les rejoignent. La plupart sont équipés de semi-automatiques à canon court, inefficaces à cette distance. Harkonnen se joint à eux avec un fusil tactique HS équipé d'une lunette thermique.

Une des armes les plus précises au monde.

Il leur hurle de s'écarter et pose le canon sur le bastingage.

La nuit est obscure, cependant la chaleur corporelle de Kat l'éclaire dans l'eau froide comme une fusée de détresse. Elle n'est qu'à quelques centaines de mètres. Mais à sa grande époque, Harkonnen était un des meilleurs tireurs de la planète et le calibre du fusil ne lui laissera aucune chance.

Kat sera morte dans quelques secondes si je ne tente pas quelque chose.

Je lâche mon flingue, sprinte sur la terrasse, saute sur le bastingage et me jette dans le vide. Le muscle perforé dans mon flanc se contracte. J'ignore la douleur. Six mètres plus bas, je me réceptionne durement sur le pont, enchaîne par un roulé-boulé et plonge sur Harkonnen.

Un des gardes pousse un cri en m'apercevant et ouvre le feu mais je suis trop rapide et ses balles s'écrasent sur le pont derrière moi. Harkonnen tourne la tête et me voit, mais n'a pas le temps de pivoter pour tirer.

Je le percute de plein fouet, agrippe son fusil à deux mains, et m'en sers pour le frapper violemment sous le menton. La puissance du coup le projette au-dessus du bastingage. Il m'entraîne dans sa chute. Pendant une seconde, nous continuons à nous battre en tournoyant dans l'air, puis nous écrasons contre la surface noire de l'océan.

Toujours accrochés l'un à l'autre, mais alourdis par le fusil et l'équipement de Harkonnen, nous coulons.

177

Toujours sous l'eau, Kat nage de toutes ses forces entre les balles qui s'enfoncent comme des lames autour d'elle. Dans ses oreilles gorgées d'eau, le bruit mat des détonations semble diminuer, tandis que les gardes s'acharnent à tirer sur le gilet de sauvetage toujours éclairé.

Enfin, incapable de retenir sa respiration plus longtemps, elle émerge au grand air pour respirer à fond. Devant elle, la masse sombre de *La Jolie Fille,* le navire de soutien. Si au moins elle pouvait se dissimuler derrière sa coque, ça bloquerait les tirs du yacht. Seulement, elle s'épuise dans l'eau et n'a plus de gilet pour se maintenir à la surface, et même si elle parvient à échapper aux balles, elle se retrouvera seule en pleine mer, beaucoup trop éloignée du rivage pour espérer regagner la terre ferme.

Kat essaie de déterminer s'il vaut mieux se laisser couler ou continuer à nager pour se cacher derrière *La Jolie Fille,* quand elle entend le son d'un autre moteur.

L'espoir remonte en flèche et retombe aussitôt quand elle comprend qu'il s'agit du tender qui jaillit en rugissant de la poupe de *La Belle Dame.* Debout sur la proue dressée, deux types armés scrutent la surface pendant qu'un troisième manœuvre un puissant projecteur. Kat plonge la tête sous la surface, consciente que sa peau blanche la trahira à l'instant où le faisceau l'atteindra. Mais un des gardes est équipé de jumelles thermiques, qui, elle le sait, finiront par révéler sa chaleur corporelle.

Le boîtier orange est toujours sanglé à son poignet. Elle pourrait aussi l'ouvrir et le laisser couler mais rien ne garantit que Hipkiss n'ait pas déjà fait une copie du zero-day, et si par miracle, Kat arrivait à s'en sortir, ils n'auraient plus la possibilité de publier l'exploit pour annihiler la menace qu'il représente.

Quand soudain, elle perçoit derrière elle le ronronnement assourdi d'un troisième moteur – un hors-bord, cette fois, et bien plus proche que le tender. Kat sort la tête de l'eau et aperçoit un Zodiac qui surgit à la poupe du navire de soutien. Il fonce vers elle en rebondissant sur les flots. Une puissante lampe-torche l'aveugle un instant, le temps qu'il arrive à sa hauteur en décélérant, et que des mains l'agrippent et la hissent hors de l'eau.

Dès qu'elle est à bord, recroquevillée sur le plancher, la pilote fait demi-tour, remet les gaz et repart en accélérant.

« Reste baissée ! Reste baissée ! » dit une voix familière. Rachel.

Tout en barrant d'une main, Rachel s'accroupit pour s'abriter des balles qui sifflent au-dessus de leurs têtes. Derrière elles, un gros type déclenche un tir de riposte en prenant appui sur la banquette arrière.

« Tu vas bien ? » demande Rachel.

Kat hoche la tête, tousse et recrache de l'eau de mer.

« Continue », dit l'homme dans son dos. Cette voix aussi lui rappelle quelqu'un qu'elle ne parvient pas à identifier. « On va trop vite pour eux, mais il faut qu'on dégage d'ici. »

Il arrose encore les poursuivants de quelques rafales et au bout d'une minute leurs ripostes s'espacent, puis cessent tout à fait.

« Ils abandonnent, dit l'homme. On est sauvés. »

Kat se redresse. L'adrénaline redescend et le froid la saisit. Elle tremble de la tête aux pieds. Alors que Rachel lui drape une couverture sur les épaules, Kat se retourne pour mettre un visage sur la voix. Elle doit essuyer l'eau salée de ses yeux pour s'assurer qu'elle n'est pas en train d'halluciner.

« Vilmos, dit-elle. Sérieux, c'est vraiment toi ? »

178

On coule. Plus on descend, plus la pression augmente. Autour de nous, le noir intégral. Tout ce que je sais, c'est ce que je peux ressentir. Le géant finlandais se débat pour retourner le fusil dans ma direction. L'eau freinerait une balle au bout d'un mètre ou deux, mais un tir de si près me tuera net. Il est plus massif que moi, plus fort, et je suis blessé. Il finit par pointer le canon vers ma tête. Avec l'énergie du désespoir, j'arrive à le dévier de quelques centimètres.

Il presse quand même la détente.

Dans mes oreilles, le coup de feu déformé par l'eau ressemble à un char qui explose. La douleur me transperce le crâne quand mes tympans explosent. Pourtant, je réussis à ne pas hurler parce que l'air que j'ai dans les poumons est tout ce qui me maintient en vie.

Je préfère lâcher le fusil, empoigner la tête de Harkonnen à deux mains et lui enfoncer mes pouces dans les yeux. Des bulles d'air glissent sur mon visage et je comprends que c'est lui qui crie. Il agrippe ma chemise d'une main. J'essaie de lui faire lâcher prise et soudain, je ressens une douleur sourde au flanc, comme s'il m'avait mis un coup de marteau. Et ça recommence. Encore et encore. Et je sais ce que c'est, parce que j'ai déjà connu ça.

C'est un poignard. Il est en train de me poignarder les côtes avec sa main libre.

Je l'agrippe, sens la lame me lacérer la paume et la laisse glisser jusqu'à la garde pour pouvoir l'arracher. Mais pendant ce temps, il me martèle la tempe de son autre poing.

Je ne vais pas tenir longtemps. Il est en train de prendre l'avantage, et tout mon corps me crie de respirer. Seulement, respirer, c'est la mort instantanée. De toute façon, je serai mort dans moins d'une minute à moins d'avoir une idée lumineuse.

Soudain, je me rappelle qu'il porte un gilet pare-balles. Soit au moins cinq kilos, plus le poids de ses rangers, de ses vêtements, des munitions et de tout le reste. Ça signifie qu'il coulera vers le fond plutôt que flotter entre deux eaux. Or, s'il me poignarde d'une main et me martèle la tempe de l'autre, c'est qu'il n'est plus accroché à moi.

D'un geste vif, j'attrape son épaule droite à deux mains et le fait pivoter. Puis, je glisse les bras sous son sternum et tire de toutes mes forces vers le haut.

Je lui fais la manœuvre de Heimlich pour vider ce qui reste d'air dans ses poumons. Normalement, ça sert à sauver une vie, à faire recracher un morceau coincé dans sa gorge à quelqu'un qui s'étouffe. Mais là, je l'utilise pour le tuer.

Quand je relâche ma prise, sa poitrine se dilate et l'eau emplit ses poumons. Pris de panique, il bat frénétiquement des bras pour me saisir. Je pose les mains sur ses épaules et appuie dessus pour remonter vers la surface.

Il coule comme une pierre.

Et au dernier moment, sa main se referme sur ma cheville.

Il va m'entraîner au fond avec lui.

179

Vilmos se retourne avec un grand sourire. « De toute façon, il faisait beaucoup trop froid dans ce putain de Svalbard. Le climat est bien meilleur ici. »

Il lâche encore deux balles sur le tender qui s'éloigne.

L'une dévie le projecteur.

« Joli tir, dit Rachel.

— "Call of Duty", explique Vilmos. Toutes ces heures à jouer ont fini par payer. »

Rachel plonge la main sous le volant du Zodiac et en sort une Thermos. « Tiens, bois ça. Ça te réchauffera. Il faut au moins une heure pour rentrer au port. »

Kat dévisse le bouchon. Un doux parfum de chocolat chaud avec une pointe de rhum.

« Tu as les cartes ? » demande Vilmos, en rangeant son fusil. Il se rapproche.

Kat défait la sangle de son poignet et lui tend le boîtier. Et soudain :

« Attendez, dit-elle. Et Jones ? Seventeen ? »

Rachel et Vilmos échangent un regard. Ils savaient que ça finirait par arriver.

« Quoi, Seventeen ? demande Rachel.

— Le plan, c'était qu'il saute à l'eau de l'autre côté pendant que les autres me cherchaient et qu'on fasse demi-tour pour le récupérer.

— Non, chérie, reprend Rachel. C'était pas ça, le plan.

— C'est ce qu'il m'a dit, insiste Kat.

— Il t'a dit que c'était ça le plan, dit Rachel. Mais il n'en a jamais été question. »

180

Les grosses mains de Harkonnen enserrent mes chevilles. J'essaie de les détacher avec les doigts, mais je n'y parviens pas.

Vers le fond, nous coulons.

Nous y sommes, me dis-je. *Comme dans ton rêve, dans le Svalbard.*

Voilà comment ça se termine.

Soudain, sa prise se relâche et ses mains s'ouvrent à l'instant où il perd conscience. La prise de Heimlich a fait le job en vidant ses poumons : il est tombé dans les pommes avant moi.

Je bats des pieds, l'air que j'ai gardé en réserve me remonte vers la surface.

Quand je sors la tête de l'eau, j'avale d'énormes goulées d'air en essayant de retrouver mes esprits.

À quelques centaines de mètres, le tender de *La Belle Dame* retourne vers le navire de soutien, son projecteur éclairant par intermittence le Zodiac qui s'éloigne.

Kat a réussi. Rachel et Vilmos l'ont repêchée. Elle va s'en sortir.

Et moi, je vais mourir noyé dans l'océan, mais ça n'a pas d'importance, parce qu'on a gagné.

Et soudain, je le vois.

L'hélicoptère Bell militarisé sur l'hélisurface de *La Jolie Fille.*

Le cockpit est éclairé, le pilote aux commandes et le rotor commence à tourner.

Voilà pourquoi le tender a fait demi-tour. Non parce qu'ils ont renoncé mais parce qu'ils comptent utiliser l'hélico pour donner la chasse au Zodiac.

Et ça va être du tir aux pigeons.

Les plaies des coups de poignard sont profondes.

Et une balle m'a entamé le flanc.

Je perds de plus en plus de sang.

Je suis épuisé.

Mais je n'ai pas encore fini.

Je rassemble mes dernières forces et crawle vers *La Jolie Fille* pour arriver au ponton avant le tender.

J'y suis avec une vingtaine de secondes d'avance. Je me hisse sur l'échelle et titube, dégoulinant de sang, sur les marches menant au pont d'envol. Derrière moi, sur le tender, les gardes me repèrent et ouvrent le feu. Les balles sifflent et ricochent, mais j'atteins l'hélisurface.

La porte de l'hélico est encore ouverte, et le pilote, concentré sur ses contrôles de pré-vol, ne me voit qu'au dernier moment. Je lui écrase mon poing en pleine face et le vire de son siège. Il retombe lourdement sur le pont et s'enfuit en boitant vers les gardes qui sont déjà dans l'escalier.

J'ai besoin de souffler, mais il n'y a pas le temps pour ça. Je devrais faire une compression sur ma plaie et essayer d'endiguer l'hémorragie. Mais il faut deux mains pour piloter un hélicoptère, alors je lève le collectif, allume les phares sur les patins et ouvre la manette des gaz au maximum.

L'hélico décolle vite – n'ayant que moi et un plein de carburant à transporter, le grand oiseau voyage léger. Je pousse le cyclique vers la droite : l'appareil prend de la vitesse et de la hauteur, il s'éloigne de *La Belle Dame* en dessinant un arc de cercle.

181

Rachel ralentit pour économiser l'essence. S'il y a un truc dont ils n'ont pas besoin, c'est de tomber en rade avant d'être en sûreté. Mais alors que le bruit du moteur s'atténue, Kat perçoit les vibrations de l'hélicoptère et lève la tête vers le Bell qui décrit une courbe vers eux. Elle se tourne vers Rachel, sur le qui-vive. « Vite ! Plus vite ! Ils viennent nous chercher. On est à découvert. »

À ce moment, le bourdonnement des rotors baisse de fréquence.

Kat se retourne à nouveau. L'hélicoptère ne se dirige plus vers eux. Il vire à 90°, pique du nez pour prendre de la vitesse et plonge vers *La Belle Dame*.

Rachel met le moteur au point mort et manœuvre le Zodiac dans l'autre sens.

Kat la regarde, déconcertée. « Qu'est-ce que tu fous ? »

Rachel secoue la tête, le visage à la fois grave et triste. « Il ne vient pas pour nous.

— Qu'est-ce que tu racontes ? » demande Kat, mais son estomac se serre. Elle connaît déjà la réponse.

182

Je repense à ce premier jour, quand j'ai emporté dans la Jeep Mireille endormie, enveloppée dans une couverture navajo : à ce moment-là, je n'aurais pas imaginé qu'elle pût être ma fille, mais j'avais eu le sentiment surnaturel que quelque chose venait de changer radicalement dans ma vie.

Je repense à ces quelques heures passées à la nourrir de céréales et de Pop-Tarts pour qu'elle me montre le singe-chaussette qui s'appelait comme moi, et en me demandant ce que signifiait l'irruption dans ma vie de cette minuscule et dangereuse étrangère.

C'est tout ce qu'elle aura pour se souvenir de moi. Elle ne saura jamais que j'étais son père, ni que le nom qu'elle donnait à son singe borgne était aussi le mien. Et elle ne saura pas non plus tout le sang qu'il y avait sur les mains de celui qui l'avait sortie de la Jeep pour la porter dans le motel, ni les combats que j'ai dû mener pour lui épargner la vie à laquelle les destins combinés de sa mère et de son père l'avaient condamnée.

Je ne la verrai jamais grandir. Pas de mon fait, non, mais parce qu'elle a besoin d'un avenir qui soit coupé de son passé. D'être transplantée comme une graine dans une terre fraîche et fertile où elle pourrait devenir celle qu'elle aurait toujours dû être.

Dans trois ou quatre ans, elle sera une ado, et après quelques courtes années encore, une femme.

Si elle a hérité d'un peu de l'intelligence et du courage de Gracious, elle aura une force hors du commun.

Si elle tient un tout petit peu de moi, que ce ne soit pas de ce que je suis, mais de celui que j'aurais pu devenir avant que mon propre futur ne soit mis en pièces le jour où j'ai vu Junebug mourir.

Et s'il y a du Junebug en elle, que ce soit la personne que j'aimais et qui m'aimait, la personne qu'elle aurait pu elle aussi devenir avant que son avenir ne soit oblitéré par ce que son père lui avait fait subir.

Je dis une prière silencieuse à l'univers : *faites que se brise ici le cercle de la violence.*

Et je pousse le cyclique vers l'avant.

183

Les instruments de bord me crient : PERTE D'ALTITUDE ! REDRESSER ! REDRESSER !

La Belle Dame Sans Merci est juste devant moi. Les réservoirs de carburant sont situés au milieu du mégayacht, à la ligne de flottaison. Je vise le point le plus vulnérable : le joint invisible entre les plaques métalliques formant la coque que l'examen des plans nous a révélé.

Ma vitesse de vol atteint cent cinquante nœuds, et continue de croître. L'équipage a fini par comprendre ce que je m'apprête à faire. Certains détalent à mon approche, d'autres ouvrent le feu au niveau du bastingage. À environ deux cents mètres, les premières balles perforent le fuselage et font exploser la vitre latérale.

Alors se produit une chose très bizarre.

C'est comme si le temps ralentissait. Je ne suis plus aux commandes d'un hélicoptère, je suis un astronaute, seul dans son vaisseau, en train de manœuvrer dans un champ d'astéroïdes. Il accélère sans cesse et les astéroïdes deviennent de plus en plus massifs. Et d'un coup, je bascule dans un jeu vidéo, slalomant de gauche et de droite pour éviter la collision. Sauf que les astéroïdes sont devenus des balles, et que…

… je fais le vide dans ma tête. L'hémorragie laisse des traces. Mais je n'ai plus qu'à maintenir l'hélicoptère dans sa trajectoire pendant encore une ou deux secondes.

À moins de cent mètres de *La Belle Dame Sans Merci*, une rafale de fusil-mitrailleur fracture le pare-brise. Des fragments de Plexiglas criblent mon visage. Je me protège avec les mains. Une première balle s'enfonce dans mon bras gauche, puis une deuxième m'atteint à l'épaule. Quand la troisième me touche, je ne contrôle plus rien.

L'hélico part en vrille. Un missile balistique tourbillonnant follement sur lui-même.

Charge explosive embarquée : une tonne de kérosène.

Et moi.

184

Kat se dresse dans le Zodiac quand l'hélicoptère commence à tourner sur lui-même.

Elle hurle. « NON ! » Mais elle ne peut rien faire.

Moins d'une seconde plus tard, le Bell s'encastre dans la coque de *La Belle Dame.* Les rotors se déforment et sont projetés en l'air. À l'instant où le réservoir vole en éclats, l'hélicoptère explose en une boule de feu fulgurante. Un nuage en forme de champignon s'élève vers le ciel et l'épave tordue tombe dans l'eau sous une pluie de débris enflammés.

Mais ce n'est pas tout.

L'impact déchire la coque, juste à l'emplacement des réservoirs gorgés de diesel de *La Belle Dame.* Ils éclatent et le carburant jaillit, aussitôt vaporisé par le brasier du Bell. Une deuxième explosion ravage le mégayacht, suivie de plusieurs autres. Une inéluctable réaction en chaîne.

Le Zodiac est à plus d'un mille marin, et cinq secondes se passent avant que l'onde de choc ne se propage jusqu'à lui. Les explosions ouvrent la coque de *La Belle Dame* en deux à la hauteur de la ligne de flottaison. Le yacht prend l'eau et commence à gîter. Un feu d'enfer brûle à la surface, teintant d'orange la coque du mégayacht dont les soutes transformées en fournaise continuent à vomir du diesel.

Des membres d'équipage enfilent à la hâte des gilets de sauvetage et sautent du côté pas encore immergé, tandis que d'autres tentent de mettre à l'eau les capsules de survie high-tech. Le tender, qui s'est éloigné à toute vitesse dès les premières explosions, voudrait se rapprocher mais les incessantes explosions le maintiennent à distance.

« Il faut qu'on y retourne, dit Kat. Il est peut-être à bord. Il est peut-être encore vivant.

— Désolée, ma chérie, répond Rachel d'une voix mal assurée. Mais personne ne peut survivre à tout ça.

— Tu n'en sais rien, répond Kat. Tu ne peux pas le savoir. »

Elle bondit vers le volant pour écarter Rachel, mais se retrouve soudain face au fusil de Vilmos.

« Tu fais quoi, là ?

— On ne peut pas prendre le risque, dit Vilmos. Il n'y a rien à faire et on doit mettre ce truc en ligne.

— Tu ne comprends pas ? C'est ce qu'il voulait, dit Rachel. C'était son plan depuis le départ. »

Le fusil de Vilmos ne bouge pas d'un poil. Kat finit par se rasseoir.

Rachel accélère, vire sur place et met le cap sur les lumières de Buenos Aires qui scintillent à l'horizon.

Kat se retourne vers *La Belle Dame*. Une colonne de feu s'élève dans le ciel nocturne. La proue se dresse en l'air au fur et à mesure que la poupe s'enfonce.

Et tout ce qu'elle entend, ce sont trois mots qui se répètent dans sa tête alors que l'insupportable réalité s'impose à elle :

Il est mort. Il est mort. Il est mort.

TREIZIÈME PARTIE

185

Ça ressemble à la fin du monde, et par certains côtés, ça l'est.

Le voyage a duré plusieurs jours, sans beaucoup de sommeil. De Buenos Aires à São Paulo, de São Paulo à Heathrow, puis après une escale de six heures, un autre vol vers Glasgow. Ensuite quatre heures de car jusqu'à un terminal de ferry balayé par la pluie constitué d'un parking et de quelques structures modulaires rouillées. De là, une traversée sur un ferry malmené par une houle propice au mal de mer jusqu'à une minuscule île des Hébrides abritant une communauté de pêcheurs. Puis une autre vers l'île voisine, beaucoup plus courte, sur un plus petit ferry qui a l'air d'un tas de ferraille, et enfin une course d'une trentaine de kilomètres le long de la côte dans un taxi exigu pourvu d'un seul essuie-glace en état de marche et conduit par un Écossais taiseux. Elle pensait qu'il l'emmènerait jusqu'au bout, mais la route s'est peu à peu dégradée, passant d'un ruban de bitume à voie unique à de l'asphalte craquelé piqueté de touffes d'herbe, pour aboutir à un chemin de terre que le chauffeur refuse d'emprunter.

Devant le désarroi qu'il lit sur son visage, il lui propose de la reconduire au ferry pour la moitié du prix. Kat n'est pas venue si loin pour renoncer maintenant et elle descend. Debout dans les bourrasques et sous la pluie, elle regarde le taxi faire demi-tour et s'éloigner sur la route sinueuse avant de disparaître dans la brume, entre le ciel et les collines.

Elle met une heure et demie pour parcourir les sept kilomètres sur le chemin creusé d'ornières. Le visage fouetté par le vent, elle trébuche et glisse dans le soir qui tombe. Son manteau lui tenait assez chaud par temps sec, mais elle est trempée jusqu'aux os en dix minutes. Lors d'un de leurs rares échanges, le chauffeur de taxi lui a expliqué que c'était un vent paresseux – il ne prenait pas la peine de contourner les corps et passait au travers.

La campagne est à la fois lugubre et splendide lorsqu'elle se donne à voir derrière les rideaux de pluie. Au sommet d'une colline, un grand cerf ruminant sous la drache la regarde avec un intérêt prudent.

Le téléphone de Kat a rendu l'âme il y a une heure, faute de batterie – le chargeur dans le taxi ne fonctionnait pas –, et elle commence à se demander si elle est sur la bonne route quand la maison apparaît à travers les voiles de brume et de pluie. Une solide bâtisse ancienne, blanche, à toit d'ardoise, nichée dans les collines dominant le détroit, en face du continent. De part et d'autre, deux granges en pierre des champs. Le toit de l'une est à moitié effondré et laisse voir la charpente. À droite de la porte d'entrée repeinte en rouge, une seule fenêtre est éclairée. Un rideau jaune à fleurs défraîchi l'empêche de voir qui est à l'intérieur, et même s'il y a quelqu'un.

Il lui faut un moment pour trouver le courage de frapper à la porte.

Si quelque chose te fait peur, fonce à sa rencontre.

186

Les premières vingt-quatre heures, ils la laissèrent tranquille. Au début, Rachel essaya de parler avec elle, mais Kat n'avait aucune envie qu'on la réconforte et refusa le contact. Elle s'isola dans sa chambre et s'assit sur le lit, les genoux ramenés sous le menton, pour regarder à la télé les reportages sur le naufrage de *La Belle Dame,* le crash inexpliqué de l'hélicoptère, la course pour retrouver des survivants puis pour repêcher les corps.

Les premières vidéos dataient des petites heures du jour, au moment où le mégayacht encore enflammé s'enfonçait dans l'océan. Au lever du soleil, il n'en restait plus rien : *La Belle Dame* reposait par trente mètres de fond. Plus tard dans la journée, on envoya des plongeurs sur l'épave. Le cadavre de Staley fut un des premiers qu'ils remontèrent. Cependant, la citadelle, où l'on supposait que Hipkiss avait trouvé refuge, demeurait inaccessible, verrouillée de l'intérieur. On réquisitionna finalement des équipes de plongeurs experts en démolition sous-marine sur des plates-formes de gaz offshore. Ils utilisèrent des lances thermiques sous-marines pour découper l'acier de dix centimètres d'épaisseur. À l'intérieur, ils découvrirent deux cadavres d'hommes. En revanche, aucune trace de Hipkiss.

Internet commença très vite à bourdonner d'étranges rumeurs selon lesquelles Hipkiss aurait été enlevée, ou allait miraculeusement réapparaître au bout de trois jours, tel le Christ. Après un nouvel examen des plans, Wen trouva une explication plus réaliste : elle s'était enfuie dans une espèce de sous-marin de poche à une ou deux places, qu'on avait sciemment omis de mentionner, ou qui avait été installé ultérieurement. Mais la portée limitée de ce genre d'engin, endommagé par les explosions, laissait à penser qu'il reposait également sur le fond à présent.

À l'aide d'un magnétoscope numérique, Kat se cala sur les images des survivants repêchés par hélitreuillage, par des chalutiers et par les garde-côtes venus à la rescousse, ou ayant réussi à regagner le navire de soutien par leurs propres moyens. Elle se les repassa en boucle, à l'affût du moindre fragment de preuve que j'avais pu survivre. Mais elle n'en trouva aucun.

La deuxième nuit, Rachel lui apporta un bol de soupe *locro*, et Kat accepta de boire autre chose que du rhum et de lâcher la bouteille à laquelle sa main était cramponnée depuis leur retour. Rachel lui raconta que Vilmos avait réuni les deux moitiés de Deep Threat et envoyé des copies aux grandes agences de renseignement mondiales et à certains géants de la tech comme Apple, Google et quelques autres. La totalité du code serait bientôt rendue publique. Le danger de voir le monde sombrer dans une Troisième Guerre mondiale s'éloignait.

Mais Kat ne se sentait pas mieux pour autant.

Par la porte ouverte, elle pouvait voir Vilmos en train de jouer par terre avec Mireille et de lui apprendre des phrases en anglais. On sentait qu'il était à l'aise avec les enfants, et Mireille était calme. Portant des vêtements que Marvellous lui avait achetés, elle avait de nouveau un nœud rose dans les cheveux, et le singe-chaussette borgne, confortablement calé sur une chaise, ne les quittait pas de l'œil.

Rachel et Mireille avaient d'abord créé des liens grâce au singe-chaussette, puis parce que Rachel connaissait Marvellous, l'oncle dont parlait Gracious quand elle racontait des histoires à Mireille. La chose que Rachel redoutait le plus, c'était d'avouer à l'enfant que Gracious était morte, mais Harkonnen, fidèle à son épouvantable cruauté, s'en était déjà chargé.

« L'homme au visage brûlé m'a dit que maman était morte, dit-elle en français. Il a dit qu'il l'avait tuée. »

Rachel raconta à Kat que la petite n'avait pas manifesté la moindre émotion en prononçant ces mots et Kat ne put s'empêcher de repenser à mon récit de la mort de ma propre mère et à mon choix de ne rien ressentir, avant que les sentiments finissent par exploser plus tard, générant violence et folie.

Quand elle le raconta à Rachel, celle-ci haussa les épaules.

« On lui donnera de l'amour, dit-elle. C'est tout ce qu'on peut faire, en espérant que le jour où la digue lâchera, on sera là pour l'empêcher de couler. »

Par « on », elle entendait elle et Vilmos, qui avait décidé de rester. Sa divulgation de Deep Threat avait au moins servi à gommer le souvenir de ses infractions précédentes aux yeux des agences gouvernementales à trois lettres. On ne le considérerait jamais comme un hacker éthique, mais au moins, les menaces d'extradition s'étaient éloignées. Grâce aux bons soins du Dentiste, les documents d'adoption étaient déjà en route, et si un mariage blanc avec Vilmos se révélait nécessaire pour arriver à ses fins, eh bien, ce serait une sacrée fête, décida Rachel, et elle l'aiderait à choisir un costume d'animal à fourrure.

Kat remua la soupe.

« Écoute, dit Rachel. Il est mort et tu flippes, ça se comprend. Je ne sais pas si tu l'aimais, en revanche, je pense que lui, il t'aimait autant qu'il en était capable. Alors oui, c'est triste, mais il l'a fait parce que ça en valait la peine… »

Kat ne pouvait pas en supporter davantage. Encore à moitié ivre de rhum chocolaté, elle envoya le bol se fracasser contre le mur. Les morceaux de citrouille et de saucisse, les haricots et le maïs glissèrent lentement vers le sol.

« Je ne suis pas triste, bordel, hurla-t-elle. Je suis folle de rage. Comment il a osé me faire ça ? Me mentir, se servir de moi, et pour finir, se suicider parce qu'il pensait que c'était le seul moyen de sauver cette putain de planète ! Tout ça à cause de son complexe du Messie ridicule. Comme si j'étais une petite fille stupide à qui on ne pouvait pas dire ce qui se passait. Qu'il aille se faire foutre. Et toi aussi parce que tu es entrée dans son jeu.

— Très bien », dit Rachel. Elle ramassa les débris du bol et fit mine de sortir, mais s'arrêta sur le seuil. « Tu peux rester aussi longtemps que tu veux, tu le sais, dit-elle. À condition de nettoyer toute cette cochonnerie sur le mur. »

Trois semaines plus tard, la carte postale arriva.

187

Au début, il ne se passe rien. Puis elle repère une ombre derrière le rideau. Quelqu'un se déplace à l'intérieur, lentement, à l'aide d'une canne.

La carte postale ne comportait aucun message. Seulement une adresse manuscrite écrite d'une main qui ne lui disait rien et un tampon d'oblitération baveux sur un timbre écossais. Rachel ne l'avait même pas montrée à Kat, présumant qu'elle était destinée à un précédent locataire, mort ou parti sans laisser d'adresse. Mais lorsque Kat la découvrit, traînant sur une table, elle fut aussitôt saisie par l'étrange impression qu'elle dissimulait un message.

Au recto, une photo d'un paysage spectaculaire de basses montagnes sous un ciel bleu, au-dessus d'une mer glacée. Ses couleurs Kodachrome passées donnaient l'impression qu'elle avait été prise dans les années 70. Au verso, la légende précisait simplement *ÉCOSSE.* La seule trace d'occupation humaine était une petite maison blanche dans le coin inférieur gauche, à moitié cachée par une colline. À peine visible et pourtant bien présente.

Il lui fallut une journée de recherches sur Google Earth avant de la localiser sur une île reculée de l'archipel des Hébrides. Elle retrouva la maison et zooma dessus au maximum, puis resta une heure à la regarder fixement. Le lendemain, dès l'aube, quand les autres dormaient encore, Kat partit sans dire au revoir et sans laisser le moindre indice sur sa destination.

La dernière chose qu'elle fit fut de passer voir Mireille, qui dormait à poings fermés dans le jour naissant en serrant son singe borgne. Debout sur le seuil de la chambre, elle se demanda un moment à quoi ça devait ressembler d'être mère. Tout en sachant que désormais, elle ne le serait jamais. Elle avait tué deux personnes, et le seul fait de ne pas être rongée par sa conscience l'avait convaincue qu'elle avait hérité des gènes de son meurtrier de père. Une tare qu'elle n'avait pas l'intention de transmettre à qui que ce soit.

Kat n'a jamais gobé ma théorie selon laquelle la première fois que tu tues quelqu'un, tu élimines aussi la partie de toi qui n'a jamais tué personne. Elle n'a pas du tout l'impression que ça l'a changée. Ça doit être pareil quand on devient président. Ça ne change pas qui tu es, ça révèle qui tu es.

Et maintenant elle est là à piétiner devant la porte en attendant que la personne qui traîne des pieds à l'intérieur vienne lui ouvrir. Et sous la pluie drue qui lui martèle le dos et mitraille le carreau, elle sent son cœur défaillir : on dirait un pas de vieille femme.

Peut-être qu'elle a tout faux depuis le début.

Ce ne serait pas la première fois.

La porte s'ouvre.

188

Kat se tient devant moi, trempée jusqu'aux os, des mèches de cheveux collées sur la figure. Elle rentre la tête dans les épaules, enfonce les mains dans les poches de son manteau. À voir un côté de son corps couvert de boue, elle a dû tomber plusieurs fois sur le chemin de la ferme. Son visage est livide, de colère autant que de froid.

Mais dès qu'elle me voit, sa colère s'évanouit et elle dit simplement :

« Je te croyais mort.

— Je l'étais », dis-je, haletant d'avoir marché jusqu'à la porte.

Elle me soutient pour retourner à l'intérieur.

Nous nous asseyons à la table de cuisine bancale. L'aller-retour m'a épuisé. Il me faut une minute pour reprendre mon souffle. Kat balaie la ferme du regard. Pas de chauffage, pas de téléphone, pas d'autre électricité que celle fournie par un groupe électrogène. La cuisinière fonctionne au bois et il y a une bouteille de propane pour l'eau chaude. Je lui montre où est rangé le thé. Elle fait bouillir de l'eau et nous sert. J'agrémente chaque mug d'une rasade d'Islay.

« Je ne savais pas si tu viendrais, dis-je.

— Moi non plus », répond Kat en se réchauffant les mains autour de la tasse brûlante. Les portes du vieux poêle à bois sont ouvertes, de la vapeur s'échappe de ses vêtements humides. « Mais il fallait que j'en aie le cœur net. Est-ce que tu vas me dire ce qui s'est passé ? »

Je soupire. « Je n'en suis pas très sûr moi-même. Tout ce que je sais, c'est qu'on m'a criblé de balles, mais qu'une partie reptilienne de mon cerveau s'est débrouillée pour m'extraire de l'hélico juste avant l'impact. J'ai un vague souvenir d'avoir été hissé à bord d'un bateau. Il se trouve que c'était un garde-côte argentin qui avait capté l'appel de détresse du yacht quand les systèmes d'urgence s'étaient déclenchés. J'ai été évacué vers Buenos Aires en hélicoptère. Parmi les nombreuses balles qui m'ont touché, l'une avait atteint mon poumon gauche, une autre m'avait arraché une partie du foie, et une troisième m'avait fracassé le tibia. J'étais aussi couvert de brûlures et souffrais d'une fracture du crâne avec écoulement de liquide céphalorachidien. Ils m'ont perdu deux fois pendant le trajet. Ensuite, j'ai passé six heures sur le billard. Pour toute identité, ils n'avaient que le nom sur l'étiquette du T-shirt de matelot que je portais, si bien qu'ils m'ont appelé comme ça. Mais tôt ou tard, ils allaient finir par comprendre. Alors j'ai quitté l'hôpital.

— Tu t'es barré dans cet état ?

— Je connais un toubib à l'Hôpital général qui ne va pas tarder à prendre sa retraite. Il m'a donné un mois de réserves de morphine, des antibiotiques et tout le bordel pour me soigner. Et il a aussi signé un certificat de décès. Quand les flics argentins ont pigé que c'était moi qui pilotais l'hélicoptère, le corps avait déjà été incinéré. Sauf que ce n'était pas le mien. D'ailleurs, ma mort arrangeait tout le monde. L'attaque du yacht, résolue. La fusillade dans le Dakota du Sud, résolue. L'affaire de rapt d'enfant, résolue. Le chaos qui s'était abattu sur New York, résolu. L'humiliation infligée au GRU dans le Svaldbard, résolue. Aucune question gênante. Tout bien ficelé dans un paquet avec un gros nœud rouge.

— Et comment tu as fait pour venir ici ?

— Un cargo de soja en route vers Grangemouth dont le capitaine ne posait pas de questions. Pendant la traversée, j'ai passé la plupart du temps à délirer, à cause des infections ou de la morphine. Mais il y avait une connexion Internet par satellite à bord. C'est comme ça que j'ai trouvé cet endroit. J'ai acheté la carte postale au village près de l'embarcadère. J'ai demandé à l'employé des postes d'écrire l'adresse pour moi. J'ai hésité à l'envoyer. Je ne savais pas si tu la recevrais. Je ne savais pas si tu comprendrais le message. Et si tu le comprenais, je ne savais pas si tu voudrais venir. Mais tu es là.

— Pourquoi tu ne m'as pas dit ce que tu voulais faire ?

— Parce que si tu avais su que j'allais y rester, tu n'aurais jamais marché.

— Je ne comprends toujours pas pourquoi il fallait que tu meures.

— Si je n'avais pas pris l'hélicoptère, ils t'auraient rattrapée en moins de deux. Et même si tu étais parvenue à t'échapper, Hipkiss aurait toujours Deep Threat. Il y aurait eu une fenêtre de vulnérabilité avant qu'il ne soit corrigé. Et si elle avait réussi à le déployer, nous aurions échoué. Et même si ça s'était passé autrement… »

Je dois faire une pause. La blessure à ma jambe s'est infectée et j'ai fini depuis plusieurs jours la réserve d'antibiotiques que m'avait donnée le toubib. J'essuie la sueur sur mon front avec ma manche.

« Si ça s'était passé autrement, quoi ?

— Je devais le faire pour Mireille. Tant que j'étais vivant, elle était le défaut dans ma cuirasse. Le moyen de m'atteindre. Tant que Seventeen n'était pas mort, la route pour devenir l'Assassin Eighteen passait par elle.

— En conséquence, tu as décidé de tuer Seventeen. »

Je hoche la tête.

« Sauf que tu l'as manqué.

— Ironique, tu ne trouves pas ? dis-je. Le tueur à gages numéro un sur la planète. La seule personne qu'il n'arrive pas à tuer, c'est lui-même. »

Kat a faim. Elle fouille dans les placards moisis, se retourne vers moi.

« Tu n'as plus rien à manger.

— Je sais. »

Elle ramasse un des flacons de médicaments alignés sur l'étagère au-dessus de l'évier. Ils sont tous vides également.

« Comment tu te ravitailles ?

— Je ne me ravitaille pas. Pas de téléphone filaire. Pas de réseau et de toute façon, pas de smartphone non plus. Apparemment, il y a un vélo, mais je ne suis pas en état de pédaler.

— Dis-moi, c'était quoi ton plan ? demande Kat. Si je n'étais pas venue ?

— Tu connais Corryvreckan ?

— Je devrais ?

— C'est un maelström, un tourbillon marin à la croisée des marées. George Orwell a écrit *1984* par là-bas, et a failli s'y noyer en bateau. J'ai trouvé que c'était une fin qui en valait une autre.

— Tu es sérieux ?

— Si tu ne venais pas, je me disais que je ferais aussi bien de terminer le boulot.

— Mais putain, quel couillon dépressif. »

Ça me fait mal de rire, mais je m'en fous parce que c'est la première fois depuis longtemps.

« Tu imagines à quel point je t'en veux ? demande-t-elle.

— J'imagine.

— La seule raison pour laquelle je ne t'ai pas encore frappé, c'est que j'aurais l'impression de donner des coups de pied à un chiot. Mais dès que tu seras à moitié rétabli, je vais te démolir.

— Je compte dessus », dis-je.

Et je fais passer ça pour de l'ironie, mais ce n'est pas du tout une blague.

189

Kat dort à côté de moi sur le matelas dans la chambre du bas. Sous une pile de couvertures, la porte ouverte du poêle à bois nous prodiguant un peu de chaleur, nous écoutons la pluie ruisseler sur le toit d'ardoise et le vent secouer les portes de la grange et les fenêtres.

Le lendemain, elle enfourche la bécane rouillée et s'éloigne sur le chemin boueux. Elle revient quelques heures plus tard avec un panier et un sac à dos plein de provisions. Elle bourre le poêle de bûches et fait cuire un poulet que nous dévorons avec les doigts, des gouttes de graisse dégoulinant sur nos mentons. Elle a trouvé des pansements neufs et m'aide à changer les miens qui datent d'une semaine.

Les deux jours suivants sont anormalement chauds pour la saison. Les cerfs s'approchent de la maison sans crainte et des aigles royaux se laissent porter par des courants ascendants au-dessus des collines.

« On pourrait rester comme ça éternellement », murmure Kat, allongée dans l'herbe en regardant les nuages glisser dans le ciel. Je ne veux pas lui dire, mais je ne peux pas me taire.

« Non. On ne pourrait pas. »

Elle se rassied. « Qu'est-ce que tu veux dire ?

— Il y a encore trop de traces. Le médecin à Buenos Aires. Le cargo de soja. La carte postale. La femme de la poste qui a écrit l'adresse. Le taxi qui m'a conduit jusqu'ici. Le taxi qui t'a conduite jusqu'ici. C'est largement suffisant.

— Suffisant pour quoi ?

— Suffisant pour qu'un connard motivé découvre que je suis encore vivant. Et que Mireille est le moyen de me faire sortir de ma planque.

— Tu parles de qui ?

— De tous ceux qui veulent prendre ma place. Les candidats naturels sont tous morts. Ça laisse le champ libre. Et il suffit d'un seul. Mais cette fois, je ne saurai pas qui c'est.

— Qu'est-ce que tu racontes ? »

J'hésite avant de sortir de ma veste le 9 mm que j'ai acheté au commandant en second du cargo.

Je lui tends l'arme par son canon court.

« Quand ils me trouveront, ils fouilleront la maison et tomberont sur une lettre expliquant qui je suis et comment je suis arrivé ici. Mais cette fois, il n'y aura plus de trace. Mireille sera sauvée et tu pourras continuer ta vie comme si je n'avais jamais existé. »

Kat contemple le pistolet dans sa main.

« Tu veux que ce soit moi qui te tue ? Ça ne suffit pas que je t'aie déjà vu mourir une fois ? Tu m'as envoyé une carte postale, tu m'as donné l'espoir que tu étais encore vivant, tu m'as fait traverser la moitié de cette putain de planète et tu me demandes de te tuer vraiment ? Pourquoi ? Parce que tu as trop la trouille de le faire tout seul ? Ou parce que tu

flippes de te rater encore un coup ? Ou juste pour continuer à me torturer un peu plus ?

— J'avais besoin de savoir si tu viendrais.

— Pour faire quoi ? Pour affirmer ta puissance masculine ? Pour te prouver à toi-même que tu avais toujours de l'emprise sur moi ? Pourquoi ?

— Tu aurais pu ignorer la carte postale, dis-je. Ou la jeter à la poubelle. Tu aurais pu reprendre ta vie avec ce crétin de Brooklyn ou d'ailleurs. Rien ne te forçait à venir. Mais tu l'as fait. Et je suis obligé de te donner le choix.

— Mais de quoi tu parles ?

— J'ai dit que tous les candidats naturels étaient morts. Ce n'était pas vrai. »

Elle se tait un moment, me scrutant du regard pour s'assurer que je parle bien de ce à quoi elle pense.

« Je te l'ai déjà proposé une fois, tu te souviens ? Tu as dit que tu me donnerais une réponse le lendemain matin. Mais au lieu de ça, tu t'es barrée.

— Et ça ne t'a pas traversé l'esprit que c'était ma réponse ?

— Dans ce cas, qu'est-ce que tu fais ici ? Pourquoi m'as-tu accompagné dans le Svalbard et comment se fait-il que tu n'aies pas jeté la carte postale ? Et pourquoi Staley est-il mort ?

— Tu crois que j'ai envie d'être comme toi ?

— Nous n'avons rien en commun. J'ai tué pour des raisons que je ne comprenais pas, ou par appât du gain, ou pour faire croire que j'avais une grosse bite. Pas toi. Si tu n'avais pas été là, à l'heure qu'il est, une fanatique aurait le doigt sur le bouton nucléaire. Je serais mort, Mireille aussi, sans doute. Et peut-être un paquet d'autres gens. Tu n'es pas

venue ici à cause de moi. Tu es venue parce que tu as suivi ton instinct. Toute ta vie, tu as été comme une flèche en plein vol en quête de cible. J'essaie juste de te dire que tu l'as peut-être trouvée.

— Et si je préfère me barrer ?

— Je le ferai tout seul.

— Et si je ne fais ni l'un ni l'autre ? Si je me contente de rester ici avec toi ?

— Un jour, tu te réveilleras avant l'aube et je ne serai plus dans le lit. Et tu te diras, tout va bien, il est dans la salle de bains. Et puis, tu entendras le coup de feu dans la grange, et tu comprendras que tu avais tort.

— Je pourrais prendre ton flingue.

— Il restera toujours Corryvreckan. »

Elle baisse les yeux. « Alors, toute cette histoire sur le bateau, les trucs qu'on a vus dans l'eau, ça ne voulait rien dire ?

— Bien sûr que si. Mais tu ne m'aimes pas, Kat. Tu me l'as clairement signifié dans le Svalbard. Je crois que tu as reconnu en moi quelque chose que tu possédais aussi sans en avoir conscience. Ou dont tu avais peut-être conscience sans pouvoir le nommer.

— Et toi, tu ressens quoi ?

— Je t'ai déjà dit que ce que je ressens n'a aucune importance. Tout ce qui compte aujourd'hui, c'est ce que je fais. »

Kat regarde le pistolet. Et je sais qu'elle est vraiment en train d'envisager la chose.

Elle relève les yeux.

« Quand je parlais de te démolir, je ne pensais pas comme ça.

— Je sais.

— Même si je te promets que ça m'avait traversé l'esprit.

— Je sais. »

Nous balançons entre rire et pleurer.

Puis avec le plus grand sérieux, elle braque le canon du pistolet sur ma tête.

Le silence est intense, à peine troublé par le souffle du vent dans les fougères et les herbes à coton, le soupir de la mer sur les galets à près de deux kilomètres de là, et le cri étrange d'un corbeau.

Son doigt presse lentement la détente. Je vois le chien reculer.

Son regard est paisible. Nos yeux se croisent.

Ses yeux furent la première chose que j'ai remarquée chez elle. Et ils seront la dernière que je verrai avant de mourir.

Ça me va.

190

Le monde du renseignement est en ébullition.

Tout le monde veut savoir qui c'est.

Cette fille aux yeux bleus avec des cheveux rouges – ou est-ce des cheveux bleus avec des yeux verts ? – qui a débarqué dans un casino clandestin des environs de Buenos Aires et fait perdre une fortune à la roulette au milliardaire Edgar Staley avant de s'introduire sur son mégayacht, de pirater les systèmes de sécurité avec l'aide d'une équipe de hackeurs d'élite et de l'abattre d'une unique balle en plein front, dérobant au passage le plus précieux malware du monde dans le coffre-fort de sa sœur et le rendant public pour sauver la planète.

Le bruit court que c'est la même fille qui, l'année dernière, a coupé en deux cette psychopathe de Bernier d'un coup de tronçonneuse.

Le bruit court que c'est la même fille qui a retrouvé la trace d'un des meilleurs hackeurs du monde, débusqué un criminel de guerre serbe au fin fond du Svalbard et fini par s'échapper en motoneige au nez et à la barbe d'une unité

d'élite du GRU, laissant trois de leurs hommes sur le carreau.

Le bruit court que c'est la fille de Sixteen et que ce con de Seventeen est tellement fou d'elle qu'il a joué les kamikazes en précipitant un hélicoptère sur un yacht pour lui permettre de s'enfuir.

Et le bruit court enfin qu'elle l'a retrouvé au fin fond de l'île écossaise où il s'était réfugié pour panser ses blessures, et que c'est elle en personne qui lui a porté *le coup de grâce.*

Personne ne sait qui elle est.
Mais tout le monde sait comment l'appeler.

Assassin Eighteen.

REMERCIEMENTS

L'assassin Eighteen n'a rien d'un document, et je suis entièrement responsable des erreurs qui auraient pu s'y glisser, mais de nombreux événements de l'intrigue, lieux et péripéties sont inspirés de reportages et de faits réels.

Pour raconter l'histoire de Gracious et son évasion de Boko Haram, j'ai utilisé différentes sources d'information, dont le Département d'État américain et l'Indice mondial du terrorisme (tenu à jour par l'Institut pour l'économie et la paix), Amnesty International, le *Washington Post*, la BBC, la Radio nationale publique, al-Jazira et le *Daily Beast*.

J'ai aussi été grandement aidé par deux essais : *A Gift From Darkness*, écrit par la journaliste Andrea Claudia Hoffmann et Patience Ibrahim, qui narre la vie d'une jeune Nigériane enceinte kidnappée par Boko Haram et les horreurs qu'elle a dû endurer pour survivre et sauver le bébé qu'elle portait ; et *A Different Kind of Daughter*, par Maria Toorpakai et Katharine Holstein, l'histoire d'une jeune fille dans les zones tribales du Pakistan qui se travestit en garçon dans la ville frontière de Peshawar pour échapper aux talibans (et finit par devenir la meilleure joueuse de squash du pays !).

Deep Threat, l'exploit zero-day au cœur de l'intrigue, est de mon invention, et certaines technologies ont été simplifiées afin de rendre l'ensemble plus digeste pour un lecteur non spécialisé. Cependant, beaucoup de détails, notamment les menaces existentielles liées à des malwares et l'exploitation commerciale dissimulée de ces logiciels

malveillants, m'ont été fournis par le formidable livre de la reporter de NYT Nicole Perlroth, *This Is How They Tell Me The World Ends*, et les nombreux spécialistes de sécurité informatique que je suis sur Twitter, dont l'ancien négociant en exploits et expert en cybersécurité @thegrugq et par @th3j35t3r, le hackeur dont l'ordinateur se trouve aujourd'hui au Musée international de l'Espionnage, à Washington DC.

L'article dont Deep Threat est inspiré est authentique ; *Reflections on Trusting Trust* était une conférence donnée après la réception du prix Turing par un des pères de la programmation et pionnier de la science informatique, Kenneth Thompson, qui reçut la récompense – souvent appelée le prix Nobel de l'informatique – en 1983, en compagnie de Dennis Ritchie. L'attaque par une porte dérobée décrite dans l'article est connue sous les noms de « Ken Thompson Hack » ou « Trusting Trust Attack », et l'article est considéré comme un outil de référence pour la sécurité informatique.

Les descriptions de Longyearbyen et de ses environs sont directement inspirées des travaux de la peintre et photographe Elizabeth Bourne, directrice de la Maison des Artistes du Spitzberg, qui a passé les dernières années à documenter les effets du changement climatique et la réalité industrielle de l'Extrême-Arctique.

Mes remerciements vont aussi, comme toujours, à l'incroyable équipe éditoriale de Hodder and Stoughton, et bien sûr, mais pas seulement, à Jo Dickinson et Phoebe Morgan, ainsi qu'à mon agent Oli Munson, dont la contribution pendant l'étape du premier jet a été, comme d'habitude, extrêmement utile et éclairante.

Enfin, rien n'aurait été possible sans le soutien continu et indéfectible de ma femme Heather à qui ce livre est dédié, et de mes trois fils, qui ont tous supporté les nombreuses versions de cette intrigue que j'ai lentement essayé de démêler, puis de renouer.

DU MÊME AUTEUR

Aux Éditions Gallimard

L'AGENT SEVENTEEN, Série Noire, 2023 (Folio Policier n° 1013)

Composition : APs-ie
Achevé d'imprimer
sur Roto-Page
par l'Imprimerie Floch
à Mayenne, le 18 janvier 2024.
Dépôt légal : janvier 2024.
Numéro d'imprimeur : 104090.

ISBN 978-2-07-303839-5 / Imprimé en France.

614957